U0125108

中國古典文學名家選集

柳宗元選集

高文 屈光 選注

圖書在版編目（CIP）數據

柳宗元選集／高文，屈光選注. —上海：上海古籍出版社，2016.8（2022.8重印）
（中國古典文學名家選集）
ISBN 978-7-5325-7973-0

Ⅰ.①柳… Ⅱ.①高… ②屈… Ⅲ.①唐詩-選集②古典散文-散文集-中國-唐代 Ⅳ.①I214.242

中國版本圖書館 CIP 數據核字（2016）第 038918 號

中國古典文學名家選集

柳宗元選集

高文　屈光　選注

上海古籍出版社出版發行
（上海市閔行區號景路 159 弄 1-5 號 A 座 5F　郵政編碼 201101）

（1）網址：www.guji.com.cn
（2）E-mail：guji1@guji.com.cn
（3）易文網網址：www.ewen.co

江陰市機關印刷服務有限公司印刷
開本 890×1240　1/32　印張 10　插頁 5　字數 360,000
2016 年 8 月第 1 版　2022 年 8 月第 5 次印刷
印數：6,401—7,500
ISBN 978-7-5325-7973-0
I·3013　定價：50.00 元
如有質量問題，請與承印公司聯繫

出 版 説 明

　　上海古籍出版社及其前身中華書局上海編輯所一向重視中國
古典文學的普及工作，早在二十世紀六十年代，在出版《中國古典
文學作品選讀》等基礎性普及讀物的同時，又出版了兼顧普及與研
究的中級選本。該系列選本首批出版的是周汝昌先生選注的《楊
萬里選集》和朱東潤先生選注的《陸游選集》。

　　一九七九年，時值百廢俱舉，書業重興，我社爲滿足研究者及
愛好者的迫切需要，修訂重印了上述兩書，并進而約請王汝弼、聶
石樵、周振甫、陳新、杜維沫、王水照等先生選輯白居易、杜甫、李商
隱、歐陽修、蘇軾等唐宋文學名家的作品，略依前書體例，加以注
釋。該套選本規模在此期間得以壯大，叢書漸成氣候，初名“古典
文學名家選集”。此後，王達津、郁賢皓、孫昌武等先生先後參與到
選注工作中來，叢書陸續收入王維、孟浩然、李白、韓愈、柳宗元、杜
牧、黄庭堅、辛棄疾等唐宋文學名家的選本近十種，且新增了清代
如陳維崧、朱彝尊、查慎行等重要作家的作品選集，品種因而更加
豐富，并最終定名爲“中國古典文學名家選集”。

　　本叢書的初創與興起得到學界和讀者的支持。叢書作品的選
注者多是長期從事古典文學研究的名家，功力扎實，勤勉嚴謹，選
輯精當，注釋、箋評深淺適宜，選本既有對古典文學名家生平、作品

1

特色的總論，又或附有關名家生平簡譜或相關研究成果，所以推出伊始即深受讀者喜愛，很快成爲一些研究者的重要參考用書，在海內外頗獲好評。至上世紀九十年代，本叢書品種蔚然成林，在業界同類型選集作品中以其特色鮮明而著稱：既可供研究者案頭參閱，也可作爲古典文學愛好者品評賞鑒的優秀版本。由於初版早已售罄，部分品種雖有重印，但印數有限，不成規模，應讀者呼籲，今特予改版，重新排印，并稍加修訂。此叢書將以全新的面貌展現在讀者面前。

上海古籍出版社

二〇一二年十二月

前　　言

　　歐陽修嘗云："君子之學，或施之事業，或見於文章，而常患於難兼也。……如唐之劉、柳，無稱於事業，而姚、宋不見於文章。彼四人者，獨不能兩得，況其下者乎?"(《薛簡肅公文集序》)這段議論，直到今天還能引起人們的悵惋之情。平心而論，以柳宗元的卓識雄才，未必不能成爲姚崇、宋璟那樣的勛業之臣，不過被剥奪了施展才能的機會而已。而他政治才能的被壓抑和文學才能的得以發揮，又都出於同一原因，就是參與了永貞革新。

　　柳宗元(七七三—八一九)，字子厚，唐河東(今山西永濟)人，著名的思想家和文學家。他出生前十九年，爆發了使唐朝由盛而衰急遽變化的安史之亂，歷時八年，以招降河北叛將而表面上結束。此後的河北，實際上爲成德、魏博、幽州三鎮節度使所瓜分，形成了藩鎮割據的局面。德宗即位之初，有平藩之志，却無制藩之能，剛愎自用，造成了"建中之亂"，使藩鎮之禍，由河北而河南，由河南而京師，愈演愈烈。

　　宦官擅權，是德宗朝另一大弊政，關係到唐朝的命運。皇帝猜忌功臣宿將，是重用宦官的原因；宦官掌握兵權，是宦官權重的標誌。玄宗始用宦官監軍，肅宗以宦官爲觀軍容使，行統帥之權。德宗時發展爲任宦官以武職。貞元十二年(七九六)，以宦官竇文場、

1

霍仙鳴爲左右神策軍護軍中尉,領禁軍達十五萬人。這就爲唐後期宦官挾兵權操持皇帝生死廢立大權局面的開端。

其他弊政,還有排斥忠良、任用姦佞、索取進奉、大興宮市等。

永貞革新就是在這種政治背景下產生的。這是由順宗李誦支持,以王叔文、王伾爲首,翰林學士韋執誼及知名之士陸淳、呂溫、李景儉、韓曄、韓泰、陳諫、柳宗元、劉禹錫爲骨幹的政治革新。貞元二十一年(八〇五)正月,德宗崩,順宗即位,朝政大權實歸“二王”,三十三歲的柳宗元自監察御史裏行晉升爲禮部員外郎,爲實現他“輔時及物”、“利安元元”的抱負而鬥爭。

“二王”等迅速實行一系列政治革新措施,如貶黜貪官,起復賢能,減免賦税,停止進奉,取締宮市,釋放教坊女樂,並企圖奪回宦官的兵權(行而未果)等。這些利國利民的革新措施,遭到了俱文珍等宦官、强藩韋皋以及保守朝官的聯合進攻,迫使順宗退位,傳位給太子李純。李純即位後,便對革新派橫加迫害,王叔文、王伾首先貶黜,接着,柳宗元等八人盡貶爲遠州司馬,僅六個月的永貞革新歸於失敗,史稱“二王八司馬事件”。柳宗元被貶爲永州司馬,十年後召回,又出爲柳州刺史,元和十四年病逝。

永貞革新的失敗是歷史的悲劇,這個悲劇斷送了柳宗元的政治前途,却使他躋身於思想家和文學家的行列。

柳宗元的唯物論哲學思想自成體系。他在著名的《天對》中,探索自然現象,認爲天是一團混沌元氣,不是誰造出來的,表現了唯物主義宇宙觀。進而指出人事與天無關。他義正辭嚴地宣佈:“務言天而不言人,是惑於道者也。”認爲在天與人之間,應“謀之人心”,“順人順道”(《斷刑論下》),徹底揭露了“天人感應論”的荒謬和“受命於天”的虛僞。並一針見血地指出天命論是愚弄百姓的騙局:“古之所以言天者,蓋以愚蚩蚩者耳!”(同上)他把自己無神論歷史觀的戰鬥性,在《時令論上》、《非國語》、《天爵論》、《天説》、《貞符》等論文中作了系統地發揮。在永貞革新失敗後,他爲施行"輔時及物"之道,以此繼續與腐朽勢力進行鬥爭。

他的進步的政治思想是和他的樸素唯物論有密切聯繫的。他的政治思想屬於儒家的民本思想。他認爲官吏是人民的僕役,並非人民是官吏的奴僕。他指出人民"出其十一"僱傭官吏來爲他們服務,而有些官吏却不僅"受其直而怠其事",甚至還盜取人民的財富。他認爲人民對他們所以不敢怒而黜罰,只是因爲勢力不敵而已(《送薛存義序》)。這種官吏爲民服務的光輝思想在當時是絶無僅有的,影響深遠,達到了時代的最高峰。

柳宗元更是一位傑出的文學家,在中國文學史上有崇高的地位。

他在《楊評事文集後序》中指出:"文有二道:辭令褒貶,本乎著述者也;導揚諷諭,本乎比興者也。"著述者流,"其要在於高壯廣厚,詞正而理備,謂宜藏於簡册也";比興者流,"其要在於麗則清越,言暢而意美,謂宜流於謡誦也。"由於二者旨義不同,所以秉筆之士,常偏勝獨得,而少能兼善。他認爲"唐興以來,稱是選而不怍者,梓潼陳拾遺(子昂)。其後燕文貞(張説)以著述之餘,攻比興而莫能拯;張曲江(張九齡)以比興之隙,窮著述而不克備"。其餘諸子,各探一隅,其去彌遠。因此,他感歎説:"文之難兼,斯亦甚矣。"言外之意,柳宗元是以"稱是選而不怍"的作家自命,大有舍我其誰之概。

柳宗元是一位卓越的詩人。他的詩有一百四十五首。魏慶之《詩人玉屑》引《室中語》云:"人生作詩不必多,只要傳遠。如柳子厚,能幾首詩? 萬世不能磨滅。"給予很高的評價。

他的詩主要是貶官以後寫的。由於他有"輔時及物"的政治抱負,不幸失敗,在與自己有共同政治抱負而又同遭貶逐的吕温、凌準之死的哭悼詩中,表現出深沉的痛惜之情。在哭吕温詩中説:"衹令文字傳書簡,不使功名上景鐘。"在哭凌準詩中説:"本期濟仁義,今爲衆所嗤。滅名竟不試,世議安可支。"最後説:"我歌誠自慟,非獨爲君悲。"哭友實是自慟,借他人杯酒,澆自己塊壘,故其言深切若此。

柳宗元對現實不滿、對遭遇悲憤的心情,同樣滲透在《跂烏詞》、《籠鷹詞》、《放鷓鴣詞》等寓言詩中。《跂烏詞》以跂烏的命運來比喻自己,刻畫了一個令人同情的被害者的形象:"翹首獨足下叢薄,口銜低枝始能躍。還顧泥塗備螻蟻,仰看梁棟防燕雀。"柳宗元在現實生活中所遭受的嚴酷打擊,促成了他惴惴不安的恐怖心理。在《籠鷹詞》中還描繪了一個猛志向四海的蒼鷹,忽然遭到時令的摧殘,借以抒寫他的不平之感與憤懣之情。其中"草中狸鼠足爲患,一夕十顧驚且傷",不僅反映了仕途的險惡,也諷刺現實,對那些牛鬼蛇神們的鬼蜮伎倆表現了刻骨的憎恨。

柳宗元有強烈的民本思想,使他關心人民疾苦,故所至有惠政,并寫了反映勞動人民慘痛生活的《田家三首》。這是一組優秀的現實主義詩篇。在第一首中説:"竭兹筋力事,持用窮歲年。盡輸助徭役,聊就空舍眠。"耕種的糧食完全輸官了。第二首説:"蠶絲盡輸税,機杼空倚壁。"養蠶的收成也被掠奪光了。真實地描繪出農民一貧如洗的情況,并進一步寫出了這些赤貧者還要用鷄黍來供奉夜過的里胥。從"公門少推恩,鞭扑恣狼籍"的慘象描寫中,從"迎新在此歲,惟恐踵前迹"的恐懼惴慄心理的刻劃中,充滿着對貪殘官吏的憎恨和對人民的深厚同情。

柳宗元被貶永州之後,精神上受到很大的刺激和壓抑。因此,他借山水景物來寄託自己的清高孤傲情懷,抒寫政治上失意的鬱悶苦惱和對現實的不滿。所以他筆下的山水詩,有個顯著的特點,就是把客觀境界寫得非常幽僻,詩人的主觀心情則是寂寞、孤獨、冷清,而時有沉鬱之氣。他在《冉溪》詩中説得清楚:"少時陳力希公侯,許國不復爲身謀。風波一跌逝萬里,壯心瓦解空縲囚。"

　　他的山水詩藝術成就很高,是後來批評家一致推崇爲妙絶古今的作品。如名作《南澗中題》,使人彷彿看到詩人在蕭瑟秋風中躑躅徬徨、淒惋哀傷的身影。《中園起望西園值月上》以有聲寫無聲,表現了詩人所處環境的空曠寂寞,從而襯托出他謫居中的抑鬱情懷。《溪居》表面上似乎是寫貶謫生活的閒適,然而字裏行間却隱含着廢棄的幽憤。"來往不逢人,長歌楚天碧"。柳宗元嘗云:"嘻笑之怒,甚乎裂眥;長歌之哀,過乎慟哭。庸詎知吾之浩浩,非戚戚之尤者乎?"(《對賀者》)長歌過乎慟哭之哀,正好爲此詩注脚。其他如《夏初雨後尋愚溪》、《雨後曉行獨至愚溪北池》、《秋曉行南谷經荒村》等作,皆當以此意讀之。這些詩,蘇軾謂"柳子厚晚年詩,極似陶淵明"(《評柳子厚詩》)。又云:"柳子厚詩在陶淵明下,韋蘇州上。"(《論柳子厚詩》)而元好問《論詩三十首》自注云:"柳子厚,唐之謝靈運。"二説不同。按柳宗元詩,刻畫幽眇,辭旨清峻。如以《與崔策登西山》、《遊石角過小嶺至長烏村》、《構法華寺西亭》、《湘口館瀟湘二水所會》、《登蒲洲石磯望橫江口潭島深迥斜對香零山》、《旦攜謝山人至愚池》、《晨詣超師院讀禪經》、《初秋夜坐贈吳武陵》等詩與前列諸詩合參,元好問之論殊爲切當。故劉熙載言:"陶、謝並稱,韋、柳並稱,蘇州出於淵明,柳州出於康樂,殆各得其性之所近。"(《藝概》)胡小石先生亦云然。並補充説:"柳宗元山水詩實學大謝,並製題亦工絶神肖,上承其美,可以覘其淵源所自也。"

　　柳宗元貶永州十年後召還,復出爲柳州刺史,離開家鄉和長安更遠,他的悲憤情緒發展得更加深沉而强烈。如《登柳州城樓寄漳汀封連四州》,不僅表現了離鄉別友的悲苦心情,而"驚風"、"密雨"一聯,借景寓情,賦中有比,還流露了處境險惡的憂傷。《嶺南江行》的"射工"、"颶母"一聯,也表現了同樣的手法和用意。他如《柳州峒氓》、《得盧衡州書因以詩寄》,乃寫少數民族地區土風之異的優秀作品。在柳州期間還寫了深沉的思鄉詩歌,如《與浩初上人同看山寄京華親故》、《別舍弟宗一》等名篇。

其他作品,如樂府《楊白花》,言婉而情深,被譽爲古今絶唱(《許彦周詩話》)。五言排律《酬婁秀才寓居開元寺早秋月夜病中見寄》,張耒稱其"壁空殘月曙,門掩候蟲秋"聯,爲集中第一。長篇亦深宏遒拔,冠冕中唐。

他的寫景小詩如《江雪》、《酬曹侍御過象縣見寄》,或高曠峻潔,或深雋幽惋,都能給人以一定的美的享受,因此歷來爲人們所傳誦。

他的詩做到了他自己提出的"導揚諷諭","麗則清越,言暢而意美"的境地。

柳宗元還是散文大家,與韓愈同倡導古文。韓愈在古文運動中的作用,固然爲柳宗元所不及;但柳宗元在散文的文學成就上,卻又有高出韓愈的地方。

他的散文內容豐富而有識見,真實地反映了當時政治、社會生活的許多重要方面,具有强烈的現實主義精神,做到了他自己提出的"辭令褒貶"、"高壯廣厚、詞正而理備"的準則。而且在藝術上所表現的獨創性,也非常突出。

當時有關唐朝政局命運的兩件大事:即藩鎮割據和宦官擅權。柳宗元在《封建論》中,盛讚"攝制四海,運於掌握之內"的中央集權,深批"諸侯之盛强,末大不掉"的封建分裂主義,從而嚴厲地抨擊了當時藩鎮割據的局面。在《晉文公問守原議》中，痛陳閹宦之害，認爲"賊賢失政之端，由是滋矣"。又在《六逆論》中特別提出"胡亥任趙高而族李斯乃滅，舊不足恃"的斷語，借以影射憲宗寵信俱文珍輩以殺王叔文是一個絕大的失策。柳宗元與王叔文策劃大事，首以銷滅宦官積毒爲務，謀奪神策兵權，一試不成，以致貶竄終身。而後百年之間，唐朝廢立之權，全操於宦官之手，卒致唐亡。所以前人論者謂："此議(《晉文公問守原議》)雖曰論晉文之失，其意實憫當時宦者之禍。迫憲宗元和十五年而陳弘志之亂作，公之先見，至是驗矣。"

柳宗元的寓言諷刺文和山水記是兩類最富創造性的文章。他的寓言短小警策，含意深遠，表現了傑出的諷刺才能。著名的《三戒》深刻有力地諷刺了封建剥削階級醜惡的人情世態。其中。《黔之驢》是外强中乾的小人的寫照。這些徒有其表、虛張聲勢的人物，在統治集團中間，是大量而集中地存在。因此，柳宗元的寓言是刺向整個官僚社會的鋒利的匕首。《蝜蝂傳》生動地刻劃出貪得無饜的人物形象，其鋒芒直指那些"日思高其位，大其禄"的官僚階級。《羆說》雖是對"不善内而恃外者"的諷刺，但其中所描寫的動物逐一被制服的故事，實際上是弱肉强食、爾虞我詐的社會現實的縮影。這些寓言諷刺小品是極其成功的。他善於抓住平凡事物的特徵，加以想象和誇張，創造生動的形象，語言犀利簡潔，風格嚴峻沉鬱。他把先秦諸子散文中僅作設譬之用的寓言片斷，發展成爲完整的、更富文學意味的短篇，使寓言取得一種獨立的文學樣式的地位。同時，在寓言中帶進了更爲深刻的現實內容，使之成爲有戰鬥特色的諷刺文學。

他的山水記不是純客觀地描寫自然，而是滲透着自己痛苦的感受和抑鬱的情懷。代表作是《永州八記》。文筆清新秀美，富有詩情畫意。其中《鈷鉧潭記》、《鈷鉧潭西小丘記》、《至小丘西小石潭記》、《袁家渴記》等文，寫一草一木，一水一石，芳香色澤，聲音動靜等，生動逼真，微妙入神。而高潔、幽邃、澄鮮和淒清的意境，則是與他竄逐後思想性格相諧調、相統一的美的特徵的體現。文章也反映了他在貶謫中不能忘懷故土的惆悵心情，而以這些奇山異水無人賞識，被遺棄和埋没，正和自己被遺棄、埋没一樣，抒寫了他的不幸遭遇、理想不得實現的嚴重不滿情緒和被壓抑的悲憤。這和他的山水詩是相爲表裏之作。他山水記的語言，恰如他在《愚溪詩序》所説“清瑩秀澈，鏘鳴金石”。他善於寫出山水的個性，使之各具特色，並使之成爲自己的親切知己。他的山水游記繼承《水經注》的成就，而又有所發展，不但標誌着游記散文的完全成熟，而且達到了高峰。林紓云：“(子厚)山水諸記，窮桂海之殊相，直前無古人，後無來者。昌黎偶記山水，亦不能與之追逐。古人避短推長，昌黎於此，固讓柳州出一頭地矣。”(《韓柳文研究法》)

柳宗元的傳記文學也有較强的思想性。他大都取材於封建社會中那些被侮辱被損害的下層人物。《童區寄傳》寫一個十一歲的蕘牧兒，殺死兩個掠賣人口的“豪賊”。作品塑造了勇敢機智的兒童區寄的形象，同時揭露了當時邊遠地區人口買賣的罪惡。《種樹郭橐駝傳》，借郭橐駝養樹“能順木之天，以致其性”的道理，諷刺了統治者政令煩苛對人民所造成的無窮干擾。《梓人傳》通過梓人指揮衆工建築大廈的情況來説明宰相治國之道，在知體要，抓綱紀，明法制，善用人，使民樂業，而不要碌碌於事務工作。柳宗元也寫了統治階級少數開明人物的傳記。如《段太尉逸事狀》，寫段秀實沉着機智、不畏强暴、愛護人民的優秀品質和英勇形象，從而揭露安史之亂以後那些擁兵自重的新軍閥對人民的殘酷迫害。柳宗元的傳記文在藝術上富於創造性。他首先從暴露現實、批判現實的角度上選取人物,進而選擇其重要事件加以剪裁和描寫,從而寫出了人物的主要方面,反映出豐富的歷史内容。

特别值得提出的是他的有較多傳記成分的名作《捕蛇者説》。作者選擇蔣氏三代寧可死於毒蛇而不肯死於苛政的生活事件,加以對民生凋敝情況的描寫,悍吏魚肉鄉里的叙述,以及捕蛇者心理狀態的細緻刻劃等,從側面揭示了封建社會階級壓迫和階級剥削的重大主題,充滿着和《田家三首》同樣深厚的對勞動人民的同情心。

柳宗元的騷賦,如《牛賦》是謫永州後的感憤之作。謂牛不惜耕墾之勞,"利滿天下",捐軀爲人,雖有功於世,而無益於己。反不如羸驢駑馬,得其所樂,而無憂患。借以隱喻革新者的重大犧牲與崇高人格。《憎王孫文》則與《卜居》、《漁父》異曲同工。柳宗元的忠心愛國,不亞於屈原,而遭遇又與屈原相類,所以他寫的《懲咎賦》表示自己在政治上雖遭受失敗,但志不可屈,決意學習屈原,準備"蹈前烈而不頗",嚴羽認爲"唐人惟柳子厚深得騷學,韓愈、李觀皆所不及"(《滄浪詩話》)。

至於其他文體,若贈序、序跋、辨諸子、書啓、碑誌、銘誄等,亦能自出機杼,雄視一代。即以碑誌爲例,歷來論者認爲韓愈最優,王世貞云:"(子厚)金石之文亦峭麗,與韓愈相争長。"(《書柳文後》)

柳宗元以他的創作實踐發展了古文運動,貶謫以前,上門求教的"日或數十人"(《報袁君陳秀才避師名書》)。貶謫以後,"衡湘以南爲進士者,皆以子厚爲師。其經承子厚口講指畫爲文詞者,悉有法度可觀"(韓愈《柳子厚墓誌銘》)。柳宗元在當時文壇上的影響是很大的。

劉熙載云:"學者未能深讀韓、柳之文,輒有意尊韓抑柳,最爲陌習。晏元獻云：'韓退之扶導聖教，劃除異端，是其所長。若其祖述墳典，憲章《騷》《雅》，上傳三古，下籠百氏，橫行闊視於綴述之場，子厚一人而已。'此論甚爲偉特。"(《藝概》)

本書共選各體詩五十五首，文四十三篇，以世綵堂本爲底本。注釋中用典徵事，注明出處，以便檢核；酌引前人有關箋評，以供讀者參考。近人章士剑先生《柳文指要》頗有創見，注釋箋評中所引較多。我們由於學力水平所限，謬誤疏漏之處在所難免，敬祈方家學者指正。

本書自一九八四年着手編注，歷時兩年餘始脫稿。在此期間，承何滿子同志對選目及作法提出寶貴意見。在審閱中，蒙蓋國梁同志給予許多幫助，特此一併致謝。

高文　屈光

一九八七年四月

目　録

文選

詩選

自衡陽移桂十餘本植零陵所住精舍〔一〕

　　謫官去南裔,清湘繞靈岳〔二〕。晨登兼葭岸,霜景霽紛濁〔三〕。離披得幽桂,芳本欣盈握〔四〕。火耕困煙燼,薪採久摧剝〔五〕。道旁且不顧,岑嶺況悠邈〔六〕。傾筐壅故壤,棲息期鸞鸑〔七〕。路遠清涼宮,一雨悟無學〔八〕。南人始珍重,微我誰先覺〔九〕?芳意不可傳,丹心徒自渥〔一〇〕。

〔 一 〕宗元謫永州,自元和元年(八〇五)至元和五年居龍興寺(參見《永州龍興寺息壤記》注〔一〕及《愚溪詩序》),本詩作於此期間。衡陽:唐衡州治所,即今湖南衡陽市。本:一株曰一本。零陵:唐永州治所,即今湖南零陵縣。精舍:學舍或佛舍,此指龍興寺。

〔 二 〕裔:邊陲。南裔,指永州。清湘:《太平御覽》卷六十五引《湘中記》云:"湘水至清,雖深五六丈,見底。"靈岳:指衡山,古稱衡山爲南岳。《元和郡縣圖志》卷二十九"江南道衡州"條引《南嶽記》曰:"衡山者,朱陽之靈臺,太虛之寶洞。"衡山在衡陽縣北,湘江流經衡陽縣,故曰"清湘繞靈岳"。

〔 三 〕晨登二句:謂清晨登湘岸,紛濁之氣盡已清除。兼:荻,葭。葭:蘆葦。霽:凡雲霧散,雨雪止,皆謂之霽。此指前者。

〔 四 〕離披二句:謂在散亂的草叢中得見小桂樹。離披:散亂貌。宋玉《九辯》:"白露既下降百草兮,奄離披此梧楸。"芳本:芳木,指小

1

桂樹。盈握：滿一把。

〔五〕火耕二句：謂小桂樹爲火耕的煙火所困，受採薪人的摧殘。火
　　　耕：耕前燒荒。燼：焚後餘灰。

〔六〕道旁二句：謂此桂生於路旁尚無人看顧，何況生在遠山之巔的桂
　　　樹呢？顧：看顧。原作“願”，據詁訓本改，吳汝綸《柳州集點勘》
　　　云：“‘願’疑當作‘顧’。”岑：小而高的山。悠邈：深遠貌。

〔七〕傾筐二句：謂移桂至住所，期待鳳凰來棲息。壅：填塞。故壤：
　　　原土。移植樹木需用原土。鸞：傳說中的神鳥，鳳屬。《說文》：
　　　“鸞，亦神靈之精也，赤色，五采，雞形，鳴中五音。”鷟：即鸑鷟，鳳
　　　屬。《國語·周語上》：“周之興也，鸑鷟鳴於岐山。”注：“鸑鷟，鳳
　　　之別名。”

〔八〕路遠二句：韓醇注：“月中名廣寒清虛之府。清涼宮，指月而言
　　　也。謂月中有仙桂而清涼，此桂樹得一雨而霑澤之，則亦敷榮矣，
　　　何用學月中耶？”

〔九〕南人二句：謂自此南人始知珍重它，然而我且是先覺者。微：無。

〔一〇〕芳意二句：語意雙關，感嘆桂無人識，寓己無人知。芳：香，指桂
　　　花香。丹心：赤蕊，指丹桂，木犀花色丹者，俗稱丹桂。渥：濃厚。
　　　劉向《九歎·惜賢》：“揚精華以眩耀兮，芳鬱渥而純美。”注：“渥，
　　　厚。”借桂抒發遷貶後困辱失意之情，亦桂亦己，桂中有己在。

　　【評箋】　宋·汪藻《次零陵太守競秀堂韻四首》其二云：“柳子當年
亦好奇，衡陽叢桂手親移。何如此地栽桃李，春到千巖萬壑知。”（《浮溪
集》卷三十二）

湘岸移木芙蓉植龍興精舍〔一〕

　　有美不自蔽〔二〕，安能守孤根！盈盈湘西岸，秋至風

霜繁〔三〕。麗影別寒水，穠芳委前軒〔四〕。芰荷諒難雜，反此生高原〔五〕。

〔一〕木芙蓉：亦稱木蓮，以別於蓮花。生於陸地而不生水中。龍興精
　　　舍：宗元於永州所居龍興寺，參見《自衡陽移桂十餘本植零陵所
　　　住精舍》詩注〔一〕。
〔二〕有美：指木芙蓉。
〔三〕盈盈：姿態美好貌。
〔四〕麗影二句：謂把木芙蓉從寒冷的湘江邊移栽到堂前。委：放置，
　　　指栽。軒：有窗的長廊或小室。
〔五〕芰荷二句：謂想來木芙蓉是難以與荷花相混雜的，因而把它移植
　　　於高地上。高原：高地。

【評箋】　此詩寫木芙蓉美麗而孤獨，深受風霜欺凌，詩人同情它的
遭遇而移栽於住所軒前。乃以木芙蓉自比，憐花亦即自憐。

溪　　居〔一〕

久爲簪組累，幸此南夷謫〔二〕。閑依農圃鄰，偶似山林客〔三〕。曉耕翻露草，夜榜響溪石〔四〕。來往不逢人，長歌楚天碧〔五〕。

〔一〕元和五年(八一〇)作於永州。溪：冉溪，宗元命名爲愚溪，卜居
　　　於此，參見《愚溪詩序》。
〔二〕久爲二句：謂長期爲朝官而不得自由，有幸謫居永州。蓋曠達自
　　　慰之詞。組：綬屬。簪組，謂冠簪與組綬，仕宦之所用，故以之指

做官。累：束縛。夷：古對少數民族之蔑稱。南夷,指永州。

〔三〕閑依二句：謂卜居愚溪,與農家爲鄰,似山林隱士。

〔四〕曉耕二句：謂清晨耕作,翻沾露的野草,夜中行船,聞溪石的響聲。榜：船槳,借指船。李賀《歌詩編》二《馬》之十：“催榜渡烏江,神騅泣向風。”

〔五〕來往二句：謂獨往獨來,望碧天而長歌。楚：指永州。

【評箋】 清·沈德潛云：“愚溪諸詠,處連蹇困厄之境,發清夷淡泊之音,不怨而怨,怨而不怨,行間言外,時或遇之。”(《説詩晬語》卷下,亦見《唐詩別裁》)

高步瀛云：“清泠曠遠。”(《唐宋詩舉要》卷一)

與崔策登西山〔一〕

鶴鳴楚山静,露白秋江曉〔二〕。連袂渡危橋,縈迴出林杪〔三〕。西岑極遠目,毫末皆可了〔四〕。重疊九疑高,微茫洞庭小〔五〕。迥窮兩儀際,高出萬象表〔六〕。馳景泛頹波,遥風遞寒篠〔七〕。謫居安所習,稍厭從紛擾〔八〕。生同胥靡遺,壽等彭鏗夭〔九〕。蹇連困顛踣,愚蒙怯幽眇〔一〇〕。非令親愛疏,誰使心神悄〔一一〕？偶兹遁山水〔一二〕,得以觀魚鳥。吾子幸淹留,緩我愁腸繞〔一三〕。

〔一〕元和七年(八一二)作於永州。崔策：字子符,子厚妹壻,崔簡之弟。集中《送崔子符罷舉詩序》有云：“今有博陵崔策子符者,少讀書,爲文辭。……僕智不足而獨爲文,故始見進而卒以廢。居草野八年。……崔子幸來而親余。”西山：即永州西山,參見《始得西山宴遊記》。

〔二〕鶴鳴二句：謂不眠待曉，天亮而出遊。江：指湘江。

〔三〕連袂二句：謂手拉手過湘江橋，盤旋而登西山。危：高。縈迴：指沿山路盤旋而上。杪：樹梢。出林杪，即登上山頂。

〔四〕西岑二句：謂在西山上極目遠望，一切均能看清。西岑：指西山。毫末：毛的尖端，泛指極細微之物。以上寫登西山過程。

〔五〕重疊二句：意謂南可見九疑山，北可見洞庭湖。乃誇張之辭。九疑：九疑山，在今湖南寧遠縣南。《水經注·湘水》："蟠基蒼梧之野，峰秀數郡之間；羅巖九舉，各導一溪；岫壑負阻，異嶺同勢；遊者疑焉，故曰九疑山。"

〔六〕迴窮二句：謂視綫可達天地之間任何物體。迴：遠。窮：到極處。兩儀：指天地。《易·繫辭》上："是故易有太極，是生兩儀。"疏："不言天地而言兩儀者，指其物體，下與四象相對，故曰兩儀，謂兩體容儀也。"際：間。萬象：指自然界一切事物。表：外。以上四句寫登山所見。

〔七〕馳景二句：謂日光閃爍於江流，遠風吹動着寒竹。景：同"影"。馳景：飛馳的日影。泛：浮。頹波：逝水。遞：繞，吹動。篠(xiǎo)：細竹。

〔八〕謫居二句：謂謫居永州安於孤寂生活，漸漸厭倦世事糾紛。習：習慣。紛擾：混亂，指人事糾紛。

〔九〕生同二句：謂永州司馬係微末小吏，如同刑徒，已置生死於度外，即使壽同彭祖，在達人看來，仍是夭折。胥靡：古代服勞役之刑徒。《莊子·庚桑楚》："胥靡登高而不懼，遺死生也。"《呂氏春秋·求人》："傳説，殷之胥靡也。"注："胥靡，刑罪之名也。"彭鏗：即彭祖，傳説中的長壽老人，年八百歲。夭：夭折，早死。《莊子·齊物論》："莫壽於殤子，而彭祖爲夭。"

〔一〇〕蹇連二句：謂曾在官場中受挫，政局變化難測令人胆怯。蹇連：行路艱難，此指政治上險阻、困厄。踣(bó)：仆倒。愚蒙：愚笨蒙昧。幽眇：深暗難測之處。以上寫謫居之感。

〔一一〕非令二句：謂若非與親愛者疏遠，還有什麼使我心神憂傷呢？
　　　悄：憂。
〔一二〕偶茲句：謂偶然逃避於此山水之間。
〔一三〕吾子二句：謂幸而你能久留，使我愁思緩解。淹留：久留。緩：
　　　寬解。以上寫與崔策同遊可以解愁。

【評箋】　章士釗云：“詩共十二韻，僅三韻散句，餘皆整飭駢語，自是
作者早年深造得來。與《南澗》一首爲集中雙璧。”（《柳文指要》下·卷十
二柳詩）

入黃溪聞猿〔一〕

　　溪路千里曲，哀猿何處鳴？孤臣淚已盡，虛作斷
腸聲〔二〕。

〔一〕元和八年（八一三）作於永州。黃溪：溪水名，在永州。宗元《游
　　黃溪記》云：“黃溪距州治七十里，由東屯南行六百步，至黃神祠。”
　　又有《韋使君黃溪祈雨，見召從行，至祠下口號》詩，則此二詩蓋同
　　時所作。集中有《永州韋使君新堂記》，韓醇注曰：“所謂韋公，蓋
　　在七、八年間者也。”
〔二〕孤臣二句：謂我淚已哭乾，你叫聲再哀也是徒勞。

【評箋】　此詩首寫聞猿聲甚哀，末二句筆鋒突轉，是加倍寫法。沈
德潛云：“翻出新意愈苦。”（《唐詩別裁》卷十九）

夏初雨後尋愚溪〔一〕

　　悠悠雨初霽，獨繞清溪曲〔二〕。引杖試荒泉，解帶圍
新竹〔三〕。沉吟亦何事？寂寞固所欲〔四〕。幸此息營營，
嘯歌靜炎燠〔五〕。

〔一〕愚溪：見《溪居》詩注〔一〕。
〔二〕悠悠二句：謂久雨初晴，獨自繞行於愚溪曲畔。悠悠：延續不絕
　　　貌。霽：雨過天晴曰霽。
〔三〕引杖二句：謂以手杖試探荒泉，看泉水加深幾許；用衣帶圍攏新
　　　生之竹，看竹圍加大多少。此二句寫謫居的寂寞。
〔四〕沉吟二句：上句自問，謂又有何事使我沉思徘徊。下句自答，謂
　　　遠離政治紛擾，本爲所願。此二句爲無可奈何之辭。
〔五〕幸此二句：謂慶幸於此可以解脫往來奔走於官場的煩惱，長嘯高
　　　歌正能清除初夏的炎熱。營營：往來奔走貌。《詩經·小雅·青
　　　蠅》："營營青蠅，止于樊。"注："營營，往來貌。"靜：清也。燠
　　　(yù)：熱。

雨晴至江渡〔一〕

　　江雨初晴思遠步，日西獨向愚溪渡〔二〕。渡頭水落村
逕成〔三〕，撩亂浮槎在高樹〔四〕。

〔一〕江：指瀟水，愚溪爲瀟水支流，見《愚溪詩序》注〔三〕。渡：渡口。

7

〔二〕江雨二句：點題。思遠步：雨中不得出門，雨晴欲到遠處散步。
〔三〕渡頭句：謂雨中水漲，路經水淹，雨後水落，路復露出。村逕：村
　　　中通向渡口的小路。成：指現出，露出。
〔四〕撩亂句：言水漲時江中浮木飄浮于高樹上，水落後仍掛在樹枝
　　　上。以見雨中雨後大水漲落情景。槎：童宗説注："槎，水中
　　　浮木。"

雨後曉行獨至愚溪北池〔一〕

　　宿雲散洲渚，曉日明村塢〔二〕。高樹臨清池，風驚夜
來雨〔三〕。予心適無事，偶此成賓主〔四〕。

〔一〕愚溪：見《溪居》詩注〔一〕。
〔二〕宿雲二句：點題"雨後曉行"。宿雲：因昨夜降雨，故稱殘雲爲宿
　　　雲。洲渚：皆水中陸地。明：照亮。塢：村外小障蔽物。
〔三〕高樹二句：謂風吹池邊高樹，葉上積雨灑落下來，自是夜雨初晴
　　　景象。
〔四〕予心二句：謂今日心中閒静，遇此佳景，身與景接，有如賓主之相
　　　得。適：恰巧。偶：配合，投合。一説：偶：偶然。

　　【評箋】　高步瀛云："(南遷後)諸詩皆神情高遠，詞旨幽雋，可與永
州山水諸記並傳。"案：諸詩的思想情致亦與永州諸記相同，可相參也。

段九秀才處見亡友吕衡州書迹〔一〕

　　交侣平生意最親〔二〕，衡陽往事似分身〔三〕。袖中忽

見三行字，拭淚相看是故人〔四〕。

〔一〕元和六年(八一一)至九年(八一四)間作於永州。段九：段弘古，
　　　行九，與劉禹錫、柳宗元、呂溫、李景儉友善。宗元稱他“廉不貪，
　　　直不倚”。元和九年以布衣卒。柳宗元有《處士段弘古墓誌》。又
　　　有《祭段弘古文》。呂衡州：呂溫，字化光，又字和叔，宗元好友，
　　　永貞革新同志，元和三年貶道州刺史，五年調衡州刺史，六年卒於
　　　任所。宗元有《與呂道州論非國語書》。呂溫卒，宗元有《唐故衡
　　　州刺史東平呂君誄》、《祭呂衡州文》。書迹：書信。
〔二〕交侶句：自謂平生與呂溫交情最親。宗元《唐故衡州刺史東平呂
　　　君誄》云：“君昔與余，講德討儒。時中之奧，希聖爲徒。志存致
　　　君，笑詠唐、虞。”
〔三〕衡陽，唐衡州刺史治所，今湖南衡陽市。
〔四〕袖中二句：謂見到段弘古珍藏的呂溫書信，流淚讀之，如見故人。
　　　一説：拭淚看者即是故人。

晨詣超師院讀禪經〔一〕

汲井漱寒齒，清心拂塵服〔二〕。閒持貝葉書，步出東
齋讀〔三〕。真源了無取，妄迹世所逐〔四〕。遺言冀可冥，繕
性何由熟〔五〕？道人庭宇静，苔色連深竹〔六〕。日出霧露
餘，青松如膏沐〔七〕。澹然離言説，悟悦心自足〔八〕。

〔一〕依施子愉《柳宗元年譜》，自此詩起，至《苦竹橋》止，計二十六首均
　　　作於永州，具體作年不能確定。詣：往，到。師：對高僧的尊稱，
　　　參見《起廢答》注〔一四〕。超師，未詳其生平。

〔二〕汲井二句：謂拜見前先用井水漱口齒，再撣去衣服上的塵埃，清
　　　靜心靈，以表示至誠。

〔三〕閒持二句：點題"讀禪經"。貝葉：貝多樹之葉。貝多，梵文的音
　　　譯，亦稱貝多羅、畢鉢羅樹、阿輸陀樹、菩提樹、道樹、覺樹等。葉
　　　可裁爲梵夾，用以寫經，而稱貝葉書，乃佛經之代名詞。段成式
　　　《酉陽雜俎》卷十八《木篇》："貝多出摩伽陀國，長六七丈，經冬不
　　　凋。此樹有三種：一者多羅娑力叉貝多；二者多梨婆力叉貝多；
　　　三者部婆力叉多羅梨。並書其葉，部闍一色，取其皮書之。貝多
　　　是梵語，漢翻爲葉，貝多婆力叉者，漢言樹葉也。西域經書用此三
　　　種皮葉，若能保護，亦得五六百年。"

〔四〕真源二句：謂世人不悟真源佛理，而追逐於妄途邪道。真源、妄
　　　迹：梵語。高步瀛《唐宋詩舉要》卷一引《翻譯名義・心意識法
　　　篇》曰："真妄二心，經論所明，大有四義：一唯真心，《起信》云：唯
　　　是一心，故名真如。二者唯妄心，如《楞伽》云：種種諸識浪騰躍
　　　而轉生。三者從真起妄，如《楞伽》云：如來之藏，是善不善因，能
　　　徧興造一切趣生。四者指妄即真，如《楞嚴》云：則汝今者識精元
　　　明。又《净名》云：煩惱之儔是如來種。諸文所陳，此四收盡。"

〔五〕遺言二句：謂對佛理求得深刻領會，方能修心而知由什麼途徑悟
　　　道。遺言：指佛言。冀：希望。冥：心思深奧曰冥，謂思索入於
　　　幽深。繕性：修養本性。《莊子・繕性篇》釋文曰："繕，善戰反。
　　　崔云：治也。"熟：精通而有成。

〔六〕道人：指超師。《釋氏要覽》上曰：《智度論》云："得道者名爲道
　　　人，餘出家者未得道者亦名道人。"世綵堂本注引《筆墨閒録》云：
　　　"山谷學徒筆此詩於扇，作翠色連深竹。翠色語好而苔色義是。"

〔七〕膏沐：婦女潤髮油脂。《詩・伯兮》："豈無膏沐。"何焯云："'日出
　　　霧露餘'一聯，日來霧去，青松如沐，即去妄迹而取真源也，故下云
　　　澹然有悟。"（《義門讀書記》評語）

〔八〕澹然二句：謂離開語言，不須解說，心中有所悟，而喜悦心自會滿
　　　足。澹然：恬靜貌。

【評箋】　宋·范溫云：“向因讀子厚《晨詣超師院讀禪經詩》，一段至誠潔清之意，參然在前。‘真源了無取，妄迹世所逐。遺言冀可冥，繕性何由熟’，真妄以盡佛理，言行以盡薰修，此外亦無詞矣。‘道人庭宇静，苔色連深竹’，蓋遠過‘竹徑通幽處，禪房花木深’。‘日出霧露餘，青松如膏沐’，予家舊有大松，偶見露洗而霧披，真如洗沐未乾，染以翠色，然後知此語能傳造化之妙。‘澹然離言説，悟悦心自足’，蓋言因指而見月，遺經而得道，於是終焉。其本末立意遣詞，可謂曲盡其妙，毫髮無遺恨者也。”（《潛溪詩眼》，據《苕溪漁隱叢話》前編引）

宋·許顗云：“柳柳州詩，東坡云在陶彭澤下，韋蘇州上。若《晨詣超師院讀佛經詩》，即此語是公論也。”（《彦周詩話》）

初秋夜坐贈吳武陵〔一〕

稍稍雨侵竹，翻翻鵲驚叢〔二〕。美人隔湘浦，一夕生秋風〔三〕。積霧杳難極，滄波浩無窮〔四〕。相思豈云遠，即席莫與同〔五〕。若人抱奇音，朱絃綰枯桐〔六〕。清商激《西顥》，泛灔凌長空〔七〕。自得本無作，天成諒非功〔八〕。希聲閟大樸，聾俗何由聰〔九〕！

〔一〕吳武陵：《新唐書·吳武陵傳》云：“吳武陵，信州人。元和初，擢進士第。柳宗元謫永州而吳武陵亦坐事流永州，宗元賢其人。”宗元《濮陽吳君文集序》説他本名侃，“更名武陵，擢進士，得罪來永州。”韓醇注：“元和二年，武陵登第。三年，坐事流永州。”此詩乃武陵離永州後作。集中又有《答吳武陵論非國語書》。

〔二〕稍稍二句：謂雨滴漸漸打在竹葉上，竹叢搖晃，驚動棲息之鵲。何焯云：“起二句暗藏風字。”（《義門讀書記》評語）翻翻：翻轉貌。

11

〔三〕美人二句：謂因秋風吹起，而想念遠隔湘浦的吳武陵。美人：《詩經》、《楚辭》中多以美人指所懷念之人。此指吳武陵。湘浦：地名。《水經注·湘水注》：“湘水又北左會瓦官水口，湘浦也。”

〔四〕積霧二句：謂秋霧濃重，水路遙遠，難得相見。杳：深遠。滄波：指湘水。何曰：“起遠字。”

〔五〕相思二句：謂知心者雖遠亦難阻相思之情，非同調即使同席相對也不通感情。即席：猶言同席。以上秋夜憶武陵。

〔六〕若人二句：謂吳武陵懷有高奇的文采。若人：指吳武陵。朱絃，瑟上的紅絲絃。《禮記·樂記》：“清廟之瑟，朱絃而疏越。”緪（gēng）：《楚辭·九歌·東君》：“緪瑟兮交鼓。”王逸注：“緪，急張絃也。”枯桐：世綵堂本注：“謂瑟也。”此借瑟以喻其文。

〔七〕清商：古五音之一，商調。古詩：“清商隨風發。”《西顥》：漢郊祀歌名，迎秋樂歌。《漢書·禮樂志》：“《郊祀歌》：‘西顥沆碭，秋氣肅殺。’”注：“韋昭曰：‘西方，少昊也。’”泛灩：《文選》江淹《雜體詩》：“露彩方泛灩，月華始徘徊。”周翰注云：“泛灩，浮光貌。”以上四句謂文思清妙，文情激越，若清商之裊長空。

〔八〕自得二句：謂自然天成之音，無造作矯飾。沈德潛曰：“千古文章神境。”

〔九〕希聲二句：謂最幽微之聲，愚昧俗人怎能聽得懂！此二句結出感慨之意，喻武陵亦以自喻也。希聲：極細微之聲。《老子》：“大器晚成，大音希聲。”陶淵明《癸卯十二月中作與從弟敬遠》詩：“傾耳無希聲，在目皓已潔。”閟（bì）：閉而不通。大樸：至渾至樸。樸，質樸。聾俗：愚昧無知的俗人。《晉書·趙至傳》載與嵇蕃書：“奏《韶》、《武》於聾俗，固難以取貴矣。”聰：聽得明白。

【評箋】　清·沈德潛云：“下半借琴以喻文才，董庭蘭一輩人，未能知也。”（《唐詩別裁》卷四）

高步瀛云：“風神淡遠，意象超妙。”（《唐宋詩舉要》卷一）

籠　鷹　詞〔一〕

　　淒風淅瀝飛嚴霜，蒼鷹上擊翻曙光〔二〕。雲披霧裂虹蜺斷，霹靂掣電捎平岡〔三〕。砉然勁翮剪荊棘，下攫狐兔騰蒼茫〔四〕。爪毛吻血百鳥逝，獨立四顧時激昂〔五〕。炎風溽暑忽然至，羽翼脫落自摧藏〔六〕。草中狸鼠足爲患，一夕十顧驚且傷〔七〕。但願清商復爲假，拔去萬里雲間翔〔八〕。

〔一〕籠鷹：受束縛之鷹。

〔二〕淒風二句：謂鷹在秋空中翻飛。淒風：秋風。淅瀝：風聲。

〔三〕雲披二句：謂鷹衝破雲霧，劃斷彩虹，雷電般地掠過山岡。披：分，分開。虹蜺：彩虹。“蜺”亦作“霓”。相傳虹有雌雄之別，色鮮盛者爲雄，色暗淡者爲雌；雄曰虹，雌曰蜺，合稱虹蜺。捎：掠過。

〔四〕砉(huā)然：象聲詞。此指鷹俯衝時羽翮發出的響聲。翮：翅膀。蒼茫：指天空。

〔五〕百鳥逝：百鳥遠逃。以上八句寫鷹下擊狐兔、上驅百鳥的英勇神威。

〔六〕炎風二句：謂盛暑到來，鷹羽毛脫落，威力受挫。溽暑：盛夏濕熱的氣候。摧藏：摧傷，挫傷。

〔七〕草中二句：謂狐狸鼠類足以構成禍害。十：泛指多數。以上四句寫鷹的羽毛摧傷，一任狐鼠橫行。

〔八〕清商：指秋風。《文選》潘岳《悼亡詩》之二：“清商應秋至，溽暑隨節闌。”李善注：“秋風爲商。”假：借。拔去：脫身疾去。里：一作累。以上二句寫願待時復起，萬里翱翔。

【評箋】 此詩乃借鷹自喻。前喻參加永貞革新；繼喻貶謫永州；結處冀望重被起用。

南澗中題〔一〕

秋氣集南磵，獨遊亭午時〔二〕。迴風一蕭瑟，林影久參差〔三〕。始至若有得，稍深遂忘疲〔四〕。羈禽響幽谷，寒藻舞淪漪〔五〕。去國魂已逝，懷人淚空垂〔六〕。孤生易爲感，失路少所宜〔七〕。索寞竟何事？徘徊祇自知〔八〕。誰爲後來者，當與此心期〔九〕。

〔一〕南澗：即石澗(見《石澗記》)。因石澗在南，故云南澗。世綵堂本韓醇注：“公永州諸記，自朝陽巖東南水行至袁家渴，自渴西南行不能百步得石渠，石渠既窮爲石澗，石澗在南。集又有《石澗記》，即此詩所題者也。”

〔二〕磵：同澗。亭午：正午。《初學記》卷一引梁元帝《纂要》云：“(日)在午曰亭午。”

〔三〕迴風二句：謂旋風吹動樹枝，地上樹影參差，久久提動不止。一：語助詞。蕭瑟：秋風衰涷貌。宋玉《九辯》：“悲哉！秋之爲氣也；蕭瑟兮草木搖落而變衰。”

〔四〕稍深：時間漸久。沈德潛曰：“爲學仕宦，亦如是觀。”(《唐詩別裁集》)

〔五〕羈禽二句：謂失侶之鳥在深谷中鳴叫，寒藻蕩漾於水波中。舞：蕩漾。淪漪：水波。《詩經·魏風·伐檀》：“河水清且淪猗。”《傳》：“小風水成文，轉如輪，其狀猗然也。”《釋文》：“猗本亦作漪。”《爾雅·釋水》：“小波爲淪。”

〔六〕去國二句：謂離開國都，魂已離散；想念故人，徒然垂涙。"逝"本
　　　作"遊"，或作"遠"。陳景雲《柳集點勘》云："'遊'一作'遠'，恐皆
　　　誤，似當作'逝'。《楚辭》：'魂一夕而九逝。'又《懲咎賦》及《哭凌
　　　準》詩中皆用'魂逝'語。"陳説是。

〔七〕孤生二句：謂孤獨的人容易傷感，被貶謫者都是動輒得咎，少有
　　　適宜的時候。失路：政治上失意者。

〔八〕索寞二句：謂神氣沮喪，徘徊於此，竟成何事，只有自己知道。
　　　衹：只。

〔九〕誰爲二句：謂以後誰再貶謫來此，當能理解我的心情。沈德潛
　　　曰："語語是獨遊。"

【評箋】　蘇軾云："柳子厚南遷後詩，清勁紆餘，大率類此。"（《東坡
題跋》卷二《書柳子厚南澗詩》）

世綵堂本注引《筆墨閒録》云："平淡有天工。"

清·何焯云："'秋氣集南澗'，萬感俱集，忽不自禁，發端有力。'羈
禽響幽谷'一聯，似緣上'風'字，直書即目，其實乃興中之比也。羈禽哀
鳴者，友聲不可求，而斷遷喬之望也，起下'懷人'句。寒藻獨舞者，潛魚
不能依，而乖得性之樂也，起下'去國'句。"（《義門讀書記》評語）

清·沈德潛云："東坡謂柳儀曹南澗詩，憂中有樂，妙絶古今。得其
旨矣。"（《唐詩別裁》凡例）

聞　黄　鸝〔一〕

倦聞子規朝暮聲，不意忽有黄鸝鳴〔二〕。一聲夢斷楚
江曲，滿眼故園春意生〔三〕。目極千里無山河，麥芒際天
搖青波〔四〕。王畿優本少賦役，務閑酒熟饒經過〔五〕。此

時晴煙最深處，舍南巷北遙相語。翻日迴度昆明飛，凌風斜看細柳翥〔六〕。我今誤落千萬山，身同傖人不思還〔七〕。鄉禽何事亦來此，令我生心憶桑梓〔八〕。閉聲迴翅歸務速，西林紫椹行當熟〔九〕。

〔一〕黃鸝：鳥名，亦名倉庚、博黍、黃鶯，全身除頭部外均爲黃色，鳴聲悅耳。《禮記·月令》：“仲春之月，桃始華，倉庚鳴。”

〔二〕子規：鳥名，又名鶗鴃、杜鵑、杜宇、布穀，初夏常晝夜鳴啼，其聲凄楚，能動旅客歸思。不意：沒想到。

〔三〕一聲二句：謂黃鸝一聲使我夢醒，在我眼前湧現出故鄉春天的景象。胡仔《苕溪漁隱叢話》後集卷十一云：“子厚《聞鶯詩》云：‘一聲夢斷楚江曲，滿眼故園春草綠。’其感物懷土，不盡之意，備見於兩句中，不在多也。”一本“意生”作“草綠”。楚：指永州。故園：指長安。

〔四〕目極二句：謂秦中平原麥浪一望無邊。無山河：謂秦中平坦。際：連。青波：指麥浪。

〔五〕王畿(jī)：京郊。本：古以農桑爲本，以工商爲末。優本，優待農民。務閑：農務輕閑時。饒：多。經過(guō)：來往。以上八句寫“故園春意”。

〔六〕翻日二句：謂黃鸝飛翔於昆明池和細柳聚一帶。昆明：昆明池，在長安西南。《漢書·武帝紀》：“元狩三年(前一二〇)，發謫吏穿昆明池。”注引臣瓚云：“昆明國有滇池，方三百里。漢使求身毒國，而爲昆明所閉。今欲伐之，故作昆明池象之，以習水戰。在長安西南，周回四十里。”細柳：細柳聚，又稱柳市，地名，在昆明池南。翥：飛舉。

〔七〕誤落：指貶謫。千萬山：在千萬山中，永州多山，故云。傖(cāng)：《廣韻》：“楚人別種。”不思還：不想還鄉。實際上是不得還鄉。以上六句寫遷謫之感。

〔八〕鄉禽：指黃鸝，因北方多見，故云。生心：產生思念之心。桑梓：

古以此二樹植於家園內,後以桑梓指代家鄉。《詩經·小雅·小弁》:"惟桑與梓,必恭敬止。"
〔九〕閉聲二句:謂黃鸝你不要叫,快飛回去吧,家鄉的桑椹將熟可食了。迴翅:向回飛。務速:一定要快。椹(shèn):又作"葚"。桑實。《詩·衛風·氓》:"于嗟鳩兮,無食桑葚。"《釋文》:"葚,本又作椹。"桑椹色紫,故曰紫椹。行:將。

首春逢耕者〔一〕

南楚春候早,餘寒已滋榮〔二〕。土膏釋原野,百蟄競所營〔三〕。綴景未及郊,稊人先耦耕〔四〕。園林幽鳥囀,渚澤新泉清。農事誠素務,羈囚阻平生〔五〕。故池想蕪沒,遺畝當榛荊〔六〕。慕隱既有繫,圖功遂無成〔七〕。聊從田父言,款曲陳此情〔八〕。眷然撫耒耜,迴首煙雲橫〔九〕。

〔一〕首春:正月。
〔二〕南楚二句:謂永州春早,雖冬寒未盡,已有草木更新氣象。南楚:指永州。
〔三〕土膏二句:謂郊原土地鬆軟,冬眠的昆蟲都已蘇醒活動。土膏:土地的膏澤。《國語·周語上》:"陽氣俱蒸,土膏其動。"注:"膏,土潤也。"釋:鬆解,鬆軟。蟄(zhé):動物冬眠。
〔四〕綴景二句:切題"早春"。綴:裝飾。綴景:指裝點春天的各種自然物。未及郊:還未在郊外出現。稊人:農民。耦耕:二人並耕。此泛指耕田。
〔五〕農事二句:謂我本曾務農,因官事阻礙了平生務農之願。素務:以往曾從事。羈囚:指爲政務所牽。

〔六〕故池二句：想象家鄉田園荒蕪。故池、遺畝：指家鄉舊田園。想、當：皆設想之詞。

〔七〕慕隱二句：謂想當隱士又有牽掛，求立功業却無成就。繫：繫念，牽掛。

〔八〕聊從二句：謂把内心苦衷向農夫詳細訴説。田父：農夫，點題"耕者"。款曲：詳盡。《三國志・魏書・郭淮傳》："每羌胡來降，淮輒先使人推問其親理，男女多少，年歲長幼；及見，一二知其款曲，訊問周至。"陳：陳述。

〔九〕眷然：依戀貌。耒耜(lěi sì)：古代翻土的農具。耜以起土，耒爲其柄。

【評箋】　清・沈德潛云："因逢耕者而念及田園之蕪，羈人心事，不勝黯然。"(《唐詩別裁》卷四)

行路難三首〔一〕（選第一首）

君不見、夸父逐日窺虞淵，跳踉北海超崑崙〔二〕。披霄決漢出沆漭，瞥裂左右遺星辰〔三〕。須臾力盡道渴死，狐鼠蜂蟻争噬吞〔四〕。北方竫人長九寸，開口抵掌更笑喧〔五〕。啾啾飲食滴與粒，生死亦足終天年〔六〕。睢盱大志小成遂，坐使兒女相悲憐〔七〕。

〔一〕行路難：樂府《雜曲歌辭》舊題。

〔二〕夸父：《山海經・海外北經》："夸父與日逐走，入日；渴欲得飲，飲於河渭。河渭不足，北飲大澤。未至，道渴而死。棄其杖，化爲鄧林。"虞淵：古代神話傳説日入之處。《淮南子・天文》："日入于虞淵之汜，曙于蒙谷之浦。"跳踉(liáng)：騰躍。超：跨越。

〔三〕披霄二句：想象夸父衝雲霄、穿河漢、出元氣、遺星辰的迅跑情景。披：分開。決：衝破。漢：天河。沆漭(hàng mǎng)：浩渺，指自然元氣。瞥裂：迅疾貌。

〔四〕須臾：片刻。噬(shì)：咬。

〔五〕北方二句：謂矮人嘲笑夸父。竫(jìng)人：古代傳說中小人國名。《山海經·大荒東經》："有小人國名靖人。"注："(靖)或作竫，音同。《列子·湯問》：'竫人長九寸。'"抵掌：鼓掌。笑喧：大聲笑。

〔六〕啾啾二句：謂竫人只飲一滴，吃一粒，却能壽終正寢。啾啾：象聲詞，此指竫人飲食時發出的細碎聲響。天年：自然壽命。終天年，安度一生。

〔七〕睢盱二句：謂胸懷大志者却很少能成功，空使兒女們爲之悲嘆哀憐。睢盱(suī xū)：飛揚跋扈貌。《文選》張衡《西京賦》："睢盱拔扈。"薛綜注："《字林》曰：'睢，仰目也；盱，張目也。'"睢盱大志：志向高遠。小：少。小成遂，很少能實現。坐使：徒使，徒令。

【評箋】　世綵堂本注云："三詩意皆有所諷。上篇謂志大如夸父者，竟不免渴死；反不若北方之短人，亦足終天年。蓋自謂也。"案：作者是以夸父自比，以狐鼠之類比政敵，以竫人比庸人，爲壯志未遂而痛心疾首。不平之氣借助神話，一吐無遺。

掩役夫張進骸〔一〕

生死悠悠爾，一氣聚散之〔二〕。偶來紛喜怒，奄忽已復辭〔三〕。爲役孰賤辱，爲貴非神奇〔四〕。一朝纊息定，枯朽無妍媸〔五〕。生平勤皁櫪，到秣不告疲〔六〕。既死給槥櫝，葬之東山基〔七〕。奈何值崩湍，蕩析臨路垂〔八〕。髐然暴百骸，散亂不復支〔九〕。從者幸告余，睠之涓然悲〔一○〕。猫虎獲迎祭，犬馬有蓋帷〔一一〕。佇立唁爾魂，豈復識此爲〔一二〕？畚鍤載埋瘞，溝瀆護其危〔一三〕。我心得所安，不謂爾有知〔一四〕。掩骼著春令，茲焉適其時〔一五〕。及物非吾輩，聊且顧爾私〔一六〕。

〔一〕掩：掩埋。役夫：供役使之人，此指馬夫。張進：役夫的姓名。骸：骨骸。

〔二〕生死二句：謂生死乃一氣聚散，不過是平常之事罷了。悠悠：尋常。爾：語氣詞。一氣：王充《論衡·齊世》："一天一地，並生萬物。萬物之生，俱得一氣。"生爲一氣聚，死爲一氣散，生死之間，不過如此。

〔三〕偶來二句：謂偶然生出來，有許多喜怒之情，忽然又死去了。奄忽：突然。已復：已經又。辭：與"來"相對，指死去。

〔四〕爲役二句：謂當役夫有什麼賤辱，作貴人也沒有什麼神奇。

〔五〕一朝二句：謂人一旦死去，變成枯骨，無貴賤美醜之分。纊（kuàng）：孫汝聽引《喪大記》云："屬纊以俟氣絶。纊，今之新棉，易動摇，置之口鼻之上，以爲候。"息：氣息。纊息定，即氣斷人死。妍媸：美與醜。

〔六〕生平二句：謂張進生前工作勤勞。皁（zào）櫪：牛馬食槽。剉（cuò）：鍘碎。秣（mò）：飼料。剉秣，謂鍘飼料餵馬。告：辭。

〔七〕槽櫝（huì dú）：小棺材。《漢書·高帝紀》下："令士卒從軍死者爲槽，歸其縣，縣給衣衾棺葬具。"注："應劭曰：'槽，小棺也，今謂之櫝。'"東山基：東山脚下。

〔八〕奈何二句：謂墓被山洪衝破，骸骨離散在路邊。值：遇，逢。崩湍：指山洪。蕩析：離散。垂：同"陲"，邊。

〔九〕髐然二句：謂白骨暴露散亂。髐（xiāo）然：白骨貌。《莊子·至樂》：“莊子之楚，見空髑髏，髐然有形。”暴：露。百骸：百骨，人體有百骨。不復支：骨骼散亂不再相連。

〔一〇〕從者二句：謂幸好有隨從告我，看到後使我悲傷流淚。睠：同“眷”，反顧。涓然：淚流貌。

〔一一〕猫虎二句：謂猫虎犬馬有功於人，還要迎祭或埋葬。《禮記·郊特牲》：“古之君子，使之必報之。迎猫，爲其食田鼠也；迎虎，爲其食田豕也，迎而祭之也。”又《禮記·檀弓下》：“仲尼之畜狗死，使子貢埋之，曰：‘吾聞之也，敝帷不棄，爲埋馬也；敝蓋不棄，爲埋狗也。’”

〔一二〕佇立二句：謂我弔唁你，你還知道嗎？識：知道。

〔一三〕畚鍤二句：謂挖土添墳，在墳周圍挖排水溝。畚鍤（běn chā）：挖運泥土的工具，鍤以挖土，畚以盛土。畚如今之筐，鍤即今之鍬。瘞（yì）：埋葬。溝瀆：溝渠。危：傷害，危害。

〔一四〕我心二句：謂我只求心安，不是因爲你有知。不謂：不因爲。

〔一五〕掩骼二句：謂《月令》明載孟春埋骨，現正逢其時。掩骼：埋骨。《禮記·月令》孟春之月：“掩骼埋胔。”疏：“掩骼埋胔者，蜡氏云：掌除骴。司農云：胔，骨之尚有肉者也，及禽獸之骨。”著：記載。茲：這。適：正逢。

〔一六〕及物二句：謂仁愛及物非我輩之事，今日埋骨只是聊表顧念你的私情。

【評箋】　宋·范溫云：“既盡役夫之事，又反覆自明其意，此一篇筆力規模，不減莊周、左丘明也。”（《潛溪詩眼》）

明·謝榛云：“余讀柳子厚《掩役夫張進骸》詩，至‘但願我心安，不爲爾有知’，誠仁人之言也。夫子厚一代文宗，故其摛詞振藻，能占地步如此。鎮康王西巖每於春間，命校人於郊外舉白骨之暴露者，拾而瘞之，能不自以爲功，人見之以爲常。殊不知周文澤及枯骨，遺俗尚存；比之子厚自文其事者遠矣。”（《四溟詩話》卷四）

清·沈德潛曰：“‘一朝纊息定’二語，見貴賤賢愚，古今同盡，此達人之言也。'我心得所安'二語,見求安惻隱,非以示恩,此仁人之言也。"
(《唐詩別裁》卷四)

詠 荆 軻〔一〕

燕秦不兩立,太子已爲虞〔二〕。千金奉短計,匕首荆
卿趨〔三〕。窮年徇所欲,兵勢且見屠〔四〕。微言激幽憤,怒
目辭燕都〔五〕。朔風動易水,揮爵前長驅〔六〕。函首致宿
怨,獻田開版圖〔七〕。炯然耀電光,掌握罔匹夫〔八〕。造端
何其銳,臨事竟趑趄〔九〕。長虹吐白日,蒼卒反受
誅〔一〇〕。按劍赫憑怒,風雷助號呼〔一一〕。慈父斷子首,
狂走無容軀〔一二〕。夷城芟七族,臺觀皆焚污〔一三〕。始期
憂患弭,卒動災禍樞〔一四〕。秦皇本詐力,事與桓公殊。奈
何效曹子,實謂勇且愚〔一五〕。世傳故多謬,太史徵
無且〔一六〕。

〔一〕詩作於永州。荆軻:戰國衞人,其先齊人,徙於衞,衞人謂之慶
　　卿,後往燕國,燕人謂之荆軻。其事詳見《史記・刺客列傳》,本詩
　　所叙荆軻事及引文均見此傳。
〔二〕燕秦二句:謂秦將加兵於燕,燕太子丹已爲燕國憂慮。虞:憂慮。
　　公元前二三〇年,秦虜韓王安而滅韓,繼而伐趙,禍將至燕。燕太
　　子丹患之,問計於太傅鞠武,鞠武薦田光,丹謂田光曰:"燕秦不兩
　　立,願先生留意也。"田光因薦荆軻,太子丹因使荆軻刺秦王。
〔三〕千金二句:秦將樊於期得罪於秦王,逃往燕國,爲太子丹收留,秦
　　以金千斤、邑萬家購樊於期首。荆軻向太子丹請樊於期首,丹不

忍。荆軻私見樊於期，言己將刺秦，需樊於期首，樊於期自殺。遂盛樊於期首函封之。太子丹求得趙人徐夫人匕首，使工以藥焠之，乃裝爲遣荆軻。短計：下策。趨：行。

〔四〕窮年二句：謂太子丹整年順荆軻所欲，而此時秦兵侵北地，至燕南界。太子丹於是尊荆軻爲上卿，舍上舍，日造門下，供太牢，具異物，間進車騎美女，恣荆軻所欲，以順適其意。窮年：終年。徇：順也。所欲：所愛，所樂。見屠：謂加兵於燕。

〔五〕微言二句：指太子丹以巧言刺激荆軻，荆軻怒而出發。"荆軻有所待，欲與俱；其人居遠未來，而爲治行。頃之，未發，太子遲之，疑其改悔，乃復請曰：'日已盡矣，荆卿豈有意哉？丹請得先遣秦舞陽。'荆軻怒，叱太子曰：'何太子之遣？往而不返者，豎子也！且提一匕首入不測之彊秦，僕所以留者，待吾客與俱。今太子遲之，請辭決矣！'遂發。"

〔六〕朔風二句：寫荆軻辭行之悲壯。"太子及賓客知其事者，皆白衣冠以送之。至易水之上。既祖，取道，高漸離擊筑，荆軻和而歌，爲變徵之聲，士皆垂淚涕泣。又前而歌曰：'風蕭蕭兮易水寒，壯士一去兮不復還！'復爲羽聲忼慨，士皆瞋目，髮盡上指冠，於是荆軻就車而去，終已不顧。"朔風：北風。易水：水名，其流有三，均發源於今河北易縣。起自定興西南入拒馬河，爲中易；在定興西爲沙河入於中易者爲北易；經徐水縣歷安新爲南易。爵：酒器。前長驅：謂長驅入秦。

〔七〕函首二句：謂荆軻向秦王獻樊於期頭和燕督亢地圖。宿怨：指樊於期與秦王有舊仇。田：土地。版圖：地圖。

〔八〕炯然二句：謂圖中露出匕首，荆軻一手捉住秦王。炯然：明亮貌。電光：形容匕首鋒利。掌握：控制，抓住。罔：迷惑猶豫貌。匹夫：指秦王。"軻既取圖奏之，秦王發圖，圖窮而匕首見。因左手把秦王之袖，而右手持匕首揕之。"

〔九〕造端二句：謂荆軻開始時甚爲勇猛，而事到臨頭，却遲疑徘徊。造端：起始。趑趄(zī jū)：徘徊不進貌。"荆軻既見秦王，發圖，圖窮而匕首見,荆軻因左手把其袖,而右手持匕首揕之。秦王驚,自引起,袖絕,軻逐秦王,秦王環柱走,拔劍以擊荆軻,斷其左股。於是左右前殺軻。”

〔一〇〕長虹二句:謂荆軻刺秦王不成,倉猝之間反而被殺。《史記‧鄒陽列傳》:“昔者荆軻慕燕丹之義,白虹貫日,太子畏之。”《集解》引應劭曰:“(丹)厚養荆軻,令西刺秦王,精誠感天,白虹爲之貫日也。”蒼卒:同“倉猝”。

〔一一〕按劍二句:謂秦王怒而發兵伐燕。赫:發怒。《詩經‧大雅‧皇矣》:“王赫斯怒,爰整其旅。”

〔一二〕慈父二句:謂秦破燕都,燕王喜與太子丹逃往遼東,燕王爲解秦兵,殺丹以獻秦王。無容軀:無處容身。“於是秦王大怒,益發兵詣趙,詔王翦軍以伐燕。十月而拔薊城。燕王喜、太子丹等盡率其精兵東保遼東。秦將李信追擊燕王急,代王嘉乃遺燕王喜書曰:‘秦所以尤追燕急者,以太子丹故也,今王誠殺丹獻之秦王,秦王必解,而社稷幸得血食。’其後李信追丹,丹匿衍水中,燕王乃使使斬太子丹,欲獻之秦。秦復進兵攻之。後五年,秦卒滅燕,虜燕王喜。”

〔一三〕夷城二句:謂秦陷燕都,樓臺宮觀被火焚血污,荆軻七族被殺。夷:平。夷城,指秦攻平燕都薊城。七族:親族的統稱。《史記》卷八十三《鄒陽傳》:“然則荆軻之湛七族,要離之燒妻子,豈足道哉!”《集解》引張晏云:“七族,上至曾祖,下至曾孫。”《索隱》:“父之族,一也;姑之子,二也;姊妹之子,三也;女子之子,四也;母之族,五也;從子,六也;及妻父母凡七。”兩説不同。

〔一四〕始期二句:謂刺秦王的目的是結束國家憂患,結果却觸動了災禍的機關。期:期望。弭(mǐ):停止。卒:結果。樞(shū):樞機。

〔一五〕秦皇四句:謂秦王以變詐和武力爲本,與齊桓公講信義大不相同,荆軻效曹沫劫桓公而救魯國的故事,實在是有勇氣但却愚蠢。曹子:春秋魯莊公大將,《左傳‧魯莊公十年》作曹劌,《史記‧刺客列傳》作曹沫:“齊桓公許與魯會於柯而盟。桓公與莊公既盟於壇上,曹沫執匕首劫齊桓公,桓公左右莫敢動,而問曰:'子將何欲?'曹沫曰:'齊强魯弱,而大國侵魯亦以甚矣。今魯城壞即壓齊境,君其圖之。'桓公乃許盡歸魯之侵地。既已言,曹沫投其匕首,下壇,北面就羣臣之位,顏色不變,辭令如故。桓公怒,欲倍其約。管仲曰:'不可。夫貪小利以自快,棄信於諸侯,失天下之援,不如與之。'於是桓公乃遂割魯侵地,曹沫三戰所亡地盡復予魯。"

〔一六〕世傳二句:謂世人謬傳荆軻刺傷秦王,有違事實。司馬遷從夏無且的友人處求得真相,並載於《史記》。"又言荆軻傷秦王,皆非也。始公孫季功、董生與夏無且游,具知其事,爲余道之如是。"徵:求。無且:夏無且。

贈江華長老〔一〕

老僧道機熟,默語心皆寂〔二〕。去歲別舂陵,沿流此投迹〔三〕。室空無侍者,巾屨唯掛壁〔四〕。一飯不願餘,跏趺便終夕〔五〕。風窗疏竹響,露井寒松滴〔六〕。偶地即安居,滿庭芳草積〔七〕。

〔一〕江華:唐縣名,屬江南道道州,在今湖南江華瑶族自治縣西北。長老:僧之年高有德者。

〔二〕老僧二句:謂長老精於佛理,無論説話與否,内心總寂静不動。按:佛家以空寂爲主,故云。道機熟:指深得禪機佛理。默:静默不語。語:説話。

〔三〕去歲二句:謂去年離開道州沿水路來時,在此落脚。舂(chōng)陵:道州古名,見《元和郡縣圖志》卷二十九。投迹:指在永州居住。

〔四〕室空二句：謂無有侍從，僅有鞋帽掛在牆上。方東樹云："'去歲'句倒入。"（《昭昧詹言》卷七）姚範云："'室空無侍者'，用《維摩詰經》。"（《援鶉堂筆記》卷四十）巾：頭巾，此指僧帽。屨（jù）：鞋，此指僧鞋。漢以前稱屨，漢以後稱履。

〔五〕一飯二句：謂日常用餐只求一飽，平素坐禪直至通夜。一飯：一餐。不願餘：不願另有奢求。跏趺（jiā fū）：僧徒打坐，即結跏趺坐。

〔六〕風窗二句：謂風吹疏竹在窗外作響，寒松之露滴入井中。何焯云："借竹風松露喻老僧之真寂。"（《義門讀書記》評語）

〔七〕偶地二句：最後稱頌長老隨遇可安，以滿院芳草襯托長老寂静寡慾。透出作者此時心境。

田 家 三 首

　　蓐食徇所務，驅牛向東阡〔一〕。鷄鳴村巷白，夜色歸暮田〔二〕。札札耒耜聲，飛飛來烏鳶〔三〕。竭兹筋力事，持用窮歲年〔四〕。盡輸助徭役，聊就空舍眠〔五〕。子孫日以長，世世還復然〔六〕。

〔一〕蓐（rù）食：在蓐席上吃早飯。《左傳·文公七年》："訓卒利兵，秣馬蓐食，潛師夜起。"注："蓐食，早食於寢蓐也。"徇：從事於。所務：所要做的。阡：田間小路。《説文》："路東西爲陌，南北爲阡。"

〔二〕鷄鳴二句：清姚範云："按：'鷄鳴村巷白'，乃言徇務驅車時也，其意未足，而遽云'夜色歸暮田'，且與'耒耜'句不相接，又'夜'、

‘暮’字相犯,疑此句有誤。”(《援鶉堂筆記》卷四十)暮田:《唐詩別裁》作“墓田”。意謂凌晨村中天剛發亮而遠處田野還餘留着夜色,村農此時已下田了。

〔三〕札札:象聲詞,墾地聲。耒耜(lěi sì):古翻土農具。參見《首春逢耕者》注〔一〇〕。飛飛:鳥飛貌。鳶(yuān):鷹。

〔四〕竭兹二句:謂喫盡辛苦,來維持一年的生活。

〔五〕盡輸:全部繳納。徭役:農民除交納地租外,還要服勞役,稱爲徭役。聊就空舍眠:只在空屋中躺下,一無所有。

〔六〕長(zhǎng):長大。還復然:還是如此。

其　　二

　　籬落隔烟火,農談四鄰夕〔一〕。庭際秋蟲鳴,疎麻方寂歷〔二〕。蠶絲盡輸税,機杼空倚壁〔三〕。里胥夜經過,鷄黍事筵席〔四〕。各言官長峻,文字多督責〔五〕。東鄉後租期,車轂陷泥澤〔六〕。公門少推恕,鞭扑恣狼籍〔七〕。努力慎經營,肌膚真可惜〔八〕。迎新在此歲,唯恐蹈前迹〔九〕。

〔一〕籬落二句:寫農莊晚景,家家籬院點起炊煙,夜晚,村民們左鄰右舍來往交談。

〔二〕庭際:院庭邊。疎麻:稀疎的麻地。寂歷:寂寥。

〔三〕機杼:織具,機以轉軸,杼以持緯。

〔四〕里胥:指催租的官吏。鷄黍:殺鷄炊黍,農家最豐盛的飯食。

〔五〕各言二句:此二句及以下六句是里胥在筵席上恫嚇農民的話。
　　官長:指縣官。峻:嚴厲。文字:公文,文書。督責:責備,斥責。

〔六〕後租期:未按期交租。車轂(gǔ):車輪中心圓木,内貫軸,外聯輻條。此指車輪。

〔七〕公門二句:謂衙門責打遲交租的東鄉農民。公門:衙門。推恕:

寬恕。扑：打。狼籍：散亂貌，形容農民被打得遍體鱗傷。

〔八〕努力二句：謂應該努力營辦(租賦)，免得皮肉受苦。經營：指籌
　　　備交租。

〔九〕迎新二句：謂今年又要迎新縣官，只怕與前任一樣。躧前迹：走
　　　前任的路。

<h1 style="text-align:center">其　三</h1>

　　古道饒蒺藜，縈迴古城曲〔一〕。蓼花被堤岸，陂水寒
更淥〔二〕。是時收穫竟，落日多樵牧〔三〕。風高榆柳疎，霜
重梨棗熟。行人迷去住，野鳥競棲宿〔四〕。田翁笑相念，
昏黑慎原陸〔五〕。今年幸少豐，無厭饘與粥〔六〕。

〔一〕古道二句：謂走在蒺藜遍野的城郊鄉村。饒：多。蒺藜：一年生
　　　草本植物，莖橫於地面上，開小黃花，果實有刺。縈迴：縈繞。城
　　　曲：城牆僻處。

〔二〕蓼：草本植物名，花小，淡紅色或白色，生長在水邊或水中。被：
　　　覆蓋。陂(bēi)：池塘。淥(lù)：清澈。

〔三〕竟：結束。樵：打柴人。牧：放牧者。

〔四〕行人二句：謂天色漸晚，野鳥歸巢，而自己却打不定主意是趕路
　　　還是投宿。行人：宗元自謂。

〔五〕田翁二句：老農囑咐，日暮昏黑，不可在道路上行走。念：關心並
　　　囑咐。原陸：指野外。

〔六〕今年二句：田翁留宗元食宿。幸：有幸。少豐：小豐收。無厭：
　　　請不要嫌棄。饘(zhān)：稠粥。《禮記‧檀弓》上：“饘粥之食。”
　　　注：“厚曰饘，稀曰粥。”

　　【評箋】　清‧沈德潛云：(第二首“各言”以下八句)“里胥恐嚇田家

之言，如聞其聲。”(《唐詩別裁》卷四)

早　梅

　　早梅發高樹，迥映楚天碧〔一〕。朔吹飄夜香，繁霜滋曉白〔二〕。欲爲萬里贈，杳杳山水隔〔三〕。寒英坐銷落，何用慰遠客〔四〕？

〔一〕發：開花。迥(jiǒng)：遠。
〔二〕朔吹二句：謂夜裏北風吹來，梅香四溢；清晨繁霜洗染，梅色愈白。朔吹：北風。滋：滋潤。
〔三〕欲爲二句：謂想把它贈給萬里之外的朋友，怎奈山水阻隔，遥遠難致。萬里贈：韓醇注：“‘贈’字，本陸凱詩‘江南無所有，聊贈一枝春’者也。”杳杳：幽遠貌。
〔四〕寒英：指梅花。坐：自然之辭。銷落：衰落，散落。何用：何以。遠客：自指。

楊　白　花〔一〕

　　楊白花，風吹渡江水〔二〕。坐令宮樹無顏色，搖蕩春光千萬里〔三〕。茫茫曉日下長秋，哀歌未斷城鴉起〔四〕。

〔一〕楊白花：《南史》卷六十三《王神念傳》：“時復有楊華者，能作驚軍騎，亦一時妙捷，帝深賞之。華，本名白花，武都仇池人。父大眼爲魏名將。華少有勇力，容貌瓌偉，魏胡太后逼幸之，華懼禍。及大眼死，擁部曲，載父屍，改名華，來降。胡太后追思不已，爲作《楊白花》歌辭，使宮人晝夜連臂蹋蹄歌之，聲甚悽斷。華後位太子左衞率，卒於侯景軍中。"《梁書·王神念傳》同。《楊白花》屬樂府雜曲歌辭，胡太后歌辭見《樂府詩集》卷七十三。

〔二〕楊白花二句：謂風吹楊花過江，實指楊白花棄魏渡江投梁。

〔三〕坐令二句：謂楊白花離宮樹而去，使樹無光彩，比喻楊白花遺太后而去，太后失神，春心徒自搖蕩。

〔四〕茫茫二句：謂太后晝夜令人歌《楊白花》，以表追思不已之情。長秋：《後漢書·明德馬皇后紀》："永平三年春，有司奏立長秋宮。"注："皇后所居宮也。長者，久也；秋者，萬物成熟之初也，故以名焉。請立皇后，不敢指言，故以宮稱之。"此指胡太后所居之宮。

【評箋】 宋·許顗云："柳子厚樂府云：《楊白華》言婉而情深，古今絕唱也。"(《彦周詩話》)

清·沈德潛云："長秋宮太后所居，通篇不露正旨，而以'長秋'二字逗出，用筆用意在微顯之間。"(《唐詩別裁》卷八)

漁　翁

漁翁夜傍西巖宿，曉汲清湘燃楚竹〔一〕。煙銷日出不見人，欸乃一聲山水綠〔二〕。迴看天際下中流，巖上無心雲相逐〔三〕。

〔一〕漁翁二句：謂漁翁夜晚宿於西山下湘江船中，晨起打江水燃枯竹做飯。給人以清高絕俗之感。西巖：韓醇注："集中有《西山宴游記》，西巖，即西山也。"清湘：清澈的湘江。楚：指永州。

〔 二 〕煙銷二句：謂隨着烟銷日出，綠水青山頓現原貌，忽聞櫓聲，漁舟
　　　已在山水之間。隱約傳達出作者孤高而又寂寞的心境。欸乃：
　　　（一音 aǒ ǎi；一音 ǎi nǎi。）一曰搖櫓之聲；一曰湘中棹歌聲。其餘
　　　諸説並録於後文〔評箋〕中。

〔 三 〕迴看二句：謂只有"無心"的白雲與舟相逐。表達孤獨無伴之心
　　　境。無心：陶淵明《歸去來兮辭》："雲無心以出岫。"

【評箋】　宋・惠洪云："洪駒父曰：'柳子厚詩曰："欸乃一聲山水
綠。"欸音奧，而世俗乃分欸爲二字，誤矣。'"（《冷齋夜話》卷二）又云："東
坡云，詩以奇趣爲宗，反常合道爲趣。熟味此詩有奇趣然其尾兩句，雖不
必亦可。欸乃，三老相呼聲也。"（同上卷五）

宋・胡仔云："元次山《欸乃曲》欸音媪；乃音靄，湘中節歌聲。子厚《漁
父詞》有'欸乃一聲山水綠'之句，誤書'款欸'，少年多承誤妄用之，可笑。"苕
溪漁隱曰："余游浯溪，讀磨崖《中興頌》，於碑側有山谷所書《欸乃曲》，因以
百金買碑本以歸，今録入《叢話》。又《元次山集・欸乃曲》注云：'欸音碑
襖；乃音靄，棹舡之聲。'《洪駒父詩話》謂欸音靄，乃音襖，遂反其音，是不曾
看《元次山集》及山谷此碑而妄爲之音耳。"（《苕溪漁隱叢話》前集卷十八）

宋・程大昌云："欸音奧，乃音靄。……其謂欸乃者，殆舟人於歌聲
之外，別出一聲，以互相其所歌也耶。"（《演繁露》卷十三）

宋・高似孫云："柳子厚《漁翁》詩：'欸乃一聲山水綠。'欸音燠，乃音
靄。唐劉言史瀟湘詩：'夷女採山蕉，緝紗浸江水。野花滿髻妝色新，間
歌曖迺深峽裏。曖迺知從何處生，當時泣舜斷腸聲。'言史之詩，則又以
欸乃爲泣舜之餘聲，夷女皆能之，不必爲漁父棹船相應聲也。二字音雖
同而字則異，以欸爲曖，以乃爲迺。"（《緯略》卷一）

明・王文禄云："柳柳州《漁翁詩》氣清而飄逸，殆商調歟！"（《詩的》）

清・沈德潛云："東坡謂删去末二語，餘情不盡，信然。"（《唐詩別裁》
卷八）

零陵早春〔一〕

問春從此去，幾日到秦原〔二〕？憑寄還鄉夢，慇懃入故園〔三〕。

〔一〕零陵：唐代永州治所。
〔二〕問春二句：謂春天從永州北去，問幾時才能到長安呢？南方春早，故云。秦原：秦地平原，指長安。
〔三〕憑寄二句：謂春天請把我還京之夢帶回長安吧。憑：憑借。

春懷故園〔一〕

九扈鳴已晚，楚鄉農事春〔二〕。悠悠故池水，空待灌園人〔三〕。

〔一〕故園：指宗元故鄉河東（今山西永濟縣），此則指長安。
〔二〕九扈二句：謂催人耕作的九扈鳥鳴叫已久，永州百姓正從事春作。九扈(hù)：《説文》作"九雇"："九雇，農桑候鳥，扈民不婬者也。……春雇鳻盾，夏雇竊玄，秋雇竊藍，冬雇竊黃，棘雇竊丹，行雇唶唶，宵雇嘖嘖，桑雇竊脂，老雇鷃也。"按：此指春雇。晚：指時間久。楚鄉：指永州。
〔三〕悠悠二句：謂故鄉的悠悠池水，只能空待我這個灌園人了。含義是感歎自己被貶在外，不得還鄉。悠悠：安靜綿長貌。灌園人，澆灌菜園的人，宗元自指。世綵堂本注："於陵子辭卿相而桔橰灌園。戴宏爲河間相，自免歸而灌蔬，以經教授。向秀與吕安灌園山陽，收餘利以供酒食之費。范丹學通三經，常自賃灌園。"末二句從對面寫來，不説人思鄉水，却説鄉水思人；不説已不得歸，反説鄉水空待已歸，含蓄有味。

江　雪

　　千山鳥飛絶，萬逕人蹤滅〔一〕。孤舟蓑笠翁〔二〕，獨釣寒江雪。

〔一〕逕：路。
〔二〕蓑笠：簑衣和斗笠。借雪天獨釣江上的漁翁，寄托自己清高孤傲
　　　的情懷。

【評箋】　蘇軾《書鄭谷詩》云："鄭谷詩云：'江上晚來堪畫處，漁人披得一蓑歸。'此村學中詩也。柳子厚云：'千山鳥飛絶，萬徑人蹤滅。扁舟蓑笠翁，獨釣寒江雪。'人性有隔也哉。殆天所賦，不可及也已。"（《東坡題跋》卷二）
　　清・沈德潛云："清峭已絶。王阮亭尚書獨貶此詩，何也？"（《唐詩別裁》卷十九）

獨　覺〔一〕

　　覺來窗牖空，寥落雨聲曉〔二〕。良游怨遲暮，末事驚

紛擾〔三〕。爲問經世心,古人誰盡了〔四〕?

〔一〕覺:醒。

〔二〕牖(yǒu):窗户。寥落:稀疏。

〔三〕良游:《文選》謝靈運《擬魏太子鄴中集詩》:"良游匪晝夜,豈云晚與早?"劉良注:"良游,游樂無日夜早晚也。"遲暮:歲晚。末事:小事。紛擾:紛繁擾亂。

〔四〕經世心:濟世之心。了:明白,曉解。

夏 晝 偶 作

　　南州溽暑醉如酒,隱几熟眠開北牖〔一〕。日午獨覺無餘聲,山童隔竹敲茶臼〔二〕。

〔一〕南州二句:謂南方夏天濕熱之氣燻人如醉,便打開北窗憑几睡去。南州:指永州。溽(rù)暑:潮濕的夏季。隱几:倚着小桌。古人席地而坐,設几於座側,用以憑倚。牖(yǒu):窗。

〔二〕日午二句:謂中午醒來,四周寂静,只聞山童敲茶臼聲。章士釗云:"敲茶臼者,製新茶也。唐人飲茶,不尚購買製成品種,往往自採而自製之,製就即飲,以新爲貴,此子厚所以聞敲茶臼也。"(《柳文指要》卷十四)茶臼:搗茶容器。此詩後二句寫南州溽暑中午醒時對聲音的突出感受,一片寂静的環境中只聽見茶臼的單調敲擊聲,以有聲襯無聲,有"蟬噪林逾静,鳥鳴山更幽"(王籍《入若耶溪》)詩境之妙。

秋曉行南谷經荒村〔一〕

　　杪秋霜露重〔二〕，晨起行幽谷。黃葉覆溪橋，荒村唯古木。寒花疎寂歷〔三〕，幽泉微斷續〔四〕。機心久已忘，何事驚麋鹿〔五〕？

〔一〕南谷：在永州城郊。
〔二〕杪(miǎo)：本義爲樹梢，引申爲事物或時間之末。杪秋，晚秋，深秋。
〔三〕疎：稀疎。寂歷：寂寞。
〔四〕微：泉聲細微。
〔五〕機心二句：謂我早已忘却機巧之心，爲什麽麋鹿見我還害怕呢？故作曠達之語。機心：智巧變詐之心計。《莊子·天地》：“有機械者必有機事，有機事者必有機心，機心存於胸中則純白不備。”忘機謂忘掉機巧之心，與世無爭，與物無忤。古人以爲忘機之人方能與野獸相親爲友。《列士傳》言伯夷、叔齊七日未進食，天遣白鹿乳之，夷、齊思念此鹿肉食之必美，鹿知其意，不復來，夷、齊遂餓死。

中夜起望西園值月上〔一〕

　　覺聞繁露墜〔二〕，開户臨西園。寒月上東嶺，泠泠疎竹根〔三〕。石泉遠逾響，山鳥時一喧〔四〕。倚楹遂至旦〔五〕，寂寞將何言。

〔一〕中夜：半夜。西園：永州住所西邊的園地。

〔二〕覺：醒。

〔三〕泠(líng)泠：水聲。

〔四〕時：間或。一喧：叫一聲。

〔五〕楹：廳堂的前柱。此詩寫半夜幽静之境和寂寞孤獨之感，刻畫
　　　入神。

梅　　雨〔一〕

　　梅實迎時雨，蒼茫值晚春〔二〕。愁深楚猿夜，夢斷越
雞晨〔三〕。海霧連南極，江雲暗北津〔四〕。素衣今盡化，非
爲帝京塵〔五〕。

〔一〕梅雨：亦稱黄梅雨，江南梅子黄熟時，常陰雨連綿，稱梅雨。《初
　　　學記》卷二引南朝梁元帝《四時纂要》：“梅熟而雨曰梅雨。”注：“江
　　　南呼爲黄梅雨。”

〔二〕實：果實成熟。蒼茫：無涯貌，指陰雨。

〔三〕愁深二句：謂夜不成寐，夜間聽猿啼而愁深。早晨聞雞聲而夢
　　　斷。楚猿：永州的猿。越雞：南越的雞。

〔四〕海霧二句：謂白天雲霧迷茫，一片暗淡。海霧：永州近海，稱霧爲
　　　海霧。南極：南疆。暗：遮蔽而不得見。北津：北邊的渡口。

〔五〕素衣：白衣服。化：因沾染而變色。《文選》陸機《爲顧彦先贈婦
　　　詩》之一：“京洛多風塵，素衣化爲緇。”宗元反其意而用之，意爲我
　　　的衣變黑，不是帝京灰塵所染，而是久爲逐臣客居南荒所致。蓋
　　　藉梅雨抒發被貶謫的苦悶。

【評箋】　宋·陳巖肖云：“江南五月梅熟時，霖雨連旬，謂之黃梅雨。然少陵曰：‘南京犀（犀，一作西）浦道，四月熟黃梅；湛湛長江去，冥冥細雨來。’蓋唐人以成都爲南京，則蜀中梅雨，乃在四月也。及讀柳子厚詩曰：‘梅實迎時雨，蒼茫值晚春。……’此子厚在嶺外詩，則南越梅雨，又在春末。是知梅雨時候，所至早晚不同。”（《庚溪詩話》卷上）

世綵堂本引《筆墨間録》云：“此詩不減老杜。”

同劉二十八院長述舊言懷感時書事奉寄澧州張員外使君五十二韻之作，其韻增至八十，通贈二君子〔一〕

弱歲遊玄圃〔二〕，先容幸棄瑕〔三〕。名勞長者記，文許後生誇〔四〕。鶗翼嘗披隼，蓬心類倚麻〔五〕。繼酬天禄署〔六〕，俱尉甸侯家〔七〕。憲府初收迹〔八〕，丹墀共拜嘉〔九〕。分行參瑞獸〔一〇〕，傳點亂宮鴉〔一一〕。執簡寧循枉，持書每去邪〔一二〕。鸞鳳摽魏闕〔一三〕，熊武負崇牙〔一四〕。辨色宜相顧〔一五〕，傾心自不譁〔一六〕。金爐仄流月〔一七〕，紫殿啓晨椵〔一八〕。

未竟遷喬樂〔一九〕，俄成失路嗟〔二〇〕。還如渡遼水〔二一〕，更似謫長沙〔二二〕。別怨秦城暮〔二三〕，途窮越嶺斜〔二四〕。訟庭閑枳棘〔二五〕，候吏逐麛麚〔二六〕。三載皇恩暢〔二七〕，千年聖曆遒〔二八〕。朝宗延駕海〔二九〕，師役罷梁溠〔三〇〕。京邑搜貞幹〔三一〕，南宫步渥洼〔三二〕。世推材是梓〔三三〕，人仰驥中騧〔三四〕。欻刺苗人地〔三五〕，仍逾贛石崖〔三六〕。禮容垂珥瑵〔三七〕，戎備響錎錽〔三八〕。寵即郎官舊〔三九〕，威從太守加〔四〇〕。建旗翻鷺鳥〔四一〕，負弩繞文蛇〔四二〕。册府榮八命〔四三〕，中闈盛六珈〔四四〕。肯隨胡質矯〔四五〕，方惡馬融奢〔四六〕。褒德符新换〔四七〕，懷仁道併遮〔四八〕。俗嫌龍節晚，朝訝介圭賒〔四九〕。《禹貢》輸苞匭，《周官》賦秉秅〔五〇〕。雄風吞七澤，異產控三巴〔五一〕。即事觀農稼，因時展物華。秋原被蘭葉，春渚漲桃花。令肅軍無擾，程懸市禁賒〔五二〕。不應虞竭澤〔五三〕，寧復歎棲苴〔五四〕。蹀躞驪先駕〔五五〕，籠銅鼓報衙〔五六〕。染毫東國素〔五七〕，濡印錦溪砂〔五八〕。貨積舟難泊〔五九〕，人歸山倍賒〔六〇〕。吳歈工折柳〔六一〕，楚舞舊傳芭〔六二〕。隱几松爲曲〔六三〕，傾樽石作污〔六四〕。寒初榮橘柚，夏首薦枇杷〔六五〕。祀變荆巫禱，風移魯婦鬠〔六六〕。已聞施愷悌〔六七〕，還覩正奇衺〔六八〕。

慕友慚連璧〔六九〕，言姻喜附葭〔七〇〕。沉埋全死地，流落半生涯〔七一〕。入郡腰恒折，逢人手盡叉〔七二〕。敢辭親恥污〔七三〕，唯恐長疵瘕〔七四〕。善幻迷冰火〔七五〕，《齊諧》笑柏塗〔七六〕。東門牛屢飯〔七七〕，中散蝨空爬〔七八〕。逸戲看猿鬬，殊音辨馬檛〔七九〕。渚行狐作孽，林宿鳥爲殘〔八〇〕。同病憂能老，新聲屬似姱〔八一〕。豈知千仞墜，祇爲一毫差〔八二〕。守道甘長絕〔八三〕，明心欲自刳〔八四〕。貯愁聽夜雨，隔淚數殘葩〔八五〕。梟族音常聒〔八六〕，豺羣喙競呀〔八七〕。岸蘆翻毒蜃〔八八〕，磧竹鬬狂麻〔八九〕。野鶩行看弋，江魚或共扠〔九〇〕。瘴氛恒積潤，訛火屢生煆〔九一〕。耳靜煩喧蟻〔九二〕，魂驚怯怒蛙〔九三〕。風枝散陳葉，霜蔓縱寒瓜。霧密前山桂，冰枯曲沼遐〔九四〕。思鄉比莊舄〔九五〕，遯世遇眭夸〔九六〕。漁舍茨荒草，村橋臥古槎〔九七〕。禦寒裘用羖〔九八〕，挹水勺仍椰〔九九〕。窗蠹惟潛蝎〔一〇〇〕，甍涎競綴蝸〔一〇一〕。引泉開故竇，護藥插新笆〔一〇二〕。樹怪花因槲〔一〇三〕，蟲憐目待蝦〔一〇四〕。驟歌喉易嗄，饒醉鼻成齇〔一〇五〕。曳捶牽羸馬，垂蓑牧艾豭〔一〇六〕。已看能類鼈，猶訝雉爲鶘〔一〇七〕。誰采中原菽，徒巾下澤車〔一〇八〕。俚兒供苦筍，儈父饋酸樝〔一〇九〕。勸策扶危杖，邀持當酒茶〔一一〇〕。道流徵短褐，禪客會袈裟〔一一一〕。香飯春菰米〔一一二〕，珍蔬折五茄〔一一三〕。方期飲甘露〔一一四〕，更欲吸流霞〔一一五〕。屋鼠從穿穴，林狙任攫挐〔一一六〕。春衫裁白紵〔一一七〕，朝帽挂烏紗〔一一八〕。屢歎恢恢網〔一一九〕，頻搖肅肅罝〔一二〇〕。衰榮因蕣莢，盈缺幾蝦蟆〔一二一〕。路識溝邊柳，城聞隴上笳〔一二二〕。共思捐珮處〔一二三〕，千騎擁青緺〔一二四〕。

〔一〕劉二十八：劉禹錫。二十八是劉禹錫的排行。唐人好用人的行第相稱。院長：柳宗元曾與劉禹錫同爲監察御史，故呼劉爲院長。唐御史臺有臺院、殿院、察院。《舊唐書·職官志》監察御史，正八品上。澧州張員外使君：張署。貞元十九年，與韓愈爲幸臣所讒，韓愈貶陽山令，張署爲臨武令。後張署爲澧州刺史。此詩是宗元貶永州後作。

〔二〕弱歲句：謂少年時期來到京城長安。弱歲：弱冠，二十歲曰弱冠。宗元生於代宗大曆八年（七七三），至德宗貞元五年（七八九），年十七，舉進士；九年登第，年二十一。玄圃：東方朔《十洲記》：“崑崙山有三角，一角正西北，名玄圃臺。”此借指長安。

〔三〕先容：推薦揄揚之人。《漢書·鄒陽傳》：“蟠木根柢，輪囷離奇，而爲萬乘器者，何則？以左右爲之先容也。”容，謂雕刻文飾。俗稱爲人介紹揄揚曰爲之先容，本此。棄瑕：捨去其瑕疵。瑕，玉玷。引申爲缺點。

〔四〕名勞二句：謂長者記我的名，後生傳誦我的文章。

〔五〕鷃翼二句：謂自己嘗與賢士交游，如雀之附隼，如蓬之倚麻。鷃：斥鷃。《莊子・逍遙遊》："斥鷃笑之曰。"王先謙《莊子集解》曰："司馬云：'斥，小澤。鷃，雀也。'"斥本作尺，古字通。夏侯湛《抵疑》："尺鷃不能陵桑榆。"《文選・七啓》注："鷃雀飛不過一尺，言其劣弱也。"鷃亦作鴳。披：傍，依附。隼(sǔn)：一種凶猛的鳥，又叫鶻。蓬心句：即《荀子・勸學篇》"蓬生麻中，不扶而直"之意，謂如蓬草之倚麻。

〔六〕繼酬句：謂與張署同校秘書閣。張署貞元二年以進士舉博學宏詞，爲校書郎(隸屬弘文館，從九品上)。宗元於貞元九年登進士第，十二年中試博學宏詞科，年二十四，授集賢殿正字。酬：當作"讎"，謂校讎。天祿署：借用揚雄校書天祿閣故事爲比。天祿閣，閣名。漢代以藏秘書。天祿，獸名，一作天鹿。《漢書・西域傳》："烏弋山離國，……而有桃拔，師子、犀牛。"注："孟康曰：桃拔一名符拔，似鹿長尾，一角者或爲天鹿，兩角者或爲辟邪。"閣以此爲名。

〔七〕俱尉句：謂同爲縣尉。張署任京兆武功尉，宗元於貞元十七年調藍田縣尉。甸侯：《左傳・桓公二年》："惠之二十四年，晉始亂，故封桓叔於曲沃。……今晉，甸侯也。"杜注："諸侯而在甸服者。"按甸，甸服。《國語・周語上》云："夫先王之制，邦內甸服。"韋注云："邦內謂天子畿內千里之地。《王制》曰：'千里之內曰甸。'周襄王謂晉文公曰'昔我先王之有天下也，規方千里以爲甸服'是也。"武功、藍田俱在長安王畿千里之內，故稱甸侯。

〔八〕憲府句：謂張署自武功尉拜監察御史(正八品下)。謝靈運《晉書》云漢官，尚書爲中臺，御史爲憲臺，謁者爲外臺，是爲三臺。按：憲府，即御史府。初收迹：謂開始任監察御史。《新唐書・百官志》："御史臺，其屬有三院：一曰臺院，侍御史隸焉；二曰殿院，殿中侍御史隸焉；三曰察院，監察御史隸焉。"

〔九〕丹墀：指朝廷。拜嘉：謂拜受所任。《左傳·襄公四年》：“敢不拜嘉。”謂自己與張署共同被擢。柳宗元亦於貞元十九年拜監察御史。

〔一〇〕參：參預，加入其間。瑞獸：指獬豸。《後漢書·輿服志》：“法冠，一曰柱後。執法者服之，或謂之獬豸冠。獬豸，神羊，能别曲直，楚王嘗獲之，故以爲冠。”注：“《異物志》曰：東北荒中有獸名獬豸，一角，性忠。見人鬥，則觸不直者；聞人論，則咋不正者。楚執法者所服也。”句意謂列班行於御史之中。

〔一一〕傳點：《新唐書·儀衞上》：“平明，傳點畢，内門開，監察御史領百官入，夾階。”點即雲板，擊之以召集執事之人，謂之傳點。《新唐書·百官志》：“（御史臺）朝會。則率其屬正百官之班序，遲明列於兩觀，監察御史二人押班，侍御史顓舉不如法者。”亂宫鴉：宫鴉初飛，是天明時情景。

〔一二〕執簡二句：皆指御史之職。御史執簡記録朝廷大事，對君臣的錯誤是直書不循情的。寧循枉：謂豈能文過飾非。御史又職在彈劾以去奸邪。持書：拿着彈劾奏章。

〔一三〕鸞凰句：意謂入朝於魏闕之内。鸞凰：闕飾。摽（biào）：擊，撲，飛舞。魏闕：亦稱象魏，古代宫門懸掛法令的地方。

〔一四〕熊武句：意謂列班在殿外鐘磬架之前。熊武：即熊虎。唐代諱虎，虎皆改作武。負：背。崇牙：樂器上的裝飾。《詩·周頌·有瞽》：“崇牙樹羽。”按懸鐘磬之架，其兩端植木爲虡，在虡上的横木爲栒（筍），栒上加大板，其上刻爲崇牙，似鋸齒捷業然。《考工記》云：“梓人爲筍虡。天下之大獸五：脂者、膏者、臝者、羽者、鱗者。……厚脣弇口，出目短耳，大胸燿後，大體短脰，若是者謂之臝屬。恒有力而不能走，其聲大而宏，有力而不能走，則於任重宜，聲大而宏，則於鐘宜，若是者以爲鐘簨。”古者鐘磬皆陳於庭，故班固《西都賦》云：“列鐘虡於中庭。”其制古鐘虡跗如猛獸，磬虡跗如鷙鳥。故張衡《西京賦》云：“洪鐘萬鈞，猛虡趪趪。負筍簨而餘怒，乃奮翅而騰驤。”唐代宫庭之中當亦如此。此則其虡跗作熊虎之形者。

〔一五〕辨色句：謂糾察百官的班序。《詩·庭燎》第三章鄭箋云：“今夜
鄉明，我見其旂，是朝之時也。朝禮，別色始入。”又“夜未艾”疏
云：“朝禮，羣臣別色始入，在雞鳴之後。”

〔一六〕傾心句：謂整肅百官的朝儀，百官傾心不敢喧譁。

〔一七〕金爐句：謂其時金爐之上照着落月。

〔一八〕紫殿句：謂紫殿門開啓於朝霞初升之時。《新唐書·儀衞上》：
“朝日，殿上設黼扆，躡席，熏爐，香案。御史大夫領屬官至殿西
廡，從官朱衣傳呼，促百官就班，文武列於兩觀。監察御史二人立
於東西朝堂甎道以涖之。平明傳點畢，內門開。”自此以上自叙與
張署入仕以來的經歷及同爲御史的情況。

〔一九〕未竟：未終。遷喬：升遷，指自縣尉遷爲御史。《詩經·小雅·伐
木》：“出自幽谷，遷於喬木。”後用以指遷居，亦指仕宦之高遷。

〔二〇〕俄：不久。失路：喻失意。指貞元十九年，張署自監察御史貶爲
郴州臨武縣令。臨武縣即今湖南臨武縣。

〔二一〕渡遼水：《後漢書·崔駰傳》載：崔駰字亭伯，博學善屬文，爲權臣
竇憲主簿，因他致書於憲，指切長短而被疏，出爲長岑（今遼寧潘
陽市東）長。駰不願到遠地去，因棄官回家。李白《單父東樓秋夜
送族弟沈之秦》：“屈平憔悴滯江潭，亭伯流離放遼海。”遼水，指
遼河流域。

〔二二〕謫長沙：西漢賈誼事文帝，絳灌、馮敬之屬妬害之，謫長沙王太
傅。事見《漢書·賈誼傳》。

〔二三〕別怨句：謂離別長安。秦城：指長安。

〔二四〕途窮句：言被貶去郴州。越嶺：指郴州。

〔二五〕訟庭句：謂如鸞鳳棲於枳棘之中。《後漢書·仇覽傳》：“時考城
令河內王渙，署（仇覽）爲主簿。謂覽曰：‘主簿聞陳元之過，不罪
而化之，得無少鷹鸇之志邪？’覽曰：‘以爲鷹鸇不若鸞鳳。’渙謝
遣曰：‘枳棘非鸞鳳所棲，百里豈大賢之路。’”訟庭：聽訟的公堂。
此指縣衙。閑：閉。

〔二六〕候吏句：謂縣中小吏如麏鹿之粗野。麋(mí)：獸名,似鹿而大。麚(jiā)：牝鹿。

〔二七〕三載句：自貞元十九年癸未至貞元二十一年乙酉爲三年。是年正月,順宗即位,二月,大赦,張署自臨武量移江陵掾,故云“皇恩暢”。

〔二八〕千年句：謂是年八月憲宗即位。

〔二九〕朝宗句：謂天下諸侯皆朝京師。朝宗：《詩·小雅·沔》：“沔彼流水,朝宗於海。”謂水之歸海,猶諸侯之朝見天子。駕海：航海。

〔三〇〕師役句：謂征戰停息。梁淺(zhà)：爲架橋於淺水之上。《左傳·莊公四年》：“令尹鬭祈,莫敖屈重,除道梁淺,營軍臨隨。”因楚王死於途中,故楚令尹開直道,作橋於淺水之上,而以軍猝然至隨國。此指永貞元年二月李師古聞順宗即位罷兵事。

〔三一〕京邑句：謂順宗永貞元年三月,召回謫臣。《通鑑》云：“德宗之末,十年無赦,羣臣以微過譴逐者,皆不復敘用,至是始得量移。壬申,追忠州別駕陸贄、郴州別駕鄭餘慶、杭州刺史韓皋,道州刺史陽誠赴京師。”按張署亦自臨武令量移江陵掾,自江陵掾入爲京兆府司錄參軍。貞幹：謂賢才。《通鑑》漢桓帝建和元年“失國之主,其朝豈無貞幹之臣。”貞與楨同,幹與榦同,築垣牆必須楨榦,以喻立國必須賢才。

〔三二〕南宮句：謂元和二年張署自司錄參軍遷爲尚書刑部員外郎。南宮：本南方列宿,漢尚書省象之,所以鄭宏爲尚書令,取前後裨益於政者,著《南宮故事》。渥洼：良馬。《漢書·武帝本紀》：元鼎四年秋“馬生渥洼水中,作《寶鼎》、《天馬》之歌”。注：“李斐曰：南陽新野有暴利長,當武帝時遭刑,屯田燉煌界,數於此水旁,見羣野馬中有奇異者,與凡馬異,來飲此水。利長先作土人,持勒靽於水旁。後馬玩習久之,代土人持勒靽,收得其馬獻之。欲神異此馬,云從水中出。”此以神馬比張署。

〔三三〕梓：良木。《尚書·梓材》：“若作梓材。”

〔三四〕驥中騄：謂馬中的騄驪,亦是駿馬。按：騄與上句梓,皆以比張署是賢才。

〔三五〕敭刺句：謂張署自員外出爲虔州刺史。苗人地：虔州屬江南道，古三苗之地。

〔三六〕仍逾句：謂虔州僻遠，路過贛石。贛石：即今贛江之十八灘。據《陳書·高祖紀》載：南康贛石，舊有二十四灘，灘多巨石，行者以爲難。隋唐時虔州，宋改爲贛州，屬江西省，故治即今江西贛縣。

〔三七〕禮容句：謂自己佩帶琫琫飾的刀。《詩·大雅·公劉》："鞞琫容刀。"鞞(bǐng)：朱熹注："鞞，刀鞘也。"琫(běng)：刀上飾也。"

〔三八〕戍備句：謂士兵亦皆戎裝帶盔。戍：軍隊防守。錏鍜(yā xiá)：頭鎧。

〔三九〕寵即句：謂張署仍是舊日郎官的品級。

〔四〇〕威從句：謂又有新的太守權威。指爲虔州太守。

〔四一〕建旟句：唐制，州刺史建旟。《周禮·司常》："州里建旟。""鳥隼爲旟。"謂旗上畫鳥隼。鷙鳥：即鳥隼。注："鳥隼，象其勇捷也。"翻：謂旌旗飄動。

〔四二〕負弩句：謂縣令負弩矢先驅。文蛇：謂縣令建旐。《周禮·司命》："縣鄙建旐。""龜蛇爲旐。"注："龜蛇，象其扞難辟害也。"

〔四三〕册府句：《周禮·大宗伯》："以九儀之命，正邦國之位。……八命作牧。"注："謂侯伯有功德者，加命，得專征伐於諸侯。鄭司農云：一州之牧。王之三公亦八命。"册府：内府，王府。

〔四四〕中閨句：謂張署的夫人亦居尊位，而戴六個珈的高貴首飾。中閨：猶言内室。《詩·君子偕老》："君子偕老，副笄六珈。"毛傳："珈，笄飾之最盛者。"世綵堂本注云："韓吏部作張公墓誌云：娶河東柳氏子，則公蓋與張爲親，故言及中閨也。"

〔四五〕肯隨句：謂張署肯如胡質一樣正直。胡質：《三國志·胡質傳》注引《晉陽秋》曰："質爲荊州刺史，其子威自京都來省之。告歸，質賜其絹一匹，威跪曰：大人清白，不審於何得此絹？質曰：是吾俸祿之餘。故以爲汝糧耳。其父子清慎如此。"矯：《博雅》："直也。"《漢書·成帝紀》："民彌惰怠，何以矯之。"注："矯，正也。"

〔四六〕方惡句：謂惡嫌馬融的奢侈。《後漢書·馬融傳》：融善鼓琴，好吹笛，達生任性，不拘儒者之節，居宇器服，多存侈飾。常坐高堂，施絳紗帳，前授生徒，後列女樂，弟子以次相傳，鮮有入其室者。桓帝時，爲南郡太守，大將軍梁冀諷有司奏融在郡貪濁，免官。

〔四七〕褒德句：謂嘉獎張署之德由虔州刺史遷澧州(故治在今湖南澧縣)刺史。符：《漢書·文帝紀》：“二年九月，初與郡守爲銅虎符、竹使符。”注：“師古曰：與郡守爲符者，謂各分其半，右留京師，左以與之。”換符，即是調任。

〔四八〕懷仁句：謂張署赴澧州任，虔州人懷其仁惠，遮道挽留他。《後漢書·寇恂傳》：寇恂嘗爲潁川太守，後從光武擊潁川賊，既平，百姓遮道曰：“願從陛下復借寇君一年。”乃留恂。《新唐書·地理志》：澧州澧陽郡，上，屬山南道。

〔四九〕俗嫌二句：謂張署入覲皇帝之晚。龍節：《周禮·司徒·掌節》：“凡邦國之使節：山國用虎節，土國用人節，澤國用龍節，皆金也。”注：“使節，使卿大夫聘於天子諸侯行道所執之信也。”介圭：《詩·大雅·韓奕》：“以其介圭，入覲於王。”介圭，大圭。賒：遠，晚。

〔五〇〕禹貢二句：謂張署到任後對朝廷依禮貢獻。《禹貢》：《尚書》篇名，其中言各州對朝廷的賦貢。《禹貢》云：“苞匭菁茅。”注：“苞，橘柚；匭，匣。”謂荆州所貢之物有橘、柚、菁及茅。澧州唐屬江南西道，即荆州之地，土貢有柑橘，故云。周官：《周禮·秋官·掌客》：“凡諸侯之禮，……上公，車米眡生牢，牢十車，車秉有五藪。車禾眡死牢，牢十車，車三秅。”注：“車米，載米之車也。”《聘禮》曰：“十斗曰斛，十六斗曰藪，十藪曰秉，每車秉有五藪，則二十四斛也。”《聘禮》又云：“四秉曰筥，十筥曰稯，十稯曰秅，每車三秅，則三十稯也。”

〔五一〕雄風二句：概言澧州的形勢，謂澧州的偉大氣勢可吞七澤，奇異的物產遠控三巴。七澤：司馬相如《子虛賦》：“臣聞楚有七澤，嘗見其一，未睹其餘也。臣之所見，蓋特其小小者耳，名曰雲夢。”三巴:《華陽國志》:"劉璋改永寧爲巴郡,以固陵爲巴東,徙龐羲爲巴西太守,是爲三巴。"按:劉璋永寧郡,今爲四川巴縣以東至忠縣地。固陵郡,今爲雲陽奉節等縣地。巴西郡,今爲閬中縣地。唐分屬山南東道及山南西道。此二道與江西南道相接,故曰控三巴。

〔五二〕程懸句:謂法明而街市的禁令寬大。程:法。貰(shì):《漢書·文三王傳》:"得見貰赦。"注:"師古曰:貰謂寬其罪。"

〔五三〕不應句:謂百姓不憂苛刻的剥削。竭澤:即竭澤而漁。喻不留餘地。《説苑·權謀》:"焚林而田,得獸雖多,而明年無復也。乾澤而漁,得魚雖多,而明年無復也。"

〔五四〕寧復句:謂百姓不再有枯槁之歎。《詩經·大雅·召旻》:"如彼歲旱,草不潰茂,如彼棲苴。"傳:"苴,水中浮草也。"箋云:"王無恩惠於天下,天下之人,如旱歲之草,皆枯槁無潤澤,如樹上之棲苴。"

〔五五〕蹀躞:馬行貌。騶:騎馬前導的小吏。句意謂出行時有小吏前導。

〔五六〕籠銅:鼓聲。句意謂聞鼓聲則坐堂治事。

〔五七〕染毫:濡筆。素:帛。句意謂作書用的是東國的帛。

〔五八〕濡印句:謂蓋印用的是錦州的丹砂。錦溪:錦州。在今湖南麻陽縣西四里。《本草》:"丹砂,多出蠻洞錦州界。"

〔五九〕貨積句:言貨積之多,市場繁榮。

〔六〇〕人歸句:謂流人皆歸,土地盡耕。畬(shē):燒火種田。即焚燒田地裏的草木,用草木灰作肥料耕種。

〔六一〕吳歈(yú):吳歌。折柳:即折楊柳曲名。

〔六二〕楚舞:楚人的舞蹈。芭:巫所持的香草。《楚辭·禮魂》:"成禮兮會鼓,傳芭兮代舞。"傳芭,人執香草,互相傳遞,古祀神飲福,相與娛樂之事。以上二句謂人民樂業,歌舞昇平。

〔六三〕隱几:倚着几案。松爲曲:以松爲曲几。

〔六四〕傾樽句:謂以石作汙樽。汙(wā):今作窊,凹陷。石作汙,以石作宂樽。《禮記·禮運》:"汙尊而抔飲。"注:"汙尊,鑿地爲尊也。"
按此以石爲汙尊。

〔六五〕寒初二句:謂澧州氣候温暖,秋季橘柚繁榮,而初夏即進食枇杷。
薦:進。此二句述澧州氣候。

〔六六〕祀變二句:謂張署使當地的土俗改變。荆巫句:謂荆楚用巫祀之
俗,今已變化。風移句:謂喪禮用鬘的土風也改移了。《禮記·
檀弓》:"魯婦人之鬘而弔也,自敗於臺駘始也。"《左傳·襄公四
年》:"冬十月,邾人莒人伐鄫,臧紇救鄫,侵邾,敗於狐駘,國人逆
喪者皆鬘,魯於是乎始鬘。"注:"鬘,麻髮合結也。遭喪者多,故不
能備凶服,鬘而已。"

〔六七〕施愷悌:謂施行愷悌之教。《詩經·大雅·旱麓》:"豈弟君子。"豈
弟即愷悌,樂易也。(見《蓼蕭》傳)箋云:"以有樂易之德施於民。"

〔六八〕正奇衺(xié):謂糾正邪惡的行爲。《周禮·地官·比長》:"有辠
奇衺,則相及。"謂五家有罪惡則連及。衺,惡也。以上自"未竟遷
喬樂"至此,皆叙張署出爲郴州臨武令及遷爲虔、澧二州刺史的經
歷和政績。

〔六九〕慕友句:謂愛慕張署而自慚不堪與之齊名。連璧:謂如一雙美
玉。此以美玉比人之德才。

〔七○〕言姻句:講到婚姻則喜兩家有葭莩之親。葭莩:蘆中薄膜。《漢
書·中山靖王傳》:"今羣臣非有葭莩之親。"注:"師古曰:葭,蘆
也。莩者,其筒中白皮至薄者也。"後稱親屬爲葭莩,本此。張爲
柳家女婿,見上"中闈盛六珈"注。

〔七一〕沉埋二句:謂自己遭貶而沉埋流落。

〔七二〕腰恒折:謂經常折腰。折腰,拜。手盡叉:謂總要叉手。叉手,拱
手。王維《能禪師碑銘》:"思布髮以奉迎,願叉手而作禮。"

〔七三〕敢辭句:謂不敢辭於恥汙之地。

〔七四〕唯恐句:只怕增加罪過。瘕(jiǎ):病。

〔七五〕善幻句:謂被善變化的人所迷惑。

〔七六〕齊諧:謂遭俳優者所嘲笑。《莊子·逍遥游》:"齊諧者,志怪者

也。"注:"姓齊名諧,人姓名也。亦言書名也。齊國有此俳諧之書也。"柏塗(chá):《漢書·東方朔傳》:郭舍人妄爲諧語曰:"令壺齟,老柏塗,伊優亞,㹠吽牙。"

〔七七〕東門句:謂自己如甯戚的窮困。《離騷》:"甯戚之謳歌兮,齊桓聞以該輔。"王逸注:"甯戚修德不用,退爲商賈,宿齊東門外,桓公夜出,甯戚方飯牛,叩角而商歌,桓公聞之,知其賢,舉用爲客卿,備輔佐也。"又《吕氏春秋·舉難》:"甯戚欲干齊桓公,窮困無以自進,於是爲商旅將任車以至齊,暮宿於郭門之外。桓公郊迎客,夜開門,辟任車,燭火甚盛,從者甚衆。甯戚飯牛居車下,望桓公而悲,擊牛角疾歌。桓公聞之,撫其僕之手曰:異哉,之歌者非常人也,命後車載之。"

〔七八〕中散句:謂似嵇康的懶散。晉嵇康爲中散大夫,山濤爲吏部郎,舉康自代。康乃致濤絶交書,書中云:"性復多蝨,爬搔無已。"

〔七九〕馬檛:《左傳·文公十三年》:"士會乃行,繞朝贈之以策。"注:"策,馬檛。臨别授之馬檛,並展示已所策以展情。"檛,馬杖。以上二句謂所見是猿戲,所聞的是馬鞭之聲。

〔八〇〕渚行二句:謂水邊林下皆遇鳥獸之妖,使人生病。蠥(niè):妖蠥。一作蠥。《説文》:"衣服歌謡草木之怪謂之妖,禽獸蟲蝗之怪謂之蠥。"《漢書·五行志》云:凡草物之類謂之妖,蟲豸之類謂之蠥,及六畜謂之旤,及人謂之痾。痾,病貌。瘥(cuó):一作瘥,病也。

〔八一〕同病二句:謂愁如病,亦能傷人;新聲哀厲,似可慰意。厲:急。姱(kuā):好貌。

〔八二〕豈知二句:意謂誰料千仞之墜落只是因爲一毫的差錯。當指參加永貞革新、貶永州事。

〔八三〕守道句:謂保守着原則甘心永絶仕宦。

〔八四〕明心句:爲了明白心迹却想自殺。刓(yā):刎。

〔八五〕貯愁二句:謂含着愁聽夜雨,帶着淚看殘花。葩(pā):花。

〔八六〕梟族句:常聽到的是梟鳥的聒噪。梟(xiāo):鳥名,俗名貓頭鷹。

〔八七〕豺羣句:常見到的都是成羣齜牙咧嘴的豺狼。呀:張口貌。

〔八八〕岸蘆句：蘆葦中有毒蜃亂翻。蜃：蛤類，古書中以爲蛟龍之屬。

〔八九〕礀竹句：竹叢裏有狂牛打架。礀（xī）：同谿。犘（má）：牛名。《廣韻》：“犘牛，重千斤，出巴中。”

〔九〇〕野鶩二句：謂或看人射野鳥，或與人同扠魚。弋：箭射。扠：用叉子刺取。

〔九一〕瘴氛二句：謂南方潮濕怕逢瘴氣，野燒要生熱病。訛火：野火。亟：急。煆（yā）：《廣韻》：“火氣。”《玉篇》：“熱也。”

〔九二〕耳静句：謂聽蟻聲而心煩。《晉書·殷仲堪傳》：“仲堪父嘗患耳聰，聞牀下蟻動，謂之牛鬪。”耳静：猶言耳聰。

〔九三〕魂驚句：謂見怒蛙而心驚。

〔九四〕風枝四句：寫秋冬景物蕭瑟之狀。風枝：凌風的樹枝。陳葉：舊葉。霜蔓：經霜的瓜藤。綖（yán）：延引。蕸（xiá）：荷葉。《爾雅·釋草》：“荷，芙蕖，其莖茄，其葉蕸。”

〔九五〕莊舄：《史記·陳軫傳》：“越人莊舄仕楚執珪，有頃而病。楚王曰：‘舄故越之鄙細人也，今仕楚執珪，富貴矣，亦思越不？’中謝對曰：‘凡人之思故，在其病也。彼思越則越聲，不思越則楚聲。使人往聽之，猶尚越聲也。’”此以莊舄自比，言思鄉。

〔九六〕遯世：隱遯。《易·乾》：“遯世無悶。”眭（suī）夸：《北史·隱逸傳》：“眭夸一名旭，趙郡高邑人也。……高尚不仕，寄情丘壑。”

〔九七〕漁舍二句：謂漁民用草代瓦蓋屋頂，村外以古木爲橋，橫卧水上。茨：覆，蓋。楂（chá）：水中浮木。

〔九八〕禦寒句：謂用罽做被子以防寒。禦寒：防寒。衾：被子。罽（jì）：用毛做成的氈子一類的物品。

〔九九〕挹水句：謂用椰子殼當勺舀水。挹水：舀水。椰：常綠喬木，果實叫椰子。

〔一〇〇〕窗蠧句：謂窗子蠧空處成爲蝎子窩。潛：隱藏。蝎：蝎子，一種節肢動物，下腮爲鉗形，四足，尾端有毒鈎。

〔一〇一〕甍涎句：謂屋棟上爬滿了蝸牛。甍（méng）：屋脊。涎：蝸涎。蝸分泌的一種黏液。綴：連。蝸：蝸牛。

〔一〇二〕竇：洞。此指泉眼。藥：芍藥。宗元又有《戲題階前芍藥》詩。
　　　　　笆：竹籬。
〔一〇三〕槲（hú）：木槲花，南方所有，多生於古樹朽壤中。按此指槲寄
　　　　　生，是顯花植物寄生於櫟栗枝上者，長僅三四尺，幹淡黃綠色，
　　　　　柔軟，每隔三四寸有節，節間歧出小枝，每枝二葉，早春開淡黃
　　　　　色小花，實黃褐色，其所寄生之樹，甚受其害。
〔一〇四〕蟲：指水母。《嶺表録異》：水母蝦爲目。水母者，閩人謂之蛇，
　　　　　渾然凝潔，大如覆帽，腹如懸絮，有口而無目，常有蝦隨之，食其
　　　　　涎，浮涎水上，人或取之，則欻然而没，乃蝦有所見耳。按：水
　　　　　母即海蜇，大者徑尺餘，狀如張繖，其薄皮俗稱海蜇皮。繖之邊
　　　　　緣，有耳及目，以司感覺。常浮游水面，衆蝦附之，以爲棲息，古
　　　　　稱水母目蝦，謂其以蝦爲目，實非。以上皆説永州氣候、物産、
　　　　　生活之異。
〔一〇五〕嗄（shà）：聲敗而變。《老子》：“終日號而嗌不嗄。”饒醉：多醉。
　　　　　齇：（zhā）鼻上皰。按：紅暈似瘡浮起著鼻上的名酒齇，俗所謂
　　　　　酒糟鼻子。
〔一〇六〕曳捶：曳箠。箠，擊馬策。艾豭（jiā）：老的牡豕。豭，俗作猳。
〔一〇七〕看（kān）：見。能（lái）：《爾雅·釋魚》：“鼈，三足，能。”是三隻
　　　　　脚的鼈。謂能形似鼈。訝：驚奇。鷨（huá）：《廣韻》：鷨，鳥
　　　　　名，似雉。
〔一〇八〕誰采：誰能采，即已不能采之意。中原菽：《詩經·小雅·小
　　　　　宛》：“中原有菽，庶民采之。”菽：豆。巾：《周禮·春官·巾
　　　　　車》：“巾車下大夫二人。”注：“巾猶衣也。”疏：“謂玉金象革等
　　　　　以衣飾其車，故訓巾猶衣也。”下澤車：即短轂車。《後漢書·
　　　　　馬援傳》：“（馬援）從容爲官屬曰：吾從弟少游，常哀吾慷慨多
　　　　　大志，曰：士生一世，但取衣食裁足，乘下澤車，御款段馬。”注：
　　　　　“周禮曰：車人爲車，行澤者欲短轂，行山者欲長轂，短轂則利，
　　　　　長轂則安也。”
〔一〇九〕俚兒：野孩子。苦筍：一種竹筍。傖（cāng）父：楚人別種。又

粗俗人稱傖夫或傖父。酸楂(zhā)：即山楂,楂樹的果實,紅色
有白點,味酸,可以吃。

〔一一〇〕勸策二句：謂策杖而行,以茶當酒。

〔一一一〕道流二句：謂與道士、和尚來往聚會。徵：召。會：聚。

〔一一二〕香飯句：謂舂菰米煮飯。菰(gū)：草名,生在淺水中,莖名茭
白,果實叫菰米,都可以吃。

〔一一三〕珍蔬句：謂折五茄做菜。五茄：藥名,《本草》云：葉可作蔬菜
食。世綵堂本注:"《筆墨閒録》云：子厚長韻(按謂排律),屬對
最精,如以死地對生涯,中原菽對下澤車,右言對左轄,皆的對,
至於香飯炊菰米,珍蔬折五茄,假菰爲孤獨之孤,以對五也。"

〔一一四〕方期句：謂剛思飲茶。《宋録》曰:"新安王子鸞,豫章王子尚詣
雲濟道人於八公山。濟設茶茗,尚味之曰：此甘露也,何言茶
茗。"一説：謂纔欲學佛。

〔一一五〕更欲句：謂更想飲酒。《抱朴子・袪惑》:"項曼都修道山中,忽
遊紫府,飲流霞一杯酒,忽思家,爲上帝所斥,河東呼爲斥仙
人。"一説,又想修仙。

〔一一六〕屋鼠二句：謂屋中的老鼠任它打洞,林裏的猴子任它拏取。
從：任。

〔一一七〕春衫句：謂用白紵來裁剪春衫。白紵：細而潔白的夏布。

〔一一八〕朝帽句：謂把烏紗朝帽掛起來不戴。烏紗：帽名,唐代的官服。

〔一一九〕恢恢網：句謂善惡天必有報。《老子》:"天網恢恢,疏而不漏。"

〔一二〇〕肅肅罝(jū)：謂賢才當得起用。《詩經・周南・兔罝》:"肅肅兔
罝。"詩意言文王之時,賢才衆多,雖罝兔之野人,而其才可用
也。罝,兔網。

〔一二一〕衰榮二句：謂人事榮衰時變如蓂莢的生落,如月之盈缺。《宋
書・符瑞志》:"蓂莢一名歷莢。堯時有草夾階而生,每月朔日
生一莢,至望日落一莢。又如月之盈虧。月中有蝦蟆,故以蝦
蟆代指月。月十五而盈,過十五則缺。"

〔一二二〕溝邊柳：謂飄零路邊。隴上笳：謂聲音悲涼,如聞隴上笳聲。

二句暗寓自己的遭遇和心情。

〔一二三〕共思句：謂與張署共想離別之處。《楚辭·九歌·湘君》：“捐
　　　　　余玦兮江中，遺余佩兮澧浦。”王逸注：“言己雖見放逐，常思念
　　　　　君，設欲遠去，猶捐玦佩置於水涯，冀君求己，示有還意。”澧浦：
　　　　　澧州。以張署爲澧州刺史，故及之。
〔一二四〕千騎句：謂遥想張署常有千騎相擁而行。綢(guā)：綬，紫青
　　　　　色。《後漢書·輿服志》注：“綢綬，其色青紫。”“綢，青紫色。”
　　　　　《史記·滑稽列傳》：“(東郭先生)拜爲二千石，佩青綢，出宮
　　　　　門，行謝主人。”按：漢十有二州，每州刺史一人……成帝更爲
　　　　　牧，秩二千石。建武十八年，復爲刺史。張署爲刺史，故佩綢。
　　　　　以上自“慕友慚連璧”至此，皆自叙貶黜後的生活和心情。

　　【評箋】　清·金武祥評曰：“《柳子厚同劉二十八述舊言情八十韻》，
韻愈險，而詞愈工，氣愈勝，最爲長律中奇作。稱柳詩者，未有及之者也。
劉夢得《歷陽書事七十韻》，亦足旗鼓相當。”(《粟香隨筆》三筆卷一)

苦　竹　橋〔一〕

　　危橋屬幽徑，繚繞穿疎林〔二〕。进箽分苦節，輕筠抱
虚心〔三〕。俯瞰涓涓流，仰聆蕭蕭吟〔四〕。差池下煙日，嘲
哳鳴山禽〔五〕。諒無要津用，栖息有餘陰〔六〕。

〔一〕此詩是《巽公院五詠》之五。巽公：指僧重巽，居永州龍興寺。宗
　　　元有《酬巽異上人以竹間自採新茶見贈酬之以詩》，又有《送巽上人
　　　赴中丞叔父召序》。苦竹：稈矮小，節較它竹爲長，四月中生筍，
　　　味苦不中食。晉戴凱之《竹譜》、元李衎《竹譜詳録》卷三《竹品》均

載此竹。李白《勞勞亭》詩：“苦竹寒聲動秋月。”白居易《琵琶行》詩：“黃盧苦竹繞宅生。”均指此竹。苦竹橋，是苦竹間的橋。

〔二〕危橋二句：謂高橋連接着幽深的小路，小路曲折地穿過疎竹林。危：高。屬：連。

〔三〕迸籜二句：謂竹有堅節外見，亦有空心内含。籜(tuò)：竹筍外一層層的筍皮。筍長成竹，其所脱之皮曰籜，俗謂之筍殼。迸：裂。筠(yún)：竹皮。《禮·禮器》：“其在人也，如竹箭之有筠也，如松柏之有心也。”《疏》：“筠是竹青皮。”虛心：空心。

〔四〕涓涓流：緩流的水。仰聆：仰聽。蕭蕭吟，謂風吹竹葉聲。

〔五〕差池：不齊貌，形容苦竹的枝葉。謂竹間見煙日下沉。嘲哳(zhāo zhā)：鳥聲細碎。謂竹上聞禽聲雜亂。

〔六〕諒無二句：謂實在無渡川之用，只可以爲棲息者提供陰涼。諒：實在。津：渡口。要津，重要渡口。餘陰：指竹葉的蔭覆。詩以竹自喻。

以上永州詩。

汨　羅　遇　風〔一〕

南來不作楚臣悲〔二〕，重入脩門自有期〔三〕。爲報春風汨羅道，莫將波浪枉明時〔四〕。

〔一〕元和十年(八一五)正月，憲宗詔宗元入京，自永州水路北行至汨羅江作。韓愈《柳子厚墓誌銘》：“元和中，嘗例召至京師。”《資治通鑑》卷二百三十九：“元和十年，王叔文之黨坐謫官者，凡十年不量移，執政有憐其才欲漸進之者，悉召至京師。”汨(mì)羅：汨水，又稱汨羅江，發源於湖南省東北部幕阜山，流經湘陰縣入湘水。

戰國時楚國愛國詩人屈原投此江而死。

〔二〕南來句：謂當初雖南貶永州，並未像屈原那樣悲不欲生。南來：指永貞元年(八〇五)宗元貶永州。楚臣：指屈原。屈原被逐，抑鬱悲憤，投江自殺。

〔三〕重入句：謂始終堅信召回有日。脩門：戰國楚都郢的城門。《楚辭·招魂》：“魂兮歸來，入脩門些。”注：“脩門，郢城門也。”此以脩門指唐京師長安。

〔四〕爲報二句：謂爲我告訴汨羅江上的春風説：莫興波浪，誤我行程，辜負聖明時代。爲報：爲我告知。春：謂還朝季節。宗元二月至長安(見《詔追赴都二月至灞亭上》詩)，則此時爲正月或二月初。“風”字扣題，下啓“波浪”。道：説。枉：枉然，辜負。明時：聖明時代。這是宗元貶官以來第一首快詩。

善謔驛和劉夢得酹淳于先生〔一〕

水上鵠已去，庭中鳥又鳴〔二〕。辭因使楚重，名爲救齊成〔三〕。荒壠遽千古，羽觴難再傾〔四〕。劉伶今日意，異代是同聲〔五〕。

〔一〕元和十年(八一五)正月，柳宗元、劉禹錫應召同赴京，途襄陽，過淳于髡墓，禹錫作《題淳于髡墓》詩：“生爲齊贅壻，死作楚先賢。應以客卿葬，故臨官道邊。寓言本多興，放意能合權。我有一石酒，置君壙樹前。”宗元作此詩和之。善謔驛：世綵堂本孫汝聽注：“驛在襄州之南，即淳于髡放鵠之所，今訛爲善謔驛。”劉夢得：劉禹錫字夢得。酹(lèi)：以酒澆地，表示祭奠。淳于先生：淳于髡(kūn)：戰國齊人，其事載《史記》卷七十四、卷一百二十六。

〔二〕水上二句:《史記·滑稽列傳》:"齊王使淳于髡獻鵠於楚。出邑
　　　門,道飛其鵠,徒揭空籠,造詐成辭,往見楚王曰:'齊王使臣來獻
　　　鵠,過於水上,不忍鵠之渴,出而飲之,去我飛亡。吾欲刺腹絞頸
　　　而死,恐人之議吾王以鳥獸之故令士自傷殺也。鵠,毛物,多相類
　　　者,吾欲買而代之,是不信而欺吾王也。欲赴佗國奔亡,痛吾兩主
　　　使不通。故來服過,叩頭受罪大王。'楚王曰:'善,齊王有信士若
　　　此哉!'厚賜之,財倍鵠在也。"又載:"齊威王之時喜隱,好爲淫樂
　　　長夜之飲,沈緬不治,委政卿大夫。百官荒亂,諸侯並侵,國且危
　　　亡,在於旦暮,左右莫敢諫。淳于髡説之以隱曰:'國中有大鳥,
　　　止王之庭,三年不蜚又不鳴,王知此鳥何也?'王曰:'此鳥不飛則
　　　已,一飛沖天,不鳴則已,一鳴驚人。'於是乃朝諸縣令長七十二
　　　人,賞一人,誅一人,奮兵而出。諸侯振驚,皆還齊侵地,威行三十
　　　六年。"庭:原本作"亭",據訓詁本改。

〔三〕使楚:見上注。救齊:《史記·滑稽列傳》載:"威王八年,楚大發
　　　兵加齊。齊王使淳于髡之趙請救兵,齎金百斤,車馬十駟。淳于
　　　髡仰天大笑,冠纓索絶。王曰:'先生少之乎?'髡曰:'何敢!'王
　　　曰:'笑豈有説乎?'髡曰:'今者臣從東方來,見道傍有穰田者,操
　　　一豚蹄,酒一盂,祝曰:"甌窶滿篝,汙邪滿車,五穀蕃熟,穰穰滿
　　　家。"臣見其所持者狹而所欲者奢,故笑之。'於是齊威王乃益齎黄
　　　金千鎰,白璧十雙,車馬百駟。髡辭而行,至趙。趙王與之精兵十
　　　萬,革車千乘。楚聞之,夜引兵而去。"以上四句叙淳于髡以善於
　　　寓言應變有功於國,揚名當世。

〔四〕荒壠二句:既指諫齊威王夜飲事,又和禹錫詩末二句,謂淳于髡久
　　　已作古,不能再飲酒。荒壠:指淳于髡的墳墓。羽觴:酒杯。《史
　　　記·滑稽列傳》:"(楚兵退)威王大悦,置酒後宫,召髡賜之酒。問
　　　曰:'先生能飲幾何而醉?'對曰:'臣飲一斗亦醉,一石亦醉。'威王
　　　曰:'先生飲一斗而醉,惡能飲一石哉? 其説可得聞乎?'髡曰:
　　　'……若乃州閭之會,男女雜坐,行酒稽留,六博投壺,……髡竊樂
　　　此,飲可八斗而醉二參。日暮酒闌,合尊促坐,男女同席,履舄交錯,

杯盤狼藉,堂上燭滅,主人留髡而送客。羅襦襟解,微聞薌澤。當此之時,髡心最歡,能飲一石。故曰酒極則亂,樂極則悲,萬事盡然。言不可極,極之而衰。'以諷諫焉。齊王曰:'善。'乃罷長夜之飲。"

〔五〕劉伶二句:謂禹錫置酒於墓前,意在引淳于髡爲同調。劉伶:字伯倫,西晉人,嗜酒而遺形骸,著《酒德頌》。伶雖縱酒,但機應不差。澹默少言,不妄交游,與阮籍、嵇康爲友。參見《晉書·劉伶傳》。此以劉伶比劉禹錫。異代:不同時代。同聲:志趣相合。全詩概括淳于髡其人,稱其滑稽善寓言及忠心爲國。忠心爲國也是宗元、禹錫的品格,可説與淳于髡是異代同聲。然淳于髡以有大功於國,而名垂千古;則宗元、禹錫却以參加永貞革新而貶謫十年,相比之下,自然對淳于髡以才爲君用產生羨慕之情。二人題詩蓋由此而發,不可看作文字游戲。

詔追赴都二月至灞亭上〔一〕

十一年前南渡客,四千里外北歸人〔二〕。詔書許逐陽和至,驛路開花處處新〔三〕。

〔一〕元和十年(八一五)二月應詔赴京作。詔:皇帝的詔令。追:猶召也。《管子》卷第十七《七臣七主》:"馳車充國者,追寇之馬也。"注:"追,猶召也。言馳車所以召寇。"都:京城。灞亭:亭名。唐長安京兆府萬年縣東二十里有灞水,上有灞橋(見《元和郡縣圖志》卷一)。《三輔黃圖》云:"灞橋在長安東,跨水作橋。漢人送客至此橋,折柳贈別。"唐人因之,灞亭建于河畔橋側。

〔二〕十一二句:十一年前,永貞元年(八〇五)九月,貶宗元邵州刺史,未至,十一月道貶永州司馬(見《舊唐書》卷十四《憲宗紀》);元和十年(八一五)正月召赴長安,首尾十一年。南渡客:貶永州,南經洞庭,溯湘江,故稱南渡。四千里外:《舊唐書》卷四十《地理志三》:"江南西道永州,在京師南三千二百七十四里。"言四千里係粗舉之數。北歸:指回長安。

〔三〕詔書二句:謂皇帝詔書允許我於陽和二月抵達京都,官道上正到處開着鮮豔的春花。許:允許。逐:《説文》:"逐,追也。"此作伴隨解。陽和:二月暖氣。《史記‧秦始皇本紀》:"二十九年,登之罘,刻石:'維二十九年,時在仲春,陽和方起。皇帝東游,巡登之罘。'"驛路:官道。

奉酬楊侍郎丈因送八叔拾遺戲贈
詔追南來諸賓二首(選第二首)〔一〕

　　一生判却歸休,謂著南冠到頭〔二〕。冶長雖解縲紲,無由得見東周〔三〕。

〔一〕楊侍郎:楊於陵,字達夫,弘農(今河南靈寶縣)人,元和五年入爲吏部侍郎,元和九年改兵部侍郎,元和十一年貶桂陽。事見《舊唐書‧楊於陵傳》。元和十年二月,宗元被召回京,三月出爲柳州,此詩乃二、三月間作於長安。八叔拾遺:陳景雲《柳集點勘》云:"拾遺名歸厚,字貞一,行八,侍郎於陵之族叔。元和七年自拾遺貶國子主簿,晚歷典大州,大和中卒。"詔追南來諸賓:見《汨羅遇風》、《詔追赴都二月至灞亭上》詩。

〔二〕一生二句:謂原以爲貶永州永無歸日。判却:拚着。歸休:謂歸而休息,指罷官閑居,廢置不用。謂著:只説要戴。南冠:楚人之冠。《左傳‧成公九年》:"晉侯觀於軍府,見鍾儀,問之曰:'南冠而縶者誰也?'有司對曰:'鄭人所獻楚囚也。'"後作爲羈囚之代稱。

〔三〕冶長二句:謂我等雖被召回,但無由去見楊憑。冶長:公冶長,孔

子弟子、女壻。縲絏(léi xié)：拘繫囚犯的繩索。《論語·公冶
長》：“子謂公冶長，‘雖在縲絏之中，非其罪也。’以其子妻之。”時
公冶長在獄中。解縲絏，釋罪。此指諸人被召回。東周：周平王
遷都洛邑(今河南洛陽)，史稱東周，又稱洛邑爲東周。楊憑於元
和四年己丑貶臨賀尉，繼遷餘杭長史，七年壬辰自外入爲王傅居
洛陽。柳宗元是時爲永州司馬，作詩五十韻以獻之，有“高居遷鼎
邑”之句。此詩“東周”蓋指楊憑。宗元娶楊凝女，爲憑從子壻。

以上自永赴京途中及至京詩。

再 上 湘 江〔一〕

好在湘江水〔二〕，今朝又上來。不知從此去，更遭幾
年迴〔三〕？

〔一〕湘江：又稱湘水。發源於唐嶺南道桂州全義縣(今廣西興安縣)
陽朔山。北流經江南西道永州陵零縣(今湖南縣名)、祁陽縣(今
湖南縣名)、衡州衡陽縣(今湖南衡陽市)、潭州長沙縣(今湖南長
沙市)、岳州湘陰縣(今湖南縣名)，入青草湖，即洞庭湖。參見《元
和郡縣圖志》卷三十七嶺南道四桂州及卷二十九江南道五永州、
衡州、潭州，及卷二十七江南道三岳州。宗元永貞元年貶永州，入
洞庭，溯湘江而至永州。元和十年春奉詔回京，同年三月又出爲
柳州刺史，又溯湘江。《舊唐書》卷十五《憲宗紀》元和十年三月：
“以虔州司馬韓泰爲漳州刺史，永州司馬柳宗元爲柳州刺史，饒州
司馬韓曄爲汀州刺史，朗州司馬劉禹錫爲播州刺史，台州司馬陳
諫爲封州刺史。”又《資治通鑑》卷二百三十九載元和十年：“王叔
文之黨，坐貶官者，凡十年不量移，執政有欲進之者，悉召至京師，

諫官争言其不可,上與武元衡亦惡之。三月乙酉,皆以爲遠州刺
史,官雖進而地益遠。永州司馬柳宗元爲柳州刺史。"
〔二〕好在:存問之辭,猶言安穩。
〔三〕去:往,謂離此赴柳州。遣:派。幾年迴:何年回來。

長沙驛前南樓感舊〔一〕

海鶴一爲別,存亡三十秋〔二〕。今來數行淚,獨上驛
南樓〔三〕。

〔一〕元和十年(八一五)赴柳州途中作於長沙。長沙:今湖南長沙市,
唐屬江南西道潭州。驛(yì):驛站,古代供傳送公文的人休息和
更換車馬之所。漢制,三十里置驛。唐凡三十里置驛,驛有長,共
有驛一千六百三十九。感舊:感懷舊事。
〔二〕海鶴二句:宗元自注云:"昔與德公別於此。"海鶴:世綵堂本孫汝
聽注曰:"海鶴以譬德公。"德公,未詳其人。存亡:德公已故去,
自己尚生存。三十秋:三十年。宗元此時四十三歲,上溯三十年
當爲唐德宗興元元年(七八四)。若"三十"舉其整數,亦在興元元
年左右。宗元父柳鎮曾爲鄂岳沔都團練判官。宗元《先侍御史府
君神道表》云:"遷殿中侍御史,爲鄂岳沔都團練判官。元戎大攘
狡虜,增地進律,作《夏口破虜頌》。"《資治通鑑》卷二百二十九:
"興元元年正月,李希烈以夏口上流要地,使其驍將董侍募死士七
千襲鄂州。刺史李兼偃旗臥鼓,閉門以待之。侍撤屋材以焚門,
兼帥士卒出戰,大破之。上以兼爲鄂岳沔都團練使。"則柳鎮爲李
兼判官,是時宗元十三歲,當隨父在任,因有長沙之行。此二句意
謂,三十年前與德公分手於此,德公即作古人。
〔三〕獨上:承上文"別"、"亡"二字。

衡陽與夢得分路贈別〔一〕

　　十年憔悴到秦京，誰料翻爲嶺外行〔二〕。伏波故道風煙在，翁仲遺墟草樹平〔三〕。直以慵疏招物議〔四〕，休將文字占時名〔五〕。今朝不用臨河別，垂淚千行便濯纓〔六〕。

〔一〕元和十年(八一五)三月，柳宗元出爲柳州刺史，劉禹錫出爲連州刺史，一路南行，至衡州衡陽縣(今湖南衡陽市)分手時作。《舊唐書·柳宗元傳》："元和十年，例移爲柳州刺史。時朗州司馬劉禹錫得播州刺史，制書下，宗元謂所親曰：'禹錫有母年高，今爲郡蠻方，西南絕域，往復萬里，如何與母偕行？如母子異方，便爲永訣。吾於禹錫爲執友，胡忍見其若是？'即草章奏，請以柳州授禹錫，自往播州。會裴度亦奏其事，禹錫終易連州。"劉禹錫《重至衡陽傷柳儀曹詩》小序云："元和乙未歲，與故人柳子厚臨湘水爲別，柳浮舟適柳州，余登陸赴連州。後五年，予從故道出桂嶺，至前別處，而君歿於南中，因賦詩以投弔。"詩有云："憶昨與故人，湘江岸頭別。我馬映林嘶，君帆轉山滅。"則衡陽分路乃宗元溯湘江赴柳州，劉禹錫由陸路赴連州。

〔二〕十年二句：謂十年被貶，有幸召回，沒想到反而逐出更荒遠的五嶺之外。十年：永貞元年(八〇五)貶宗元永州司馬、禹錫朗州司馬，元和十年(八一五)俱召回，計十年。秦京：唐京城長安，舊屬秦，故云。翻：反。嶺外：五嶺之南，柳州、連州皆在嶺南。

〔三〕伏波二句：虛寫嶺南蕭條之景。伏波：漢將軍名號，漢武帝時路博德、東漢光武帝時馬援，皆爲伏波將軍。漢武帝元鼎五年(前一一二)四月，南越(今廣東省和廣西壯族自治區一帶)王相呂嘉反，武帝遣軍討伐，伏波將軍路博德出桂陽，下湟水。次年，南越平，斬呂嘉首級。事見《漢書·武帝紀》。又東漢光武帝建武中，交阯

(今越南河内市東北)女子徵側反,佔嶺南六十餘城,自立爲王,光武帝拜馬援爲伏波將軍,南征交阯,斬徵側,受封新息侯。事見《後漢書·馬援傳》。故道:曾經過的路。翁仲:謂墓前石人。《三國志·魏書·明帝紀》:"魏明帝景初元年注:'大發銅,鑄作銅人二,號曰翁仲,列坐于司馬門外。'"後稱銅像或墓道石像爲翁仲。何焯云:"沈佺期《渡南海入龍編詩》:'尉佗曾馭國,翁仲久游泉。'亦以翁仲爲嶺外事,但檢之不得其原。皇甫録《近峰聞略》云:'阮翁仲安南人,身長三丈二尺,氣質端勇,事秦始皇,守臨洮,聲振匈奴,秦範其像,置司馬門外,匈奴使來見之,猶以爲生。'惜不載所出何書。出桂陽,下湟水,正連州地,題云'分路',則'翁仲'句乃適柳之路也。"(《義門讀書記》)遺墟:指墓地。平:長滿。

〔四〕直以句:謂只因參與王叔文新政而遭迫害。直以:只因。慵疏:懶散疏忽,反語,實指銳意改革。物議:衆人的議論。《南齊書·王儉傳》:"少有宰相之志,物議咸相推許。"此指政敵的攻擊迫害。

〔五〕休將句:謂不要以文學據有當時的名聲。文字:詩文等文學作品。占(zhàn):有,據有。

〔六〕今朝二句:《文選》李陵《與蘇武》:"臨河濯長纓,念子悵悠悠。"李詩以在河邊濯纓表示惜別之情,宗元反用其意,謂今日不必作臨河之別,因爲垂淚成河已可濯纓。極寫此別之傷痛。

【附録】

劉禹錫《再授連州至衡州酬柳柳州贈別》:去國十年同赴召,渡湘千里又分歧。重臨事異黃丞相,三黜名慚柳士師。歸目併隨迴鴈盡,愁腸正遇斷猿時。桂江東過連山下,相望長吟《有所思》。

【評箋】　清·何焯云:"路既分而彼此相望,不忍遽行,唯有風烟草樹,黯然欲絶也。"(《唐詩鼓吹》批語卷一)

重 別 夢 得 〔一〕

二十年來萬事同〔二〕,今朝歧路忽西東。皇恩若許歸田去,晚歲當爲鄰舍翁〔三〕。

〔一〕成詩之日同《衡陽與夢得分路贈別》,見該詩注〔一〕。

〔二〕萬事同:謂經歷相同。貞元九年(七九三),宗元、禹錫同榜進士;貞元二十一年(八〇五),同參與王叔文新政,同被貶爲遠州司馬;元和十年(八一五)二月,同應召抵京,三月,同放爲遠州刺史。經歷相同已有二十三年,此舉其成數曰"二十年"。

〔三〕皇恩二句:謂將來若許歸隱,晚年也要結爲鄰居。

【附録】

劉禹錫答詩:弱冠同懷長者憂,臨歧回想盡悠悠。耦耕若便遺身世,黃髮相看萬事休。

嶺 南 江 行 〔一〕

瘴江南去入雲煙,望盡黃茆是海邊〔二〕。山腹雨晴添象迹,潭心日暖長蛟涎〔三〕。射工巧伺游人影,颶母偏驚旅客船〔四〕。從此憂來非一事,豈容華髮待流年〔五〕?

〔一〕元和十年(八一五)赴柳州刺史任,過五嶺後作。嶺:五嶺,大庾、始安、臨賀、桂陽、揭陽。一説大庾、騎田、都龐、萌渚、越城爲五

嶺。均見《漢書·張耳傳》注。嶺南,五嶺之南。宗元貶柳州,屬
嶺南東道。江:蓋指桂林以南的洛清江。因爲柳宗元此行先至
桂林,然後赴柳州。

〔二〕瘴江二句:謂江水南流入海。瘴(zhàng):古指南方能傳染疾疫
的濕熱之氣。瘴江,有瘴氣的江,此指柳江或潭水。入雲煙:江
水遠流到天邊煙靄雲氣之中。黃茆(máo):即黃茅,多年生草,葉
狹長,莖下有白粉,秋開白花成穗,其端有黃毛,故名。海:南海。

〔三〕山腹:山腰。象迹:大象的足迹。潭心:潭水中。蛟:相傳爲龍
的一種,一説爲無角之龍。涎(xián):口水。蛟涎,蛟龍口水。孫
汝聽注:"南方池塘溝港中往往有蛟,或於長江内吐涎。人爲涎制
不得去,遂投江中。"一説蛟即水蛭,蛟涎爲水蛭所分泌的黏液。
孫光憲《北夢瑣言》:"蛟形如螞蝗,即水蛭也。蛟沫腥黏,掉尾纏
人而噬其血。"李商隱《酬令狐郎中》詩:"象卉分疆近,蛟涎浸岸
腥。"蛟涎究爲何物,姑存疑。

〔四〕射工二句:謂異物可畏,氣候惡劣。射工:傳説的毒蟲名。《詩
經·小雅·何人斯》:"爲鬼爲蜮。"陸璣《毛詩草木鳥獸蟲魚疏》
下:"蜮,一名射影。南人將入水,先以瓦石投水中令水濁,然後
入。"張華《博物志》二:"江南山谿中有射工蟲,甲蟲之類也。長
一、二寸,口中有弩形,以氣射人影,隨所著處發瘡,不治則殺人。"
巧伺:善於窺伺。游人:岸邊過路人。颶:海上大風。颶母,颶
風前天空出現的彩雲。李肇《國史補》下:"南海,……海風四面而
至,名曰颶風。颶風將至,則多虹蜺,名曰颶母。然三五十年始一
見。"劉恂《嶺表録異》上:"南海秋夏間,或雲物慘然,其量如虹,
長六七尺,比候,則颶風發,故呼爲颶母。"客:宗元自謂。

〔五〕從此二句:謂此來柳州令人憂慮之事甚多,當努力爲政,不可使
歲月空流逝。華髮:白髮。流年:歲月如流,故曰流年。一説:
此去柳州,憂危之事甚多,華髮之人,豈能永年。

【評箋】　明·廖文炳云:"此叙嶺南風物異于中國,寓遷謫之愁也。

言瘴江向南,直抵雲烟之際,一望皆是海邊矣。雨晴則象出,日煖則蛟遊,射工之伺影,颶母之驚人,皆南方風物之異者。是以所愁非一端,而華髮不待流年耳。"(《唐詩鼓吹註解》卷一)

清·紀昀云:"雖亦寫眼前現景,而較元白所叙風土,有仙凡之別。此由骨韻之不同。五六舊説借比小人,殊穿鑿。"(《瀛奎律髓刊誤》卷四)

章士釗云:"子厚謫永十年,謫柳四年,雖同一謫也,而子厚之志趣與舉止,前後互異。蓋司馬爲冗職閒曹,於履職字民,都無甚責任可言。……至拜柳州刺史,則吐言頓異,以明職責迥乎不同。……彼將於柳一展平生抱負,而竭力爲國家泯絶華夷遠邇之迹,不難想見。何以證之?彼在柳州有七律二首,其一云:'瘴江南去入雲煙,……'在末一聯,表達一己志願。蓋'從此憂來非一事'云者,謂整理瘴江,而提高其文化準程,需要種種行政工作,而身被痼疾,誠恐年華之不我與,因以'豈容華髮待流年'一語卒成之。"(《柳文指要》下·卷五)

以上自京赴柳途中作。

登柳州城樓寄漳汀封連四州〔一〕

城上高樓接大荒,海天愁思正茫茫〔二〕。驚風亂颭芙蓉水,密雨斜侵薜荔牆〔三〕。嶺樹重遮千里目,江流曲似九回腸〔四〕。共來百越文身地,猶自音書滯一鄉〔五〕。

〔一〕元和十年(八一五)初至柳州刺史任作。漳州:唐屬江南道,治龍溪縣,即今福建龍溪縣。汀州:唐屬江南道,治長汀縣,即今幅建長汀縣。封州:唐屬嶺南道,治封川縣,即今廣東封川縣。連州:唐屬嶺南道,治陽山縣。即今廣東連縣。四州刺史皆永貞元年與宗元同貶之"八司馬"中人,元和十年二月召至京師,三月同出爲遠州刺史,漳州刺史韓泰,汀州刺史韓曄,封州刺史陳諫,連州刺史劉禹錫。

〔二〕城上二句:寫登上城樓,望到極處,海天相連,自己的茫茫之感也就充滿了遼闊的空間。大荒:遼闊荒遠的空間。海天:柳州近海,而稱天爲海天。查慎行云:"起勢極高,與少陵'花近高樓'同一手法。"(《瀛奎律髓》卷四)沈德潛云:"從登城起,有百端交集之感。"(《唐詩別裁集》卷十五)

〔三〕驚風二句:寫近景,而兼有比意。屈原以芙蓉、薜荔等香草比君子,宗元用以比自己及四州同志橫遭迫害。驚風:狂風。颭(zhǎn):吹動。芙蓉:荷花。薜荔(bì lì):蔓生香草,倚牆樹而上生,又名木蓮。屈原《離騷》:"擥木根以結茝兮,貫薜荔之落蕊。"注:"薜荔,香草也,緣木而生。"沈德潛云:"'驚風'、'密雨',言在此而意不在此。《嶺南江行》詩中'射工'、'颶母'亦然。"(《唐詩別裁集》卷十五)

〔四〕嶺樹二句:寫遠景,一仰視,一俯視,上實下虛,以駢偶之辭運單行之氣。重(chóng):重叠。江:指柳江。九回腸:即明喻柳江彎曲,又暗喻愁思鬱結。司馬遷《報任安書》:"腸一日而九回。"

〔五〕共來二句:點題。百越:即"百粵",指南方少數民族及其居地。古史言春秋越國被楚滅後,其種族散處嶺南濱海之地。文身:古時南方少數民族習俗。《淮南子·原道訓》:"九疑之南,陸事寡而水事衆,於是民人被髮文身,以象鱗蟲。"注:"文身,刻畫其體,內(納)默(墨)其中,爲蛟龍之狀以入水,蛟龍不害也。"音書:消息和書信。滯:不通。

【評箋】　明·廖文炳云:"此子厚登城樓懷四人而作。首言登樓遠望,海闊連天,愁思與之瀰漫,不可紀極也。三四句惟驚風,故云'亂颭',惟細(密)雨,故云'斜侵',有風雨蕭條,觸物興懷意。至'嶺樹重遮'、'江流曲轉',益重相思之感矣。當時'共來百越',意謂易於相見,今反音問疎隔,將何以慰所思哉?"(《唐詩鼓吹註解》卷一)

清·何焯云："吴喬云：中四句皆寓比意。'驚風'、'密雨'喻小人，'芙蓉'、'薜荔'喻君子。'亂颭'、'斜侵'則傾倒中傷之狀，'嶺樹'句喻君門之遠，'江流'句喻臣心之苦。皆逐臣憂思煩亂之詞。"(《義門讀書記》評語)

清·紀昀云："一起意境闊遠，倒攝四州，有神無迹。通篇情景俱包得起。三四賦中之比，不露痕迹，舊説謂借寓震撼危疑之意，好不着相。"(《瀛奎律髓刊誤》卷四)

清·方東樹云："六句登樓，二句寄人。一氣揮斥，細大情景分明。"(《昭昧詹言》卷十八中唐諸家)

古東門行[一]

漢家三十六將軍，東方亂動橫陣雲[二]。鷄鳴函谷客如霧，貌同心異不可數[三]。赤丸夜語飛電光，徼巡司隷眠如羊[四]。當街一叱百吏走，馮敬胸中函匕首[五]。凶徒側耳潛愜心，悍臣破膽皆杜口[六]。魏王臥内藏兵符，子西掩袂真無辜[七]。羌胡轂下一朝起，敵國舟中非所擬[八]。安陵誰辨削礪功，韓國詎明深井里[九]。絶脰斷骨那下補，萬金寵贈不如土[一○]。

〔一〕元和十年(八一五)作於柳州。東門行：樂府舊題，瑟調曲名，《宋書·樂志》三歸入《大曲》。鮑照樂府詩有《代東門行》。本詩記武元衡於元和十年六月遇害事，元衡家長安靖安里，將朝，出里東門，有賊自暗中突出刺之，從者散走，遂遇害，故以《古東門行》名篇。

〔二〕漢家二句：暗指元衡遇刺乃由平藩鎮引起。章士釗云："詩以漢七國之變起興，三十六將軍者，謂周亞夫將三十六將軍往擊吳楚也。"（《柳文指要》下卷十二）漢景帝三年(前一五四)，吳楚等七國反，拜周亞夫爲太尉，將三十六將軍討之。靁：雷，《説文》亦作"靁"。陣雲：戰陣如雲。世綵堂本韓醇注："先是，王承宗拒命，上怒，削其官爵，討之。會淄青、盧龍數表請赦，乃詔浣雪，畀以故地。及元濟反，承宗與李師道上書請宥，使人白事中書，元衡叱去。承宗怒，與師道謀殺元衡。故此詩首引七國事，謂元衡之變亦起於削地也。"

〔三〕鷄鳴二句：借孟嘗君養客事，暗指李師道、王承宗以不軌之心收養異能之人，啓下文行刺。章士釗云："此用孟嘗君事，影王承宗李師道密遣刺客入關。"（《柳文指要》下·卷十二）客：食客。如霧、不可數：極言食客之多。心異：指有異心。據《史記·孟嘗君列傳》載：孟嘗君使秦，秦昭王以爲相，秦人間之，昭王囚孟嘗君。孟嘗君得脱，夜半至函谷關。關法，鷄鳴而出客，孟嘗君恐秦追兵至，有客能爲鷄鳴，引鷄盡鳴。關開，孟嘗君遂得出。

〔四〕赤丸二句：謂刺客準備行刺，巡街官員不盡職而眠如羊。章士釗云："此謂羣賊受賕報讎，相與探丸。"（《柳文指要》下·卷十二）《漢書·酷吏傳·尹賞傳》："長安中姦猾浸多，閭里少年羣輩殺吏，受賕報讎，相與探丸爲彈，得赤丸者斫武吏，得黑者斫文吏，白者主治喪。城中薄暮塵起，剽劫行者，死傷横道，枹鼓不絶。"飛電光：指兵刃閃光。徼(jiào)巡：巡邏檢查。《漢書·百官公卿表上》："中尉，秦官，掌徼循京師。"注："徼，謂遮繞也。"司隸：官名。漢武帝征和四年(前八十九)，初置司隸校尉，領兵千餘人，捕巫蠱，督大奸猾。後罷所領兵，使察三輔、三河、弘農七郡。哀帝時改稱司隸。見《漢書·百官公卿表上》。《新唐書·百官志四上》："左右街使，掌分察六街徼巡。"

〔五〕當街二句：謂賊始一呼，徒御皆駭走，遂害元衡。叱：呼喝。走：跑。馮敬：《漢書·賈誼傳》上疏陳諸侯王爲害於國曰："動一親戚，天下圜視而起，陛下之臣雖有悍如馮敬者，適啓其口，匕首已陷其匈矣。"注："始欲發言節制諸侯王，則爲刺客所殺。"如淳注曰："馮敬，馮無擇子，名忠直，爲御史大夫，奏淮南厲王誅之。"《舊唐書·武元衡傳》："元衡宅在静安里(静，《新唐書》作靖)，九("九"乃"十"之誤，見《通鑑》)六月三日，將朝，出里東門，有暗中叱使滅燭者，導騎訶之，賊射之中肩。又有匿樹陰突出者，以梃擊元衡左股，其徒馭已爲賊所格奔逸，賊乃持元衡馬，東南行十餘步害之，批其顱骨懷去。及衆呼偕至，持火照之，見元衡已踣於血中，即元衡宅東北隅牆之外。時夜漏未盡，陌上多朝騎及行人，鋪卒連呼十餘里，皆云賊殺宰相，聲達朝堂，百官恟恟，未知死者誰也。須臾，元衡馬走至，遇人始辨知。"

〔六〕凶徒二句：謂王承宗輩暗自歡心，而朝臣恐懼不敢言。章士釗云："凶徒指王承宗輩，悍臣謂聞變勸帝罷兵者。"(《柳文指要》下·卷十二)愜心：滿意。悍臣：本指强臣。杜口：閉口不言。《通鑑》元和十年載：元衡遇刺，"京城大駭"，"朝士未曉不敢出門，上或御殿久之，班猶未齊。"

〔七〕魏王二句：謂賊人謀殺宰相，而朝堂竟無覺察。《史記·信陵君列傳》載：魏安釐王二十年，秦兵圍趙都邯鄲，趙請救於魏，魏王使將軍晉鄙將十萬衆救趙，持兩端以觀望。侯生謂信陵君曰：聞晉鄙之兵符在王卧内，公子誠一開口請如姬竊之，如姬必許諾，則得虎符。袂(mèi)：衣袖。《左傳·哀公十六年》載：白公殺子西、子期于朝而劫惠王，子西以袂掩面而死。

〔八〕羌胡二句：謂不料禍起於國君身側。《漢書·司馬相如傳》：相如上疏諫武帝田獵曰："今陛下好陵險阻，射猛獸，卒然遇逸才之獸，駭不存之地，犯屬車之清塵，輿不及還轅，人不暇施巧，雖有烏獲逢蒙之技不能用，枯木朽株，盡爲難矣。是胡越起於轂下，而羌夷接軫也，豈不殆哉。"敵國舟中：《史記·孫子吳起列傳》：魏武侯嗣文侯之位，浮西河而下，中流顧而謂吳起曰："美哉乎！山河之固，此魏國之寶也。"吳起對曰："在德不在險，……若君不修德，舟中之人，盡爲敵國也。"

〔九〕安陵二句：謂元衡遇刺，初不知爲誰指使，卒吏不敢窮捕，後下詔懸賞,乃得。安陵:《史記·梁孝王世家》褚先生曰:袁盎等入見太后:"太后言欲立梁王,梁王即終,欲誰立?"太后曰:"吾復立帝子。"袁盎等以宋宣公不立正,生禍事諫之,太后乃解說,即使梁王歸就國。而梁王聞其議出於袁盎諸大臣所,怨望,使人來殺袁盎。袁盎被刺於安陵郭門外,劍著身。視其劍,新治。問長安中削礪工,工曰:"梁郎某子來治此劍。"以此知而發覺之,發使者捕逐之。按:"功"當作"工",削礪工,即鍛工。深井里:《史記·刺客列傳》:戰國時聶政,軹深井里人。濮陽嚴仲子因與韓相俠累有隙,欲訪刺客殺之,至齊,以禮求聶政。聶政乃勇士,爲避仇,隱爲狗屠,感嚴仲子知己之恩,而西至濮陽刺殺俠累,爲免累及其姊,自皮面,抉眼,自屠出腸而死。韓取聶政屍暴於市,無人識之。懸賞千金,仍無人知。政姊榮聞之,疑爲其弟政,如韓觀之,果其弟,伏尸哭極哀,曰:"是軹深井里所謂聶政者也,……以妾尚在之故,重自刑以絶蹤。"卒悲哀而死政旁。按:袁盎、俠累之死,皆能速得刺客,而武元衡遇刺,捕賊不力。《新唐書·武元衡傳》載元衡遇刺:"詔金吾、府縣大索,或傳言曰:'無搜我,賊窮必亂。'又投書於道曰:'毋急我,我先殺汝。'故吏卒不窮捕。兵部侍郎許孟容言於帝曰:'國相橫屍路隅而盜不獲,爲朝廷辱。'帝乃下詔:'能得賊者賞錢千萬,授五品官。與賊謀及舍賊能自言者亦賞。有不如詔,族之。'積錢東西市以募告者。於是左神策將軍王士則、左威衛將軍王士平以賊聞,捕得張晏等十八人,言爲承宗所遣,皆斬之。逾月,東都防禦使吕元膺執淄青留邸賊門察、訾嘉珍,自言始謀殺元衡者,會晏先發,故藉以之告師道而竊其賞,帝密誅之。"

〔一〇〕絶臡(rǎng)二句:謂人死不能再生,從優寵贈也不如入土爲安。臡:《說文》:"肥貌。"舊注:"秦、晉謂肌曰臡。""臡"或作"臕","臕"當作"咽"。那下:猶言那處。"下"字一作"可"。萬金寵贈,《舊唐書·武元衡傳》載:元衡遇害,憲宗"悵慟者久之,爲之再不食,冊贈司徒,贈賻布帛五百匹,粟四百石,輟朝五日,謚曰忠愍。"章士劍云:"那下者,如唐律言兩下相殺之下,猶言那處也。末句

謂即從優寵贈,也不如入土爲安。"(《柳文指要》下·卷十二)

【評箋】 宋·劉克莊云:"子厚《古東門行》,夢得《靖安佳人怨》,皆爲武元衡作也。柳云:'當街一叱百吏走,馮敬胸中函匕首。凶徒側耳潛愜心,悍臣破膽皆杜口。'猶有嫉惡憫忠之意。"(《後村詩話》後集卷二)

章士釗云:《古東門行》沈雄頓挫,神似昌谷,爲中唐出色當行之體裁,子厚特偶爾乘興爲之,非其本質如是也。中如"赤丸夜語飛電光,微巡司隸眠如羊"一韻,隱含鬼氣,咄咄逼人,尤爲酷肖長吉。

又云: 全篇語語用事,幾同爲事類作賦,看不出作者真實用意,然大體不出表同情於受害人,如"子西掩袂真無辜",及"絕臏斷骨那下補"等句尤顯。論者謂子厚幸災樂禍,鄙意殊不敢謂然。

又云: 全篇氣象萬千,祇表弔歎而不及其他,獨末一句略帶陽秋,微欠莊重,不免爲白璧之瑕爾。(《柳文指要》下,通要之部卷十二)

別舍弟宗一〔一〕

零落殘魂倍黯然,雙垂別淚越江邊〔二〕。一身去國六千里,萬死投荒十二年〔三〕。桂嶺瘴來雲似墨,洞庭春盡水如天〔四〕。欲知此後相思夢,長在荆門郢樹煙〔五〕。

〔一〕元和十一年(八一六)作於柳州。宗一,宗元從弟。宗元無胞弟,從弟見於集中者有宗一、宗直、宗玄。宗元徙柳州,從弟宗直、宗一隨從。不久,宗直病故。一年後,宗一別宗元往荆州一帶,宗元作此詩傷別。

〔二〕零落:本指花、葉飄落。此指自身遭貶、漂泊。黯然:傷心貌。江淹《別賦》:"黯然銷魂者,唯別而已矣。"此化用其意,已遭貶而又

離別,故倍覺傷悲。雙:宗一與己。越:柳州古屬南越。越江,
柳江。

〔三〕一身二句:謂遭貶之路遠年深。去國:離國都。六千里:《元和
郡縣圖志》卷三十七江南道柳州:"北至上都四千二百四十五里。"
誇張爲六千里。投荒:流放至邊地。十二年:宗元於永貞元年
(八〇五)貶永州,元和十年詔還京,同年七月復出任柳州刺史。
十二年,則元和十一年(八一六)作也。

〔四〕桂嶺二句:上句寫自己所在地。下句寫行者宗一所往之處。桂
嶺:在今廣西壯族自治區賀縣東北,此指柳州附近之山。瘴:南
方傳染疾病的害氣。洞庭:洞庭湖,宗一往荊門必經洞庭。

〔五〕荊門:山名。《元和郡縣圖志》闕卷逸文卷一:山南道峽州宜都縣:
"荊門山,在縣西北五十里。"又荊門即江陵府(荊州),唐貞元間一
度置荊門縣。見《讀史方輿紀要》卷七十七《荊門州》條。郢(yǐng):
春秋楚國國都,故址在唐荊州(即今湖北江陵縣西北),與唐峽州宜
都縣接壤。荊門郢樹,指宗一此去所居之地,黃季剛先生曰:"'煙'
是湊韻,本應作'邊',以與第二句韻腳重,故用'煙'字爲之。"

【評箋】　宋·葛立方云:"柳子厚可謂一世窮人矣。永貞之初,得一
禮部郎,席不暖,即斥去爲永州司馬,在貶所歷十一年。至憲宗元和十
年,例召至京師,喜而成詠,所謂'投荒垂一紀,新詔下荊扉';又云'十一
年前南渡客,四千里外北歸人'是也。既至都,乃復不得用。以柳州去,由
永至京,已四千里;自京徂柳,又復六千,往返殆萬里矣。故贈劉夢得詩云:
'十年憔悴到秦京,誰料翻爲嶺外行。'贈宗一詩云:'一身去國六千里,萬
死投荒十二年。'是也。嗚呼!子厚之窮極矣。"(《韻語陽秋》卷十一)

種　柳　戲　題〔一〕

柳州柳刺史,種柳柳江邊〔二〕。談笑爲故事,推移成

昔年〔三〕。垂陰當覆地，聳幹會參天〔四〕。好作思人樹，慚無惠化傳〔五〕。

〔一〕此詩及以下爲柳州詩。

〔二〕柳江：繞州城西、南、東而過。

〔三〕談笑二句：謂以此爲談笑的故事，由於時間推遷而成爲史迹。故事：掌故。昔年：往年，歷史。

〔四〕垂陰二句：設想此時所種之柳將來定會長成。垂陰：柳條下垂成陰。當：應當。聳幹：聳立的樹幹。會：能够，一定能。

〔五〕好作二句：謂後人或許會因此樹而思念及我，可我却慚愧没有仁政留傳。思人樹：周代召公奭曾在甘棠樹下聽訟，後人思念他，也連帶愛其樹。《史記·燕召公世家》：“太史公曰：‘召公奭可謂仁矣！甘棠且思之，况其人乎？’”惠化：爲人稱道的仁政和教化。《三國志·魏志·盧毓傳》：“遷安平、廣平太守，所在有惠化。”傳(chuán)：流傳。

與浩初上人同看山寄京華親故〔一〕

海畔尖山似劍鋩，秋來處處割愁腸〔二〕。若爲化得身千億，散上峰頭望故鄉〔三〕？

〔一〕浩初上人：見《送僧浩初序》。京華：京師。親故：親戚，故舊。

〔二〕海畔二句：謂柳州的山峰尖削峭立有如劍鋒，秋來看它，處處像割我心腸。劍鋩(máng)：劍尖。蘇軾云：“僕自東武適文登，並海行數日，道傍諸峰，真若劍鋩。誦柳子厚詩，知海山多爾耶。”(《東坡題跋》卷二)又蘇軾《白鶴峰新居欲成，夜過西鄰翟秀才》詩有

“割愁還有劍鋩山”句，自注云：“柳子厚云：‘海上尖峰若劍鋩，秋
來處處割愁腸。’皆嶺南詩也。”

〔三〕若爲：怎能。化得：變成。散：分散。此詩抒思鄉之情，比喻新
穎，構思奇特。

【評箋】　宋·陸游云：“柳子厚詩云：‘海上尖山似劍鋩，秋來處處割
愁腸。’東坡用之云：‘割愁還有劍鋩山。’或謂可言‘割愁腸’，不可但言
‘割愁’。亡兄仲高云：晉張望詩曰：‘愁來不可割。’此割愁二字出處
也。”（《老學庵筆記》卷二）

柳　州　峒　氓〔一〕

　　郡城南下接通津，異服殊音不可親〔二〕。青箬裹鹽歸
峒客，緑荷包飯趁虚人〔三〕。鵝毛禦臘縫山罽，雞骨占年
拜水神〔四〕。愁向公庭問重譯，欲投章甫作文身〔五〕。

〔一〕峒：與“洞”通，山穴。氓：同“民”。
〔二〕郡：秦置郡，唐置州，玄宗天寶年間一度改州爲郡，後復爲州。郡
　　城，州城，唐柳州治馬平縣。津：渡口。柳江過柳州，曲折而南。
　　異服殊音：謂柳州土人衣著、言語皆與中原不同。不可親：難以
　　親近。
〔三〕青箬二句：謂柳人用荷葉包飯當乾糧趕集，買鹽用竹皮包裹歸家。
　　箬（ruò）：竹皮。虚：集市。參見《童區寄傳》注。趁虚，趕集。
〔四〕臘：周代年終祭神曰臘，漢臘祭在十二月，故稱爲臘月。臘月最
　　冷，防寒稱禦臘。罽（jì）：毛織品。《漢書·東方朔傳》：“木土衣
　　綺繡，狗馬被繢罽。”注：“罽，織毛也。”世綵堂本孫汝聽云：“邕管

溪洞不産絲纊,民多以木棉、茢花、鵝毛爲被。家家養鵝,二月至十月擘取奯毳,積以禦寒。"鷄骨占年:古代嶺南占卜之法。《史記·武帝紀》元封元年:"乃令越巫立越祝祠,安臺無壇,亦祠天神上帝百鬼,而以鷄卜。上信之,越祠鷄卜始用焉。"《正義》:"鷄卜法用鷄一,狗一,生,祝願訖,即殺鷄狗煮熟,又祭,獨取鷄兩眼骨,上自有孔裂,似人物形則吉,不足則凶。今嶺南猶行此法也。"占年:卜年景吉凶。水神:南方多水,又種水稻,故祭水神。以上四句俱寫風土之異。

〔五〕重(chóng)譯:輾轉翻譯。《漢書·平帝紀》元始元年:"越裳氏重譯獻白雉一,黑雉二。"注:"譯謂傳言也。道路絶遠,風俗殊隔,故累譯而後乃通。"章甫:古冠名,士人所戴。《儀禮·士冠禮》:"章甫,殷道也。"注:"章,明也。殷質,言以明丈夫也。"文身:皮膚上刺花紋。《莊子·逍遙遊》:"宋人資章甫而適諸越,越人斷髮文身,無所用之。"何焯云:"後四句,言歷歲踰時,漸安夷俗,竊衣食以全性命,顧終已不召,亦將老爲峒氓,無復結綬彈冠之望也。'欲投章甫作文身',言吾當遂以居夷老矣,豈復計其不可親乎?首尾反覆呼應,語不多而哀怨已至。"(《義門讀書記》評語)

【評箋】 明·廖文炳云:"子厚見柳州人異俗乖,風土淺陋,故寓自傷之意。首言自郡城而之廣南,皆通津也。其異言異服已難與相親矣。彼歸峒者裹鹽,趁墟者包飯,鵝毛以禦臘,鷄骨以占年,皆峒俗之陋者,不幸謫居此地,是以愁問重譯,'欲投章甫'而作文身之氓耳。"(《唐詩鼓吹註解》卷一)

清·紀昀云:"全以鮮脆勝,三四如畫。"(《瀛奎律髓刊誤》卷四)

柳州二月榕葉落盡偶題〔一〕

宦情羈思共悽悽〔二〕,春半如秋意轉迷〔三〕。山城過雨百花盡，榕葉滿庭鶯亂啼〔四〕。

〔一〕榕：南方木名，常緑，枝能生根，其陰極廣。晉嵇含《南方草木狀》
　　　卷中云：“榕樹，南海桂林多植之，葉如木麻，實如冬青。以其不
　　　材，故能久而無傷，其蔭十畝，故人以爲息焉。而又枝條既繁，葉
　　　又茂細，軟條如藤，垂下漸漸及地，藤稍入地，便生根節，或一大株
　　　有根四五處。”
〔二〕宦情：仕宦之情。羈思（sī）：羈旅之思，即遠放柳州的心情。悽
　　　悽：悲傷。
〔三〕春半句：謂柳州二月宛如秋天的景象，使詩人感到迷惑。
〔四〕山城二句：謂花盡葉落如秋，而鶯聲歷亂，則又是春也。

　　【評箋】　清·宋長白云：“閩、粵之間，其樹榕有大葉細葉二種，紛披
輪囷，細枝着地，遇水即生，亦異品也。前人取爲詩料，始於柳子厚：‘榕
葉滿庭鶯亂啼。’蘇子瞻有‘卧聞榕葉響長廊’，楊誠齋有‘榕葉梢頭訪古
臺’，程雪樓有‘老榕能識舊花驄’，湯臨川有‘榕樹蕭蕭倒掛啼’，此外無
有專咏者。”（《柳亭詩話》卷二十三）

登柳州峨山〔一〕

　　荒山秋日午，獨上意悠悠〔二〕。如何望鄉處，西北是
融州〔三〕？

〔一〕峨山：在柳州。《柳州山水近治可游者記》：“峨山在野中，無麓，
　　　峨水出焉，東流入於潯水。”
〔二〕悠悠：長遠貌，此喻情意茫茫。

〔三〕如何二句：謂北望只見融州，不見長安。鄉：宗元河東（今山西永
　　　濟縣）人，而實居長安。此指長安。融州：在柳州北，治所即今廣
　　　西壯族自治區融水苗族自治縣。《元和郡縣圖志》卷三十七嶺南
　　　道柳州：“北至融州陸路二百二十三里，水路三百八十里。”

酬曹侍御過象縣見寄〔一〕

　　破額山前碧玉流，騷人遙駐木蘭舟〔二〕。春風無限瀟
湘意，欲採蘋花不自由〔三〕。

〔一〕酬：酬答，回贈。侍御：唐殿中侍御史及監察御史皆稱侍御。曹
　　　侍御，未詳何人，當是宗元在京舊友。象縣：唐縣名，屬嶺南道柳
　　　州，即今廣西壯族自治區象縣。《元和郡縣圖志》卷三十七嶺南道
　　　柳州：“象縣：陳於今縣南四十五里置象郡，隋開皇九年廢郡爲
　　　縣。龍朔三年爲賊所蘇，乾封二年復置。總章元年割屬柳州。”見
　　　寄：猶言蒙寄，指曹的原韻。

〔二〕破額二句：切題“曹侍御過象縣見寄”，謂曹侍御駐舟江上，遙念
　　　投荒的我，而不能走訪，只能以詩寄問。破額山：當是象縣沿江
　　　的山。碧玉：形容江水碧綠如玉，此指流經柳州和象縣的柳江。
　　　騷人：屈原曾作《離騷》，後以騷人指代詩人，此指曹侍御。駐：
　　　停。木蘭：木名，又名杜蘭，林蘭，狀如楠樹，質似柏而微疏，造船
　　　或構房所用的貴重建築材料，晚春先葉開花。花、皮可入藥。參
　　　見《本草綱目》卷三十四。木蘭舟，以木蘭爲舟。

〔三〕春風二句：意謂無限相思而不能相見，就想採蘋花以贈故人。亦
　　　不可能，極寫不堪的心情。柳惲《江南春》詩句云：“汀洲採白蘋，
　　　日暖江南春。洞庭有歸客，瀟湘逢故人。”

【評箋】　清·沈德潛云:"欲採蘋花相贈,尚牽制不能自由,何以爲情乎? 言外有欲以忠心獻之於君而末由意,與《上蕭翰林書》同意,而詞特微婉。"(《唐詩別裁集》卷二十)

得盧衡州書因以詩寄〔一〕

臨蒸且莫歎炎方,爲報秋來鴈幾行〔二〕。林邑東迴山似戟,牂牁南下水如湯〔三〕。蒹葭淅瀝含秋霧,橘柚玲瓏透夕陽〔四〕。非是白蘋洲畔客,還將遠意問瀟湘〔五〕。

〔一〕衡州:今湖南衡陽市。盧衡州,未詳其人,當是宗元京師舊友,出守衡州。

〔二〕臨蒸:衡陽舊名。《元和郡縣圖志》卷二十九江南道衡州:"衡陽縣,本漢酃縣地,吳分置臨蒸縣,屬衡山郡,縣仍屬焉。縣城東傍湘江,北背蒸水。"炎方:炎熱的南方。鴈幾行:衡陽有迴鴈峰,傳説秋鴈南飛至此而止。又古人以秋鴈指代寄書信。

〔三〕林邑二句:謂柳州爲荒遠之地,遠不如衡州。林邑:《南史·林邑國傳》:"林邑國,本漢日南郡象林縣,古越裳界也。伏波將軍馬援開南境,置此縣,其地從廣可六百里。城去海百二十里,去日南南界四百餘里,北接九德郡。其南界水,步道二百餘里,有西國夷亦稱王,馬援所植二銅柱,表漢家界處也。"《讀史方輿紀要》卷一百十二《廣西·安南等國附考》:"占城,東距海,西抵雲南,南接真臘,北連安南。東北至廣州,東行順風可半月程;至崖州,可七日程。古越裳氏界,秦爲象郡象林邑縣,漢改象林縣,屬日南郡。後漢末,邑人區連者因中原喪亂,殺縣令稱林邑國王。……唐武德六年遣使入貢。……唐元和初,入寇驩、愛等州,安南都護張丹擊破之,遂棄林邑,徙國於占城。"按:漢日南郡即今越南廣治。牂牁(zāng kē):水名。"牁"亦作"柯"。《漢書·武帝紀》元鼎五年:"南越王相吕嘉反。……越馳義侯遺别將巴蜀罪人發夜郎兵,下牂柯江,咸會番禺。"注:"番禺,即今之廣州。"唐廣州即今廣東廣州市。牂柯江流抵廣州,而今爲何名,則説法不一。水如湯:極言水熱。

〔四〕蒹葭二句:寫柳州之景。蒹葭:見上《自衡陽移桂十餘本植零陵所住精舍》詩注。淅瀝:風聲。柚(yòu):果木名,橘屬,今稱柚子。

〔五〕非是二句:化用柳惲詩句,以寄託思念故人却無由相見之情。南朝人柳惲字文暢,河東解人,善賦詩,曾任吴興太守,其《江南曲》云:"汀洲採白蘋,日暖江南春。洞庭有歸客,瀟湘逢故人。故人何不返,春華復應晚。不道新知樂,且言行路遠。"以採蘋起興,抒寫春日懷友之情。柳惲此詩頗著名。宗元與柳惲同鄉、同姓、同爲太守,而盧衡州亦在"瀟湘",故化用柳惲詩句以達情。

【評箋】 明·廖文炳云:"首句是慰盧君,言君居此,莫嗟炎熱之方。余因雁書時至,而覺山利如戟,水流如湯,雨滴蒹葭,日映橘柚,皆動吾以遐思也。念昔柳惲爲治地道,貶吴興太守,猶非絶境。今余所居非地,聊述貶謫之意而問之盧衡州耳。"(《唐詩鼓吹註解》卷一)

清·何焯云:"'蒹葭淅瀝含秋霧'一聯,'霧'《鼓吹》作'雨',秋雨即蒹葭之聲,夕陽即橘柚之色也。細按之,作'霧'爲是,乃嶺外風景,遇霧多,見日晚也。'非是白蘋洲畔客'二句,注中當并引'洞庭有歸客,瀟湘逢故人'二句,落句乃顯。"(《義門讀書記》評語)

清·紀昀云:"一説謂盧以衡州爲炎,其地猶雁所到;若我所居,則林邑牂柯(牂牁)之間,更爲遠矣。於理較通,而不免多一轉折。存以備考。六句如畫。"(《瀛奎律髓刊誤》卷四)

柳州城西北隅種甘樹〔一〕

手種黃甘二百株，春來新葉徧城隅〔二〕。方同楚客憐皇樹，不學荆州利木奴〔三〕。幾歲開花聞噴雪，何人摘實見垂珠〔四〕？若教坐待成林日，滋味還堪養老夫〔五〕。

〔一〕隅(yú)：角落。《詩經·邶風·靜女》：“靜女其姝，俟我於城隅。”甘：通“柑”。《初學記》卷二十八《果木部·甘》引周處《風土記》：“甘，橘之屬，滋味甜美特異者也。”

〔二〕手種二句：點題。

〔三〕方同二句：謂種柑樹原因是同屈原一樣愛這天地間的美樹，並非學李衡種柑求利。方：並。楚客：指屈原。憐：愛。屈原《橘頌》贊揚橘樹美德並以橘自比，首四句爲“后皇嘉樹，橘徠服兮。受命不遷，生南國兮。”王逸注云：“言皇天后土，生美橘樹，異於衆木，來服習南土，便其風氣。屈原自喻才德如橘樹，亦異於衆也。”荆州：指三國時李衡，荆州襄陽人。利木奴：《太平御覽》卷九六六《果部三》引《襄陽記》曰：李衡爲丹陽太守，每欲治家，妻輒不聽。衡密遣人於武陵龍陽洲上作宅種柑千樹。臨死，勅兒曰：汝母惡吾治家，故窮如是，吾州里有千頭木奴，不責汝衣食，歲止一匹絹亦足用矣。及衡甘成，歲得絹數千匹。奴，奴僕。木奴，柑爲樹而非人，故曰木奴。利木奴，言以木奴謀利。

〔四〕幾歲二句：想象將來柑樹開花結實時不知自己是否還在柳州。噴雪：柑花色白如雪。《初學記》卷二十八《果木部·橘九》引周李元操《園中雜詠·橘樹詩》：“白華如霰雪，朱實似懸金。”垂珠：柑結果黃紅而圓，若珍珠之垂。

〔五〕若教二句：謂如果到柑長成結果時仍不召我回朝，柑的美味還可以供我品嘗食用。

【評箋】　元·方回云："'后皇嘉樹',屈原語也。摘出二字以對'木奴',奇甚。終篇字字縝密。"(《瀛奎律髓》卷二十七著題類)

清·何焯云："'滋味還堪養老夫',結句正見北歸無復望矣。悲咽以諧傳之。"(《義門讀書記》評語)

文選

故御史周君碣〔一〕

　　有唐貞臣汝南周氏，諱某字某〔二〕。以諫死〔三〕，葬於某。貞元十二年，柳宗元立碣於其墓左〔四〕。

　　在天寶年，有以諂諛至相位〔五〕，賢臣放退〔六〕。公爲御史，抗言以白其事，得死於墀下〔七〕，史臣書之〔八〕。公之死，而佞者始畏公議〔九〕。

　　於虖！古之不得其死者衆矣〔一〇〕。若公之死，志匡王國〔一一〕，氣震姦佞，動獲其所〔一二〕，斯蓋得其死者歟〔一三〕！公之德之才，洽於傳聞〔一四〕，卒以不試〔一五〕，而獨申其節〔一六〕，猶能奮百代之上，以爲世軌〔一七〕。第令生於定、哀之間〔一八〕，則孔子不曰"未見剛者"〔一九〕；出於秦、楚之後〔二〇〕，則漢祖不曰"安得猛士"〔二一〕。而存不及興王之用〔二二〕，沒不遭聖人之歎〔二三〕，誠立志者之所悼也〔二四〕。故爲之銘〔二五〕。銘曰：

　　忠爲美，道是履〔二六〕。諫而死，佞者止。史之志，石以紀〔二七〕，爲臣軌兮〔二八〕。

〔一〕貞元十二年作。御史：官名。唐御史臺置御史大夫一員、御史中丞二員、侍御史四員、殿中侍御史六員、監察御史十員。見《舊唐書·職官志三》。周君：周子諒，曾任監察御史，詳見注〔七〕。
碣：碑石。《後漢書·竇憲傳》注：“方者謂之碑，圓者謂之碣。”

〔二〕有：語詞無義，一字不成辭，前加有字，湊足音節，如有虞、有周等。貞臣：正直守節之臣。《史記·趙世家》：“且夫貞臣也，難(nàn)至而節見。”汝南：唐汝南縣屬河南道蔡州，即今河南汝南縣。諱：名。人在世時稱其名爲名，死後稱其名爲諱。

〔三〕以：因爲。諫：臣向君進言規勸。《集韻》：“諫，諍也。”

〔四〕貞元：唐德宗李适(kuò)年號。貞元十二年(七九六)宗元二十四歲，尚未入仕。以上叙墓主姓名及立碣時間。

〔五〕天寶：唐玄宗李隆基年號。詔諛至相位：指牛仙客入相事。牛仙客，涇州鶉觚人，初爲縣吏，後官州司馬、太僕少卿、節度使。任河西節度使時嗇事省用，倉庫積鉅萬，器械犀銳。玄宗不顧中書令張九齡力諫，於開元二十四年十一月授仙客工部尚書、同中書門下三品、知門下省事。宗元謂“在天寶年”，當爲筆誤，司馬光曾作辨正，見《資治通鑑考異》卷十三。

〔六〕賢臣句：指宰相張九齡貶官。玄宗欲用仙客爲相，九齡諫止。玄宗又欲封仙客，九齡固執如初，玄宗怒，李林甫乘機詆毀九齡。開元二十四年十一月，貶九齡爲尚書右丞。侍中裴耀卿與九齡友善，玄宗以耀卿、九齡爲阿黨，因降耀卿爲尚書左丞，並罷知政事。九齡既得罪，朝廷之士皆容身保位，無復直言。

〔七〕公：對人的尊稱。抗言：高聲說。白：陳述。墀(chí)：丹墀，宮殿階上地，以丹漆之，曰丹墀。《資治通鑑》卷二百十四玄宗開元二十五年四月辛酉：“監察御史周子諒彈牛仙客非才，引讖書爲證。上怒，命左右捽於殿庭，絕而復蘇；仍杖之朝堂，流瀼州，至藍田而死。”

〔八〕史臣書之：指《玄宗實錄》載此事。司馬光《資治通鑑考異》卷十三引《實錄》云：“子諒彈奏仙客非才，引妖讖爲證。上怒，召入禁中責之。左右拉者數四，氣絕而蘇。”注〔五〕至注〔八〕所叙史實尚可參見《舊唐書·玄宗紀》、《舊唐書》及《新唐書》牛仙客本傳。

〔九〕佞(nìng)者：巧言諂媚之人，指牛仙客。議：論。沈德潛云：“筆可截鐵。”(《唐宋八家文讀本》)以上敘周子諒之死及其影響。

〔一○〕於虖：音義皆同“嗚呼”。不得其死：死得無價值。

〔一一〕匡：正。

〔一二〕動獲句：謂他的行爲獲得了預期效果。動：舉動，行爲。其所：他的處所，指預期效果。

〔一三〕斯：這。蓋：表肯定判斷。得其死者：死得值得。

〔一四〕洽：合。章士釗云：“可能有兩解：一、公之才德，在傳聞中一致稱許，無有參差，即天下之人皆好之意；一、吾所想像於公之才與德，證之傳聞，若合符節，即《寄蕭俛書》所云：‘耳與心叶，果於不謬是。’”(《柳文指要》上·卷九碣)

〔一五〕卒以句：謂才與德最終皆不得有所施展。卒：結果，最終。以：却。試：《説文》：“用也。”

〔一六〕申其節：指直諫而死。申：申張，顯示。節：節操。

〔一七〕猶能二句：謂仍能奮起於百世以上，成爲一世的軌範。猶：尚，還。奮：振起。軌：軌範。

〔一八〕第令：假令。定：魯定公，春秋時魯國國君，公元前五○九至四九四年在位。哀：魯哀公，繼定公爲魯君，公元前四九四至四六六年在位。

〔一九〕未見剛者：語出《論語·公冶長》：“子曰：吾未見剛者。或對曰：申棖。子曰：棖也慾，焉得剛。”疏：“剛謂質直而理者也。”此借孔子語贊揚周子諒是剛者。

〔二○〕秦：秦朝。楚：項籍滅秦，自立爲西楚霸王。

〔二一〕漢祖：漢高祖劉邦。劉邦《大風歌》曰：“大風起兮雲飛揚，威加海内兮歸故鄉，安得猛士兮守四方？”此借劉邦詩意贊揚周子諒是衛國猛士。

〔二二〕存：活着時。及：趕上。興王：開國之君。用：任用。

〔二三〕没不句：謂死後也没有聖人爲之感歎。没：同“殁”，去世。遭：受。

〔二四〕誠立句：謂這實在是有志者所痛心的事。誠：確實。立志者：有志向的人。悼：悲傷。以上爲叙所以作碣之故。

〔二五〕爲之銘：替他作銘。

〔二六〕道是履：實踐了正義。道：真理，正義。履：踐而行之。

〔二七〕史之二句：謂史書記載其事，今以碑碣爲記。志：記。石：碑石，即碣。紀：記。《史記·武帝本紀》索隱：“紀者，記也。”

〔二八〕爲臣軌：作爲臣子的軌範。以上爲總贊其人之賢。

【評箋】　明·茅坤云：“調不入《史》、《漢》，而氣韻亦勁。”(《唐宋八大家文鈔·柳柳州文鈔》卷十二)

清·沈德潛云：“玄宗罷裴耀卿、張九齡，而相李林甫、牛仙客，此治亂之轉關也。子諒以直諫杖死，子諒死而諫者無人矣。乃玄宗不聞悔過，而後世不加褒封，立碣表墓，其容已乎！文中不輕下一字，表正直，誅姦諛，居然史筆。”(《唐宋八家文讀本》卷九)

梓　人　傳〔一〕

裴封叔之第，在光德里〔二〕。有梓人款其門，願傭隙宇而處焉〔三〕。所職尋引、規矩、繩墨〔四〕，家不居礱斲之器〔五〕。問其能，曰：“吾善度材，視棟宇之制，高深、圓方、短長之宜，吾指使而羣工役焉〔六〕。捨我，衆莫能就一宇〔七〕。故食於官府，吾受禄三倍〔八〕；作於私家，吾收其直太半焉〔九〕。”他日，入其室，其牀闕足而不能理〔一〇〕，曰：“將求他工。”余甚笑之，謂其無能而貪禄嗜貨者〔一一〕。

其後京兆尹將飾官署，余往過焉〔一二〕。委羣材，會衆工。或執斧斤，或執刀鋸，皆環立嚮之〔一三〕。梓人左持引、右執杖而中處焉〔一四〕。量棟宇之任，視木之能，舉揮其杖曰：“斧！”彼執斧者奔而右〔一五〕；顧而指曰：“鋸！”彼執鋸者趨而左。俄而斤者斲、刀者削，皆視其色，俟其言，莫敢自斷者〔一六〕。其不勝任者，怒而退之，亦莫敢慍焉〔一七〕。畫宮於堵，盈尺而曲盡其制，計其毫釐而構大廈，無進退焉〔一八〕。既成，書於上棟〔一九〕，曰“某年某月某日某建”，則其姓字也。凡執用之工不在列〔二〇〕。余圜視大駭，然後知其術之工大矣〔二一〕。

繼而嘆曰：彼將捨其手藝，專其心智，而能知體要者歟〔二二〕？吾聞勞心者役人，勞力者役於人，彼其勞心者歟〔二三〕？能者用而智者謀，彼其智者歟〔二四〕？是足爲佐天子、相天下法矣〔二五〕！物莫近乎此也〔二六〕。彼爲天下者本於人〔二七〕。其執役者，爲徒隸，爲鄉師、里胥。其上爲下士，又其上爲中士、爲上士；又其上爲大夫、爲卿、爲公〔二八〕。離而爲六職，判而爲百役〔二九〕。外薄四海，有方伯、連率〔三〇〕。郡有守，邑有宰，皆有佐政〔三一〕。其下有胥吏、又其下皆有嗇夫、版尹，以就役焉〔三二〕，猶衆工之各有執伎以食力也〔三三〕。彼佐天子、相天下者，舉而加焉，指而使焉，條其綱紀而盈縮焉〔三四〕，齊其法制而整頓焉〔三五〕，猶梓人之有規矩、繩墨以定制也〔三六〕。擇天下之士，使稱其職；居天下之人，使安其業〔三七〕。視都知野，視野知國，視國知天下，其遠邇細大，可手據其圖而究焉〔三八〕，猶梓人畫宮於堵而績於成也〔三九〕。能者進而由之，使無所德〔四〇〕；不能者退而休之〔四一〕，亦莫敢慍。不衒能，不矜名〔四二〕，不親小勞，不侵衆官〔四三〕，日與天下之英才討論其大經,猶梓人之善運衆工而不伐藝也〔四四〕。夫然後相道得而萬國理矣〔四五〕。相道既得,萬國既理,天下舉首而望曰:"吾相之功也。"後之人循迹而慕曰:"彼相之才也。"士或談殷、周之理者,曰伊、傅、周、召〔四六〕,其百執事之勤勞而不得紀焉〔四七〕,猶梓人自名其功而執用者不列也〔四八〕。大哉相乎! 通是道者,所謂相而已矣〔四九〕。其不知體要者反此〔五〇〕:以恪勤爲公〔五一〕,以簿書爲尊〔五二〕,衒能矜名,親小勞,侵衆官,竊取六職百役之事〔五三〕,听听於府廷〔五四〕,而遺其大者遠者焉〔五五〕,所謂不通是道者也。猶梓人而不知繩墨之曲直、規矩之方圓、尋引之短長,姑奪衆工之斧斤刀鋸以佐其藝〔五六〕,又不能備其工〔五七〕,以至敗績用而無所成也,不亦謬歟〔五八〕?

或曰:"彼主爲室者〔五九〕,儻或發其私智〔六〇〕,牽制梓人之慮〔六一〕,奪其世守而道謀是用〔六二〕,雖不能成功,豈其罪耶? 亦在任之而已〔六三〕。"余曰:不然。夫繩墨誠陳,規矩誠設〔六四〕,高者不可抑而下也,狹者不可張而廣也〔六五〕。由我則固,不由我則圮〔六六〕。彼將樂去固而就圮也〔六七〕,則卷其術,默其智,悠爾而去〔六八〕,不屈吾道,是誠良梓人耳〔六九〕。其或嗜其貨利,忍而不能捨也〔七〇〕,喪其制量,屈而不能守也〔七一〕,棟橈屋壞,則曰"非我罪也",可乎哉〔七二〕,可乎哉?

余謂梓人之道類於相,故書而藏之〔七三〕。梓人,蓋古之審曲面勢者〔七四〕,今謂之都料匠云〔七五〕。余所遇者,楊氏,潛其名〔七六〕。

〔一〕貞元十四年(七九八)至永貞元年(八〇五)宗元爲官京師,文當作
於此時。梓(zǐ)人:木工。《周禮·冬官·考工記》云:"國有六
職,百工與居一焉……梓人爲笋虡……梓人爲飲器……梓人爲
侯。"注:"百工司空事官之屬,於天地四時之職,亦處其一也。司
空掌營城郭,建都邑,立社稷宗廟,造宮室車服器械。"笋虡爲古代
懸鐘磬樂器的支架。侯爲箭靶。則梓人乃攻竹木之工匠。亦稱
梓匠。唐稱都料匠,見注〔七五〕。傳:古代文體。司馬遷《史記》
有列傳七十篇,始創此體。明徐師曾《文體明辨序説》:"按字書
云:'傳者,傳(chuán)也,紀載事迹以傳於後世也。'自漢司馬遷
作《史記》,創爲'列傳',以紀一人之始終,而後世史家卒莫能易。"
徐氏又曰:"嗣是山林里巷,或有隱德而弗彰,或有細人而可法,則
皆爲之作傳以傳其事,寓其意;而馳騁文墨者,間以滑稽之術雜
焉,皆傳體也。"

〔二〕裴封叔:名墐,字封叔,河東聞喜(今山西聞喜縣)人。貞元三年
進士第,曾官京兆萬年縣令,元和十二年秋七月病卒。初娶盧氏,
後娶柳氏,即宗元之姊。見《柳宗元集》卷九《唐故萬年令裴府君
墓碣》。第:宅。光德里:街名,在長安。

〔三〕有梓二句:謂有木匠上門願租空屋居住。款:《玉篇》:"叩也。"傭
(yōng):租賃。隟(xì):當作"隙"。隙宇,空間不用暫無人居
之室。

〔四〕所職句:意謂他使用尺、圓規、墨綫等度量工具。職:掌,業。尋:
古長度單位,八尺。《詩經·魯頌·閟宮》:"是斷是度,是尋是
尺。"箋:"八尺曰尋。"引:古長度單位。《漢書·律曆志一》:"十
丈爲引。"規:圓規。矩(jǔ):直角尺。繩墨:以墨濡繩,木工用以
定正直的工具。《尚書·説命上》:"惟木從繩則正。"

〔五〕家不句:謂他家裏沒有刀斧等操作工具。居:儲存。章士釗云:
"居本商業用語,子厚好用此字,以示儲集,下文云'居天下之人,
使安其業',本篇即兩用之。"(《柳文指要》上·卷十七)礱(lóng):
磨。斲(zhuó):砍。礱斲之器,泛指木工工具,如刀鋸斧斤之類。

〔六〕吾善四句：謂我善於度量材料，依照建築物之整體結構，如宅之高矮、方圓、短長等，選擇合適的木料，我指揮，由木工們操作。度材：度量木料的用途。制：規模。宜：適合。役：操作。

〔七〕捨我二句：謂没有我，工匠們就建不成一間房。捨：棄。就：成。

〔八〕故食二句：謂所以爲官府建房，我所得酬金是木匠的三倍。食：以勞取酬。禄：酬金。

〔九〕私家：私人家。直：同“值”，酬金。太半：大半。章士釗引唐順之語云：“以言語代叙事。”（《柳文指要》上·卷十七）

〔一〇〕闕(quē)：缺少。足：指床腿。理：修理。沈德潛云：“此文章波折，不爾，便傷直遂。”（《唐宋八家文讀本》）章士釗引劉辰翁語云：“是文章布景處，似真似謔。”（《柳文指要》上·卷十七）

〔一一〕求：請。貪禄嗜貨：貪財好錢。以上記梓人自詡有能，却不能修牀。

〔一二〕京兆尹：唐設京兆府，掌管京城政事，其最高長官稱京兆尹。飾：整修。官署：衙門。過：訪問。

〔一三〕委：放置。委羣材：積置許多木材，備料。會：集合。斤：斧子。環立：站一圈。嚮：向，面對。之：代指梓人。

〔一四〕持引：拿着尺。杖：手杖。中處：站在中間。

〔一五〕任：職也，指房屋某部分之功能。能：看木料長短、粗細、質地等。舉揮：舉而揮之。章士釗云：“舉揮者，謂舉而揮之也，中應參一‘而’字，下云‘顧而指曰鋸’，顧指之間，即參用‘而’。或將此語連下一彼字爲句，曰‘舉揮其杖曰斧彼’，下文‘顧而指曰鋸彼’亦然。”（《柳文指要》上·卷十七）可備一説。斧：用斧砍，動詞。下文“鋸”用法同。奔而右：向右跑去。下文“趨而左”用法同。

〔一六〕顧：看。俄而：頃刻。斤者：持斧之人。刀者：持刀之人。色：眼色，目光。俟：等待。莫：没有誰，無定代詞。

〔一七〕退之：叫他退下。慍(yùn)：怒。

〔一八〕宫：室，指建築物圖形。堵：牆。盈尺：滿一尺大小。曲盡：全表達出來。制：房屋的結構形制。無進退：無出入。按：梓人所畫猶今之藍圖。

〔一九〕既成：竣工後。上棟：正梁。章士釗引王應麟語云：“既成數語，極含蓄，爲下文張本，乃一篇精神命脉。”(《柳文指要》)

〔二〇〕凡執句：謂所有工匠人之名均不寫。

〔二一〕圜視：《漢書・賈誼傳》：“動一親戚，天下圜視而起。”注：“言驚愕也。”章士釗云：“但從字面看來，謂其張目而視，或四面周察，兩解俱得。”(《柳文指要》)術：技術。工：巧，善其事。大：高，高超。以上記梓人指揮現場施工的情景及竣工後自題其名的舉動。

〔二二〕繼而：接着。體要：事物的整體與綱要。

〔二三〕勞心：腦力勞動。勞力：體力勞動。役：役使，指使。役於人：被人驅使。《左傳・襄公九年》：“君子勞心，小人勞力。”《孟子・滕文公》上：“勞心者治人，勞力者治於人。”彼：他，指梓人。其：語氣助詞。下句用法同。沈德潛云：“得此蕩漾之筆，入正意乃有力。”

〔二四〕能者：有技藝的人。用：爲，作，從事具體工藝勞動。謀：出謀略。章士釗引唐順之語云：“用三個歟字連聲贊美，方轉下去，如黄河之流，九折而入海，何等委曲？”(《柳文指要》)

〔二五〕是足句：謂這足以做爲輔佐天子、治理天下的法則。是：這。佐：輔佐。相：佐助。沈德潛云：“落相道是主。”

〔二六〕物莫句：章士釗云：“物莫近乎此也：此謂梓人，謂足爲佐天子相天下法者，萬物之中，莫近於梓人，即物無比梓人更近者也。”(《柳文指要》)

〔二七〕爲：治理。人：民。唐太宗名世民，唐人避諱，以“人”代“民”。本於人：以民爲本。

〔二八〕執役：服役的人。徒隸：服賤役的人。鄉師：一鄉之長。《周禮・地官・鄉師》：“鄉師之職，各掌其所治鄉之教而聽其治。”里胥(xū)：一里之長。其上：鄉師、里胥之上。士：官名。古時諸侯置上士、中士、下士之官，其位次於大夫。《禮記・王制》：“諸侯之上大夫卿、下大夫、上士、中士、下士凡五等。”卿：官名。宗周

及諸侯皆有卿，分上中下三級。公：輔佐國君掌軍政大權的最高
官員。周有三公。《尚書・周官》："立太師、太傅、太保，茲惟三
公，論道經邦，燮理陰陽。"漢唐均有三公。

〔二九〕離：分。六職：指官府的治、教、禮、政、刑、事六種職務。《周禮・
天官・小宰》："以官府之六職，辨邦治。"判：分。百役：各種具體
工作。

〔三〇〕薄：靠近。四海：古人以爲中國四周皆有海，古以中國爲海內。
四海即邊境。《尚書・益稷》："外薄四海，咸建五長。"方伯：遠離
國都地區的諸侯之長。《禮記・王制》："千里之外設方伯。"連率：
即連帥。古十國之長名連帥。《禮記・王制》："十國以爲連，連
有帥。"

〔三一〕守：太守，郡之最高長官。唐改郡爲州，改郡守爲州刺史。邑：城
市。大城曰都，小城曰邑。宰：邑的最高長官，即後世之縣令。
《通典》卷三十三《職官五・縣令》："縣邑之長曰宰、曰尹、曰公、曰
大夫。"佐政：副手，副職。

〔三二〕胥吏：官府中辦理公文的小吏。嗇(sè)夫：秦制，鄉置嗇夫，職聽
訟收賦稅，漢晉劉宋皆因之，後廢。版尹：掌戶籍的辦事員。版：
用以寫字的竹簡。此指戶籍。《周禮・天官・小宰》："三曰，聽閭
里以版圖。"注："版，戶籍圖，地圖也。"就役：辦事。

〔三三〕猶衆句：就像衆木工各有技能，靠氣力養活自己一樣。伎：(jì
季)，技能。

〔三四〕舉而加焉：章士釗云："謂舉其人而加於其職也，如人適宜爲上
士，即舉而加於上士，餘類推。"(《柳文指要》)指：指揮。使：遣
派。條：條理。盈縮：增減。

〔三五〕齊：整齊畫一。

〔三六〕制：規格。

〔三七〕居：聚。參見注〔五〕。

〔三八〕視：看，考察。都：國都。野：指郊原。《詩經・邶風・燕燕》：
"之子于歸，遠送于野。"傳："郊外曰野。"國：諸侯封地。邇(ěr)：

近。細:小事。大:大事。究:推知。

〔三九〕績於成:猶言事業的完成,工作完成。績,用。

〔四〇〕進:舉也。由:任用。《左傳·襄公三十年》:"以晉國之多虞,不能由吾子,使吾子辱在泥塗久矣。"德:感激。無所德:不感恩德。

〔四一〕休:辭退,罷免。

〔四二〕衒(xuàn):炫耀,誇耀。矜(jīn):自誇,矜誇。

〔四三〕不親二句:謂宰相不宜親自做各類小事,不宜侵犯衆官之權。侵:犯,此謂代行他人職權。

〔四四〕英才:才能出衆者。大經:國之大法。運:調動。伐:誇耀。藝:技藝。

〔四五〕夫然句:謂這樣做才掌握了做宰相的道理,而全國也就治理好了。萬國:全中國。理:治理。唐高宗名治,唐人避諱,以"理"爲"治"。

〔四六〕或:有的。殷:商朝的別名。盤庚遷都於殷(今河南安陽市西),改國號爲殷。曰:説。此作稱頌解。伊:伊尹,名摯,商湯的宰相。傅:傅説(yuè),商武丁的宰相。周:周公,名旦,文王之子,佐武王伐紂,又佐成王平管、蔡,定禮儀。召(shào):姬姓,名奭,周武王之臣。一説爲文王之子。因封於召,故稱召公或召伯。成王時,與周公分陝而治,"自陝而西,召公主之;自陝而東,周公主之。"見《史記·燕召公世家》。

〔四七〕其百句:意謂伊尹、傅説、周公、召公爲相時,百官勤勞奉職,而書中却不記其事。執事:各部門專職人員。百執事:猶言百官。紀:同"記"。

〔四八〕自名其功:自己稱自己的功勞,指署名。

〔四九〕所謂句:謂爲相之道不過如此。

〔五〇〕反此:與此相反。

〔五一〕恪(kè):恭敬。勤:勤懇。公:《全唐文》作"功",近是。沈德潛云:"文用反勘,則正意益明。"

〔五二〕以簿句:意謂埋頭於煩瑣事務中。簿:登記書寫用的册簿。簿書,官府文書。尊:貴。

〔五三〕竊(qiè)取:偷取,此指代屬官辦事。

〔五四〕听听(yǐn yǐn)句:謂宰相和顏悅色地留連於各類官衙中。《說文》:"听,笑貌。"司馬相如《子虛賦》:"亡是公听然而笑。"

〔五五〕遺:忘。大者遠者:指宰相之責,如製定大政方針、選賢任能等。

〔五六〕姑:暫且,姑且。

〔五七〕又不句:謂又不能把事做完美。備:完備。

〔五八〕以至二句:謂以至事業遭到失敗而無所成就,不也是錯誤嗎?績用:功用。以上借梓人之事論宰相之道,即不親小勞、不侵衆官而討論大經。

〔五九〕主爲室者:主持建房的人,指房主。

〔六〇〕儻或:儻若,假設之辭。發:發揮。私智:個人偏見。

〔六一〕牽制句:謂約束梓人的思維,即不發揮梓人的智慧。牽制:約束,掣肘。

〔六二〕奪其句:謂不准梓人施展祖傳技能,而聽信路人之言。世守:祖傳的技能。道謀:謂與路人相謀。諺稱"築室道謀,三年不成"。用:聽從。道謀是用,是"用道謀"的倒裝。《詩經·小雅·小旻》:"如彼築室於道謀,是用不潰於成。"箋:"如當路築室,得人而與之謀所爲,路人之意不同,故不得遂成也。"

〔六三〕雖不三句:謂雖然房不能建成,難道是梓人的罪過嗎?梓人不過聽之任之罷了。任之:聽之任之。或解爲在於任用他罷了。

〔六四〕誠:實在,的確。陳:排列。設:擺出。

〔六五〕高者二句:謂高屋不能壓低,窄屋不能拓寬。

〔六六〕由:順,按照。我:指梓人。圮(pǐ):毀壞,坍塌。

〔六七〕彼將句:如果屋主不要建堅固之室,而要建倒塌之室。彼:他,指"主爲室者",即房主。

〔六八〕則卷三句:謂那就收斂自己的技術,緘默自己的智慧,遠遠走開。沈德潛云:"大臣之道如是。"

〔六九〕不屈二句:謂決不放棄自己的原則,這才是好梓人。比喻爲相

　　者,合則留,不合則去。

〔七〇〕其或二句:謂假如梓人貪圖房主的錢財,違心地接受房主的錯誤
　　　　決策,而不能離去。

〔七一〕喪其二句:謂喪失了原則,委屈遷就,不能堅持。制量:猶言結構
　　　　規格。屈:委屈。守:堅持(原則)。

〔七二〕棟橈三句:謂屋樑彎曲房屋坍塌,却說:"不是我的罪過",行嗎?
　　　　棟:屋樑。橈:彎曲。以上從假設房主破壞梓人的設計,推出梓
　　　　人卷其術而去及忍而不能捨兩種可能對策,以喻宰相之道亦當合
　　　　則留,不合則去。

〔七三〕類於相:與宰相之道相似。書:寫此文。

〔七四〕審曲面勢:《周禮·考工記》:"審曲面勢,以飭五材,以辨民器,謂之
　　　　百工。"謂審察五材曲直方圓形勢之宜以治之,及陰陽之面背是也。

〔七五〕都料匠:即今土木建築師。

〔七六〕潛其名:名潛。以上點明作意。

　　【評箋】　宋·呂祖謙云:"抑揚好,一節應一節。嚴序事實。"(《古文
關鍵》卷一)

　　宋·黃震云:"喻爲相者之道也。文字宏闊。"(《黃氏日鈔》卷六十)

　　宋·王應麟云:"迂齋云:'《梓人傳》規模,從《呂氏春秋》來。'愚按呂
氏《分職篇》云:'使衆能,與衆賢,功名大立於世。不予佐之者,而予其主
使之也。譬之若爲宮室,必任巧匠,奚故? 曰:匠不巧,則宮室不善。夫
國,重物也。其不善也,豈特宮室哉! 巧匠爲宮室,爲圓必以規,爲方必
以矩,爲平直必以準繩。功已就,不知規矩繩墨,而賞匠巧也。匠之宮室
已成,不知巧匠,而皆曰善,此某君某王之宮室也。'柳子立意本於此。"
(《困學紀聞》卷十)

　　明·茅坤云:"次序摹寫,井井入構。"(《唐宋八大家文鈔》卷四評
柳文)

　　明·孫鑛云:"落筆如煙雲,得《史》、《傳》、《國》之髓。"(《山曉閣選唐
大家柳柳州全集》卷二評柳文)

清·何焯云："李云：上半截論梓人處，悉無漏義矣。便以末意作收場，而曰梓之道類乎相，豈非引而不發，意味深長，文之極佳者也。中間詳釋，翻成贅剩。"(《義門讀書記》評語)

清·愛新覺羅弘曆云："儲欣曰：分明一篇大臣論，借梓人以發其端，由賓入主，非觸而長之之謂也。王弇州乃云：形容梓人處已妙，只一語結束可也，喋喋不已，複而易厭。如弇州言，是認煞公爲梓人立傳，而觸類相臣，失厥指矣。"(《唐宋文醇》評語卷十一河東柳宗元文)

清·沈德潛云："結構精嚴，無一懈筆。"又云："題用譬喻，不須説出正義，令人言外思之，此則六義中比體也。先喻後正，而透發正義處，層層迴抱前文，文各有體，不得以太盡議之。"(《唐宋八家文讀本》卷九)

清·林雲銘云："相臣貴知大體，而大體在於識時務善用人。天下之治亂安危，即相臣所以爲能否，非可以才藝見長也。陳平不對決獄，丙吉不問殺人，雖未必能盡爲相之道，第其言頗得不親小勞不侵衆官之意，實千古相臣龜鑑。是篇借梓人能知體要，痛發其通於相業。段段回應，井井曲盡。文中亦有規矩繩墨者，史稱其善於文，且以是篇與《郭橐駝傳》，均贊其文之有理。洵不易之評矣。"(《古文析義》二編卷六)

清·過珙云："寫梓人卻寫得體尊望重，運籌如意，便不是單寫梓人。入後通於相道之大，句句就梓人迴抱説，乃知寫梓人早已寫相，故特地寫個體尊望重也。"(《古文評注》評語卷七)

清·儲欣云："胸中實實見得相道如此，借梓人發出，叙梓人處極重，後自省力。"(《唐宋八大家類選》評語卷十三)

清·翁元圻云："楊升菴謂郭象《莊子》注曰：'工人無爲於刻木，而有爲於運矩；主上無爲於親事，而有爲於用臣。'柳子厚演之爲《梓人傳》，今按《傳》中實兼取其意。"(《見翁注《困學紀聞》卷十)

清·孫琮云："此傳分兩大幅看：前半幅詳寫梓人，後半幅詳寫相道。前半幅寫梓人處處隱伏下半幅，後半幅寫相道處處回抱上半幅。末幅另發一議，補出不合則去，於義更無遺漏。"(《山曉閣選唐大家柳柳州全集》評語卷四傳)

種樹郭橐駝傳〔一〕

郭橐駝，不知始何名〔二〕。病瘻，隆然伏行，有類橐駝者〔三〕，故鄉人號之“駝”。駝聞之曰：“甚善，名我固當〔四〕。”因捨其名，亦自謂橐駝云。其鄉曰豐樂鄉，在長安西。駝業種樹〔五〕，凡長安豪富人爲觀遊及賣果者〔六〕，皆爭迎取養〔七〕。視駝所種樹，或移徙〔八〕，無不活，且碩茂早實以蕃〔九〕。他植者雖窺伺傚慕〔一〇〕，莫能如也〔一一〕。

有問之，對曰：“橐駝非能使木壽且孳也〔一二〕，能順木之天，以致其性焉爾〔一三〕。凡植木之性，其本欲舒〔一四〕，其培欲平〔一五〕，其土欲故〔一六〕，其築欲密〔一七〕。既然已，勿動勿慮，去不復顧〔一八〕。其蒔也若子，其置也若棄〔一九〕，則其天者全而其性得矣。故吾不害其長而已，非有能碩茂之也〔二〇〕；不抑耗其實而已，非有能早而蕃之也〔二一〕。他植者則不然，根拳而土易〔二二〕，其培之也，若不過焉則不及焉〔二三〕。苟有能反是者〔二四〕，則又愛之太恩，憂之太勤〔二五〕，旦視而暮撫，已去而復顧〔二六〕。甚者爪其膚以驗其生枯〔二七〕，搖其本以觀其疏密〔二八〕，而木之性日以離矣〔二九〕。雖曰愛之，其實害之；雖曰憂之，其實讎之〔三〇〕，故不我若也〔三一〕。吾又何能爲哉〔三二〕！”

問者曰：“以子之道，移之官理可乎〔三三〕？”駝曰：“我知種樹而已，理，非吾業也〔三四〕。然吾居鄉〔三五〕，見長人者好煩其令〔三六〕，若甚憐焉，而卒以禍〔三七〕。旦暮吏來而呼曰：‘官命促爾耕，勖爾植，督爾穫〔三八〕。早繅而緒，

早繅而緒，字而幼孩，遂而雞豚〔三九〕。'鳴鼓而聚之，擊木而召之〔四○〕。吾小人輟飧饔以勞吏者，且不得暇〔四一〕，又何以蕃吾生而安吾性耶〔四二〕？故病且怠〔四三〕。若是，則與吾業者其亦有類乎〔四四〕？"

問者嘻曰："不亦善夫〔四五〕！吾問養樹，得養人術〔四六〕。"傳其事以爲官戒也〔四七〕。

〔一〕 長安作，參見《梓人傳》注〔一〕。橐（tuó）：《説文》："橐，囊也。"駝：駱駝，其背肉峰如囊，故稱橐駝。一名駝駝。種樹人姓郭，因駝背，號橐駝。

〔二〕 不知句：意謂不知起初叫什麼名字。

〔三〕 瘻：《集韻》："瘻，龍珠切，音僂，痀瘻曲脊。"一本作"僂"。隆然：高起貌，此指背部。伏行：俯身彎腰走路。類：象。

〔四〕 名我：給我取這個名。固：的確。當：恰當，合適。

〔五〕 業：職業。

〔六〕 爲：從事，進行。觀（guàn）遊：觀賞，遊玩。章士釗云："'觀'作去聲讀。宋陸游務觀，名字相屬，義本此。"（《柳文指要》上・卷十七）

〔七〕 皆爭句：謂爭相迎請郭橐駝到家供養。

〔八〕 移徙：指移植的樹。徙：遷移。

〔九〕 且碩句：謂樹木高大茂盛，果實結得又早又多。碩：大。碩茂，樹高大茂盛。實：結果實。以：並且。蕃：多。

〔一○〕他植者：其他種樹的人。窺伺（kuī sì）：暗中觀察。慕：試驗。《説文》："慕，習也。"倣慕，模仿試驗。

〔一一〕莫：沒有誰。如：趕得上。以上寫郭橐駝名號由來及高超的種樹技藝。

〔一二〕橐駝：自稱。壽：活得久。孳（zī）：蕃殖。《聲類》："孳，蕃也。"

〔一三〕能順二句：謂我能順從樹的生長規律，盡量讓它按着自己的自然習性生長罷了。順：順從。天：生長規律。致：盡。性：本性，習性。焉爾：罷了。按："順天致性"是全文本旨。

〔一四〕植木：人工培植之樹。本：根。舒：舒展，放開。

〔一五〕其培句：謂封土要與地面平，不高不低。培：填坑蓋根之土。《集韻》："培，封也。"

〔一六〕其土句：謂封土要用原來的舊土。故：舊。

〔一七〕其築句：謂封土要搗實。築：搗封土。

〔一八〕既然三句：意謂已經這樣做過以後，就離開不必管它。既：已經。然：如此，這樣。已：畢，結束。慮：惦念。去：離開。顧：回頭看。

〔一九〕其蒔二句：謂栽樹時像撫育孩子那樣精心，栽好後不管它，就如拋棄一樣。蒔(shì)：移栽植物。《説文》："蒔，更別穜。"置：放着，擺着。

〔二〇〕全：保全。得：事得其宜。長(zhǎng)：生長。害其長：妨害它生長。能：本領。碩茂之：使樹高大茂盛。

〔二一〕不抑二句：謂我不過是不抑制損耗它的果實罷了，並非有本領讓它的果實結得又早又多。

〔二二〕根拳句：謂坑小根不得伸展，又不用舊土。拳：拳曲。易：更換。

〔二三〕其培二句：謂封土不是超過了地平，就是達不到地平。

〔二四〕苟有句：謂即使有人能不出這類偏差。苟：即使。反是：相反於此的。

〔二五〕恩：撫育篤厚。勤：多。沈德潛云："上一層已撇開，注意在此。"（《唐宋八家文讀本》）

〔二六〕撫：摸。復顧：又回來看視。

〔二七〕甚者：更嚴重的。爪：掐。膚：指樹皮。生：活着。枯：死了。

〔二八〕本：幹。疏：土搗得鬆。密：土搗得實。

〔二九〕日：一天天。離：分開，言被摧殘。

〔三〇〕讎(chóu)：通"仇"。讎之，恨它，把它當仇人。章士釗云："愛害韻，憂讎韻，子厚行文，好羼韻語。"（《柳文指要》）

〔三一〕若:如。不我若,"不若我"的倒置句。

〔三二〕吾又句:謂我又能做什麽呢?以上郭橐駝自述種樹秘訣是順天致性,即順其自然,過分愛護反而傷害樹木。

〔三三〕以子二句:謂把你種樹的規律運用到做官治民方面可以嗎?理:治。

〔三四〕理二句:謂治理百姓不是我的職業。

〔三五〕鄉:即上文"豐樂鄉"。

〔三六〕見長句:謂常見做官的好頻繁施令。長(zhǎng)人者:統治人民的人。《國語·周語》:"古之長民者。"爲其所本。唐太宗名世民,唐人避諱,以"人"爲"民"。好(hào):喜好。煩:多。煩其令,使其令煩。

〔三七〕若:好像。憐:愛,愛護。《爾雅·釋詁》:"憐,愛也。"卒:結果。禍:災難。

〔三八〕吏:縣吏。爾:你們。勖(xù):勉勵。穫:收割。

〔三九〕早繅四句:謂早些抽好你們的絲,紡好你們的綫,撫育好你們的孩子,繁殖好你們的鷄豬。繅(sāo):抽繭出絲。而:汝,爾,你們。下三句同。緒:絲頭。《説文》:"緒,絲耑也。"段注:"耑者,草木初生之題也。因爲凡首之稱。抽絲者得緒而可引。"縷(lǚ):繰絲。字:撫養。《左傳·昭公十一年》:"其僚無子,使字敬叔。"注:"字,養也。"遂:物生出曰遂。此指繁殖。豚(tún):小豬。

〔四〇〕鳴鼓:敲鼓。之:指鄉民,下句同。木:木鐸,以木爲舌的鈴。古宣布政教法令的官員,巡行振鳴木鐸以引人注意。《周禮·天官》:"徇以木鐸。"注:"古者將有新令,必奮木鐸以警衆,使明聽也。"

〔四一〕吾小二句:謂我們小民自己不吃飯去應酬縣吏,時間也不够。吾小人:我們小民百姓。輟(chuò):停止。飧(sūn):晚飯。饔(yōng):早飯。勞:接待。

〔四二〕又何句:謂又怎能發展生產,安居樂業呢?沈德潛云:"正喻相應。"

〔四三〕病：困苦。《廣雅・釋詁》：“病，苦也。”怠（dài）：疲倦。

〔四四〕若是二句：謂如此説來，爲官治民與我種樹也有相似之處吧？以
　　　　上郭橐駝認爲地方官頻繁施令，致使百姓病且怠，猶如種樹不懂
　　　　順天致性。

〔四五〕嘻：贊嘆聲。夫：乎，嗎。

〔四六〕吾問二句：謂我問種樹法，却學到治民法。

〔四七〕傳其句：謂把他的言行記下來，以爲當官人鑒戒。傳（zhuàn）：作
　　　　傳。以上點明作意。

【評箋】　宋・王應麟云：“《淮南子》曰：‘春貸秋賦，民皆欣；春賦秋
貸，衆皆怨。得失同，喜怒爲别，其時異也。爲魚德者，非挈而入淵；爲蝯
賜者，非負而緣木，縱之其所而已。’亦見《文子》。此柳子《種樹傳》之
意。”（《困學紀聞》卷十）

　　明・茅坤云：“守官者當深體此文。”（《唐宋八大家文鈔》卷四評
柳文）

　　清・林雲銘云：“政在養民，即唐虞不廢戒董，以其能致民之性也。
後世具文煩擾，而民始病。郭橐駝種樹之道，若移之官理，便是居敬行
簡一副學問。即充而至於舜之無爲，禹之無事，不越此理。然前段以
種植之善不善分提，後段單論官理之不善，但云以他植者爲戒，不説以
橐駝爲法，蓋知古治，必不易復省一事，斯民間省一擾，即漢詔以不煩
爲循吏之意，非謂居官可以不事事也。細玩方知其妙。”（《古文析義》
二編卷六）

　　清・張伯行云：“子厚之體物精矣，取喻當矣。爲官者當與民休息，
而不可生事以擾民。雖曰愛之，適以害之，是可歎也。然所謂煩其令者，
雖未得愛之之道，而猶有愛之之心焉。若今日之吏，來於鄉者，追呼耳，
掊克耳，是直操斧斤以入山林也，豈特爪其根摇其本已哉！噫！”（《唐宋
八大家文鈔》評語卷四）

　　清・吳楚材、吳調侯云：“前寫橐駝種樹之法，瑣瑣述來，涉筆成趣，
純是上聖至理，不得看爲山家種樹方。末入官理一段，發出絶大議論，以

規諷世道。守官者當深體此文。"(《古文觀止》評語卷九)

清·過珙云:"借種樹以喻居官,與《捕蛇者説》同一機軸。"(《古文評注》評語卷七)

清·孫琮云:"前幅寫橐駝命名,寫橐駝種樹,寫橐駝與人問答種樹之法,瑣瑣述來,純是涉筆成趣。讀至後幅,陡然接入官理一段,變成絕大議論。於是讀者讀其前文,竟是一篇游戲小文章,讀其後文,又是一篇治人大文章。前後改觀。咄咄奇事。"(《山曉閣選唐大家柳柳州全集》評語卷四傳)

清·蔡鑄云:"牧民當順民性,亦猶種樹不可拂其性也。借言規諷,可以垂世。"(《蔡氏古文評注補正全集》評語卷七)

清·儲欣云:"順木之天,其義類甚廣,爲學養生,無不可通。然柳氏自爲長人者而發,後世併促耕督穫之呼,亦無暇及矣。叫囂隳突,鷄犬不寧,如《捕蛇説》所云,則無間日夜也,悲夫!"(《唐宋八大家類選》)評語卷十三)

清·朱宗洛云:"嘗謂大家之文,多以意勝,而意又要善達。其所以善達者,非以詞糾纏敷衍之謂也,蓋一意耳。或借粗以明精,如此文養樹云云是也;或借彼以證此,如以他植者來陪襯是也;或去淺以取深,如'既然已',及'苟有能反是者',與'甚者'云云是也;或反與正相足,如中間'其本欲舒'數句正説,而後又用'非有能'以反繳是也。至一段中或先用虛提,中用申説,後用實繳;或兩段中一正一反一逆一順錯間相生;或一篇中前虛後實,前賓後主,前提後應。變化伸縮,則題意自達,不犯糾纏敷衍之病矣。處處樸老簡峭,在《柳集》中,應推爲第一。"(《古文一隅》評語卷中)

清·沈德潛云:"此爲勤民而不得其道者言,若戕虐其民,如根拳土易一流,固不待言也。柳子主意,蓋在蓋公治齊一邊。"又云:"古人立私傳,每於史法不得立傳,而其人不可埋没者,別立傳以表章之,若柳子郭橐駝、宋清諸傳,同於莊生之寓言,無庸例視。"(《唐宋八家文讀本》卷九)

以上長安文。

永州龍興寺息壤記〔一〕

永州龍興寺東北陬有堂〔二〕，堂之地隆然負塼甓而起者，廣四步，高一尺五寸〔三〕。始之爲堂也，夷之而又高〔四〕。凡持鍤者盡死〔五〕。永州居楚越間，其人鬼且機〔六〕。由是寺之人皆神之，人莫敢夷〔七〕。

《史記·天官書》及《漢·志》有地長之占〔八〕，而亡其説〔九〕。甘茂盟息壤〔一〇〕，蓋其地有是類也〔一一〕。昔之異書，有記洪水滔天，鯀竊帝之息壤以湮洪水，帝乃令祝融殺鯀於羽郊〔一二〕。其言不經見〔一三〕。今是土也，夷之者不幸而死，豈帝之所愛耶〔一四〕？南方多疫，勞者先死〔一五〕，則彼持鍤者，其死於勞且疫也。土烏能神〔一六〕？

余恐學者之至於斯〔一七〕，徵是言，而唯異書之信〔一八〕，故記於堂上〔一九〕。

〔一〕永貞元年(八〇五)九月，永貞革新失敗，宗元自禮部員外郎貶爲邵州刺史，未至，再貶永州司馬。《舊唐書·憲宗紀》永貞元年九月："己卯，京西神策行營節度行軍司馬韓泰貶撫州刺史，司封郎中韓曄貶池州刺史，禮部員外郎柳宗元貶邵州刺史，屯田員外郎劉禹錫貶連州刺史：坐交王叔文也。(十一月)壬申，貶正議大夫、中書侍郎、平章事韋執誼爲崖州司馬。己卯，再貶撫州刺史韓泰爲虔州司馬，河中少尹陳諫台州司馬，邵州刺史柳宗元爲永州司馬，連州刺史劉禹錫郎州司馬，池州刺史韓曄饒州司馬，和州刺史凌準連州司馬，岳州刺史程異郴州司馬，皆坐交王叔文。初貶刺史，物議罪之，故再加貶竄。"即所謂"八司馬"事件。永州：唐永州屬江南道,治零陵縣,即今湖南省零陵縣。龍興寺:在永州零陵縣。宗元貶永州,首居龍興寺,次居愚溪。其《永州龍興寺西軒記》云:"永貞年,余名在黨人,不容於尚書省。出爲邵州,道貶永州司馬。至則無以爲居,居龍興寺西序之下。"則本文當至永州未久即元和初年作。宗元《永州龍興寺東丘記》云:"龍興,永之佳寺也。登高殿可以望南極,闢大門可以瞰湘流。"息壤:能生長的土。

〔二〕陬(zōu):角落。堂:佛堂。

〔三〕堂之三句:謂佛堂内塼地被土頂起一片,直徑四步,高一尺五寸。隆然:凸起貌。負:頂起。甓(pì):塼。步:古度量單位,其制各代不一。《禮記·王制》:"古者以周尺八尺爲步,今以周尺六尺四寸爲步。"《史記·秦始皇本紀》:"數以六爲紀。六尺爲步。"又舊時營造尺以五尺爲步。尺的長度歷代不一,大致時代愈後,尺愈長。

〔四〕始之二句:謂當初建佛堂時,已將凸起地面剗平鋪塼,後土竟又長高,頂起地面上塼。夷:削平。

〔五〕凡持句:謂所有拿鐵鍬剗過土的工匠都死了。鍤(chā):鐵鍬。

〔六〕楚:今湖南、湖北古屬楚地。越:古稱五嶺之南少數民族爲百越或百粵。楚越間,永州南與嶺南道桂州以越城嶠(又稱全義嶺,即五嶺最西嶺)爲界,故稱居楚越間。宗元《與李翰林建書》云:"永州於楚爲最南,狀與越相類。"鬼且機(jī):迷信鬼神。鬼:信鬼。機:祅祥。《列子·說符》:"楚人鬼而越人機。"注:"信鬼神與機祥。"

〔七〕由是:從此。神之:把它(土)視爲神物。人莫:没有哪個人。

〔八〕有:記載。長(zhǎng):升高。占:徵兆。《史記·天官書》云:"水澹澤竭,地長見象。"意爲水波動蕩,沼澤乾涸,是土地長高時呈現之徵象。《漢書·天文志》云:"水澹地長,澤竭見象。"意謂水面動蕩,地面長高,是沼澤乾涸之徵象。二書所記似有出入,章士釗云:"中間所用字,位置有顛倒。或謂漢書次第是,吾意不然,蓋此八字,共説地長之象,以水澹澤竭爲其總因,若以漢書所列,則

地因水澹而長,澤竭又見何象乎?"(《柳文指要》上·卷二十八)

〔九〕亡(wú):同"無"。說:說明。

〔一〇〕甘茂:人名,戰國秦武公之左丞相。盟,盟誓。息壤:秦地名。《史記·甘茂傳》載:"王迎甘茂於息壤。"《索隱》:"《山海經》啓筮云:昔伯鯀竊帝之息壤,以堙洪水。"或是此也。宗元引此典,意在說明古有息壤地名。

〔一一〕蓋其句:謂大概那地方的土與龍興寺的土相類似,也能生長。蓋:大概,猜度之詞。

〔一二〕異書:記載異事之書,指《山海經》。鯀(gǔn):夏禹之父。帝:天帝。湮(yīn):同"堙",填塞。《說文》作"垔":"塞也,《尚書》曰:'鯀垔洪水。'"祝融:傳說中的火神。羽郊:羽山。鯀竊息壤而被殺事詳見《山海經·海內經》)。

〔一三〕不經見:謂不見於儒家經典著作。即經書無載。

〔一四〕豈帝句:謂難道是天帝所愛之息壤被剗平,故懲罰剗息壤者嗎?

〔一五〕南方二句:謂南方多瘟疫流行,勞累過度者染病先死。

〔一六〕烏:何。以上引史書論證息壤古來有之,而異書荒誕之載不足信。今者剗息壤人身亡,乃因勞累及瘟疫,並非土能顯神。

〔一七〕學者:學問者。至於斯:來到此地。

〔一八〕徵是二句:謂聽了僧人這番話,就只相信異書所記天帝息壤之事。徵:證,驗。唯異書之信:"唯信異書"的倒置。

〔一九〕堂上:佛堂壁上。以上點明作意,恐以訛傳訛,作文以正視聽。

【評箋】　清·常安云:"本不信有此理,妙只以淡宕出之。"(《古文披金》卷十四柳文)

清·孫琮云:"事本野流荒僻,子厚欲闢異說,而不以繁言置辨,齦齦斷斷,自足垂示後人。子厚嘗言:'吾爲文章,未嘗敢以輕心掉之,懼其剽而不留也。'於此等文驗之。"(《山曉閣選唐大家柳柳州全集》評語卷三記)

章士釗云:"南方多疫,勞者先死,此憑借物理以爲斷,何等斬截? 而息壤不經之説，遠起於子厚之先，而遂流衍於子厚之後，後來文士所見，都遜子厚一籌，即此已見子厚之偉大。"(《柳文指要》上·卷二十八)

始得西山宴游記〔一〕

自余爲僇人〔二〕，居是州，恒惴慄〔三〕。其隙也〔四〕，則施施而行，漫漫而游〔五〕。日與其徒上高山〔六〕，入深林，窮迴谿〔七〕，幽泉怪石，無遠不到。到則披草而坐〔八〕，傾壺而醉。醉則更相枕以臥〔九〕。臥而夢，意有所極，夢亦同趣〔一〇〕。覺而起〔一一〕，起而歸。以爲凡是州之山水有異態者〔一二〕，皆我有也，而未始知西山之怪特〔一三〕。

今年九月二十八日〔一四〕，因坐法華西亭〔一五〕，望西山，始指異之〔一六〕。遂命僕人過湘江〔一七〕，緣染溪〔一八〕，斫榛莽，焚茅茷〔一九〕，窮山之高而止〔二〇〕。攀援而登，箕踞而遨〔二一〕，則凡數州之土壤，皆在衽席之下〔二二〕。其高下之勢，岈然窪然〔二三〕，若垤若穴〔二四〕，尺寸千里〔二五〕。攢蹙累積〔二六〕，莫得遯隱〔二七〕。縈青繚白〔二八〕，外與天際〔二九〕，四望如一。然後知是山之特立，不與培塿爲類〔三〇〕。悠悠乎與顥氣俱，而莫得其涯〔三一〕，洋洋乎與造物者游，而不知其所窮〔三二〕。引觴滿酌，頹然就醉〔三三〕，不知日之入。蒼然暮色〔三四〕，自遠而至，至無所見，而猶不欲歸〔三五〕。心凝形釋〔三六〕，與萬化冥合〔三七〕。然後知吾嚮之未始游，游於是乎始〔三八〕，故爲之文以志〔三九〕。是歲，元和四年也〔四〇〕。

〔一〕文末叙明元和四年(八〇九)作於永州。本文及以下七篇山水游
　　　記均作於永州,後人合稱爲永州八記,本篇領起其餘諸篇。始得:
　　　剛發現。西山:在永州城西。《輿地紀勝》卷五十六:"永州……
　　　西山在零陵縣西五里,柳子厚愛其勝境,有《西山宴游記》。"《大清
　　　一統志》卷二八二永州府:"西山在零陵縣西……自朝陽巖起,至
　　　黄茅嶺北,長亘數里,皆西山也。"宴游:游覽並宴飲,即今之旅游
　　　野餐。

〔二〕僇(lù):辱。僇人:受辱之人,指罪人。

〔三〕是:這。是州:指永州。恒:始終。惴慄(zhuì lì):恐懼戰栗。

〔四〕隟:同"隙",指閑時。

〔五〕則施二句:謂緩步放情游覽。施施(yí yí):緩行貌。漫漫:任意
　　　不拘貌。

〔六〕徒:朋輩。

〔七〕窮:走盡。迴谿:紆迴曲折的溪水。至"無遠不到",極力寫前此
　　　之游,以托起篇末"然後知吾嚮之未始游"句。

〔八〕披:分開。

〔九〕更相:交相,互相。

〔一〇〕意:思想。極:到。《爾雅·釋詁》:"極,至也。"趣:通"趨",
　　　　向:往。

〔一一〕覺(jué):醒。

〔一二〕異態:奇景。態,一本作"勝"。有:佔有,指游過。

〔一三〕未始知:猶言尚未知。怪特:奇異特別。以上極言在永州平日游
　　　　覽之勝,以反跌下文。此段語意確是第一篇發端,移置他篇不得。

〔一四〕今年:元和四年,見注〔四〇〕。

〔一五〕法華西亭:法華寺,在永州零陵城内。西亭,在法華寺内,宗元所
　　　　建。宗元《永州法華寺新作西亭記》云:"法華寺居永州,地最
　　　　高。……余時謫爲州司馬,官外乎常員,而心得無事,乃取官之禄
　　　　秩,以爲其亭。"又《構法華寺西亭》詩云:"步登最高寺,蕭散任疏
　　　　頑。"因寺及亭高,故有下句望西山。

〔一六〕始指異之：開始指點西山，見其奇異。此句點始字。

〔一七〕湘江：水名，又名湘水。《元和郡縣圖志》卷二十九江南道永州：“零陵縣……湘水經州西十餘里。”因江在州西，故往西山必過江。一本僕下無人字。

〔一八〕緣：順，沿。染溪：又名冉溪，宗元後築室於此，改名愚溪。其《愚溪詩序》云：“灌水之陽，有溪焉，東流入於瀟水。或曰：冉氏嘗居也，故姓是溪爲冉溪。或曰：可以染也，名之以其能，故謂之染溪。”參見《愚溪詩序》。

〔一九〕斫(zhuó)：砍。榛(zhēn)：樹名，叢生灌木。莽：草叢。茷(fá)：《説文》：“茷，草葉多。”茅茷，茅草。

〔二〇〕窮山句：謂登上最高峰。

〔二一〕箕踞(jī jù)：兩腿叉開，席地而坐。《漢書・張耳傳》：“高祖箕踞罵詈。”注：“箕踞者，謂申(伸)兩脚，其形如箕。”遨：游。《漢書・景十三王傳》：“無令出敖。”注：“敖，謂游戲也。”“遨”與“敖”通。

〔二二〕數州：指永州鄰州，如西邵州，東南道州，東北衡州。衽(rèn)席：臥席。《禮記・曲禮上》：“請衽何趾。”注：“衽，臥席也。”自此以下，形容西山之高峻，純從對面著筆，構意絶妙，撰語絶工。

〔二三〕高下：高低。岈(xiā)然：山深貌。《玉篇》：“岈，火加切，嵞岈，山深之狀。”窪(wā)然：深陷貌。《説文》：“窪，深池也。”

〔二四〕若垤句：謂高的如蟻封，低的如蟻穴。垤(dié)：蟻穴外的土。《説文》：“垤，蟻封也。”

〔二五〕尺寸句：謂眼見僅有尺寸之短，實則有千里之遠。

〔二六〕攢蹙(cuán cù)：密集。

〔二七〕莫得句：謂山川城邑盡收眼底。莫：沒有哪個。遯(dùn)：《説文》：“遯，逃也。”隱：藏。

〔二八〕縈青句：謂綠樹白水錯雜纏繞。縈：繞。青：指地面草樹之色。白：水澤之色。

〔二九〕外與句：延伸開去與天相連。際：接。《淮南子・精神篇》：“與道爲際。”注：“際，合也。”

〔三〇〕特立：出衆卓立。培塿(lǒu)：小丘。《方言》十三：“冢,秦晉之間
　　或謂之培,自關而東謂之丘,小者謂之塿。”注：“培塿亦堆高之
　　貌。”類：同類,相同。沈德潛曰：“始得神理。”(《唐宋八家文
　　讀本》)

〔三一〕悠悠：眇遠貌。顥(hào)氣：大氣。《廣韻》：“顥,天邊氣。”涯：
　　邊際。

〔三二〕洋洋：廣大。造物者：創造萬物者,即大自然。所窮：終點。此
　　二句及上二句意謂登山四望,心馳神往,融合於天地自然之中。

〔三三〕引觴二句：謂取杯斟滿酒,開懷暢飲,以至酒醉。引：取、拿。觴
　　(shāng)：酒盃。頹然：下墜貌,此指醉而不能自持。沈德潛云：
　　“此寫宴游。”

〔三四〕蒼然：深暗貌。

〔三五〕猶：還。

〔三六〕心凝：精神與自然凝合。形釋：軀體消散,不復存在。此句及下
　　句極寫身心恬適,泯忘物我,與自然萬物融爲一體的境界。

〔三七〕萬化：萬物。冥合：暗合。

〔三八〕然後二句：這才知道我從前並未開始游覽,真正的游覽從這裏開
　　始。嚮(xiàng)：從前。於是：從這裏。沈德潛云：“正收始字。”

〔三九〕志：記。

〔四〇〕是歲：今年。元和：唐憲宗李純年號。元和四年爲公元八〇九
　　年。以上記發現、攀登西山的過程,及宴游的樂趣。

　　【評箋】　清·何焯云：“中多寓言,不惟寫物之工。‘傾壺而醉’,帶
出宴字。‘而未始知西山之怪特’,反呼‘始’字。‘始指異之’,虛領‘始’
字。‘蒼然暮色’三句,‘始’字神理。‘心凝神釋’,破惴慄。‘然後知向之
未始游’二句,上句帶前一段,下句正收‘始’字。李云：羈憂中一得曠豁,
寫得情景俱真。”(《義門讀書記》評語)

　　清·孫琮云：“篇中欲寫今日始見西山,先寫昔日未見西山；欲寫昔
日未見西山,先寫昔日得見諸山。蓋昔日未見西山,而今日始見,則固大

快也；昔日見盡諸山，獨不見西山，則今日得見，更爲大快也。中寫西山之高，已是置身霄漢；後寫得游之樂，又是極意賞心。"(《山曉閣選唐大家柳柳州全集》評語卷三記)

　　清·儲欣云："前後將'始得'二字，極力翻剔。蓋不爾，則爲'西山宴遊'五字題也。可見作文，凡題中虛處，必不可輕易放過。其筆力矯拔，故是河東本來能事。"(《唐宋八大家類選》)

　　清·沈德潛云："從始得字着意，人皆知之。蒼勁秀削，一歸元化，人巧既盡，渾然天工矣。此篇領起後諸小記。"(《唐宋八家文讀本》卷九)

鈷鉧潭記〔一〕

　　鈷鉧潭在西山西〔二〕，其始蓋冉水自南奔注〔三〕，抵山石〔四〕，屈折東流，其顛委勢峻〔五〕，蕩擊益暴〔六〕，齧其涯，故旁廣而中深〔七〕，畢至石乃止〔八〕。流沫成輪〔九〕，然後徐行〔一〇〕，其清而平者且十畝餘，有樹環焉，有泉懸焉。

　　其上有居者〔一一〕，以予之亟游也，一旦款門來告曰〔一二〕："不勝官租私券之委積〔一三〕，既芟山而更居〔一四〕，願以潭上田貿財以緩禍〔一五〕。"予樂而如其言〔一六〕。則崇其臺，延其檻〔一七〕，行其泉於高者而墜之潭〔一八〕，有聲潀然〔一九〕。尤與中秋觀月爲宜〔二〇〕，於以見天之高，氣之迥〔二一〕。

　　孰使予樂居夷而忘故土者，非茲潭也歟〔二二〕？

〔一〕本篇爲"永州八記"第二篇。元和四年(八〇九)作。《鈷鉧潭西小
　　　丘記》云："得西山後八日，尋山口西北道二百步，又得鈷鉧潭。潭

西……有丘焉。”以是知本篇及《鈷鉧潭西小丘記》均作於始得西
山之年即元和四年。鈷鉧（gǔ mǔ）：熨斗，潭形如熨斗，故以名
之。宋范成大曾親歷永州，訪其舊迹，云：“渡瀟水即至愚溪，溪上
愚亭，以祠子厚。路旁有鈷鉧潭。鈷鉧，熨斗也。潭狀似之。”
（《驂鸞録》）

〔二〕西山：即上文《始得西山宴游記》之西山。劈頭即點清鈷鉧潭跟
　　　上篇西山來。

〔三〕冉水：又名冉溪、染溪，宗元後改其名爲愚溪。奔注：急速流下。

〔四〕抵：觸。

〔五〕其顛句：謂水頭與潭高低差別大，水勢陡峭。顛：水頭。委：水
　　　末。《禮記·學記》：“三王之祭川也，皆先河而後海，或原也，或委
　　　也，此之謂務本。”注：“委，流所聚也。”勢峻：水勢險峻。

〔六〕盪擊：指水在潭中震盪衝擊。益暴：更加猛烈。

〔七〕齧其二句：謂水流衝刷潭岸，所以潭兩岸寬闊而中間深。齧
　　　（niè）：咬。《説文》：“齧，噬也。”此作衝擊、衝刷解。涯：岸邊。

〔八〕畢：最終。至石：碰到四周的石頭。指岸邊泥土衝刷殫盡，唯剩
　　　石岸。清何焯云：“‘盪擊益暴’四句，寫出鈷鉧形貌。”（《義門讀書
　　　記》評語）沈德潛云：“句句剪削，乃有此詣，稍一放筆，便平常語
　　　矣。”（《唐宋八家文讀本》）

〔九〕沫：水上浮漚，細小者爲沫，大者爲泡。流沫，旋轉流動的泡沫。
　　　輪：成圓形如車輪狀。

〔一〇〕徐行：緩慢流動。二句描寫工細。

〔一一〕居者：住户。

〔一二〕以：因爲。亟（qì）：屢次。且：早晨。款：《玉篇》：“叩也。”款門，
　　　　敲門。告：謁請。

〔一三〕不勝句：謂拖欠的官租和私債極多，無力償還。不勝（shēng）：忍
　　　　受不了。券：借債的憑據。私券，借私人之款項。委積：堆積。

〔一四〕既：已經。芟（shān）：《説文》：“芟，刈草也。”芟山，在山上開荒。
　　　　更居：變更住處，搬家。

〔一五〕願以句：意謂願賣潭上耕地還債。貿：《説文》：“易財也。”貿財，
　　　　賣地得錢。緩：解除。禍：指官租私債。

〔一六〕予樂句：我很樂意買潭，并按價付款。如：按照……去做。

〔一七〕則崇二句：謂建了高臺，修了長欄杆。崇：高。延：長。

〔一八〕行其句：謂把泉水引向高處，然後傾落到潭中。行其泉：引泉水。
　　　　即上文“有泉懸焉”之泉。

〔一九〕潨(cōng)然：泉落潭中水激之聲。《説文》：“小水入大水曰潨。”
　　　　此狀小水入大水之聲。

〔二〇〕宜：合適。

〔二一〕氣：天空。迥(jiǒng)：遼闊。

〔二二〕孰：誰，甚麼。夷：古代對邊遠少數民族之貶稱，此指永州。兹：
　　　　此。歟(yú)：嗎。以上記自己對潭的增修及賞翫。結處極幽冷
　　　　之趣，而情甚悽楚。

【評箋】　清·盧元昌云：“潭字起，潭字住，瀟然洒然。”(《山曉閣選
唐大家柳柳州全集》卷一評柳文)

　　清·孫琮云：“此篇第一段叙潭中形勢，第二段叙土人鬻潭，第三段
叙已增置。妙在第一段中，寫‘清而平者且十畝’一句，便是描畫盡此潭。
第三段中，寫‘中秋觀月爲宜’，便是賞鑑盡此潭。結處樂居而忘故土一
句，便是知己盡此潭。筆墨之間，聲情倍至。”(《山曉閣選唐大家柳柳州
全集》評語卷三記)

　　清·林紓云：“鈷鉧潭，非勝概也。但狀冉水之奔迅，工夫全在一
‘抵’字，以下水勢均從‘抵’字生出。水勢南來，山石當水之去路，水不能
直瀉，自轉而東流，故成爲屈折。‘屈’字，即抵不過山石，因折而他逝耳。
其所以‘盪擊’之故，又在‘顛委勢峻’四字。‘勢’者，水勢也；‘委者’，潭
勢也。水至而下迸，注其全力，趨涯如矢，中深者爲水力所射。‘涯’字似
土石雜半，故土盡至石。著一‘畢’字，即年久水齧石成深槽，至此不能更
深，乃反而徐行也。其下買潭上田而觀水，語亦修潔；惟曲寫潭狀，煞費
無數力量，非柳州不復能道。”(《韓柳文研究法·柳文研究法》)

　　章士釗云:"李日華《六硯齋筆記》云: '黃茅小景,唐子畏畫太湖濱幽奇處,名曰熨斗柄,昔柳子厚作《遊鈷鉧潭記》,鈷鉧者,即熨斗柄也。' ……潭而有泉懸焉,則柄顯矣。熨斗柄一詞,似是鈷鉧確詁,不知竹懶何所本?"(《柳文指要》上·卷二十九)

鈷鉧潭西小丘記〔一〕

　　得西山後八日〔二〕,尋山口西北道二百步,又得鈷鉧潭〔三〕。潭西二十五步,當湍而浚者爲魚梁〔四〕。梁之上有丘焉,生竹樹。其石之突怒偃蹇〔五〕,負土而出〔六〕,爭爲奇狀者〔七〕,殆不可數〔八〕。其嶔然相累而下者〔九〕,若牛馬之飲於溪〔一〇〕;其衝然角列而上者〔一一〕,若熊羆之登於山〔一二〕。

　　丘之小不能一畝〔一三〕,可以籠而有之〔一四〕。問其主,曰:"唐氏之棄地,貨而不售〔一五〕。"問其價,曰:"止四百。"余憐而售之〔一六〕。李深源、元克己時同遊〔一七〕,皆大喜,出自意外。即更取器用〔一八〕,剷刈穢草〔一九〕,伐去惡木〔二〇〕,烈火而焚之〔二一〕。嘉木立,美竹露,奇石顯〔二二〕。由其中以望〔二三〕,則山之高,雲之浮,溪之流,鳥獸之遨遊〔二四〕,舉熙熙然迴巧獻技,以效茲丘之下〔二五〕。枕席而臥〔二六〕,則清泠之狀與目謀〔二七〕,瀯瀯之聲與耳謀〔二八〕,悠然而虛者與神謀〔二九〕,淵然而靜者與心謀〔三〇〕。不匝旬而得異地者二〔三一〕,雖古好事之士,或未能至焉〔三二〕。

111

噫！以兹丘之勝〔三三〕，致之灃、鎬、鄠、杜〔三四〕，則貴游之士争買者〔三五〕，日增千金而愈不可得〔三六〕。今棄是州也〔三七〕，農夫漁父過而陋之〔三八〕，賈四百，連歲不能售〔三九〕。而我與深源、克己獨喜得之，是其果有遭乎〔四〇〕！書於石，所以賀兹丘之遭也〔四一〕。

〔一〕本篇是"永州八記"第三篇，與上兩篇同時作。鈷鉧潭：見上篇注。小丘：小山。

〔二〕得西山：發現西山。後八日：元和四年九月二十八日得西山，後八日即十月初七日。

〔三〕尋：緣，順着。道：步行。步：古度量單位，見《永州龍興寺息壤記》注〔三〕。鈷鉧潭：從鈷鉧潭説來，含有異地二。

〔四〕當湍句：謂在急流深水處是一道魚梁。當：值，對。湍（tuān）：急流的水。《説文》："湍，疾瀬也。"浚（jùn）：深。魚梁：障水的石堰，又可捕魚。疊石於河中爲攔水堰，中留空洞，置笱（gǒu，竹製捕魚器）於空洞處，魚順流而入笱，不能逃出。

〔五〕突怒：高起挺出貌。偃蹇（yǎn jiǎn）：高聳貌。《離騷》："望瑶臺之偃蹇兮，見有娀之佚女。"注："偃蹇，高貌。"

〔六〕負土句：謂頂起泥土露出。

〔七〕爲奇狀：呈現出奇特形狀。

〔八〕殆（dài）：幾乎。謂幾乎數不清，極言奇石之多。

〔九〕嵚（qīn）然：山石高峻貌。相累：互相連接、重叠。下：石勢向下。

〔一〇〕若牛句：謂如成羣的牛馬往溪邊飲水。

〔一一〕衝然：突起貌。角：《文選》潘岳《射雉賦》徐爰注："角，邪也。"角列，象獸角那樣斜列。

〔一二〕若熊句：謂如熊羆向山上爬。羆（pí）：熊的一種。

〔一三〕不能：不足。能，及，到。《淮南子·脩務訓》："不能被德承澤。"注："能，猶及也。"

〔一四〕可以句：謂能以全部牢籠在内。

〔一五〕唐氏二句：是唐家廢棄的土地，想賣而賣不掉。貨：出賣。

〔一六〕止：僅僅，不過。四百：四百文錢。憐：喜愛。

〔一七〕李深源、元克己：俱人名，未詳，當爲宗元在永州的友人。

〔一八〕即：當即。更(gēng)：輪換。器用：器具，此指鋤草工具。

〔一九〕剷：削平。刈(yì)：割。穢(huì)草：雜草。

〔二〇〕惡木：不成材的樹，灌木荆棘之類。

〔二一〕烈火句：用猛火燒它。

〔二二〕嘉木三句：謂美好的樹木、秀美的竹子、奇異的山石都顯現出來。
　　　　立，挺立而不受遮避，與“露”、“顯”義同。

〔二三〕其中：小丘中。以：而。

〔二四〕遨游：自由自在地走動或飛翔。

〔二五〕舉熙二句：謂都愉悦快樂地運其巧慧，獻其長技，呈現在這小丘
　　　　下面，這裏把自然物人格化了。舉：全。熙熙(xī)然：和樂貌。
　　　　迴：運，引申爲表現。揚雄《太玄經·玄攡》：“天日迴行，剛柔接
　　　　矣。”范望注：“迴，猶運也。”“迴”同“回”。効：即效。《玉篇》：
　　　　“効，俗效字”。效，呈獻。《禮記·曲禮上》：“效馬效羊者右牽之，
　　　　效犬者左牽之。”注：“效，猶呈也。”兹：此。

〔二六〕枕席句：謂卧於小丘上。

〔二七〕清泠(líng)：清徹明净，指水。謀：相合。

〔二八〕瀯瀯(yíng)：水流聲。

〔二九〕悠然：天空遼遠無窮貌。虚：空。

〔三〇〕淵然：静默貌。上句與此句謂精神心靈與空虚静默的天空融合
　　　　爲一。指客觀事物和人的感官相和諧融合。

〔三一〕匝(zā)：《説文》：“帀，周也。”俗作匝。引申爲滿。旬：十天。異
　　　　地：風景奇異之地。二：二處，指西山和鈷鉧潭西小丘，與本文首
　　　　句相應。

〔三二〕好事之士：好游覽之人。至：達到，辦到。焉：這。

〔三三〕勝：景物優美曰勝。

〔三四〕致之：送它到，把它安排在。灃：借爲“鄷”，邑名。《説文》：“鄷，周文王所都，在京兆杜陵西南。”鎬（hào）：古地名，周初國都，在長安西。鄠（hù）：漢縣名，唐京兆府鄠縣，今陝西户縣。杜：此指杜陵，在長安東南。《元和郡縣圖志》卷一京兆府萬年縣：“杜陵，在縣東南二十里，漢宣帝陵也。”按：灃、鎬、鄠、杜泛指長安城郊，唐時富豪之家多建別墅於此。

〔三五〕貴游之士：王公貴族子弟。《周禮·地官·師氏》：“凡國之貴游子弟學焉。”注：“貴遊子弟，王公之子弟，遊無官司者。”爭買者：爭買小丘的。

〔三六〕日增句：謂小丘的售價每天增加千金，越發買不到。

〔三七〕棄：被抛棄。

〔三八〕陋之：以之（小丘）爲陋，看不起它。

〔三九〕賈四二句：謂價格僅四百錢，却幾年也賣不掉。賈，同價，價格。

〔四〇〕遭：機遇。果有遭，終於遇到了好機會。

〔四一〕書於二句：謂作此文寫在石上，用來祝賀小丘的好運氣。書：寫此文。

【評箋】 清·林雲銘云：“子厚游記，篇篇入妙，不必復道。此作把丘中之石，及既售得之後，色色寫得生活，尤爲難得。末段以賀兹丘之遭，借題感慨，全説在自己身上。蓋子厚向以文名重京師，諸公要人，皆欲令出我門下，猶致兹丘於灃鎬鄠杜之間也。今謫是州，爲世大僇，庸夫皆得詆訶，頻年不調，亦何異爲農夫漁父所陋，無以售於人乎？乃今兹丘有遭，而己獨無遭，賀丘所以自弔，亦猶《起廢之答》無躄足涎額之望也。嗚乎！英雄失路至此，亦不免氣短矣。讀者當於言外求之。”（《古文析義》初編卷五）

清·汪基云：“篇中淋漓感慨，具無限深情，不徒以雕繪景色爲工。至於埋伏照應，針縷細密，作家原自不苟。此特妙在布置自然，渾化無迹。”（慕巖參評《古文喈鳳新編》評語）

清·孫琮云：“此篇平平寫來，最有步驟。一段先叙小丘，次叙買丘，又次叙鬭蕪刈穢，又次叙避賞此丘，末後從小丘上發出一段感慨，不攙越一筆，不倒用一筆。妙，妙。"（《山曉閣選唐大家柳柳州全集》評語卷三記）

清·朱宗洛云："凡前後呼應之筆，皆文章血脉貫通處。然要周匝，又要流動，要自然，又要變化，此文後一段可法。有兩篇聯絡法，如此文起處是也。有取勢歸源法，如此文先言竹樹及石之奇，而以'籠而有之'句勒住是也。有有意無意默默生根法，如此文中下一'憐'字，爲末段伏感慨之根，下一'喜'字，爲結處'賀'字作張本也。"（《古文一隅》評語卷中）

陳衍云："'嶔然相累'四句，狀潭處向上向下之石，工妙絶倫。殆即從《無羊》詩'或降於阿，或飲於池'名句悟出。後'清冷之狀'四句，與此相映帶，用《考工記》'進與馬謀，退與人謀'句法，可謂食古能化。"（《石遺室論文》卷二）

至小丘西小石潭記〔一〕

從小丘西行百二十步，隔篁竹〔二〕，聞水聲，如鳴珮環〔三〕，心樂之〔四〕。伐竹取道〔五〕，下見小潭，水尤清冽〔六〕。全石以爲底〔七〕，近岸卷石底以出〔八〕，爲坻爲嶼〔九〕，爲嵁爲巖〔一〇〕。青樹翠蔓，蒙絡搖綴，參差披拂〔一一〕。

潭中魚可百許頭〔一二〕，皆若空遊無所依〔一三〕。日光下澈〔一四〕，影布石上〔一五〕，佁然不動〔一六〕；俶爾遠逝〔一七〕，往來翕忽〔一八〕，似與游者相樂。

潭西南而望〔一九〕，斗折蛇行〔二〇〕，明滅可見〔二一〕。其岸勢犬牙差互〔二二〕，不可知其源〔二三〕。

坐潭上，四面竹樹環合，寂寥無人〔二四〕，淒神寒骨〔二五〕，悄愴幽邃〔二六〕。以其境過清〔二七〕，不可久居〔二八〕，乃記之而去。

同遊者，吴武陵、龔古〔二九〕，余弟宗玄〔三〇〕，隸而從者〔三一〕，崔氏二小生〔三二〕，曰恕己，曰奉壹〔三三〕。

〔一〕本篇爲“永州八記”第四篇。小丘：即鈷鉧潭西小丘。小石潭：以潭底是石，故名。《大清一統志》卷二八三永州府：“小石潭，在零陵縣西小丘之西。”

〔二〕篁(huáng)：《説文》：“篁，竹田也。”又竹名。晉戴凱之《竹譜》：“篁竹堅而促節，體圓而質堅，皮白如霜粉。”

〔三〕如鳴句：謂就像玉珮玉環相碰發出的響聲。珮：玉珮。即雜珮，以玉爲之，珩、璜、琚、瑀之類。環：玉環。皆古人腰間所佩之玉飾。

〔四〕樂之：謂喜歡它。

〔五〕取道：開條路。

〔六〕見(xiàn)：現的本字，出現。尤：更加。冽(liè)：寒。一本作“洌”，《説文》：“洌，水清也。”

〔七〕全石句：謂潭底是整塊大石。

〔八〕近岸句：謂靠近岸邊，石底從水中卷出來。

〔九〕爲：形成。坻(chí)：水中陸地。嶼(yǔ)：《説文》：“嶼，島也。”

〔一〇〕嵁(kān)：不平的巖石。《集韻》：“山高貌。”巖(yán)：山巖，山壁。上句及此句寫潭石呈現的各種形狀。

〔一一〕蒙絡二句：寫緑藤纏繞覆蓋在青樹上，搖擺下垂，長短不齊，隨風飄動。蒙：覆蓋。絡：纏繞。摇綴：搖擺連綴。參差(cēn cī)：長短不齊。披拂：拂動。

〔一二〕可：大約。許：表示約略估計的量詞。

〔一三〕皆若句：極寫水清。依：憑依，依托。明楊慎《丹鉛雜録》卷七：

"此語本之酈道元《水經注》：'淥水平潭，清潔澄深，俯視游魚，類
若乘空。'沈佺期詩'魚似鏡中懸'亦用酈語意也。"

〔一四〕下：日光下射。澈：洞澈，照及潭底。

〔一五〕影：魚影。布：陳列，指映在。

〔一六〕佁（ǎi）然：痴呆貌。《説文》："佁，癡貌。讀若駭。""佁"，世綵堂
一本作"怡"。據《文苑英華》改。

〔一七〕俶（chù）爾：動貌。《方言》卷十二："俶，動也。"逝：往。此指
遠去。

〔一八〕翕（xī）忽：迅疾貌。左思《吳都賦》："神化翕忽，函幽育明。"李善
注："翕忽，疾貌。"以上寫魚之游行澄水中，如化工肖物，窮微
盡妙。

〔一九〕潭西句：謂由潭向西南望去。

〔二〇〕斗折：溪水像北斗星那樣曲折。蛇行：溪水像游蛇一樣蜿蜒。

〔二一〕明：指水光可見。滅：謂爲岸遮蔽而不可見。因溪水曲折，故水
光或隱或現。

〔二二〕犬牙句：謂溪岸曲折如狗牙般交錯不齊。犬牙：狗牙。差（cī）
互：參差交錯貌。

〔二三〕其源：潭水的來源。何焯曰："石岸差互，故水流皆作斗折蛇行之
勢，爲岸所蔽，雖明滅可見，莫窮其源也。"（《義門讀書記》評語）

〔二四〕寂寥（liáo）：寂靜。

〔二五〕淒神句：謂使精神淒涼，使肌骨寒冷。

〔二六〕悄愴（qiǎo chuàng）：淒慘。《楚辭·九思·逢尤》注："悄，猶慘
也。"幽邃：幽深。

〔二七〕以：因爲。境：兼指環境和氣氛。

〔二八〕居：停留。

〔二九〕吳武陵：宗元好友，元和三年貶官永州，詳見《初秋夜坐懷吳武
陵》詩注〔一〕。龔古：人名，未詳。龔，一本作"襲"。古，一本
作"右"。

〔三〇〕宗玄：宗元的從弟。宗元無胞弟，從弟見於集中者有宗一、宗玄、

宗直。

〔三一〕隸而從者：謂作爲侍奉而跟隨同來的人。

〔三二〕小生：小青年。

〔三三〕恕己、奉壹：孫汝聽注云：“崔簡之子也。”按：崔簡，字子敬，博陵安平（今河北定縣）人，宗元姊夫。貞元五年進士第，累官至刑部員外郎。出刺連、永二州，未至永州，坐流驩州。元和七年正月二十六日卒。二子奉喪踰海，遇暴風溺死。參見宗元《故永州刺史流配驩州崔君權厝記》、《祭姊夫崔使君簡文》、《祭崔氏外甥文》等文。諸文稱簡之二子爲“處道”、“守訥”，又稱“韋六”、“小卿”，而本文稱“恕己”、“奉壹”，所稱不同，今不能詳。

【評箋】　清·林紓云：“《小石潭記》則水石合寫，一種幽僻冷豔之狀，頗似浙西花隖之藕香橋。‘坻’、‘嶼’、‘嵁’、‘巖’，非真有是物，特石自水底挺出，成此四狀。其上加以‘青樹翠蔓，蒙絡搖綴，參差披拂’，是無人管領，草木自爲生意。寫溪中魚百許頭，空游若無所依，不是寫魚，是寫日光。日光未下澈，魚在樹陰蔓條之下，如何能見。其‘怡然不動，俶爾遠游，往來翕忽’之狀，一經日光所澈，了然俱見。‘澈’字，即照及潭底意，見底即似不能見水，所謂‘空遊無依’者，皆潭水受日所致。一小小題目，至於窮形盡相，物無遁情，體物直到精微地步矣。‘潭西南而望，斗折蛇行，明滅可見。’此中不必有路，特借之爲有餘不盡之思。至‘竹樹環合，寂寥無人’，文有詩境，是柳州本色。”（《韓柳文研究法·柳文研究法》）

清·陳衍云：“《小石潭記》，極短篇，不過百許字，亦無特別風景可以出色，始終寫水竹淒清之景而已。而前言‘心樂’，中言潭中魚與遊者相樂；後‘淒神寒骨’，理似相反，然樂而生悲，遊者常情。大而汾水，小而蘭亭，此物此志也。其寫魚云：‘潭中魚可百許頭……往來翕忽。’工於寫魚，工於寫水之清也。”（《石遺室論文》卷四）

袁 家 渴 記〔一〕

由冉溪西南水行十里〔二〕，山水之可取者五〔三〕，莫若鈷鉧潭〔四〕。由溪口而西，陸行，可取者八九，莫若西山〔五〕。由朝陽巖東南〔六〕，水行至蕪江〔七〕，可取者三，莫若袁家渴。皆永中幽麗奇處也〔八〕。

楚、越之間方言，謂水之支流者爲“渴”〔九〕。音若“衣褐”之“褐”〔一〇〕。渴上與南館高嶂合〔一一〕，下與百家瀨合〔一二〕。其中重洲小溪〔一三〕，澄潭淺渚〔一四〕，間廁曲折〔一五〕，平者深墨，峻者沸白〔一六〕。舟行若窮，忽又無際〔一七〕。

有小山出水中，山皆美石，上生青叢，冬夏常蔚然〔一八〕。其旁多巖洞，其下多白礫〔一九〕，其樹多楓柟石楠〔二〇〕、梗櫧樟柚〔二一〕，草則蘭芷〔二二〕。又有異卉〔二三〕，類合歡而蔓生〔二四〕，轇轕水石〔二五〕。每風自四山而下，振動大木〔二六〕，掩苒衆草〔二七〕，紛紅駭綠〔二八〕，蓊葧香氣〔二九〕，衝濤旋瀨〔三〇〕，退貯谿谷〔三一〕，搖颺葳蕤〔三二〕，與時推移〔三三〕。其大都如此，余無以窮其狀〔三四〕。

永之人未嘗遊焉，余得之不敢專也〔三五〕。出而傳於世〔三六〕。其地主袁氏，故以名焉〔三七〕。

〔一〕本篇爲“永州八記”第五篇，與後三篇合稱“後四記”，同作於元和
　　七年(八一二)，較“前四記”晚三年。“前四記”以“西山”領起，“後

四記"以"袁家渴"領起。渴(hè)：水之支河爲渴，分主流之水爲渴，一説稱壘土之水爲渴。參見注〔九〕、〔一〇〕。袁家渴，渴爲袁某之産，故宗元以其姓名之爲袁家渴，猶今之張家屯、李家莊之類。《輿地紀勝》永州："袁家渴在州南十里，嘗有姓袁者居之，兩岸木石奇怪，子厚記之。"《大清一統志》卷二八二永州府："袁家渴在零陵縣南。"

〔二〕冉溪：見《始得西山宴游記》注〔一八〕及《愚溪詩序》。

〔三〕可取者：可擇取的，謂可供游覽的。五：五處。

〔四〕莫若：没有哪處能比。鈷鉧潭：見上《鈷鉧潭記》。

〔五〕溪口：指冉溪入湘水處。西山：見上《始得西山宴游記》。

〔六〕朝陽巖：在永州城西南，唐元結所游並命名處，其《朝陽巖銘并序》云："永泰丙午中，自春陵詣都使計兵，至零陵。愛其郭中有水石之異，泊舟尋之。得巖與洞，此邦之形勝也，自古荒之而無名稱，以其東向，遂以朝陽命之焉。"《方輿勝覽》卷二十五永州："朝陽巖，在零陵南二里，下臨瀟水。舊經道州刺史元結魯山維舟山下，以地高而東向，遂名朝陽。"《大清一統志》卷二八二永州府："朝陽巖，在零陵縣西南。"

〔七〕蕪江：未詳。宗元詩文及方志中無此江。或疑"蕪"爲"瀟"之誤。

〔八〕永：永州。

〔九〕楚越之間：指永州一帶。參見《永州龍興寺息壤記》注〔六〕。

〔一〇〕音若句：以褐注音。

〔一一〕上：上游。南館：永州地名，未詳。嶂：似屏障的山峰。

〔一二〕下：下游。百家瀨(lài)：永州地名。《湖南通志》卷十八永州府零陵縣："百家瀨，在縣南里許，一泓寒碧，其容如練。"

〔一三〕重(chóng)：多。重洲，諸多沙洲。

〔一四〕渚：水中小塊陸地。《説文》："《爾雅》曰，小洲曰渚。"

〔一五〕間廁句：謂雜列於曲折的渴中。間(jiàn)：雜列。廁(cì)：雜置。《廣雅·釋言》："廁，間也。"《玉篇》："廁，雜也。"

〔一六〕平者二句：謂水勢平穩處，呈現深黑色；遇洲渚而湧起浪花，呈現出白色。峻：高貌,此指浪高。沸：水噴湧貌。

〔一七〕舟行二句：謂船行前方好像已無路可通,忽然眼前又出現無邊的
　　　　境地。沈德潛云：“八字已抵一篇遊記。”(《唐宋八家文讀本》)陸
　　　　游《遊山西村》“山重水複疑無路,柳暗花明又一村”或有淵源。
　　　　窮：不通。際：邊。

〔一八〕青叢：青色的草樹叢。蔚(wèi)然：草木茂盛貌。

〔一九〕礫(lì)：碎石子。《説文》：“礫,小石也。”

〔二〇〕枏(nán)：木名,即楠木。又寫作“柟”。石楠：童宗説注：“石楠,
　　　　亦木名。”高步瀛注：“石楠當作石南。《證類本草》卷十四引陶隱
　　　　居曰：‘石南葉狀如枇杷葉。’又引《圖經》曰：‘石南生於石上,株
　　　　極有高大者。江湖間出者,葉如枇杷葉,有小刺,凌冬不凋,春生
　　　　白花成簇,秋結細紅實。’”(見《唐宋文舉要》甲編卷四)

〔二一〕梗櫧(pián zhū)樟柚：梗又音駢。孫汝聽注：“梗木似豫章。櫧木
　　　　似栎,葉冬不落。樟,即豫章。柚,橘類也。”

〔二二〕蘭芷(zhǐ)：兩種香草。蘭,《説文》：“香草也。”按：即今澤蘭。
　　　　芷,香草,又名白芷。

〔二三〕異卉(huì)：奇特的草。《説文》：“卉,草之總名也。”

〔二四〕類：像。合歡：草名。《古今注》卷下《草木》條：“合歡樹似梧桐,
　　　　枝葉互相交結,每風來輒身相解,了不相牽綴。”《證類本草》卷十
　　　　三引《圖經》曰：“合歡,夜合也,本似梧桐,枝甚柔弱,葉似皂莢、槐
　　　　等,極細而繁密,其葉至暮而合,故一名合昏。”按：合歡又名馬櫻
　　　　花、榕花,花淡紅色。古人常以合歡贈人,取可以合好消怨之意。
　　　　嵇康《養生論》：“合歡蠲忿,萱草忘憂。”蔓生：不能直立,附它物
　　　　而生長。

〔二五〕繆轕(jiāo gé)：縱橫交雜貌。《文選》張衡《東京賦》：“雲罕九斿,
　　　　閶戟繆轕。”薛注：“繆轕,雜亂貌。”李善注：“繆轕,參差縱橫也。”
　　　　此謂縱橫錯雜地分布在水石之上。

〔二六〕大木：高大的樹。

〔二七〕掩苒(rǎn)：風吹物靡貌。

〔二八〕紛紅句：謂紅花緑葉皆紛亂搖動。紛，亂。紅，指花。駭，驚。
　　　緑，指葉。

〔二九〕葤葧（wěng bó）：孫汝聽注：“草茂貌。”按：此謂香氣濃盛。

〔三〇〕衝濤：謂大風掀起波濤。瀨（lài）：急流。屈原《九歌·湘君》：“石
　　　瀨兮淺淺，飛龍兮翩翩。”注：“瀨，湍也。”旋瀨，言大風使急流
　　　迴旋。

〔三一〕退貯句：指水波後退流入谿谷中。

〔三二〕搖颺（yáng）：搖蕩。葳蕤（wēi ruí）：草木茂盛貌。東方朔《七
　　　諫》：“上葳蕤而防露兮。”注：“葳蕤，盛貌。”《玉篇》：“葳蕤，草木
　　　實垂貌。”

〔三三〕與時句：謂隨着四時的不同而變化。推移，變遷。此處就山草木
　　　一并收在水上，造語精妙之極。

〔三四〕其大二句：謂袁家渴的景色大概如此，我無法把它的全部景象都
　　　寫出來。其，指代袁家渴的景色。大都，大概。窮，盡，全。清何
　　　焯云：“‘每風自四山而下’至‘大都如此’，發明反流襯筆，尤狀出
　　　幽麗。”（《義門讀書記》評語）

〔三五〕專：獨佔，獨自享受。

〔三六〕出：指寫成此記。

〔三七〕其地二句：謂渴世代屬於袁氏，所以用“袁家”命名。

　　【評箋】　清·孫琮云：“讀《袁家渴》一記，只如一幅小山水，色色畫
到。其間寫水，便覺水有聲；寫山，便覺山有色；寫樹，便覺枝幹扶疎；寫
草，便見花葉搖曳。直是流水飛花，俱成文章者也。”（《山曉閣選唐大家
柳柳州全集》評語卷三記）

　　清·沈德潛云：“記水、記山、記石、記樹、記草，無不入妙。尤在記風
一段，共九句，凡性情形勢，往來動定，一一具備，可云化工。”又云：“王右
丞安知清流轉，忽與前山通，神來之句，讀舟行若窮二語，故應勝之。”
（《唐宋八家文讀本》卷九評語）

　　清·林紓云：“《袁家渴記》於水石容態之外，兼寫草木。每一篇必有

一篇中之主人翁,不能謂其漫記山水也。'舟行若窮,忽又無際。'此景又甚類浙之西溪。大抵南中溪流,多抱山,山跌入水,兩山夾之,則溪流狹;山跌一縮,則溪面即宏闊。'舟行若窮',舟未繞山而轉也。'忽又無際',則轉處見溪矣。大木楓柟,小草蘭芷,又在文中點綴,却亦易寫,妙在拈出一個'風'字,將木收縮入'風'字總寫。凡'紛紅駭綠,蓊葧香氣……與時推移'等句,均把水聲花氣樹響作一總束,又從其中渲染出奇光異采,尤覺動目。綜而言之,此等文字,須含一股静氣,又須十分畫理,再著以一段詩情,方能成此傑構。"(《韓柳文研究法·柳文研究法》)

陳衍云:"起亦《黄溪記》起法,餘則用楚騷漢賦六朝初盛唐詩語意寫之。"(《石遺室論文》卷二)

石　渠　記〔一〕

自渴西南行,不能百步,得石渠〔二〕,民橋其上〔三〕。有泉幽幽然,其鳴乍大乍細〔四〕。渠之廣,或咫尺,或倍尺〔五〕,其長可十許步〔六〕。其流抵大石,伏出其下〔七〕。踰石而往,有石泓〔八〕。昌蒲被之,青鮮環周〔九〕。又折西行,旁陷巖石下,北墮小潭〔一〇〕。潭幅員減百尺〔一一〕,清深多鯈魚〔一二〕。又北曲行紆餘〔一三〕,睨若無窮,然卒入于渴〔一四〕。其側皆詭石怪木,奇卉美箭〔一五〕,可列坐而麻焉〔一六〕。風搖其巔,韻動崖谷〔一七〕。視之既静,其聽始遠〔一八〕。

予從州牧得之〔一九〕,攬去翳朽,決疏土石〔二〇〕,既崇而焚,既釃而盈〔二一〕。惜其未始有傳焉者,故累記其所屬〔二二〕,遺之其人,書之其陽〔二三〕,俾後好事者求之得以易〔二四〕。元和七年正月八日，蠲渠至大石〔二五〕。十月十九日，踰石得石泓小潭。渠之美於是始窮也〔二六〕。

〔 一 〕本篇爲“永州八記”第六篇，作於元和七年（八一二）。因渠底、渠側多石，故名石渠。

〔 二 〕渴(hè)：袁家渴。詳見上《袁家渴記》。能：及。得：發現。按：蒙上，由袁家渴領起。

〔 三 〕橋：用如動詞，架橋。

〔 四 〕幽幽然：色深暗貌。韓愈《琴操·將歸操》詩：“狄之水兮，其色幽幽。”鳴：泉聲。乍：忽然。細：小。

〔 五 〕廣：寬。或：有的(地方)。咫(zhǐ)：周代長度單位，八寸曰咫。倍尺：一尺加倍，即二尺。

〔 六 〕可：大約。許：表示約數的量詞。

〔 七 〕其流二句：謂渠流遇大石，便從石底流出。抵：觸，遇。伏出：由下穿過。

〔 八 〕踰：過，越過。往：向前走。泓(hóng)：《説文》：“泓，下深貌。”石泓，石底的深潭。

〔 九 〕昌蒲：草名。“昌”亦作“菖”。有石菖蒲、水菖蒲兩種。被：覆蓋。青鮮：綠苔蘚。

〔一〇〕陷：沉落。北：向北。墮(duò)：落。

〔一一〕幅員：即幅圓，本指疆域。廣狹稱幅，周圍稱圓。此指潭水面積。減百尺：不足百尺。

〔一二〕鰷(tiáo)魚：魚名。《説文》：“鰷，魚也。”或以鯈爲之。《莊子·秋水》：“鰷魚出游從容，是魚之樂也。”《釋文》：“鰷，徐音條，李音由，白魚也。一音篠。”

〔一三〕北：向北。曲行：曲折流動。紆(yū)餘：曲折延伸貌。

〔一四〕睨若二句：謂看上去石渠似乎沒有盡頭，但最終流入袁家渴。按：石渠乃袁家渴支流。睨：斜視。此作視解。窮：盡頭。卒：最終。

〔一五〕其側：渠兩岸。詭：怪異。卉(huì)：草。箭：小竹。又“箭竹”爲竹之一種。晉戴凱之《竹譜》：“箭竹，高者不過一丈，節間三尺，堅勁中矢，江南諸山皆有之。”

〔一六〕列：陳列，擺出。坐：同“座”。庥(xiū)：《説文》：休，或從广作“庥”，“止息也。”

〔一七〕風搖二句：謂風吹動竹樹作響，在崖谷中振蕩共鳴。巔，《説文》：“顛，頂也。”《廣雅·釋詁》：“顛，末也。俗亦作巔。”此指樹和竹的枝梢。韻：和諧的聲音。

〔一八〕視之二句：謂眼見竹樹已停止擺動，而聲音方傳至遠方，在虛谷中迴蕩。既：已經。静：風停樹竹静。聽：指所聽到的聲音。清何焯云：“‘視之既静，其聽始遠。’遠者，虛谷相應，故此貌已静，彼聲轉遠也。”(《義門讀書記》評語)沈德潛云：“亦善寫風，前篇駭動，此篇静遠。”(《唐宋八家文讀本》)

〔一九〕州牧：州刺史。《漢書·百官公卿表上》：“監御史，秦官，掌監郡。漢省，丞相遣史分刺州，不常置。武帝元封五年初置部刺史，掌奉詔條察州，秩六百石，員十三人。成帝綏和元年更名牧，秩二千石。哀帝建平二年復爲刺史，元壽二年復爲牧。……郡守，秦官，掌治其郡，秩二千石。”則漢代州牧或州刺史乃中央所遣監察官員，並非郡之行政長官，與唐時州刺史并不同職，唐州刺史職同漢郡守。此以州牧借指永州刺史。據韓淳注，元和七、八年間永州刺史可能是韋彪。從：自。

〔二○〕攬去二句：謂清除渠中腐枝枯葉，開通土石，使渠水暢通。攬：《説文》作“擥”，“擥，撮持也。”《廣雅·釋詁》：“擥，取也。”攬去，取去，清除。翳(yì)：樹木枯死，倒伏於地。《詩經·大雅·皇矣》：“其菑其翳。”《傳》：“木自斃爲翳。”《疏》：“自斃者，生禾自倒，枝葉覆地爲蔭翳，故曰翳也。”朽：腐爛的草木。決：《説文》：“行流也。”疏：《説文》：“通也。”《孟子·滕文公上》：“禹疏九河。”

〔二一〕既：已經。崇：高，堆高。釃(shī)：分流，疏導。盈：滿。上句承“攬去翳朽”來，謂將翳積之物堆起焚燒；下句承“決疏土石”來，謂疏通之後渠水滿盈。

〔二二〕惜其二句：謂可惜還没有記叙石渠美景而使它流傳的文章，所以作文記寫與石渠相屬連的這一帶美景。

〔二三〕遺(wèi)：贈送。其人：其民。其陽：石渠之北。《穀梁傳》僖公二十八年："水北爲陽，山南爲陽。"

〔二四〕俾(bǐ)：使。好事者：喜游山水之人。易：容易。

〔二五〕元和七年：即公元八一二年。蠲(juān)：《方言》："蠲亦除也。"蠲渠，清除渠中雜物。

〔二六〕渠之句：謂石渠的美景到此纔算完畢。

【評箋】 清·孫琮云："接《袁家渴記》讀去，便見妙境無窮。篇中第一段寫石渠幽然有聲，確是寫出石渠，不是第二段石泓。第二段寫石泓澄然以清，確是寫出石泓，不是第三段石潭。第三段寫石潭，亦不是第一段第二段石渠石泓，洵是化工肖物之筆。"(《山曉閣選唐大家柳柳州全集》評語卷三記)

清·沈德潛云："'視之既静，其聽始遠。'補《袁家渴》篇寫風所未及。通體俱峭潔。"(《唐宋八家文讀本》卷九)

章士釗云："廖注云：自袁家渴至小石城山四記，皆同時作，石渠記所謂惜其未始有傳焉，故累記其所屬，遺之其人者也。石渠記云：元和七年十月十九日云云，則四記可以類推矣。"(《柳文指要》上·卷二十九記)

石　澗　記〔一〕

石渠之事既窮〔二〕，上由橋西北，下土山之陰，民又橋焉〔三〕。其水之大，倍石渠三之一〔四〕。亘石爲底，達於兩涯〔五〕。若牀若堂〔六〕，若陳筵席〔七〕，若限閫奥〔八〕。水平布其上〔九〕，流若織文，響若操琴〔一〇〕。揭跣而往〔一一〕，折竹箭，掃陳葉，排腐木〔一二〕，可羅胡牀十八九居之〔一三〕。交絡之流，觸激之音，皆在牀下〔一四〕。翠羽之木，龍鱗之石，均蔭其上〔一五〕。古之人其有樂乎此耶〔一六〕？後之來者，有能追予之踐履耶〔一七〕？得意之日，與石渠同〔一八〕。

由渴而來者，先石渠，後石澗〔一九〕；由百家瀨上而來者〔二〇〕，先石澗，後石渠。澗之可窮者，皆出石城村東南〔二一〕，其間可樂者數焉〔二二〕。其上深山幽林，逾峭險，道狹不可窮也〔二三〕。

〔一〕本篇是“永州八記”第七篇。作時同上篇。石澗：澗底爲石，故名。澗，兩山間水曰澗。《説文》：“澗，山夾水也。”

〔二〕石渠句：謂石渠景色已盡。

〔三〕由橋：即由石渠之橋。陰：山北爲陰。

〔四〕其水二句：謂橋下水比石渠水大三分之一。倍：多，增加。三之一：三分之一。一本無“一”字。

〔五〕亘石二句：謂澗以石板爲底，延伸到兩岸。亘：空間上延續不斷。達：到。

〔六〕若：像。

〔七〕陳：排列。

〔八〕限：阻，界，限制。閫（kǔn）：門檻。《説文》：“梱，門橛也。”《釋文》：“梱，本又作閫。”奥：《爾雅·釋宮》：“西南隅謂之奥。”郭注：“室内隱奥之處。”閫奥，室内深隱之處。此句謂有的地方石呈房間之狀。

〔九〕水平句：謂水平鋪於石上。

〔一〇〕若織文：有如綾綺之屬，織而有文者。《尚書·禹貢》：“厥貢漆絲，厥篚織文。”僞孔傳：“織文，錦綺之屬。”操琴：彈琴。

〔一一〕揭（qì）趺句：謂提起衣服，赤脚涉澗。揭，提起衣服。《詩經·邶風·匏有苦葉》：“深則厲，淺則揭。”《傳》：“揭，褰衣也。”《釋文》：“褰衣渡水也。”跣(xiǎn)，赤脚。

〔一二〕折竹三句：謂折竹當掃帚，掃清一片空地。陳葉：久落之葉。排：清除。腐木：腐朽樹枝。

〔一三〕可羅：能擺放。胡牀：可折疊的輕便坐具，又名交椅、交牀。由北方胡地傳入，故名胡牀。宋程大昌《演繁露》卷十：“今之交牀，制本自虜來，始名胡牀……隋以讖有胡，改名交牀。”居：坐。《論語·陽貨》：“居，吾語女。”居之，坐胡牀上。

〔一四〕交絡：交相纏繞。此指澗中水流，即上文“流若織文”。觸激之音：水衝激而發出的聲響，即上文“響若操琴”。

〔一五〕翠羽：本指翡翠的毛羽，此指翠色的樹葉。龍鱗之石：似龍鱗的石頭。蔭(yìn)：遮蓋。其上：胡牀之上。

〔一六〕樂乎此：樂於此。

〔一七〕追予：追隨我。踐履：脚步，蹤迹。

〔一八〕得意二句：謂在發現石渠同時，發現石澗。得意：得到快意，即發現石渠。日：日子，時候。

〔一九〕由渴三句：如果從袁家渴來，先到石渠，後到石澗。渴(hè)，袁家渴。

〔二○〕百家瀨：見《袁家渴記》注〔一二〕。上：逆流而上。

〔二一〕澗之二句：謂澗水都發源於石城村東南。窮：盡。石城村：永州村名，未詳其地。

〔二二〕其間句：謂其中有幾處可供遊樂。

〔二三〕道狹句：謂道路狹窄，不能窮盡。沈德潛云：“去路不盡。”（《唐宋八家文讀本》）

【評箋】　清·沈德潛云：“連袁家渴、石渠二篇，俱以‘窮’字作線索。”又云：“柳州遊山水記諸篇，有次第，有聯絡，而又不顯然露次第聯絡之迹，所以別於後人。”（《唐宋八家文讀本》卷九）

　　清·孫琮：“讀《袁家渴》一篇，已是窮幽選勝，自謂極盡洞天福地之奇觀矣。不意又有《石渠記》一篇，另闢一個佳境。讀《石渠記》一篇，已是搜奇剔怪，洞天之中，又有洞天；福地之內，又有福地，天下之奇觀，更無有踰於此矣。不意又有《石澗記》一篇，另闢一個佳境。真是洞天之中，有無窮洞天；福地之內，有無窮福地。不知永州果有此無限妙麗境界，抑是柳州胸中筆底真有如此無限妙麗結撰，令人坐臥其間，能不移情累月？從古游地，未有如石澗之奇者；從古善游人，亦未有如子厚之好奇者。今觀其泉聲潺潺，入我牀下，翠木怪石，堆蔭枕上，此是何等游法？"（《山曉閣選唐大家柳柳州全集》評語卷三記）

章士釗云："所謂虛摹筆者，是模棱兩可語，如本篇之'觸激之音，皆在牀下，翠羽之木，龍鱗之石，均蔭其上，古之人其有樂乎此耶！'此實寫乎？抑虛摹乎？吳摯父於此評云：'襟抱偶然一露，是謂神到'，既謂神到，非虛摹無由得神，然則子厚諸記中所設詞，皆作虛摹論，殆無不可。"（《柳文指要》上・卷二十九記）

小石城山記〔一〕

自西山道口徑北〔二〕，踰黃茅嶺而下，有二道〔三〕：其一西出，尋之無所得〔四〕；其一少北而東〔五〕，不過四十丈，土斷而川分，有積石橫當其垠〔六〕。其上爲睥睨梁欐之形〔七〕，其旁出堡塢，有若門焉〔八〕。窺之正黑〔九〕；投以小石，洞然有水聲〔一〇〕，其響之激越，良久乃已〔一一〕。環之可上〔一二〕，望甚遠，無土壤而生嘉樹美箭〔一三〕，益奇而堅〔一四〕，其疏數偃仰，類智者所施設也〔一五〕。

噫！吾疑造物者之有無久矣〔一六〕。及是，愈以爲誠有〔一七〕。又怪其不爲之中州，而列是夷狄〔一八〕，更千百年不得一售其伎〔一九〕，是固勞而無用〔二〇〕，神者儻不宜如是，則其果無乎〔二一〕？或曰："以慰夫賢而辱於此者〔二二〕。"或曰："其氣之靈，不爲偉人，而獨爲是物〔二三〕，故楚之南少人而多石〔二四〕。"是二者，余未信之〔二五〕。

〔一〕本篇爲"永州八記"第八篇，作時與上篇同。因山全石無土，又與城相似，故名。《大清一統志》卷二八二永州府："石城山在零陵縣西。……縣志：此山與石城相似而差小，故名。"

〔二〕西山：即上《始得西山宴游記》之西山。徑：直。徑北，直向北行。

〔三〕踰：翻越。黃茅嶺：永州山名，見前《始得西山宴游記》注〔一〕引《大清一統志》。道：路。

〔四〕無所得：未發現佳境。

〔五〕少北而東：稍偏北向東。

〔六〕垠(yín)：邊，界。

〔七〕其上句：謂上面的石頭成女牆和棟梁的形狀。睥睨(pì nì)：女牆，城上短牆。《釋名·釋宮室》："城上牆曰睥睨，言於其孔中睥睨非常也。"梁欐(lì)：房屋的樑棟。《列子·湯問》："昔韓娥東之齊，匱糧。過雍門，鬻歌假食。既去，而餘音繞梁欐，三日不絕。"殷敬順《釋文》曰："梁欐音麗，屋棟也。"

〔八〕其旁二句：謂石城旁邊有個堡塢，其中有個像門似的洞。堡：小城。塢(wù)：土堡，小城。

〔九〕正黑：漆黑。

〔一〇〕洞然：投石入水之聲。

〔一一〕激越：(音響)高亢清遠。乃已：纔停止。

〔一二〕環：盤旋。

〔一三〕嘉樹：佳樹。美箭：美麗的箭竹。見《石渠記》注〔一五〕。

〔一四〕益奇句：山石更加奇異而堅實。按：與石城之石相比而言。

〔一五〕其疏二句：謂石頭分布有疏有密，形狀有倒臥有直立，好像一個有智慧的人有意安排的。疏：疏散。數(shuò)：密，密集。《左傳文公十六年》杜注："數，不疏。"《釋文》："數音朔。"偃(yǎn)：臥

倒。仰：抬頭。沈德潛云：“四字盡山水之妙。”（《唐宋八家文讀本》）

〔一六〕造物者：創造萬物的神。有：存在。無：不存在。

〔一七〕及是：到此地。愈：越發。誠有：真有。

〔一八〕怪：感到奇怪。爲之：設置它（小石城山）。中州：指中原地區。列：擺放。夷狄：古泛指中原以外偏僻地區的少數民族。此代指永州。

〔一九〕更千句：謂歷千百年得不到人們欣賞。更（gēng）：經歷。售：賣，出手。伎（jì）：通技，技巧，才能，此指美景。茅坤云：“暗影自家。”

〔二〇〕是固句：謂這真是勞而無功。

〔二一〕神者：造物者。儻（tǎng）：或者。宜：應該。如是：如此，這樣做。果：果真。

〔二二〕或曰句：謂有人認爲造物者是以此來安慰被屈貶來永州的賢人的。以：用來。

〔二三〕氣之靈：靈指天地之靈氣。爲：造作。獨：僅。是物：此物，指石。

〔二四〕楚之南：楚地南部，指永州。

〔二五〕未信之：謂這兩種説法我都不相信。

【評箋】　明·茅坤云：“借石之瑰瑋，以吐胸中之氣。”（《山曉閣選唐大家柳柳州全集》卷三評柳文）

清·金人瑞云：“筆筆眼前小景，筆筆天外奇情。”（《山曉閣選唐大家柳柳州全集》卷三評柳文）

清·沈德潛云：“洸洋恣肆之文，善學莊子，故是借題寫意。”又云：“此西山北出一支，不與上七篇連屬。”（《唐宋八家文讀本》卷九）

清·林雲銘云：“柳州諸記，多描寫景態之奇，與游賞之趣。此篇正略叙數語，便把智者設施一句，生出造物有無兩意疑案。蓋子厚遷謫之後，而楚之南實無一人可以語者，故借題發揮，用寄其以賢而辱於此之

慨,不可一例論也。"(《古文析義》初編卷五)

清·孫琮云:"前幅一段,逕叙小石城。妙在後幅,從石城上忽信一段造物有神,忽疑一段造物無神,忽揑一段留此石以娛賢,忽揑一段不鍾靈於人而鍾靈於石,詼諧變幻,一吐胸中鬱勃。"(《山曉閣選唐大家柳柳州全集》評語,卷三)

陳衍云:"《小石城山記》雖短篇,跌宕可誦……東坡《石鐘山記》學之,後半即《封建論》筆意。"(《石遺室論文》卷二)

與呂道州溫論非國語書〔一〕

四月三日,宗元白化光足下:近世之言理道者衆矣〔二〕,率由大中而出者咸無焉〔三〕。其言本儒術,則迂迴茫洋而不知其適〔四〕;其或切於事,則苛峭刻覈,不能從容,卒泥乎大道〔五〕。甚者好怪而妄言,推天引神,以爲靈奇〔六〕,恍惚若化而終不可逐〔七〕。故道不明於天下,而學者之至少也〔八〕。

吾自得友君子〔九〕,而後知中庸之門户階室〔一〇〕,漸染砥礪,幾乎道真〔一一〕。然而常欲立言垂文〔一二〕,則恐而不敢。今動作悖謬,以爲僇於世〔一三〕,身編夷人,名列囚籍〔一四〕。以道之窮也,而施乎事者無日〔一五〕,故乃挽引,强爲小書,以志乎中之所得焉〔一六〕。

嘗讀《國語》,病其文勝而言尨〔一七〕,好詭以反倫,其道舛逆〔一八〕。而學者以其文也〔一九〕,咸嗜悦焉,伏膺呻吟者,至比六經〔二〇〕,則溺其文必信其實〔二一〕,是聖人之道翳也〔二二〕。余勇不自制,以當後世之訕怒〔二三〕,輒乃黜其不臧，救世之謬〔二四〕。凡爲六十七篇，命之曰《非國語》。既就，累日怏怏然不喜〔二五〕，以道之難明而習俗之不可變也〔二六〕，如其知我者果誰歟〔二七〕？凡今之及道者，果可知也已〔二八〕。後之來者，則吾未之見，其可忽耶〔二九〕？故思欲盡其瑕纇〔三〇〕，以別白中正〔三一〕。度成吾書者〔三二〕，非化光而誰？輒令往一通〔三三〕，惟少留視役慮，以卒相之也〔三四〕。

　　往時致用作《孟子評》〔三五〕，有韋詞者〔三六〕，告余曰："吾以致用書示路子〔三七〕，路子曰：'善則善矣，然昔人爲書者，豈若是摭前人耶〔三八〕？'"韋子賢斯言也〔三九〕。余曰："致用之志以明道也〔四〇〕，非以摭《孟子》，蓋求諸中而表乎世焉爾〔四一〕。"今余爲是書，非左氏尤甚〔四二〕。若二子者，固世之好言者也〔四三〕，而猶出乎是〔四四〕，況不及是者滋衆〔四五〕，則余之望乎世也愈狹矣〔四六〕。卒如之何〔四七〕？苟不悖於聖道，而有以啓明者之盧〔四八〕，則用是罪余者，雖累百世滋不憾而惡焉〔四九〕！於化光何如哉〔五〇〕？激乎中必屬乎外〔五一〕，想不思而得也〔五二〕。宗元白〔五三〕。

〔一〕與：給。呂道州溫：呂溫，字化光，一字和叔，山西河中（今山西省永濟縣）人，宗元好友，王叔文永貞革新的骨幹。據《舊唐書·呂溫傳》：呂溫元和三年（八〇八）自刑部郎中貶均州刺史，再貶道州刺史，元和五年轉衡州刺史。本書首句云"四月三日"，則作於元和四年（八〇九）四月。呂溫元和六年八月逝世，宗元有《唐故衡州刺史東平呂君誄》。道州，唐屬江南西道，治所在今湖南省道縣西。非國語：《國語》相傳爲春秋時期魯國史官左丘明所著的一部史書，宗元對書中許多問題進行了批駁，凡六十七篇，命名

《非國語》,書成,致函呂溫。

〔二〕白:陳述,書信通常的開頭語。足下:對對方的敬稱。理:治,唐人避高宗諱,以"理"爲"治"。理道,治國之道。

〔三〕率由句:謂遵循大中之道的就都没有了。率由:遵循。大中:宗元的政治主張,指無過不及、恰如其分的道理和原則,亦稱"大中之道"或"中道"。語出《易·大有》:"柔得尊位大中。"章士釗云:"子厚向標舉大中之義,集中屢見不一見,此文點明斯義凡五處。率由大中而出者咸無焉,義一;吾自得友君子,而後知中庸之門户階室,義二;以志乎中之所得焉,義三;故思欲盡其瑕類,以别白中正,義四;蓋求諸中而表乎世焉爾,義五。措詞或單言中,或加形容詞曰大中,或用駢儷語曰中庸,曰中正,而誼趨一嚮,萬變不離,凡攻柳文,定明厥恉。"(《柳文指要》上《體要之部》卷三十一,下同)咸:全,皆。

〔四〕其言二句:謂他們的言論如果根據儒學就曲折而漫無邊際,不知其旨歸。本:根據。適:往,到。

〔五〕或:有的人。切於事:聯繫世事,結合實際。苛峭刻覈(hé):苛刻,過分嚴格。卒:結果。泥(nì):死板,滯澀。大道:大中之道。

〔六〕推:托,借助。引:利用。靈奇:神奇。

〔七〕化:幻境。逐:追,追求。此暗指《國語》,其言必稱鬼神,肆其迂誕者如"神降于莘"條,謂帝堯之子丹朱與千年後之周代房氏姦通生子。此實荒唐無稽之説,爲宗元所鄙恥者。

〔八〕至少:極少。以上謂違背大中之道的學説和學風盛行。

〔九〕得友:得以……爲友。君子:指吕溫。按:吕溫貞元十四年進士第,貞元十六年父吕渭卒,丁憂三年,貞元十九年,授左拾遺,時柳宗元、劉禹錫均爲監察御史,三人共爲王叔文革新派骨幹。《通鑑》德宗貞元十九年七月:"叔文因爲太子言:'某可爲相,某可爲將,幸異日用之。'密結翰林學士韋執誼及當時朝士有名而求速進者陸淳、吕温、李景儉、韓曄、韓泰、陳諫、柳宗元、劉禹錫等,定爲死友。"

〔一○〕而後句：謂此後纔對中庸之道有所知。中庸：不偏曰中，不變曰
庸。孔子及儒者以中庸爲最高道德標準。《論語·雍也》："中庸
之爲德也，其至矣乎！"門户階室：謂入中庸之道的門户和升堂入
室的途徑。

〔一一〕漸染二句：謂受您熏染，又切磋研討，差不多達到中庸之境。漸
（jiàn）：浸。砥礪（dǐ lì）：磨煉。

〔一二〕立言：創立學説。垂文：以文章流傳後世。

〔一三〕動作：行爲。悖（bèi）謬：錯誤。此指參加王叔文革新集團。以
爲：因此被。僇（lù）：侮辱。

〔一四〕身編二句：指貶謫永州。編：排列。夷：古對邊遠地區少數民族
的蔑稱。囚籍：囚徒名册。

〔一五〕以道二句：謂因爲政治理想破滅，没有機會施行於政事中。道：
政治理想。窮：不通，不能實現。施乎事：施行於政事。

〔一六〕挽引：援行，搜集。强：勉强。小書：小作品，指《非國語》。志：
記。中之所得：對大中之道的心得。以上説革新失敗，理想不
行，轉而著書。

〔一七〕病：患，憂。文勝：文彩優美。尨（méng）：雜亂。

〔一八〕好（hào）：喜歡。詭：詭異之説。反倫：違反道理。舛（chuǎn）
逆：錯亂不順。

〔一九〕以其文：因它有文彩。

〔二○〕咸：都。嗜悦：特别喜歡。伏膺：信服，牢記於心。呻吟：誦讀。
至：以至於。六經：指儒家六部經典著作，即《詩》、《書》、《禮》、
《樂》、《易》、《春秋》。

〔二一〕溺：沉溺於。實：内容。

〔二二〕是：這樣。翳（yì）：受蒙蔽，受遮蓋。

〔二三〕不自制：不能自我克制。當：承當，承受。訕（shàn）怒：譏笑
惱怒。

〔二四〕輒（zhé）：則。黜（chù）：排斥，駁斥。臧（zāng）：善，好。不臧，
荒謬之處。救：糾正。謬：錯誤看法。

〔二五〕既就:已寫成後。累日:連日。怏怏(yàng)然:不樂貌。

〔二六〕以道句:因爲真理難以弄明白,而習俗很難改變。

〔二七〕如其句:謂了解我的到底有誰呢? 果:果真。章士釗云:"句首著'如'字,義難解,其字恐'此'字之誤。依文氣看來,應讀爲'以道之難明而習俗之不可變也如此,〔絕〕知我者果誰歟?'"(《柳文指要》上·卷三十一書)

〔二八〕凡今二句:謂當今所有明辨道理的人誠然可以洞察《國語》之謬。及道:明辨真理。果:實,誠。

〔二九〕後之三句:謂後世之人,我未見到他們,難道能忽視嗎? 忽:忽視,不在意。

〔三〇〕盡:全部指出。瑕(xiá):玉上斑點。纇(lèi):絲上疙瘩。瑕纇,指《國語》中的錯誤。

〔三一〕別白:辨別,説明。中正:即大中之道。

〔三二〕度:料想,估計。成:協助完成。

〔三三〕輒:即。令:一本作"今",是。往:送往。一通:指一套書。

〔三四〕惟少二句:謂請稍加審閲幫助我最後定稿。留視:審閲。役慮:勞神。卒:最終。相:助。以上自述作《非國語》的目的是爲了駁其謬説,以辨明大中之道。

〔三五〕往時:過去。致用:李景儉,字致用,宗元好友,永貞革新成員之一。《孟子評》一書,今不傳。

〔三六〕韋詞:人名。李翱《薦士於中書舍人書》有云:"前嶺南節度判官試大理司直兼殿中侍御史韋詞。"(《全唐文》卷六三五)又宗元《亡友故祕書省校書郎獨孤君墓碣》載獨孤申叔友人之名有"韋詞致用,京兆杜陵人。"陳景雲《柳集點勘》云:"韋詞致用。按:詞字踐之,舊傳及新史世系表並同。而此作致用,蓋唐人有兩字者甚多。"按:《舊唐書》卷一六〇《韋辭傳》載:"韋辭,字踐之。"

〔三七〕吾以句:謂我把致用(李景儉)的《孟子評》拿給路子看。路:姓。子:敬稱。路子,章士釗引陳景雲《柳集點勘》:"按:路子必路隋也。韋、路並早有高名,又素友善。《獨孤申叔墓碣》列一時同志名流凡十餘人,詞與焉。又隋父泌,見《石表先友記》,則子厚與隋亦仍世友好矣。隋後登宰輔,詞亦歷歷清顯。唐史並有傳。"按:李翱《薦士於中書舍人書》共薦四人,除韋詞外,又有"前宣歙來石軍判官試太常寺協律郎路隨。"可補陳説。

〔三八〕豈若句:謂豈有如此挑剔古人的嗎?摭(zhí):拾取。此指挑剔。

〔三九〕韋子句:謂韋詞認爲這話對。賢:以……爲賢。斯言:這種説法。

〔四〇〕以明道:目的是用此書來闡明真理。

〔四一〕中:即大中之道。表:表明。

〔四二〕非左句:謂對左丘明的批評更激烈。

〔四三〕若二二句:謂像韋、路這樣的人,本來是喜好追求真理的人。

〔四四〕而猶句:謂還説這樣的話。

〔四五〕況不句:何況不如韋、路的人更多。滋衆:更多。

〔四六〕則余二句:那我對世人的期望就更小了。望:寄以希望,指對我的了解。狹:窄小。

〔四七〕卒如句:到底無可奈何。卒:最終。章士釗云:"'卒如之何',猶言卒無如之何,中省略一無字,是《論語》'吾末如之何'同一類詞句,古人如字如此用者極夥,《左·泓之戰》,尤爲顯例。"

〔四八〕苟不二句:謂如果不違背聖人之道,並對有識人的思想有所啓發。啓:啓發。明者:明白人。慮:思慮,思想。

〔四九〕則用二句:那些以《非國語》而指責我的,雖長久到一百代,我也不感到遺憾和慚愧。罪余:指責我。累:積。恧(nǜ):慚愧。章士釗云:"'滋不憾而恧焉',而,與也。若而作轉語解,憾與恧應含相反二義,此處注意。"

〔五〇〕於化句:謂您以爲怎樣。

〔五一〕激乎句:思想激動,言辭就必然激烈。中:指思想。外:指言辭。

〔五二〕想不句:想來您不用思考就會理解我的。

〔五三〕白:稟告,陳述。以上寫追求大中之道雖將受到非議,但知難而進,進而不悔。

【評箋】 明・黃瑜云："宋劉章嘗魁天下，有文名，病王充作《刺孟》、柳子厚作《非國語》，乃作《刺刺孟》、《非非國語》。江端禮亦作《非非國語》，東坡見之曰：'久有意爲此書，不謂君先之也。'元虞槃亦有《非非國語》。是《非非國語》有三書也。同邪？異邪？豈紹述而勦取之邪？求其書不可得，蓋亦罕傳矣。今以子厚之書考之，大率闢庸蔽怪誣之説耳。雖肆情亂道，時或有之，然不無可取者焉。"《雙槐歲鈔》卷六）

明・何孟春云："江端禮嘗病柳子厚《非國語》，而作《非非國語》。東坡見之曰：'久有意爲此書，不謂君先之也。'元虞槃讀子厚《非國語》，曰：'《國語》誠可非，而柳説亦非也。'於是著《非非國語》。槃不知端禮有書故耶。今人亦止知《非非國語》爲槃作，而端禮之先之弗知也。槃事具元正史，端禮則王應麟《紀聞》所載。宜世有弗甚考者。二書春未之見。非非之語，寧知不復有可非者乎？得二書者，當自有辨。"（《餘冬叙録》卷四十五）

章士釗云："《非國語》者，子厚體物見志之作也，凡子厚讀古書，以'世用'二字爲之標準，絶非爲好古而漫爲讀，此旨在《答武陵》一書中，已明言之，所謂'以輔時及物爲道'者也。子厚《非國語》脱稿後，再三與其友往復馳辨，其爲自重其書，認爲必垂於後無疑。嘗論以文字言，《非國語》在柳集中，固非極要，若以政治含義言，則疏明子厚一生政迹，此作針針見血，堪於逐字逐句，尋求綫索，吾因謂了解柳文，當先讀《非國語》，應不中不遠。"（《柳文指要》上・卷三十一書）

六 逆 論 [一]

《春秋左氏》言衞州吁之事，因載六逆之説曰：賤妨貴、少陵長、遠間親、新間舊、小加大、淫破義，六者，亂之本也[二]。余謂"少陵長、小加大、淫破義"，是三者，固誠爲亂矣〔三〕。然其所謂“賤妨貴、遠間親、新間舊”，雖爲理之本可也〔四〕，何必曰亂？

夫所謂“賤妨貴”者，蓋斥言擇嗣之道，子以母貴者也〔五〕。若貴而愚，賤而聖且賢〔六〕，以是而妨之，其爲理本大矣，而可捨之以從斯言乎〔七〕？此其不可固也〔八〕。夫所謂“遠間親、新間舊”者，蓋言任用之道也〔九〕。使親而舊者愚，遠而新者聖且賢〔一〇〕，以是而間之，其爲理本亦大矣，又可捨之以從斯言乎〔一一〕？必從斯言而亂天下，謂之師古訓可乎〔一二〕？此又不可者也。

嗚呼！是三者〔一三〕，擇君置臣之道，天下理亂之大本也〔一四〕。爲書者〔一五〕，執斯言，著一定之論〔一六〕，以遺後代，上智之人固不惑于是矣〔一七〕；自中人而降〔一八〕，守是爲大據〔一九〕，而以致敗亂者，固不乏焉〔二〇〕。晉屬死而悼公入，乃理〔二一〕；宋襄嗣而子魚退，乃亂〔二二〕；貴不足尚也〔二三〕。秦用張禄而黜穰侯，乃安〔二四〕；魏相成璜而疏吳起，乃危〔二五〕；親不足與也〔二六〕。苻氏進王猛而殺樊世，乃興〔二七〕；胡亥任趙高而族李斯，乃滅〔二八〕；舊不足恃也〔二九〕。顧所信何如耳〔三〇〕！然則斯言殆可以廢矣〔三一〕。

噫！古之言理者，罕能盡其說〔三二〕。建一言，立一辭，則詭陁而不安〔三三〕，謂之是可也，謂之非亦可也，混然而已〔三四〕。教於後世〔三五〕，莫知其所以去就〔三六〕。明者慨然將定其是非〔三七〕，則拘儒瞽生相與羣而咻之〔三八〕，以爲狂爲怪，而欲世之多有知者可乎〔三九〕？夫中人可以及化者，天下爲不少矣〔四〇〕，然而罕有知聖人之道，則固爲書者之罪也〔四一〕。

〔一〕當與《非國語》作於同時，即元和四年(八〇九)。六逆：六種違反原則的行爲。論：古代文體。明徐師曾《文體明辨序説》云："按：字書云：'論者，議也。'劉勰云：論者，倫也，彌綸羣言而研一理者也。論之立名，始於《論語》，……至其條流，實有四品：陳政則與議説合契；釋經則與傳註參體；辯史則與贊評齊行；銓文則與序引共紀；此論之大體也。……而蕭統《文選》則分爲三：設論居首，史論次之，論又次之。……今兼二子之説，廣未盡之例，列爲八品：一曰理論，二曰政論，三曰經論，四曰史論，五曰文論，六曰諷論，七曰寓論，八曰設論。"即今之論説文，差別在於，今之論説文内涵大，古代"論"的内涵小，古代還有辨、議、原、考、駁、評、解、説等文體，皆可歸入今之論説文。

〔二〕《春秋左氏》：即《春秋左氏傳》，亦稱《左傳》，一般認爲是春秋魯國史官左丘明所作。衛州吁：春秋時衛莊公之子，莊公寵妾所生。《左傳》隱公三年："公子州吁，嬖人之子也。有寵而好兵，公弗禁。莊姜惡之。石碏諫曰：'臣聞愛子，教之以義方，弗納於邪。驕奢淫泆，所自邪也。四者之來，寵祿過也。將立州吁，乃定之矣；若猶未也，階之爲禍。夫寵而不驕，驕而能降，降而不憾，憾而能眕者，鮮矣。且夫賤妨貴，少陵長，遠間親，新間舊，小加大，淫破義，此所謂六逆也。君義、臣行、父慈、子孝、兄愛、弟敬，所謂六順也。去順效逆，所以速禍也。君人者，將禍是務去，而速之，無乃不可乎？'"按：衛莊公夫人莊姜，是齊莊公之女，齊僖公之妹(或姊)，貌美，《詩經·衛風·碩人》就是贊美她的，然莊姜不能生育。後又娶陳國女厲嬀爲夫人，厲嬀生子，名孝伯，早夭。厲嬀妹名戴嬀，與莊公生子，名完。莊姜便視完爲子。莊公又寵愛一妾，生子，名州吁。州吁好武，莊公寵愛而不禁止，夫人莊姜擔心莊公將立州吁爲太子，而奪其養子完之君位。大夫石碏亦認爲莊公作法不當，便勸諫説不應過分寵愛婢妾之子州吁，不能立爲太子，並提出六逆之説。六逆：六種違背原則的行爲。賤：指州吁，其母爲婢妾，身份低賤，故州吁身份低賤。貴：指完，其母爲夫人厲嬀

之妹;又爲夫人莊姜養子;其母身份高,故完身份高貴。古代正妻
生子爲嫡子,地位尊貴;婢妾生子爲庶子,地位卑賤。莊公寵愛州
吁,客觀上對完構成妨害和威脅,石碏因言"賤妨貴。"陵:侵害,
凌駕。遠間(jiàn)親:謂關係疏遠的州吁替代關係親密的完。
新:莊公後寵愛州吁母,曰新。間:代,加。舊:莊公先娶厲媯和
陪嫁戴媯,曰舊。小加大:勢力小的州吁侵陵勢力大的完。淫:
越軌、過分的行爲。義:正義,統治階級的行爲準則。亂:禍亂。
本:根源。以上是石碏的觀點,以下是宗元的批判。

〔三〕余謂三句:意謂我認爲"少陵長、小加大、淫破義"這三種行爲,當
　　　然確實是禍亂的根源。固:當然。誠:實在,確實。

〔四〕雖:即使。理:治,治理國家。

〔五〕蓋斥二句:謂大概是説把母親身份的高貴作爲選擇繼承人的原
　　　則。蓋:大概。斥:指。擇嗣(sì):選擇繼承人。道:原則。

〔六〕聖:深通明澈。《尚書·洪範》:"聰作謀,睿作聖。"《傳》:"於事無
　　　不通謂之聖。"

〔七〕以是三句:謂以身份雖低賤但德才兼備的庶子代替身份高貴但
　　　却愚笨的嫡子做國君的繼承人,這是治國的重大原則,能放棄它
　　　而聽信石碏的議論嗎?

〔八〕固:當然。

〔九〕任用之道:用人的標準。

〔一〇〕使親二句:謂假使關係親密、資格老的官吏愚蠢,而關係疏遠、資
　　　歷淺的官吏德才兼備。

〔一一〕以是三句:句法同注〔七〕。

〔一二〕必:一定要。師:遵從。古訓:古人的教導。以上論證"賤妨貴、
　　　遠間親、新間舊"是擇嗣任官治理國家的重大原則,而石碏之言是
　　　亂國的謬論。

〔一三〕是三者:這三點。

〔一四〕擇君:選立國君。置臣:選任官員。理亂:治亂。

〔一五〕爲書者:寫書的人,指左丘明。

〔一六〕執斯二句：謂持石碏的看法，在書中作出定論。執：持。一定之論：定論。

〔一七〕上智之人：見識特出的人。固：當然。是：此，指石碏之言。

〔一八〕中人：中等人，一般人。而降：以下。

〔一九〕守：恪守。是：指石碏之言。大據：重要依據。

〔二〇〕而以二句：謂因而召來敗亡和禍亂的歷史事例就不少。按：以下列舉史實。固：本來。不乏：不少。

〔二一〕晉厲：晉厲公。《史記·晉世家》：厲公，名壽曼，春秋晉國國君。前五八〇至前五七二年在位。厲公殺死好直諫的晉大夫伯宗，而失民心。他多寵姬，欲以寵姬的兄弟們取代晉國的羣大夫。八年十二月，令其寵姬之兄胥童以兵八百人襲攻殺三郤（郤錡、郤犨、郤至），胥童又劫欒書、中行偃於朝，欲殺之，厲公弗許。閏月，欒書、中行偃襲捕厲公，囚之。乃使人迎公子周於周而立之，是爲晉悼公。悼公既立，逐不臣者七人，修舊功，施德惠，晉國復霸。按：厲公是景公太子，照石碏的理論，他是貴者，但却使國亂而身亡，而悼公（公子周）的祖父捷，是晉襄公的少子，捷生談，皆不得立，而避難於周，在世系上是賤而疏者，照石碏的理論，便不能繼爲國君，但公子周歸晉爲君後，國家反而興旺。理：治。此二句以晉國爲例駁斥“賤妨貴”爲亂之本的錯誤理論。

〔二二〕宋襄：春秋時宋襄公，前六五〇至前六三七年在位，名兹甫，宋桓公太子。子魚：宋桓公庶子目夷，字子魚，襄公庶兄。《史記·宋微子世家》載：“桓公病，太子兹甫讓其庶兄目夷爲嗣。桓公義太子意，竟不聽。……桓公卒，太子兹甫立，是爲襄公。以其庶兄目夷爲相。”襄公十二年春，襄公欲爲霸主，子魚連諫，不聽。襄公於是爲楚人所執，九月，放歸。十三年，宋伐鄭，子魚諫，襄公不聽。楚伐宋以救鄭，襄公欲迎戰，子魚以形勢不利而勸阻，不聽。戰於泓水，楚軍渡河，子魚請襄公於半渡而擊之，不聽。楚軍渡河後尚未列陣，子魚又請擊之，仍不聽。楚軍列陣已畢，襄公進攻，大敗，受傷而死。

〔二三〕貴不句：從上面兩個史實得出結論：地位高貴並不值得尊崇，也就是説，身份高低不是擇君的標準。

〔二四〕秦：戰國時秦昭王，前三〇六至前二五〇年在位。穰（ráng）侯：秦大夫，名魏冉。《史記·穰侯列傳》及《范雎列傳》載：魏冉自秦惠王、秦武王時便任職用事，武王卒，魏冉立武王弟爲昭王。昭王年少，其母宣太后臨朝，任太后弟魏冉爲相，封於穰，號曰穰侯。魏冉内倚太后，外相昭王，威振秦國。范雎得罪於魏國，更姓名爲張禄，西入秦，對昭王陳説利害，昭王乃黜魏冉，拜范雎爲相，昭王纔擺脱失國的險境。

〔二五〕魏相二句：謂魏君在魏成子與翟璜中選相，而疏遠了吴起，於是國家衰危。魏：指戰國時的魏文侯，前四四六至前三九六年在位。相：以……爲相。成：魏成子，文侯之弟。璜：翟璜，魏大夫。《史記·魏世家》：魏文侯二十五年，在魏成子與翟璜二人中選一人爲相。《史記·吴起列傳》：吴起，戰國衛人，軍事家，先事魯，後事魏文侯。善用兵，深得軍心，爲西河守，拒秦、韓，有大功於魏。魏文侯卒，子武侯立，以田文爲相，吴起不悦。田文死，公叔爲相，陷害吴起，吴起逃奔楚，楚悼王拜爲相。

〔二六〕親不句：謂關係親密的人也不足讚許。親：指穰侯、魏成子。與：許，讚許。

〔二七〕苻氏二句：謂苻堅重用新秀王猛，殺舊權豪樊世，國家就興旺。苻氏：苻堅，氐（dī）族人。東晉時北方前秦皇帝，三五七至三八五年在位。進：進用，提拔。王猛：字景略，家魏郡。《晉書·苻堅傳》載：猛家貧，以賣畚爲業。博學好兵書。隱於華陰山，懷濟世大志，以待時機。苻堅聞猛有賢名，招之，一見如故，稱其有管仲、鄭子産之才，委以重任，時王猛三十六歲，權傾内外。苻堅的宗戚舊臣皆攻擊王猛。苻堅力排衆議，擢猛爲丞相。猛佐苻堅强國，五十一歲病死，苻堅慟哭，謚武侯。樊世：《晉書·苻堅傳》載：樊世，前秦大貴族，氐族人，對苻氏政權有大功。苻堅破格擢王猛，樊世與諸宗室老臣極不滿，屢屢辱猛。樊世當苻堅面醜言大駡並要毆打王猛,苻堅怒,斬樊世,於是羣臣見猛皆懾懼。

〔二八〕胡亥二句:謂胡亥重用趙高而殺李斯,秦便滅亡。李斯:《史記·李斯列傳》:李斯爲戰國時楚國上蔡人,荀卿的學生。西入秦,爲秦相呂不韋舍人。秦王嬴政發現其才,拜爲客卿,官至廷尉。用李斯謀二十餘年,終滅六國,統一天下。秦始皇以李斯爲相。始皇三十七年東巡,死於沙丘,幼子胡亥賴趙高僞造詔書,逼長子扶蘇自殺,胡亥立爲二世皇帝,遂以趙高爲郎中令。高益受寵,陷害腰斬李斯,夷三族。趙高爲中丞相,獨掌大權,逼二世自殺,立子嬰爲帝。三個月後,劉邦兵入咸陽,秦亡。

〔二九〕舊不句:謂關係舊並不足依靠。舊:指樊世和趙高。對苻堅而言,樊世爲舊,王猛爲新;對胡亥而言,趙高爲舊,李斯爲新。恃:依靠。

〔三〇〕顧所句:只看所信任的人的實際情況如何罷了。言外之意,貴賤、親疏、新舊都不是擇君置臣的標準。顧:看。所信:所信任的人。

〔三一〕然則:那末。斯言:這話,指石碏之言。殆:大概。廢:廢棄不用。以上以歷史事實爲據論證貴賤、親疏、新舊不是擇君置臣的標準。

〔三二〕古之二句:謂古時論治國之道的人很少能自圓其説。

〔三三〕建一三句:謂只要提出一種觀點,總是不妥當。"建"與"立"同義,"言"與"辭"同義。臲卼(niè wù):不安貌。

〔三四〕混然:含混不清貌。而已:罷了。

〔三五〕教:施教,流傳。

〔三六〕莫知句:謂不知道哪些當棄,哪些當取。去:舍去。就:采納。

〔三七〕明者句:謂明察事理的人很有感慨地作出是非論斷。明者:明察事理的人。慨然:感慨貌。定:論定。

〔三八〕拘儒:拘泥於古書的儒士。瞽(gǔ)生:盲人。相與:相偕。羣:聚集成羣。咻(xiū):喧嘩指責。《孟子·滕文公下》:"一齊人傅之,衆楚人咻之。"注:"咻之者,讙也。"按:"讙",亦作"喧"、"譁",

譁也，囂而議也。

〔三九〕而欲句：謂(在這種風氣下)却希望社會上多出些懂道理的人，可
　　　　能嗎？有：出現。知：同"智"。

〔四〇〕夫中二句：謂經過教育而懂得道理的人，社會上並不少。中人：
　　　　普通人。化：教化。

〔四一〕則固句：謂這乃是著書人的罪過了。固：乃。以上指出著書者不
　　　　明真理，其著作遺害而難以糾正，乃是犯罪行爲。

【評箋】　章士釗云："子厚之六逆論，明明爲王叔文而發也。……二
王之廁身於東宮也，伾以棋進，而叔文以書進，朝議咸以藝賤能鄙爲言，
叔文羞之。尋彼執政數月間，所行善政，殆未可一二數，惟罷免翰林陰陽
星卜醫相覆棋諸待詔三十二人一舉，爲無甚意義，然叔文必須如此爲之
者，無非爲遏抑流言，自高聲價之計，亦可見唐人門閥相鬭，錮習難解。
子厚恨之，因假借左氏言衞州吁之事，痛論一番，就中置臣一款，所引秦
用張禄，魏疏吳起，苻進王猛，胡族李斯諸例，無一不影射叔文。歎拘儒
瞀生妄師古訓而亂天下，傷哉傷哉！"又云："何義門讀書記，於'胡亥任趙
高而族李斯乃滅，舊不足恃'二語有異議，謂李斯不可謂之新，此種故尋
小垢之技倆，誠卑卑不足道。況趙高，宦寺也，城狐社鼠，盤據巧深，子厚
正藉此影射憲宗之寵俱文珍輩以殺叔文，義門顧未嘗讀唐書及通鑑乎？
子厚所用擇君置臣四字，其間包孕何種史實，義門乃一無覺察矣乎？又
況李斯曾諫逐客，夫秦廷何以逐客？無非以逐客進身新，所建議者新，斯
挾逐客與高對立爲一方，其於阻礙高之陰謀種種威脅性甚大，斯高之間，
因形成一舊一新，勢極顯白也乎？試再論之：從來寺宦與朝臣相比，由人
君視之，大抵寺宦舊而朝臣新，以比暱有素之勢則然也。李斯自始皇時，
已由逐客而進用矣，自與初釋褐通籍者未同，然在胡亥看來，趙高與己有
私，僇辱異己，祕計僉同，夕窺閨房，朝以女進，其暱近自大大不同於李
斯。以永貞近事例之，趙高即俱文珍，而李斯不啻王叔文，此不得以叔文
祇役東宮十八年、爲非新進之士相詆讕也，義門迂舊，不足與論此。"(《柳
文指要》上·卷三)

辨伏神文 并序〔一〕

余病痞且悸〔二〕，謁醫視之〔三〕。曰："惟伏神爲宜〔四〕。"明日，買諸市〔五〕，烹而餌之，病加甚〔六〕。召醫而尤其故，醫求觀其滓〔七〕。曰："吁！盡老芋也〔八〕。彼鬻藥者欺子而獲售〔九〕。子之慉也，而反尤於余，不以過乎〔一○〕？"余戚然慚，愀然憂〔一一〕。推是類也以往〔一二〕，則世之以芋自售而病乎人者衆矣〔一三〕！又誰辨焉！申以詞云〔一四〕：

伏神之神兮，惟餌之良〔一五〕。愉心舒肝兮，魂平志康〔一六〕。歐開滯結兮，調護柔剛〔一七〕。和寧悦懌兮，復彼恒常〔一八〕。休嘉訢合兮，邪怪遁藏〔一九〕。君子食之兮，其樂揚揚〔二○〕。余殆於理兮，榮衞寋極〔二一〕。伏盃積塊兮，悸不得息〔二二〕。有醫導余兮，求是以食〔二三〕。往沽之市兮，欣然有得〔二四〕。滌濯爨烹兮，專恃爾力〔二五〕。反增余疾兮，昏潰馮塞〔二六〕。余駭其狀兮，往尤于醫〔二七〕。徵滓以觀兮〔二八〕，既笑而嘻。曰："子胡昧愚兮，兹謂蹲鴟〔二九〕。處身猥大兮，善植圩卑〔三○〕。受氣頑昏兮，陰僻歆危〔三一〕。累積星紀兮，以老爲奇〔三二〕。潛苞水土兮，混雜蟓蚳〔三三〕。不幸充腹兮，惟痼之宜〔三四〕。野夫忮害兮，假是以欺〔三五〕。刮肌刻貌兮，觀者勿疑〔三六〕。中虚以脆兮，外澤而夷〔三七〕。誤而爲餌兮，命或殆而〔三八〕。今無以追兮，後慎觀之〔三九〕。"

嗚呼！物固多僞兮，知者蓋寡〔四○〕。考之不良兮，求福得禍〔四一〕。書而爲詞兮，願瘵來者〔四二〕。

〔一〕元和四年(八〇九)作於永州。辨：分辨，辨别。伏神：中藥名，今
　　　作"茯神"。茯苓之别名，菌類之一種。生松林中，成塊，大如拳，
　　　皮黑而皺，肉白微赤，其包根而質鬆者，别名茯神。文：古代文
　　　體。徐師曾《文體明辨序説》云："……此類獨以文名者，蓋文中之
　　　一體也。其格有散文，有韻語，或做《楚辭》，或爲四六，或以盟神，
　　　或以諷人，其體不同，其用亦異。"柳集卷十八《騷》載文十篇，本文
　　　爲其中一篇，今人稱爲騷體文。

〔二〕痞(pǐ)：痞塊，腹内可以摸得到的硬塊，脾臟腫大所致。《廣韻》：
　　　"痞，腹内結痛。"悸：心跳。《説文》："悸，心動也。"此指心臟病。
　　　宗元《與楊京兆憑書》云："一二年來，痞氣尤甚，加以衆疾，動作不
　　　常。……每聞人大言，則蹶氣震怖，撫心按膽，不能自止。"

〔三〕謁：《爾雅·釋言》："謁，請也。"

〔四〕宜：適合，指對症。

〔五〕諸："之於"的合音詞。

〔六〕烹而二句：謂煎好喝下後病加重了。烹(pēng)：煮。餌(ěr)：
　　　吃。甚：很，重。

〔七〕尤：責怨。滓(zǐ)：渣，指藥渣。

〔八〕芋(yù)：又名芋芳、芋頭、甘薯，多年生植物，塊莖卵形，可食。

〔九〕鬻(yù)：賣。子：您。售：貨賣出。《説文》："售，賣去手也。"獲
　　　售，能賣出去。

〔一〇〕懵(měng)：懵懂，無知，糊塗。過：誤。

〔一一〕戌：當作"賊"，省爲戉，此誤作"戌"。《荀子·榮辱篇》"則睊然視
　　　之曰"楊倞注："睊然，驚視貌。"王先謙補注引盧文弨曰："宋本誤
　　　作與賊狊同。"《禮記》曰："故鳥不狊。"許聿反。愾(kài)然：歎
　　　息貌。

〔一二〕推是二句：謂由此推及其它。是類：這類事。以往：向其它
　　　方面。

〔一三〕病乎人：指害人。

〔一四〕辨：辨别，分得清。申：説明。詞：指下面韻文。

〔一五〕神：神妙。餌：藥餌。餌之良，良藥。

〔一六〕舒肝：使肝氣舒暢。魂平：心神和平。志康：意志康强。

〔一七〕敺(qū)：同“驅”，驅除。滯結：指痞塊。調護：調和。柔剛：即中醫所謂陰陽。

〔一八〕和寧：心情平静。悦懌(yì)：愉快。復：恢復。彼：語氣詞，無義。恒常：正常狀態。

〔一九〕休嘉：美好，指臟腑之氣順和。訢(xīn)：《説文》：“訢，喜也。”訢合：謂陰陽相得。邪怪：指疾病。遁藏：消失。

〔二〇〕揚揚：得意貌。

〔二一〕殆(dài)：怠。《老子》：“周行而不殆。”《釋文》：“殆，怠也。”理：治理，調理。榮衛：中醫術語，指血氣，血爲榮，氣爲衛。《内經》：“榮衛不行，五臟不通。”蹇(jiǎn)極：滯澀，不通順。

〔二二〕伏盂：形容痞塊之大如盂。伏盂即覆盂。息：止。

〔二三〕是：這，指伏神。

〔二四〕沽：買。得：買得。

〔二五〕滌濯(dí zhuó)：洗滌。爨(cuàn)：炊。恃：依賴。爾：你，指伏神。力：藥力。

〔二六〕憒：借爲“憒”。昏憒，昏亂，謂心中煩亂。馮：“憑”之古字，滿。馮塞，堵塞，指胸滿心悶。

〔二七〕駴其狀：恐懼病狀。

〔二八〕徵：求，索取。

〔二九〕胡：何等。昧愚：愚暗無知。蹲鴟(dūn chī)：芋。《史記·貨殖列傳》：“下有蹲鴟。”《正義》：“蹲鴟，芋也。”

〔三〇〕處身：居身，安身。猥(wěi)：盛。《漢書·賈山傳》：“雖有惡種，無不猥大。”注：“猥，盛也。”猥大，盛大。植：生長。圩：江南水田間堤埂。圩卑，低濕之地。按：芋有水旱兩種：旱芋可種於山地；水芋種於水窪地。此指水芋。

〔三一〕受氣二句：謂接受愚昏之氣，長成陰邪之身。頑：愚，鈍。《廣雅·釋詁》：“頑，愚也。”攲(qī)：斜。危：《廣韻》：“危，不正也。”

〔三二〕累積二句：謂積累多年，長老的形狀奇特。

〔三三〕潛苞二句：謂塊莖埋在泥水中，和幼蝗蟻卵相混雜。苞：根。《詩經·曹風·下泉》：“浸彼苞稂。”《傳》：“苞，本也。”本，即“根”，此指塊莖。螈（yuán）：蝗的幼蟲。《説文》：“螈……董仲舒説：蝗子也。”蚔（chí）：蟻卵。《國語·魯語上》：“蟲舍蚔螈。”注：“蚔，蟻子也。”

〔三四〕惟痼句：謂釀成痼疾是自然的事。痼（gù）：積久難愈之病。宜：應當，當然。

〔三五〕忮（zhì）：狠。《説文》：“忮，很（狠）也。”假：借。假是，用這（老芋）充伏神。

〔三六〕刮肌二句：謂刮皮整形，使與伏神相似，買者見而不疑。肌：本指肌肉，亦指皮膚紋理，引申爲果肉上的紋理。

〔三七〕中虛二句：謂内質虛空而脆弱，外表光潤而平滑。中：内，裏。澤：光潤。夷：平。

〔三八〕命或句：謂説不定會喪命。或，表示不確定。殆（dài）：危險。

〔三九〕今無二句：謂如今已無法補救，以後買藥時要慎重觀察。追：補救。

〔四〇〕物固二句：謂自然之物及社會之事本來多有虛假，能辨別真僞的人却很少。

〔四一〕考之二句：謂因爲没有很好考察，故本意求福，反而遭災。考：察。

〔四二〕寤來者：謂使後來的人醒悟。寤：醒悟。

送僧浩初序〔一〕

　　儒者韓退之與余善〔二〕，嘗病余嗜浮圖言〔三〕，訾余與浮圖遊〔四〕。近隴西李生礎自東都來〔五〕，退之又寓書罪余〔六〕，且曰：“見《送元生序》，不斥浮圖〔七〕。”浮圖誠有不可斥者〔八〕，往往與《易》、《論語》合，誠樂之，其於性情奭然〔九〕，不與孔子異道〔一〇〕。退之好儒未能過揚子〔一一〕，揚子之書於莊、墨、申、韓皆有取焉〔一二〕。浮圖者，反不及莊、墨、申、韓之怪僻險賊耶？曰：“以其夷也〔一三〕。”果不信道而斥焉以夷〔一四〕，則將友惡來、盜跖〔一五〕，而賤季札、由余乎〔一六〕？非所謂去名求實者矣〔一七〕。吾之所取者與《易》、《論語》合〔一八〕，雖聖人復生不可得而斥也。

退之所罪者其迹也〔一九〕，曰：“髡而緇，無夫婦父子，不爲耕農蠶桑而活乎人〔二〇〕。”若是，雖吾亦不樂也。退之忿其外而遺其中，是知石而不知韞玉也〔二一〕。吾之所以嗜浮圖之言以此。與其人遊者，未必能通其言也。且凡爲其道者〔二二〕，不愛官，不爭能，樂山水而嗜閑安者爲多。吾病世之逐逐然唯印組爲務以相軋也〔二三〕，則舍是其焉從？吾之好與浮圖遊以此〔二四〕。

今浩初閑其性，安其情，讀其書，通《易》、《論語》，唯山水之樂，有文而文之；又父子咸爲其道〔二五〕，以養而居，泊焉而無求〔二六〕，則其賢於爲莊、墨、申、韓之言，而逐逐然唯印組爲務以相軋者，其亦遠矣〔二七〕。

李生礎與浩初又善。今之往也，以吾言示之〔二八〕。因北人寓退之〔二九〕，視何如也〔三〇〕。

〔一〕浩初：僧人法名。世綵堂本韓醇注：“浩初，龍安海禪師弟子也。”
序：古代文體。明吳訥《文章辨體序說》云：“東萊云：‘凡序文籍，當序作者之意；如贈送燕集等作，又當隨事以序其實也。’大抵序事之文，以次第其語、善敘事理爲上。近世應用，惟贈送爲盛。”

按：序(叙)有三體：一爲書序，相當於今之“前言”、“寫在前面”、“内容介紹”之類，唐代有些序放在書後，稱後序，後世稱跋，相當於今之“寫在後面的話”之類。其内容爲有關作者及書的説明，如《愚溪詩序》。二爲贈序，相當於今之臨別贈言，如此篇及《送薛存義之任序》。三爲宴集序，主要叙宴會盛況，或穿插寫景、抒情，如《陪永州崔使君遊宴南池序》。

〔二〕退之：韓愈字退之。善：交好。

〔三〕病：此作不滿意解。浮圖：佛教徒，僧人。嗜浮圖言：指信佛教學説。

〔四〕訾(zǐ)：欺恨，批評。遊：交遊，交往。

〔五〕隴西：唐隴西縣屬隴右道渭州，在今甘肅隴西縣東南。李礎：人名。清徐松《登科記考》卷十五引洪興祖《韓子年譜》：“李礎，貞元十九年進士，仁鈞之子也。昌黎有《送李判官正字礎歸湖南序》。”按：今本韓集作《送湖南李正字序》，有云：“今愈以都官郎守東都省。……李生自湖南從事請告來觀。”韓愈於元和四年改都官員外郎，元和五年授河南縣令。則李礎自湖南至東都省親及返湖南任所皆元和四年事。而此言“近隴西李生礎自東都來”。則亦必在元和四五年。

〔六〕寓書：寄信。罪余：怪我。

〔七〕《送元生序》：指宗元《送元十八山人南遊序》，見原集卷二十五。山人：隱士。十八：排行十八。韓愈亦認識元十八，並嘗讀子厚《送元十八山人南遊序》，其《贈元十八協律》詩云：“吾友柳子厚，其人藝且賢。吾未識子時，已覽贈子篇。”不斥浮圖，子厚《送元十八山人南遊序》有云：“太史公嘗言：世之學孔氏者，則黜老子，學老子者則黜孔氏，道不同不相爲謀。余觀老子，亦孔氏之異流也，不得以相抗。……太史公没，其後有釋氏，固學者之所怪駭舛逆其尤者也。今有河南元生者……悉取向之所以異者通而同之。”“不斥浮圖”即對此而言。

〔八〕誠：真，實在。

〔九〕誠樂之：真喜歡它。奭(shì)然：曠達開闊貌。

〔一○〕異道：指學說分歧。

〔一一〕揚子：漢揚雄，字子雲。

〔一二〕揚子句：謂揚雄的著作對《莊子》、《墨子》、《申子》、《韓非子》等書
都有所擇取。申：申不害，戰國時鄭國京人，其學本於黃老而主
刑名。皆有取焉，世綵堂本孫汝聽注："揚子曰：'莊周蕩而不法，
墨、晏儉而廢禮，申、韓險而無化。'是揚子嘗取之矣。"

〔一三〕夷：古稱外國爲夷，佛教由印度傳入，故稱夷。

〔一四〕道：教義，學說。斥焉以夷：因爲是外國而排斥之。

〔一五〕惡來：商紂的臣子，善毀讒，多作惡(見《史記・殷本紀》)。跖
(zhí)：春秋末大盜，人稱盜跖。

〔一六〕季札：吳王壽夢之少子，以博聞見稱。其事見《左傳》襄公二十四
年及二十九年，又見《史記・吳太伯世家》。吳國不是周王室所封
諸侯，被稱爲夷。由余：人名，其先晉人，逃亡入戎，奉使入見秦
穆公，穆公以女樂贈戎王，戎王受而悦之，由數諫不聽，遂奔秦，秦
用由余伐戎，開地千里，遂霸西戎(事見《史記・秦本紀》)。《漢
書・鄒陽傳》："秦用戎人由余而伯中國。"

〔一七〕去名求實：捨去名稱而追求實質。

〔一八〕吾之句：自謂信佛乃去名求實，因其與《易》、《論語》等儒家經典
有相合之處。

〔一九〕迹：行迹，外在表現。

〔二○〕髡(kūn)：剃光頭髮。緇(zī)：黑色。僧衣淺黑色。此謂着緇衣。
活乎人：活於人，被人養活。

〔二一〕忿：怨恨。遺：遺棄。韞(yùn)：藏，包藏。韞玉，石中包藏着玉。

〔二二〕凡：大凡。爲其道：指信奉佛教。

〔二三〕病：厭惡。逐逐然：競争貌。印：官印。組：佩印用的絲帶。印
組，指作官。務：追求。軋(yà)：傾軋，以勢力傾壓。

〔二四〕舍：同"捨"，放棄。是：這，指佛學。以上謂佛教教義教人不愛
官，不争能，説明自己好與浮圖遊的原因。

〔二五〕咸爲其道：都信佛教。

〔二六〕泊(bó)：恬淡。

〔二七〕則其二句：謂比信奉莊子、墨子、申不害、韓非學說要好，而那些只爲追求官位而相互傾軋的人與浩初相比，相差很遠。以上贊揚浩初雖信佛，但却是品德高尚的人。

〔二八〕今之二句：謂在浩初到李礎那兒去的時候，把這篇序給他看。吾言：指這篇序。示之：給他(李礎)看。

〔二九〕因北句：謂託到北方去的人帶給韓愈。因：借助，託請。寓：寄。

〔三〇〕視何句：(韓愈)對此文有何看法。以上點明贈浩初兼與韓愈商榷的雙重作意。

【評箋】　宋・周必大云："韓退之力排佛氏，欲火其書。柳子厚乃推尊之，謂與《易》、《論語》合。浩初之序，左右佩劍。今考二公心迹，誰爲善學展季者耶？"(《益公題跋》卷九《跋此庵記》)

宋・王應麟云："韓、柳並稱而道不同：韓作《師說》，而柳不肯爲師；韓闢佛，而柳謂佛與聖人合；韓謂史有人禍天刑，而柳謂刑禍非所恐。"(《困學紀聞》卷十七)

清・金人瑞云："通篇如與退之辨難，殊不知都是憑空起波。前'嗜浮圖言'、'與浮圖遊'二句，如棋之勢子，中二大幅如下棋，後入浩初，如棋劫也。"(《山曉閣選唐大家柳柳州全集》卷二評柳文)

清・林雲銘云："韓退之佛骨一表，孟簡一書，俱在禍福上論，亦就世俗之見而言耳。至《原道》篇，言棄而君臣，去而父子，禁而相生相養之道，以爲佛罪。其意謂大段已失，縱有合於儒處，總不足問，非全不知佛理也。子厚細細分別，還他一箇是非，可謂持平之論。又以世人營營名利，浮屠多樂山水，嗜閒安，放謫之餘，無可與語，因與人遊，即退之貶潮州，稱大顛能外形骸，以理自勝，相與往來之意，亦非去儒以從其教也。二公良友責善，同中有異，異中有同，均以不詭於儒爲主。"(《古文析義》初編卷五)

清・孫琮云："只是欲說自己喜與浩初遊，樂與浩初言，先說出兩大段浮屠之言可嗜，浮圖之人可遊，爲一篇斷案。欲寫此兩段斷案，先借退之病余與浮圖言，與浮圖遊二段，爲一篇翻案。于是翻案在前，斷案在中，定案在後，便將自己出豁得乾乾淨淨，真是絶不費力文字。"(《山曉閣選唐大家柳柳州全集》評語卷二序)

章士釗云："子厚之於佛説，以其與《易》、《論語》合而好之，是子厚治佛，直以儒治之，而並不以異軍蒼頭視佛明甚。"(《柳文指要》上・卷二十五)

全義縣復北門記〔一〕

賢者之興，而愚者之廢〔二〕。廢而復之爲是，循而習之爲非〔三〕。恒人猶且知之，不足乎列也〔四〕。然而復其事必由乎賢者〔五〕。推是類以從於政，其事可少哉〔六〕。

賢莫大於成功，愚莫大於悋且誣〔七〕。桂之中嶺而邑者曰全義〔八〕，衛公城之〔九〕，南越以平〔一〇〕。盧遵爲全義〔一一〕，視其城，塞北門，鑿他雉以出〔一二〕。問之，其門人曰："餘百年矣。或曰：'巫言是不利於令〔一三〕，故塞之。'或曰：'以賓旅之多，有懼竭其餼饋者〔一四〕，欲迴其途〔一五〕，故塞之。'"遵曰："是非悋且誣歟？賢者之作，思利乎人〔一六〕；反是，罪也〔一七〕。余其復之〔一八〕。"

詢于羣吏，吏叶厥謀〔一九〕；上于大府，大府以俞〔二〇〕，邑人便焉，讙舞里閭〔二一〕。居者思正其家〔二二〕，行者樂出其途〔二三〕。由道廢邪〔二四〕，用賢棄愚。推以革物，宜民之蘇〔二五〕。若是而不列，殆非孔子徒也〔二六〕。爲之記云。

〔一〕全義縣：《元和郡縣圖志》卷三十七嶺南道桂州：“全義縣本漢始安縣之地，武德四年分置臨源縣，大曆三年改爲全義縣。”治所在今廣西壯族自治區興安縣西。復：修復。北門：城北門。本文大約元和五年(八一○)作於永州。參見注〔一一〕。

〔二〕賢者二句：謂賢能的人興辦一件事，愚昧的人却把它廢棄。賢者：即下文“衞公”。興：興建。廢：廢棄。

〔三〕廢而二句：謂被廢棄了再恢復它是對的，因循沿襲是不對的。循：因循。習：因襲。《尚書·大禹謨》：“卜不習吉。”《傳》：“習，因也。”

〔四〕恒人：常人，普通人。猶且：尚且。列：陳述，説明。《廣雅·釋詁》：“列，陳也。”

〔五〕由乎賢者：由賢能的人去做。

〔六〕推是二句：謂把這類事推廣到作官從政方面，興廢一項能少嗎？推：推廣。是類：這類事。以上申明興廢之重要及賢者方能興廢的觀點。

〔七〕賢莫二句：謂在賢能中没有哪種比成事還大，在愚昧中没有哪樣比吝嗇和迷信還大。悋(lìn)：同“吝”，吝嗇。誣(wū)：捏造謊言，以無爲有曰誣，此指迷信。

〔八〕桂：指嶺南道桂州。之中：之内。邑：縣城。此作動詞，建城邑。嶺而邑，近嶺而爲邑。全義城在越城嶠南。《元和郡縣圖志》卷三十七桂州全義縣：“越城嶠，在縣北三里，即五嶺之最西嶺也。”

〔九〕衞公：唐名將李靖，初封代國公，後改衞國公。城：築城。城之，給全義建造了城。

〔一○〕南越句：南越，也作南粤，今廣東、廣西一帶。秦末，趙佗自立爲南越武王。《史記》有《南越列傳》。《漢書》有《兩粤傳》，“粤”同“越”。以平：依托全義城平了南越。按：武德四年，李靖爲嶺南撫慰大使、檢校桂州都督，引兵下九十餘州。全義之城，蓋在此時。以其地當桂管門户重地，故復北門，大於戰略有益也。

〔一一〕盧遵：宗元表弟。韓愈《柳子厚墓誌銘》云："舅弟盧遵，涿人，性謹慎，學問不厭。自子厚之斥，遵從而家焉，逮其死不去。"宗元《先太夫人河東縣太君歸祔誌》云："先太夫人姓盧氏，諱某，世家涿郡。"則宗元母乃盧遵之姑。又宗元《送內弟盧遵遊桂州序》云："外氏之世德存乎古史……由遵而上，五世爲大儒……遵，余弟也。"爲全義：任全義縣令。盧遵任全義令，爲宗元所薦。宗元《上桂州李中丞薦盧遵啓》有云："獨內弟盧遵，其行類諸父……則施澤於遵，過於厚賜小人也遠矣。"又宗元《送內弟盧遵遊桂州序》云："以余棄於南服，來從余居五年矣……則余之棄也，適累斯人焉。以愛余而慰其憂思，故不爲京師遊，以取名當世。以桂之邇也，而中丞之道光大，多容賢者，故洋洋焉樂附而趨，以出其中之有。"宗元永貞元年貶永州，此言居五年，則在元和四年，任全義令當在四年以後。

〔一二〕塞北二句：謂北門被堵塞，從城牆的另一處鑿個豁口出入。塞：堵塞。雉(zhì)：古度量面積的單位，城牆長三丈高一丈爲一雉。此指城牆。

〔一三〕門人：守城門人。或：有的人。巫：女巫。《說文》："女能事無形以舞降神者。"是：這，指北門。不利於令：對縣令不利。按："巫言"句承上文"誣"。

〔一四〕以賓二句：謂因爲旅客過多，有人害怕把城中食物吃光。按：此承上文"怯"。竭：用盡，吃光。餼(xì)：禾米。饋(kuì)：食物。《周禮·天官》："膳夫掌王者之饋。"餼饋，指各類食物。

〔一五〕迴其途：讓旅客繞路走。

〔一六〕是非三句：這不是吝嗇而又迷信嗎？賢能的人作事，想的是對百姓有利。是：這。作：作爲，名詞。人：民。

〔一七〕反是：與此相反。

〔一八〕余其句：謂我要恢復它。其：語氣詞。以上記盧遵考察全義城塞北門的原因是縣令的迷信和吝嗇，於是決定修復北門。

〔一九〕詢：問。吏：官吏。叶(xié)：古文協，贊同。厥(jué)：其，他的。

謀：計畫。

〔二〇〕上：向上級請示。大府：此指桂管經略使兼桂州刺史，即宗元兩
　　　　次言及的“桂州李中丞”，見注〔一一〕。《元和郡縣圖志》卷三十七
　　　　嶺南道四桂管經略使：“桂州，今爲桂管經略使理所。管州十二。”
　　　　《舊唐書·地理志》四：“桂州下都督府，隋始安郡。……天寶元年
　　　　改爲始安郡，依舊都督府……乾元元年，復爲桂州，刺史充經略軍
　　　　使。”俞：允諾之詞。《尚書·堯典》：“帝曰：‘俞。’”

〔二一〕邑人二句：謂城中居民出入方便，高興得在街巷裏跳起舞來。
　　　　便：方便。焉：相當於“于是”，于此。里閭：指街巷。

〔二二〕居者句：謂城中人安居樂業，不思遷移。

〔二三〕行者句：謂過路人樂於從此路出入。

〔二四〕由道句：謂遵從正道，廢去迷信邪説。

〔二五〕推以二句：推廣這個道理，用來改革政事，將有益於百姓休養生
　　　　息。宜：適宜。蘇：生長，生息。

〔二六〕若是二句：謂像這樣有意義的事而不記録下來，就幾乎不是孔子
　　　　的信奉者。列：指撰文記載。殆：差不多。

【評箋】　章士釗云：“文自‘上於大府，大府以俞’而下，用‘閭’、
‘塗’、‘蘇’、‘徒’等韻，依聲到底，仍唯恐其不足，可見子厚文學楚體，大
有帆隨湘轉、望衡九面之趣。”（《柳文指要》上·卷二十六）

愚　溪　詩　序〔一〕

　　灌水之陽有溪焉〔二〕，東流入于瀟水〔三〕。或曰：冉
氏嘗居也，故姓是溪爲冉溪〔四〕。或曰：可以染也〔五〕，名
之以其能，故謂之染溪〔六〕。余以愚觸罪，謫瀟水上〔七〕，

愛是溪〔八〕，入二三里，得其尤絕者家焉〔九〕。古有愚公谷〔一〇〕，今予家是溪，而名莫能定〔一一〕，土之居者猶齗齗然〔一二〕，不可以不更也，故更之爲愚溪〔一三〕。

愚溪之上，買小丘爲愚丘〔一四〕。自愚丘東北行六十步，得泉焉〔一五〕，又買居之，爲愚泉。愚泉凡六穴〔一六〕，皆出山下平地〔一七〕，蓋正出也〔一八〕。合流屈曲而南，爲愚溝〔一九〕。遂負土累石，塞其隘爲愚池〔二〇〕。愚池之東爲愚堂〔二一〕，其南爲愚亭，池之中爲愚島。嘉木異石錯置〔二二〕，皆山水之奇者〔二三〕，以余故，咸以愚辱焉〔二四〕。

夫水，智者樂也〔二五〕。今是溪獨見辱於愚，何哉〔二六〕？蓋其流甚下〔二七〕，不可以溉灌〔二八〕；又峻急，多坻石，大舟不可入也〔二九〕；幽邃淺狹〔三〇〕，蛟龍不屑，不能興雲雨〔三一〕。無以利世，而適類於余〔三二〕，然則雖辱而愚之，可也〔三三〕。

甯武子“邦無道則愚”〔三四〕，智而爲愚者也〔三五〕；顏子“終日不違如愚”〔三六〕，睿而爲愚者也〔三七〕。皆不得爲真愚〔三八〕。今余遭有道，而違於理，悖於事〔三九〕，故凡爲愚者莫我若也〔四〇〕，夫然〔四一〕，則天下莫能争是溪，余得專而名焉〔四二〕。

溪雖莫利於世〔四三〕，而善鑒萬類〔四四〕，清瑩秀澈〔四五〕，鏘鳴金石〔四六〕，能使愚者喜笑眷慕，樂而不能去也〔四七〕。余雖不合於俗〔四八〕，亦頗以文墨自慰〔四九〕，漱滌萬物，牢籠百態，而無所避之〔五〇〕。以愚辭歌愚溪〔五一〕，則茫然而不違，昏然而同歸〔五二〕，超鴻蒙，混希夷，寂寥而莫我知也〔五三〕。於是作《八愚詩》〔五四〕，紀于溪石上〔五五〕。

〔一〕宗元貶永州，首居龍興寺，見上《永州龍興寺息壤記》注〔一〕，次居
　　　愚溪。《與楊誨之書》云："方築愚溪東南爲室，耕野田，圃堂下。"
　　　按宗元《與楊誨之第二書》："張操來，致足下四月十八日書，始復
　　　去年十一月書……（余）至永七年矣。"則第二書作於元和六年，前
　　　書作於"去年"即元和五年，知本文亦作於元和五年（公元八一〇
　　　年）。愚溪詩，即篇末所言《八愚詩》，八愚即愚溪、愚丘、愚泉、愚
　　　溝、愚池、愚堂、愚亭、愚島。惜皆已散佚。宗元詩中言及愚溪者
　　　有《溪居》、《夏初雨後尋愚溪》、《雨後曉行獨至愚溪北池》、《冉
　　　溪》、《雨晴至江渡》等。足見宗元頗以愚溪自慰。宗元歿，劉禹錫
　　　自連州歸，經永州訪宗元舊居，作《傷愚溪三首》其一云："溪水悠
　　　悠春自來，草堂無主燕飛回。"知宗元愚溪之室爲草廬。范成大嘗
　　　途經永州，追宗元舊迹，唯見愚亭，餘皆蕩然。

〔二〕灌水：水名，湘江支流，發源於永州灌陽縣（今廣西壯族自治區灌
　　　陽縣），今名灌江。於永州湘源縣（今廣西壯族自治區全州）入湘
　　　水。《元和郡縣圖志》卷二十九江南道永州灌陽縣："灌水，在縣西
　　　南一百二里。"陽，水北爲陽。

〔三〕瀟（xiāo）水：一名泥江，源出湖南寧遠縣南九疑山，即古冷水。北
　　　流經道縣，會沱水，又北經零陵縣南，至縣西北入湘水。《清一統
　　　志》："瀟湘雖自古並稱，然《漢志》《水經》，俱無瀟水之名。唐柳宗
　　　元始稱謫瀟水上，然不詳其源流。宋祝穆始稱瀟水出九疑山。今
　　　細考之，唯道州北出瀟山者爲瀟水，其下流皆營水故道也。至祝
　　　穆所謂出九疑山者，乃《水經注》之冷水，北合都溪以入營者也。"
　　　今相沿以出九疑山者爲瀟水。古瀟水與沱水並稱營水，唐人始稱
　　　瀟水。

〔四〕或曰二句：謂有個姓冉的人曾在此住過，所以用他的姓給溪命名
　　　叫冉溪。或：有的人。嘗：曾經。章士釗云："故姓是溪曰冉溪，
　　　此句不詞。蓋此句造法有二：一、故姓是溪曰冉。下不能綴一溪
　　　字。二、故號是溪曰冉溪。號字可易作名，或其它相類字，獨不可
　　　曰姓，蓋姓止限於冉，而不涉名或字，猶之子厚可自稱姓柳，而不

可稱姓柳宗元也。右解甚明白,釗意此句末尾溪字,疑編者誤衍。"(《柳文指要》上·卷二十四序)

〔五〕可以句:謂可用溪水調染料染布帛。

〔六〕名之二句:謂用它的用途給它命名,所以叫染溪。名:命名。能:功能,用途。

〔七〕愚:愚笨,乃是反語。謫:被貶官。瀟水上:指永州。此句愚字是全篇之根。

〔八〕是:這,此。

〔九〕入:指入溪水。得:發現。尤絶:極佳。家:築室安家。

〔一〇〕愚公谷:在今山東臨淄縣西。《水經注·淄水》:"又北歷愚山,山東有愚公冢。時水又屈而逕杜山北,有愚公谷。"漢·劉向《説苑·政理》:"齊桓公出獵,逐鹿而走入山谷之中,見一老公而問之曰:'是爲何谷?'對曰:'爲愚公之谷。'桓公問:'何故?'對曰:'以臣名之。'"

〔一一〕而名句:謂溪名不能確定。

〔一二〕士之居者:當地居民。齗齗(yín)然:争論不休貌。《集韻》:"齗齗,争訟也。"

〔一三〕更:改。以上叙愚溪命名的緣由。

〔一四〕爲:把它叫做。下文"爲愚泉"、"爲愚溝"、"爲愚池"、"爲愚島"之"爲"字,義並同。

〔一五〕得泉焉:在那兒發現泉水。

〔一六〕凡六穴:共六個泉眼。

〔一七〕山下:即愚丘下。

〔一八〕正出:原作"上出"。陳景雲《柳集點勘》:"按《爾雅·釋水》:'濫泉正出。'正出,涌出也。郭璞注引《公羊傳》曰:直出,直猶正也。則'上'當作'正'。"陳説是。

〔一九〕合流二句:謂六個泉眼的水合流後曲折南流,把它叫做愚溝。

〔二〇〕遂負二句:謂在溝水窄狹處用土石壘壩蓄水,叫它愚池。

〔二一〕愚池句:謂在愚池東建一座堂,命名爲愚堂。下句"爲愚亭"用法同。

〔二二〕嘉木：美樹。異石：怪石。錯置：交錯設置。

〔二三〕皆山句：謂此八處都是奇異的山水勝境。以奇字跌出下句愚字。

〔二四〕以余二句：謂因爲我愚的緣故，所以都用愚命名而玷辱了它們。
以上叙八愚的方位及命名的原因。

〔二五〕夫水二句：謂水是聰明人所喜歡的。孔子有“智者樂(yào)水”之
語，見《論語·雍也》。

〔二六〕是溪：此溪。見辱於愚：被愚這名字玷辱。何哉：是什麼原
因呢？

〔二七〕甚下：水位很低。

〔二八〕可以：能用來。

〔二九〕峻急：湍急。坻(chí)：水中陸地。入：行進。寫溪影合自己。

〔三〇〕幽邃(suì)：幽遠。

〔三一〕不屑(xiè)：看不中。興雲雨：古以爲龍能興雲行雨。

〔三二〕無以二句：謂溪水對人類無有益處，這恰好和我一樣。利世：造
福社會。適：恰好。類：相似。

〔三三〕然則二句：那末，以愚命名還是可以的。以上叙溪於世無益，命
名爲愚溪是可以的。

〔三四〕甯武子：春秋衛國大夫甯俞，謚武子。《論語·公冶長》載孔子
語：“甯武子，邦有道則智，邦無道則愚。其智可及也，其愚不可及
也。”邦：國。孔子贊揚甯武子在國家政治修明時就獻出聰明才
智，爲國效力；當政治腐朽時就佯裝愚蠢，潔身守節，不同流合污；
孔子認爲人們能學到他爲國效力一面，學不到他潔身守節一面。

〔三五〕智而句：謂是明智的人佯裝愚蠢。

〔三六〕顔子：顔回，孔子弟子。《論語·爲政》：“子曰：‘吾與回言終日，
不違如愚。退而省其私，亦足以發，回也不愚。’”孔子謂與顔回談
論，整天不提問題，像是愚笨，課後考察他的言行，方知他不但聽
懂了，而且有所發揮。所以孔子説他不愚。

〔三七〕睿而句：謂這是聰明人貌似愚笨。睿(ruì)：聰明。《廣雅·釋

詁》:"睿,智也。"

〔三八〕皆不句:謂都不能認爲是真的愚笨。

〔三九〕遭:遇,逢。有道:政治清明。理:道理。悖(bèi):混亂。事:
事態,形勢。

〔四〇〕莫我若:"莫若我"之倒置。

〔四一〕夫然:如此説來。

〔四二〕則天二句:謂就愚笨而言,天下没有誰能爭這愚溪,我可以獨佔
並命名它爲愚溪。專:獨佔。以上自謂真愚而可獨佔愚溪。

〔四三〕莫利於世:無利於世人。

〔四四〕鑒萬類:照萬物。按:此句隱言其識。沈德潛云:"偏從愚中傳出
不愚,自存身分。"(《唐宋八家文讀本》)

〔四五〕清瑩秀澈:净潔澄澈。按:此句隱言其清。

〔四六〕鏘鳴金石:謂溪水發出金玉般鏗鏘悦耳之聲。按:此句隱言
其文。

〔四七〕愚者:宗元自指。眷慕:愛戀思慕。去:離去。

〔四八〕俗:世俗,指污濁的官場。

〔四九〕文墨:指詩文之類文學作品。

〔五〇〕漱滌三句:謂筆參造化,塑造萬物,包羅天地,敢於有爲,無所避
讓。漱:盪滌。滌:洗滌。牢籠:包羅,籠罩。《淮南子·本經
訓》:"秉太一者,牢籠天地,彈壓山川。"避:逃避。

〔五一〕辭:歌辭。歌:唱,贊美。

〔五二〕則茫二句:謂我的精神不知不覺地全部與愚溪混爲一體。茫然:
曠遠、廣闊貌。不違:不相離、不分開。昏然:暗暗地、不知不
覺地。

〔五三〕超鴻三句:極寫爲景色陶醉超世忘我的精神境界。鴻蒙:指大氣
空間。《莊子·在宥》:"雲將東遊,過扶摇之枝,而適遭鴻蒙。"《釋
文》:"司馬(彪)云:自然元氣也。"希夷:指空虚寂静的空間。無
聲曰希,無色曰夷。《老子》:"視之不見,名曰夷;聽之不聞,名曰
希。"莫我知:"莫知我"的倒置。上五句:違、歸、夷、知皆韻。

〔五四〕八愚詩：今不存。

〔五五〕紀：同"記"。以上寫爲愚溪美景所陶醉。

【評箋】　宋·范成大云："二十日行羣山間，時有青石如雕鏤者，叢臥道傍，蓋入零陵界焉。晚宿永州，泊光華館。郡治在山坡上，山骨多奇石。登新堂及萬石亭，皆柳子厚之舊。新堂之後，羣石滿地，或卧或立。沼水浸碧荷，亂生石間。萬石堂在高坡，乃無一石，恐非其故處。然前望衆山，回合如海，登覽甚富。子城脚有蒼石崖，圍一小亭，又有瀟湘樓，下臨瀟水，不葺。二十二日渡瀟水，即至愚溪。亦一澗泉，瀉出江中。官路循溪而上，碧流淙潺，石瀨淺澀不可杭（航），春漲時或可，所謂'舟行若窮，忽又無際'者，必是泛一葉舟耳。溪上愚亭，以祠子厚。"（《驂鸞録》）

清·林雲銘云："本是一篇詩序，正因胸中許多鬱抑，忽尋出一箇愚字，自嘲不已，無故將所居山水盡數拖入渾水中，一齊嘲殺。而且以是溪當得是嘲，己所當嘲，人莫能與。反覆推駁，令其無處再尋出路，然後以溪不失其爲溪者代溪解嘲，又以己不失其爲己者自爲解嘲，轉入作詩處，覺溪與己同歸化境。其轉換變化，匪夷所思。"（《古文析義》初編卷五）

清·何焯云："詞意殊怨憤不遜，然不露一迹。"（《義門讀書記》評語）

清·孫琮云："此篇若祇就愚溪上發揮，意味易盡。妙在前幅先將冉溪、染溪二段虛影于前，又將許多愚丘、愚泉、愚溝、愚池增置於後，便令文字有波瀾。後幅借愚溪自抑一段，復借愚溪自揚一段，便令文字有曲折。通篇序詩，俱從愚溪上借端發揮，妙絕。"（《山曉閣選唐大家柳柳州全集》評語，卷二序）

清·蔡鑄云："此文通篇俱就一'愚'字生情，寫景處處歷歷在目，趣極。而末後仍露身份，景中人，人中景，是二是一，妙極。蓋柳州所長在山水諸記也。"（《蔡氏古文評注補正全集》評語卷七）

章士釗云："此爲子厚騷意最重之作，然亦止於爲騷而已，即使怨家讀之，亦不能有所恨，以全部文字，一味責己之愚，而對任何人都無敵意，其所謂無敵意者，又全本乎真誠，而不見一毫牽強，倘作者非通天人性命之源，決不能達到此一境地。"（《柳文指要》上·卷二十四）

答韋中立論師道書〔一〕

二十一日，宗元白〔二〕：辱書云欲相師〔三〕，僕道不篤，業甚淺近〔四〕，環顧其中，未見可師者〔五〕。雖常好言論，爲文章，甚不自是也〔六〕。不意吾子自京師來蠻夷間，乃幸見取〔七〕。僕自卜固無取〔八〕，假令有取〔九〕，亦不敢爲人師。爲衆人師且不敢，況敢爲吾子師乎？

孟子稱"人之患在好爲人師〔一〇〕。"由魏、晉氏以下，人益不事師〔一一〕。今之世，不聞有師，有輒譁笑之，以爲狂人〔一二〕。獨韓愈奮不顧流俗，犯笑侮，收召後學〔一三〕，作《師説》，因抗顔而爲師〔一四〕。世果羣怪聚罵，指目牽引，而增與爲言辭〔一五〕。愈以是得狂名，居長安，炊不暇熟，又挈挈而東〔一六〕，如是者數矣〔一七〕。屈子賦曰："邑犬羣吠，吠所怪也〔一八〕。"僕往聞庸蜀之南，恒雨少日〔一九〕，日出則犬吠，余以爲過言〔二〇〕。前六七年，僕來南，二年冬，幸大雪〔二一〕，踰嶺被南越中數州〔二二〕，數州之犬，皆蒼黄吠噬狂走者累日，至無雪乃已〔二三〕，然後始信前所聞者〔二四〕。今韓愈既自以爲蜀之日，而吾子又欲使吾爲越之雪〔二五〕，不以病乎〔二六〕？非獨見病，亦以病吾子〔二七〕，然雪與日豈有過哉？顧吠者犬耳〔二八〕。度今天下不吠者幾人〔二九〕？而誰敢衒怪於羣目，以召鬧取怒乎〔三〇〕？僕自謫過以來，益少志慮〔三一〕，居南中九年，增脚氣病，漸不喜鬧〔三二〕，豈可使呶呶者早暮咈吾耳、騷吾心〔三三〕？則固僵仆煩憒，愈不可過矣〔三四〕。平居望外，遭齒舌不少，獨欠爲人師耳〔三五〕。

抑又聞之〔三六〕，古者重冠禮，將以責成人之道〔三七〕，是聖人所尤用心者也〔三八〕。數百年來，人不復行〔三九〕。近有孫昌胤者，獨發憤行之〔四〇〕。既成禮〔四一〕，明日造朝至外庭〔四二〕，薦笏言於卿士曰："某子冠畢〔四三〕。"應之者咸憮然〔四四〕。京兆尹鄭叔則怫然曳笏却立〔四五〕，曰："何預我耶〔四六〕？"廷中皆大笑〔四七〕。天下不以非鄭尹而快孫子，何哉〔四八〕？獨爲所不爲也〔四九〕。今之命師者大類此〔五〇〕。

吾子行厚而辭深〔五一〕，凡所作，皆恢恢然有古人形貌〔五二〕，雖僕敢爲師，亦何所增加也〔五三〕？假而以僕年先吾子，聞道著書之日不後〔五四〕，誠欲往來言所聞〔五五〕，則僕固願悉陳中所得者〔五六〕。吾子苟自擇之，取某事去某事，則可矣〔五七〕。若定是非以教吾子〔五八〕，僕材不足，而又畏前所陳者〔五九〕，其爲不敢也決矣〔六〇〕。吾子前所欲見吾文，既悉以陳之〔六一〕，非以耀明于子〔六二〕，聊欲以觀子氣色誠好惡何如也〔六三〕。今書來，言者皆大過〔六四〕。吾子誠非佞譽誣諛之徒〔六五〕，直見愛甚故然耳〔六六〕。

始吾幼且少〔六七〕，爲文章以辭爲工〔六八〕。及長，乃知文者以明道〔六九〕。是固不苟爲炳炳烺烺，務采色、夸聲音而以爲能也〔七〇〕。凡吾所陳，皆自謂近道，而不知道之果近乎，遠乎〔七一〕？吾子好道而可吾文，或者其於道不遠矣〔七二〕。故吾每爲文章，未嘗敢以輕心掉之，懼其剽而不留也〔七三〕；未嘗敢以怠心易之，懼其弛而不嚴也〔七四〕；未嘗敢以昏氣出之，懼其昧没而雜也〔七五〕；未嘗敢以矜氣作之，懼其偃蹇而驕也〔七六〕。抑之欲其奧〔七七〕，揚之欲其明〔七八〕，疏之欲其通〔七九〕，廉之欲其節〔八〇〕，激而發之欲其清〔八一〕，固而存之欲其重〔八二〕，此吾所以羽翼夫道也〔八三〕。本之《書》以求其質〔八四〕，本之《詩》以求其恒〔八五〕，本之《禮》以求其宜〔八六〕，本之《春秋》以求其斷〔八七〕，本之《易》以求其動〔八八〕，此吾所以取道之原也〔八九〕。參之穀梁氏以厲其氣〔九〇〕，參之《孟》、《荀》以暢其支〔九一〕，參之《莊》、《老》以肆其端〔九二〕，參之《國語》以博其趣〔九三〕，參之《離騷》以致其幽〔九四〕，參之太史公以著其潔〔九五〕，此吾所以旁推交通而以爲之文也〔九六〕。凡若此者〔九七〕，果是耶，非耶？有取乎，抑其無取乎〔九八〕？吾子幸觀焉擇焉〔九九〕，有餘以告焉〔一〇〇〕。苟亟來以廣是道〔一〇一〕，子不有得焉，則我得矣，又何以師云爾哉〔一〇二〕？取其實而去其名〔一〇三〕，無招越、蜀吠怪，而爲外廷所笑〔一〇四〕，則幸矣〔一〇五〕！宗元復白〔一〇六〕。

〔一〕元和八年（八一三）作於永州。書：古代文體。明吳訥《文章辨體序説》云：“昔臣僚敷奏，朋舊往復，皆總曰書。近世臣僚上言，名爲表奏；惟朋舊之間，則曰書而已。”韋中立：世綵堂本韓醇注：“中立，史無傳。新史年表云：‘唐州刺史彪之孫。不書爵位。……中立於元和十四年中第。”師道：教師之道。韋中立自京赴永州求教於宗元，返京後又致函宗元，宗元寫此信作答。

〔二〕二十二句：古書信格式，作書日期列於首，有時只寫日不寫月；作書人之名寫於日期之下。白：陳説。

〔三〕辱書：謙詞，意謂有辱你寫信給我。相師：拜我做老師。一本“書”下無“云”字。

〔四〕僕：自身謙稱。篤：厚實。業：學業。淺近：淺薄。

〔五〕環顧二句：謂認真自我分析，没有可供人學習之處。

〔六〕自是：自以爲是。

〔七〕不意：没想到。吾子：對人敬稱。京師：京城。蠻夷：古對邊遠少數民族的蔑稱。此指永州。幸：有幸。見取：被您取法，意謂拜我爲師。

〔八〕卜：估量。固：本來。無取：無可取法之處。

〔九〕有取：有可取法之處。

〔一〇〕孟子句：語出《孟子·離婁上》。

〔一一〕由魏二句：魏晉以後，重門閥，輕師道。參見《永州鐵爐步志》注〔一三〕。益：越發。事師：拜師。

〔一二〕不聞：没聽説。輒：就。譁(huá)：喧嘩。笑：嘲笑。以爲：把他當作。

〔一三〕奮：奮勇。顧：顧忌。流俗：社會一般習俗。犯：觸犯。笑侮：譏笑，輕慢。後學：後進的求學者。《後漢書·徐防傳》："宜爲章句，以悟後學。"

〔一四〕作師二句：《師説》，韓愈著名的論理文，專論從師之道。抗顏：正顏不屈。爲師：當老師。

〔一五〕世果三句：世俗之人果然詆毁韓愈。羣：一羣一羣地。怪：責怪。指目：手指眼看。《史記·陳涉世家》："且日，卒中往往語，皆指目陳勝。"牽引：牽連。增與：增加。爲言辭：作評論。

〔一六〕愈以四句：宗元以爲韓愈屢屢遭貶出京之原因是抗顏爲師。以是：因此。不暇：没有來得及。挈挈(qiè)：孤獨貌。東：離京而東行。

〔一七〕如是：如此。數(shuò)：屢次。

〔一八〕邑犬二句：謂城裏的狗羣起而叫，是叫它們奇怪的事。屈原《懷沙賦》："邑犬之羣吠兮，吠所怪也。"

〔一九〕往：從前。庸：《左傳·文公十六年》："庸人帥羣蠻以叛楚。"注："庸，今上庸縣，屬楚之小國。"《元和郡縣圖志》卷二十一山南道房州:"竹山縣,本漢上庸縣,古庸國也。昔武王伐紂,庸人往焉,故《牧誓》云:'及庸蜀羌髳微盧彭濮人。'……至漢初,立上庸縣,屬漢中郡。……後魏改置竹山縣。"按:在今湖北竹山縣東南。庸蜀:泛指湖北、四川。恒:經常。雨:下雨。用如動詞。

〔二〇〕過言:說得過分,不實。

〔二一〕前六七年:宗元永貞元年貶永州,此言來六七年,下文又言九年,牴牾,暫存疑。二年冬:元和二年冬天。

〔二二〕踰嶺句:謂雪越過五嶺,嶺南好幾個州都爲大雪覆蓋。踰:越過。被:覆蓋。南越:也作"南粵",今廣東、廣西一帶。秦始皇時,置桂林、南海、象郡。秦末,趙佗自立爲南越王,盡佔其地。事見《史記·南越列傳》。

〔二三〕蒼黃:恩遽失措。至晚唐北宋人始作倉皇。噬(shì):咬。走:跑。已:停止。

〔二四〕然後:從此以後。

〔二五〕今韓二句:謂韓愈抗顏爲師,人以爲怪,已是當了蜀日,而今您又想叫我當越雪。

〔二六〕病:困辱。

〔二七〕病吾子:也使您受困辱。

〔二八〕過:過錯。顧:但,乃。耳:罷了。

〔二九〕度今句:謂當今社會上能有幾個人不像狗那樣少見多怪呢?度(duó):揣測,忖度。

〔三〇〕衒(xuàn):自我誇耀。衒怪:誇耀那些怪事。於羣目:在衆人眼前。召:取,惹來。鬧怒:叫嚷憤怒。

〔三一〕謫(zhé):降職。過:錯。謫過,因罪貶官。益:更加。志:志向。慮:思考問題。

〔三二〕南中:指永州。九年:宗元永貞元年貶永州,則此文作於元和八年。增:添。鬧:喧嘩。

〔三三〕呶呶(náo):喧嘩。朝暮:指整天。咈(fú):逆,乖戾。騷:擾亂。

〔三四〕則固二句:謂如果出現那種局面我將煩惱得無法生活了。固:必然導致。僵仆：僵倒。煩憒(kuì)：煩惱昏亂。愈：更加，愈發。
　　不可過：生活不下去。

〔三五〕平居三句：謂我平日遭到意外的非議已很多，只差當老師這一件
　　了。以上例舉學業不足、時俗不容、身體欠佳等不能爲師的原因。

〔三六〕抑：句首語氣詞，無義意。

〔三七〕古者：古時。冠(guàn)禮：加冠儀式。周代男子成年即二十歲
　　時，行加冠禮(見《禮記·曲禮》。又《荀子·大略》等載十九歲加
　　冠)。以：以此(作爲)。責：要求。成人：成年之人。道：手段，
　　措施。

〔三八〕是聖句：謂這是聖人所特別重視的事。

〔三九〕復行：再執行。沈德潛曰："引冠禮之不行，以例師道之不行，見
　　古之不宜於今也。"(《唐宋八家文讀本》)(下同)

〔四〇〕孫昌胤(yìn)：人名，不詳其人。發奮：鼓足勇氣。行之：指爲其
　　子行加冠禮。

〔四一〕既成句：謂舉行儀式後。

〔四二〕造朝：上朝。

〔四三〕薦(jiàn)：即"搢"，插。笏(hù)：笏板。官員上朝時所執手板，記
　　事於其上以備忘。薦笏：插笏板於腰帶上。卿士：泛指朝官。
　　某：自稱。畢：結束。

〔四四〕應之者：與他談話者。咸：都。憮(wǔ)然：失意不快貌。《論
　　語·微子》："夫子憮然曰：'鳥獸不可以同羣，吾非斯人之徒與，而
　　誰與？'"又《三國志·魏志·鄧艾傳》："憮然不樂。"

〔四五〕京兆句：京兆尹，官名。參見《梓人傳》注〔一二〕。鄭叔則：鄭州
　　榮陽(今河南榮陽)人，生於玄宗開元十年(七二二)，卒於德宗貞
　　元八年(七九二)，享年七十一。未冠以明經擢第，曾自銀青光祿
　　大夫轉京兆尹，在任三年，貶永州長史，旋拜信州刺史。事詳穆員
　　《福建觀察使鄭公墓誌銘》(《全唐文》卷七十四)。怫(fú)然：忿怒
　　貌。《莊子·天地》："謂己諛人，則怫然作色。"曳笏：持笏之手下
　　垂。却：後退。

〔四六〕預：干與，引申爲相干。

〔四七〕廷中：指衆朝官。

〔四八〕天下：指輿論。非鄭尹：以鄭叔則爲非。快孫子：以孫昌胤的舉動(即行冠禮)爲快。何哉：什麼原因呢？

〔四九〕獨爲句：謂只因孫昌胤做了人們不做的事。

〔五〇〕命師：讓人當老師。大類此：與此很相似。以上以時俗不容有益於青年的古代禮法説明時俗之不容師道。

〔五一〕行(xìng)：品行。行厚：指品行好。辭深：指文章造詣深。

〔五二〕凡所二句：謂您作的文章都氣魄宏偉，有古人之風。恢恢(huī)然：寬闊廣大貌。

〔五三〕雖：即使。增加：猶言幫助。

〔五四〕假而：假如，古"而""如"通用(見王引之《經傳釋詞》卷七)。以：因爲。年先吾子：年齡比您大。不後：不遲。

〔五五〕言所聞：交談所聽到或體會到的作文之法。

〔五六〕固：當然。悉：全部。陳：陳述。中：内心。所得者：所體會到的。沈德潛曰："此師之實。"

〔五七〕苟：但。擇之：選擇它。則可：就可以了。

〔五八〕若定：如果確定。

〔五九〕畏：懼怕。前：上文。所陳者：所列世俗言行。

〔六〇〕決：肯定，不容置疑。

〔六一〕吾子二句：謂您上次來想看我的文章，已全部拿給您看了。

〔六二〕非以句：謂並非以此向您炫耀。耀明：猶言炫耀。

〔六三〕聊：姑且。觀：觀察。氣色：表情。誠：真實(情況)。

〔六四〕今書二句：謂現在您來信都評價過高。言：説，評價。過：過分。

〔六五〕誠：實在。佞(nìng)譽：諂媚贊譽。誣諛(wū yú)：假言奉承。

〔六六〕直見句：謂只不過因爲特別愛我，所以才如此。直：只，只不過。見愛甚：特別愛我。故然：所以如此。以上謂不敢爲師，僅能介紹作文體會供參考選擇。

〔六七〕始：最初。

〔六八〕以辭爲工：以詞藻華麗爲美。辭：詞藻。工：好。

〔六九〕及長二句：謂等到長大，纔知文章是用來闡明聖人之道的。道：真理，此指聖人之道。沈德潛曰：“作文宗旨。”

〔七〇〕是固二句：謂這當然不能苟且追求形式和詞藻華麗、音節優美，而把這些當做作文的能事。固：本來。苟爲：隨便作出。炳炳：明亮貌。烺烺（lǎng）：鮮明貌。炳炳烺烺，指文章風采華麗。務：追求。采色：指華麗的詞藻。聲音：指聲調音韻。爲能：做爲能事，當做目的。

〔七一〕凡吾四句：謂我説的這些，都自己以爲近於作文的原則，而不知真接近了，還是遠離了。道：這裏指爲文之道，作文的原則。下兩句“道”字同。

〔七二〕吾子二句：謂您喜好作文原理，又賞識我的文章，也許我離作文之道不遠了。可吾文：認爲我的文章還不錯。可：認可，肯定。或者：也許。

〔七三〕未嘗：未曾。以：用。輕心：輕易之心，不認真。掉：調弄。剽（piāo）：輕。留：盡。

〔七四〕怠（dài）：懈怠。易之：輕之。弛：鬆弛。嚴：謹嚴。

〔七五〕昏氣：指頭腦不清醒。出之：寫之。昧没而雜：内容模糊，條理雜亂。

〔七六〕矜氣：驕氣。作之：爲之。偃蹇（yǎn jiǎn）：高聳貌。偃蹇而驕，感情用事。

〔七七〕抑：抑制。奥：深刻。

〔七八〕揚：發揚，指盡情闡發。

〔七九〕疏：疏通。通：通暢。

〔八〇〕廉：簡潔。節：節制。章士釗評“抑之”以下四句曰：“四語平列，無所出入。茅星來爲之節次，從而第之曰：‘柳子厚之爲文章，揚之欲其明也，必先抑之欲其奥，疏之欲其通也，必更廉之欲其節，夫不知所棄，而何以能抑之廉之也？蓋古人之於文，其不苟如此。

後之人見公之文章，洋洋灑灑，如決江河而注諸海，而不知皆其棄之餘也。’此其竅要，在知所棄，及棄而得其餘，吾嘗紬繹其誼，而爲之説曰：凡人以文叙一事，或立一義，第一步爲命意，其次則選詞，詞而曰選，知可用之詞非一，因而其文可成之式亦非一，就中必有一焉，叙次井井，而較能鞭辟近裏者，是之謂奧：同時此一式也，條達之外，又能以少許勝人多許，是之謂節。惟奧與節，行文之能事以盡，若而棄，若而餘，都無不愜心而貴當。”（《柳文指要》上·卷三十四）。

〔八一〕激而句：謂文章要寫得活潑清新。激：激揚。

〔八二〕固而句：謂文章要有深度而不輕浮。固：凝重。存：存留。

〔八三〕此吾句：謂這就是我用來輔助聖人之道的措施。羽翼：輔助。

〔八四〕本之句：謂根據《尚書》，學習它的質樸。按：此句及以下幾句論道術，以六藝爲本。沈德潛云：“六經乃取道之原，故曰本。”六藝中樂書失傳，僅存《書》、《詩》、《禮》、《春秋》、《易》五種。

〔八五〕詩：《詩經》。恒：常，久，指永恒不變的情理。

〔八六〕禮：指《周禮》、《儀禮》、《禮記》。宜：合理。

〔八七〕斷：判斷。指《春秋》對歷史人物和事件有褒有貶，作出是非判斷。

〔八八〕易：《周易》，亦稱《易經》。動：變化發展。《周易·繫辭上》：“聖人有以見天下之動。”

〔八九〕原：本源。以上論道術。

〔九〇〕參之句：謂學習《穀梁傳》，以加强文氣。參：參考。穀梁：複姓，此指《穀梁傳》。厲：猛，烈。氣：文氣。沈德潛曰：“《穀梁》以下，乃暢道之支，故曰參。”按：以下數句是論文章。

〔九一〕孟荀：《孟子》、《荀子》。暢：達。支：流派，指文章義理的發揮。

〔九二〕莊老：《莊子》、《老子》。肆：放縱。按：莊子自稱其文是“荒唐之言，無端崖之辭”（《莊子·天下篇》）。宗元欣賞《莊子》的鴻篇鉅製，波瀾壯闊。

〔九三〕博其趣：使文章富有趣味。章士釗云：“《左傳》與《國語》，號稱

《春秋》二傳，前者曰内傳，後者曰外傳。所爲内外之别，則《左傳》者，丘明一手成之，自始至終，筆調趨於一致。《國語》則雜採各國之史稿，會萃爲一，如晉之《乘》，楚之《檮杌》等等，約略保存其原有風格。與孔子作《春秋》前所集覽之百二國寶書，皆屬同一種資料，惟其如此，李仁父謂外傳駁纇不倫，不若内傳之簡直峻健，理有固然，無足怪者。又惟其如此，《左傳》爲丘明之一家説，而《國語》則左氏之筆，與各國左右史之筆，雜糅而成一書。由是墨守《左傳》，止於專採一家，用心《國語》，乃兼攬衆長，并亦不廢丘明獨擅之技。了此二義，凡兩傳之如何示别？子厚何以專於外而捨其内？外傳何以因來源不一，及風情語範之不同，而特别有趣？趣之何以見爲博？諸如此類，皆得迎刃而解已。"

〔九四〕致其幽：窮盡它的隱微深沉。

〔九五〕太史公：司馬遷在《史記》中所用自稱。著(zhù)：明。潔：簡潔，精練。

〔九六〕推：推究，推求。交通：互相參照，指吸取各書長處。以上是論文章。介紹本於經典，吸取百家的作文經驗。

〔九七〕凡若句：所有這些。

〔九八〕果是四句：謂正確與否，值得吸取與否。抑：還是。

〔九九〕吾子句：謂希望您能分析選擇。幸：希望之辭。觀：看，指分析。

〔一〇〇〕有餘：指不同意見。以告：把它告訴我。

〔一〇一〕苟：如果。亟(qì)：屢次，經常。廣：擴大。

〔一〇二〕子不三句：客氣話，意謂您可能不會有什麽收穫，但我會有收穫，又何用老師的名稱呢？

〔一〇三〕實：指老師的實際。名：指老師的名份。

〔一〇四〕無招二句：事見上文。

〔一〇五〕幸：慶幸。

〔一〇六〕復白：再陳述，古代書信用於結尾。以上表示希望不斷交流作文體會，存學習之實而去掉老師之名。

【評箋】 宋·楊萬里云："柳子厚《答韋中立書》云：'抑之欲其奧，揚之欲其明，疏之欲其通，廉之欲其節，激而發之欲其清，固而存之欲其重。'此用《周禮·考工記》函人句法，云：'眂其鑽空，欲其惌也；眂其裹，欲其易也；眂其朕，欲其直也；橐之，欲其約也；舉而眂之，欲其豐也；衣之，欲其無齘也。'"（《誠齋詩話》）

清·金人瑞云："此爲恣意恣筆之文。恣意恣筆之文，最忌直，今看其筆筆中間皆作一折。後賢若欲學其恣，必須學其折也。"（《古文評註補正》卷七評柳文）

清·林雲銘云："是書論文章處，曲盡平日揣摩苦心，雖不爲師而爲師過半矣。其前段雪日冠禮諸喻，把末世輕薄惡態，盡底描寫，嬉笑怒罵，兼而有之。想其落筆時，因平日橫遭齒舌，有許多憤懣不平之氣，故不禁淋漓酣恣乃爾。"（《古文析義》初編卷五）

清·張伯行云："子厚不欲以師道自居，激而憤世疾俗之論，不無太尖刻處。至自敘其所以爲文之本，則皆精到實詣，足與昌黎並轡中原，有以也夫。"（《唐宋八大家文鈔》評語卷四）。

清·沈德潛云："前論師道，猶作諧謔語。後示爲文根柢，傾囊倒困而出之。辭師之名，示師之實，在中立之自得之耳，較昌黎論文，尤爲本末俱到。"（《唐宋八家文讀本》評語卷七）

清·孫琮云："合前後看來，雖是辭爲師之名，然已盡爲師之實。前半篇，說世人不知有師，已罵盡世人。後半篇，說自己爲文，亦是贊盡自己。蓋師以明道，今說己文章所以明道，則是有得乎師之文者，即得以師之；己雖不言師，而師之能事已盡。一結說出通篇主意，真是全力大量。"（《山曉閣選唐大家柳柳州全集》評語卷一書）

清·朱宗洛云："此文雖反覆馳騁，曲折頓挫，極文章之勝觀，然總不出結處'取其實而去其名'一句意。蓋前半極言師之取怪，正見當去其名意；後半自言文之足以明道，正見當取其實意。至中間吾子行厚辭深一段，過脉處，固自泯然無迹也。其入手處，提出師字道字，及爲文章云云，則已握住通篇之綫，故下文反覆說來，而血脉自然融貫。"（《古文一隅》評語卷中）

永州鐵爐步志〔一〕

江之滸，凡舟可縻而上下者曰步〔二〕。永州北郭有步，曰鐵鑪步〔三〕。余乘舟來〔四〕，居九年〔五〕，往來求其所以爲鐵爐者無有〔六〕。問之人〔七〕，曰：“蓋嘗有鍛者居〔八〕，其人去而爐毀者不知年矣，獨有其號冒而存〔九〕。”

余曰：“嘻！世固有事去名存而冒焉若是耶〔一〇〕？”

步之人曰〔一一〕：“子何獨怪是〔一二〕？今世有負其姓而立於天下者〔一三〕，曰：‘吾門大，他不我敵也〔一四〕。’問其位與德〔一五〕，曰：‘久矣，其先也〔一六〕。’然而彼猶曰‘我大’，世亦曰‘某氏大〔一七〕’。其冒於號有以異於茲步者乎〔一八〕？向使有聞茲步之號，而不足釜錡、錢鎛、刀鈇者〔一九〕，懷價而來，能有得其欲乎〔二〇〕？則求位與德於彼，其不可得亦猶是也〔二一〕。位存焉而德無有，猶不足大其門，然世且樂爲之下〔二二〕，子胡不怪彼而獨怪於是〔二三〕？大者桀冒禹，紂冒湯，幽、厲冒文、武，以傲天下〔二四〕。由不知推其本而姑大其故號〔二五〕，以至于敗，爲世笑僇〔二六〕，斯可以甚懼〔二七〕。若求茲步之實，而不得釜錡，錢鎛、刀鈇者，則去而之他，又何害乎〔二八〕？子之驚於是，末矣〔二九〕。”

余以爲古有太史，觀民風，采民言〔三〇〕。若是者，則有得矣〔三一〕。嘉其言可采，書以爲志〔三二〕。

〔一〕元和八年(八一三)作於永州，參見注〔五〕。志：記。明徐師曾

175

曰："按：字書云：'志者，記也，字亦作誌。'其名起於《漢書》十志，
而後人因之，大抵記事之作也。諸集不多見。"（《文體明辨序説》）
"記"體，參見本書《永州龍興寺息壤記》注〔一〕。步：河邊停船的
碼頭。韓愈《柳州羅池廟碑》云："步有新船。"江蘇六合有瓜步等
皆是。鐵爐：鐵匠爐。步以鐵爐命名，曰鐵爐步。

〔二〕澝：水邊地。縻（mí）：《説文》："牛轡也。"引申爲繫結。上下：上
　　　船下船。

〔三〕郭：内城曰城，外城曰郭。《廣韻》："内城外郭。"北郭：城北。

〔四〕余乘句：謂我南貶永州由水路來。宗元來永州乃經洞庭湖，南溯
　　　湘江，歷潭州、衡陽而至。

〔五〕居九年：宗元永貞元年冬至永，則此文作於元和八年。

〔六〕往來句：謂往來反復考察命名步曰鐵爐的原因。求：考求。

〔七〕問之人："問之於人"的省略。

〔八〕蓋：大概，猜度之詞。嘗：曾經。鍛者：鐵匠。一本"鍛"下有
　　　"鐵"字。

〔九〕去：離開。不知年：不知有多少年。號：名。冒而存：假冒而
　　　存在。

〔一〇〕余曰句：謂世上真有像這樣有名無實的事嗎？按：此句宗元自
　　　　問。固：確實。事去名存：本事已成過去而名還存在。

〔一一〕步之人：碼頭附近居民。

〔一二〕怪是：以此爲怪。

〔一三〕負：仗恃。按：古姓氏本無高低貴賤之分，自魏晉始，形成推重名
　　　　門望族風氣。如河北推重崔姓、盧姓，江南推重王姓、謝姓。選
　　　　官、通婚、交際等社會活動無不以門第爲先，姓氏的資望決定人的
　　　　社會價值。如《魏書·韓顯宗傳》載："今之州郡貢舉，徒有秀、孝
　　　　之名，而無秀、孝之實，而朝廷但檢其門望，不復彈坐。"有唐以來，
　　　　此風有所扭轉，但並未根除。

〔一四〕門大：姓氏高貴。他不我敵："他不敵我"的倒置。意謂別的姓不
　　　　如我。

〔一五〕位：官階。德：品德。

〔一六〕曰久二句：謂他祖先有。言外之意，他本人並没有。

〔一七〕彼：他。猶：還。世：世人。氏：姓氏。

〔一八〕其冒句：謂他的姓氏有名無實與此鐵爐步相比有何區別？
茲：此。

〔一九〕向使：假使。聞：聽説。不足：缺少。釜錡(fǔ qí)：均爲鐵鍋。
《詩經・召南・采蘋》：“于以湘之，維錡及釜。”《傳》：“有足曰錡，
無足曰釜。”錢鎛(jiǎn bó)：均爲古代農具。《詩經・周頌・臣
工》：“命我衆人，庤乃錢鎛。”鈇(fǔ)：斧。《禮記・王制》：“諸侯
賜弓矢然後征，賜鈇鉞然後殺。”《經典釋文》：“又音斧。”一説鈇爲
割草刀。《説文》：“斫莝刀也。”段注：“莝者，斬芻也，斬芻之刀，今
之剗刀。”

〔二〇〕懷價：帶錢。得欲：滿足願望。指買到。

〔二一〕猶是：與這相似。

〔二二〕猶：還。大其門：光大其門。然：然而。世：世人。且：却。爲
之下：在他之下。

〔二三〕胡：何。

〔二四〕大者四句：謂大而言之，夏桀、商紂、周厲、周幽空冒其祖先夏禹、
商湯、周文、周武之名號，並以此驕横於天下。桀：夏桀，夏朝最
末一代國君。禹：夏之開國之君。紂：商紂，商朝最末一代國君。
湯：商湯，商之開國之君。幽：周幽王，名宫湦，西周第十二代國
君，即西周最末一代國君。厲：周厲王，名胡，西周第十代國君。
文：周文王，名昌。武：周武王，名發，西周第一代國君，文王之
子。桀、紂、幽是亡國之君，又皆爲暴君。厲王亦暴君；禹、湯、武
是開國之君，古人尊爲賢君。文王雖未統一中國，但統一了渭河
流域，爲武王滅紂奠定基礎，故古人將文、武並稱。

〔二五〕由：由於。推：推求。本：本原。指祖先成功之因。姑：且，僅
僅。故號：祖先的名號、聲威。“不知推其本”一本作“不推知
其本”。

〔二六〕敗：桀、紂亡國，事不贅述。厲王暴虐，國民怒，起而攻之。厲王逃，並死於彘。幽王寵愛褒姒及虢石父，國民皆怨；又廢申后及所生太子。申后之父申侯聯合西夷犬戎，攻幽王，殺幽王於驪山下，西周亡。事見《史記・周本紀》。僇（ㄌㄨˋ）：辱。

〔二七〕斯可句：謂這纔是令人特別恐懼的事。

〔二八〕若求五句：謂如果有人來鐵爐步，而買不到所需之鐵器，就可離去而到別處去買，這又有什麼危害呢？之他：之它，到其它地方去。

〔二九〕驚於是：在這個問題上感到驚訝。末：小，淺薄。

〔三〇〕太史：周代官名。觀民風：考察民間風俗。采民言：收集民歌，以考察政令得失。《禮記・王制》："命太師陳詩以觀民風。"《孔叢子・巡狩》："古者天子命史采詩謠，以觀民風。"《漢書・藝文志》："故古有采詩之官，王者所以觀風俗、知得失，自考正也。"崔述《讀風偶識》卷二《通論十三國風》："舊説，周太史掌采列國之風，今自邶鄘以下十二國風，皆周太史巡行之所采也。"

〔三一〕若是二句：謂象步之人這類議論對考察政令就有益處。是：這些話。

〔三二〕嘉：贊美。可采：有收集價值。書以爲志：把它寫成這篇志。

【評箋】　明・茅坤云："志步特數言，託諷言外者無限深情。轉處妙。"（《山曉閣選唐大家柳柳州全集》評語卷三記）

清・孫琮云："就爐步上發出一段諷世議論，彼世祿子弟，服奇食美，冒先世之號以自大於世者，讀之能無汗下！"（《山曉閣選唐大家柳柳州全集》評語卷三記）

起　廢　答〔一〕

柳先生既會州刺史，即治事〔二〕，還，遊于愚溪之上〔三〕。溪上聚鬈老壯齒，十有一人〔四〕，謖足以進〔五〕，列植以慶〔六〕。卒事，相顧加進而言曰〔七〕："今兹是州，起廢者二焉，先生其聞而知之歟〔八〕？"答曰〔九〕："誰也？"曰："東祠躄浮圖〔一○〕，中厩病顙之駒〔一一〕。"

曰："若是何哉〔一二〕？"曰："凡爲浮圖道者〔一三〕，都邑之會必有師〔一四〕，師善爲律，以敕戒始學者與女釋者〔一五〕，甚尊嚴，且優游〔一六〕。躄浮圖有師道〔一七〕，少而病躄，日愈以劇〔一八〕，居東祠十年，扶服輿曳〔一九〕，未嘗及人〔二○〕，側匿愧恐殊甚〔二一〕。今年，他有師道者悉以故去〔二二〕，始學者與女釋者倀倀無所師〔二三〕，遂相與出躄浮圖以爲師〔二四〕，盥濯之〔二五〕，扶持之，壯者執輿〔二六〕，幼者前驅〔二七〕，被以其衣，導以其旗〔二八〕，怵惕疾視，引且翼之〔二九〕。躄浮圖不得已，凡師數百生〔三○〕。日饋飲食〔三一〕，時獻巾帨〔三二〕，洋洋也〔三三〕，舉莫敢踰其制〔三四〕。中厩病顙之駒，顙之病亦且十年〔三五〕，色玄不厖〔三六〕，無異技，硁然大耳〔三七〕。然以其病，不得齒他馬〔三八〕。食斥棄異皁〔三九〕，恒少食〔四○〕，屏立擯辱〔四一〕，掣頓異甚〔四二〕，垂首披耳〔四三〕，懸涎屬地〔四四〕，凡厩之馬，無肯爲伍〔四五〕。會今刺史以御史中丞來蒞吾邦〔四六〕，屏棄羣駟，舟以泝江〔四七〕，將至，無以爲乘〔四八〕。厩人咸曰：'"病顙駒大而不厖，可秣飾焉〔四九〕。"他馬巴、夔庫狹〔五○〕，無可當吾刺史者〔五一〕。'於是衆牽駒上燥土大廡下〔五二〕，薦之席，縻之絲〔五三〕，浴剔蚤鬐〔五四〕，刮惡除痍〔五五〕；堊以雕胡〔五六〕，秣以香萁〔五七〕；錯貝鱗纏〔五八〕，鏨金文羈〔五九〕；絡以和鈴〔六○〕，纓以朱綏〔六一〕；或膏其鬣〔六二〕，或劀其胝〔六三〕；御夫盡飾，然後敢持〔六四〕。除道履石〔六五〕，立之水涯〔六六〕；幢旗前羅〔六七〕，杠蓋後隨〔六八〕；千夫翼衛〔六九〕，當道上馳〔七〇〕；抗首出臆，震奮遨嬉〔七一〕。當是時，若有知也，豈不曰宜乎〔七二〕？”

先生曰：“是則然矣，叟將何以教我〔七三〕？”鬶老進曰：“今先生來吾州亦十年〔七四〕，足軼疾風〔七五〕，鼻知膻香〔七六〕，腹溢儒書〔七七〕，口盈憲章〔七八〕，包今統古〔七九〕，進退齊良〔八〇〕，然而一廢不復〔八一〕，曾不若蹩足涎顙之猶有遭也〔八二〕。朽人不識，敢以其惑，願質之先生〔八三〕。”先生笑且答曰：“叟過矣〔八四〕！彼之病，病乎足與顙也〔八五〕；吾之病，病乎德也〔八六〕。又彼之遭，遭其無耳〔八七〕。今朝廷洎四方，豪傑林立，謀猷川行〔八八〕，羣談角智，列坐爭英〔八九〕，披華發輝，揮喝雷霆〔九〇〕，老者育德，少者馳聲〔九一〕，卭角羈貫〔九二〕，排廁鱗征〔九三〕，一位暫缺，百事交并〔九四〕，駢倚懸足〔九五〕，曾不得逞〔九六〕，不若是州之乏釋師大馬也〔九七〕；而吾以德病伏焉〔九八〕，豈蹩足涎顙之可望哉〔九九〕？叟之言過昭昭矣，無重吾罪〔一〇〇〕！”於是鬶老壯齒，相視以喜，且吁曰：“諭之矣〔一〇一〕！”拱揖而旋〔一〇二〕，爲先生病焉〔一〇三〕。

〔一〕元和九年(八一四)作於永州。起廢：起用廢物。答：對答，屬“問對”體。明吳訥《文章辨體序説》：“問對者，載昔人一時問答之辭，或設客難以著其意者也。《文選》所録宋玉之於楚王，相如之於蜀父老，是所謂問對之辭。至若《答客難》、《解嘲》、《賓戲》等作，則皆設辭以自慰者焉。”明徐師曾《文體明辨序説》：“問對者，文人假設之詞也。其名既殊，其實復異。故名實皆問者，屈平《天問》、江淹《逡古篇》之類是也。名問而實對者,柳宗元《晉問》之類是也。其它曰難,曰諭,曰答,曰應,又有不同,皆問對之類也。古者君臣朋友口相問對,其詞詳見於《左傳》、《史》、《漢》諸書。後人倣之,乃設詞以見志,於是有問對之文;而反覆縱橫,真可以舒憤鬱而通意慮,蓋文之不可闕者也。"今按:問對(答)一體實由漢賦之設爲主客問答及反覆鋪陳兩個特徵發展而來。本文屬"設辭見志"一類。題目可譯成"關於起用廢物的對話"。

〔二〕柳先生:作者自稱。既:在……之後,結束。會:拜會。州:指永州。下同。刺史:州之最高行政長官。即:就,立即。治事:辦公。

〔三〕愚溪:溪水名,宗元卜居於此。參見《愚溪詩序》。

〔四〕黧(lí):黑而黃色。黧老,臉色黑而黃的老人。壯齒:壯年人。有(yòu):古代數量在整數與零頭間加"有"字。有:通又。

〔五〕謖足句:謂邁步向前。謖(sù):《廣雅·釋言》:"起也。"

〔六〕列:排。植:指行列而言。《莊子·田子方》:"列士壞植散羣。"司馬注:"植,行列也。"慶:賀。

〔七〕卒,結束。事:指"進"、"慶"等舉動。加進:又往前走一步。

〔八〕今茲二句:謂現在此州裏起用了兩個廢物,您聽説此事嗎?

〔九〕答:回答。

〔一〇〕東祠:東寺。躄(bì):跛。浮圖:僧人。

〔一一〕厩(jiù):馬棚。章士釗云:"《漢書·武五子傳》注:中厩,皇后車馬所在也。釗按:此言中厩,泛言皇家馬厩,不必專指皇后而言。又《公羊傳》:'馬繫之中厩';中厩,泛指國家馬厩,意頗相近。"顙(sǎng):額頭。病顙,爛腦門。駒(jū):少壯之馬。《周禮·夏官·校人》:"春祭馬祖,執駒。"注:"二歲曰駒。"以上引出二廢即躄浮圖及病顙之駒。

〔一二〕若是句:謂這是怎麼回事?

〔一三〕爲:治。爲浮圖道者,治佛教的人,當佛弟子的人。

〔一四〕都邑之會:即都會,大城市。師:法師。和尚的尊稱。

〔一五〕律：戒律。敕戒：告誡。女釋者：女佛徒，尼姑。

〔一六〕優游：閑暇自得貌。

〔一七〕師道：當法師的本領。

〔一八〕少而二句：謂小時候腿就瘸了，一天天加重。劇：甚。

〔一九〕扶服二句：謂爬行前進，脚不能走路。扶服(pú fú)：爬行，同"匍匐"。輿曳(yè)：章士釗言：言車載，或與後世乘肩輿相類。子厚《茅簷下始栽竹》詩"江風忽已暮，輿曳還相追"，此在當時，或仍是人獸相雜之代步法。

〔二〇〕未嘗二句：章士釗云："文意謂：師未嘗勉强步行訪人，亦未嘗以人或獸相助代步，妄行造請。"

〔二一〕側匿：躲藏，避人。愧恐：羞愧恐懼。殊甚：很，極。

〔二二〕他：其他。悉：全部。以故：以某種原因。去：離開。

〔二三〕倀倀(chāng)：無所適從貌。《荀子・修身》："人無法則倀倀然。"注："無所適貌，言不知所措履。"師：學，動詞。

〔二四〕遂：於是。相與：互相，共同。出：請出。

〔二五〕盥濯句：謂爲他洗澡。盥(guàn)：洗手。濯(zhuó)：洗。

〔二六〕執輿：拉車。

〔二七〕前驅：在前開路。

〔二八〕被：同"披"。導：前導。

〔二九〕怵惕(chù tì)：恐懼。疾視：顧視迅疾貌。引：引導其前。翼：輔翼。兩旁護衛。《詩・生民・行葦》："以引以翼。"

〔三〇〕師：教。

〔三一〕餽(kuì)：贈送，此作奉獻解。

〔三二〕時：時常。巾：手巾。帨(shuì)：佩巾，古代婦女用以擦拭不潔，在家掛於門右，外出繫於身左。

〔三三〕洋洋：得意貌。

〔三四〕舉莫句：意謂一切皆按常規禮節侍奉竪浮圖。舉：皆，全。章士釗云："'踰'是誤字，當作'渝'。渝，變也。《詩》：'舍命不渝。'"

〔三五〕且：將近。

〔三六〕玄：黑色。厖(máng)：雜色。

〔三七〕異技：特殊技能。硿(kōng)：闊大貌。

〔三八〕齒：並列。

〔三九〕食斥句：謂把它排斥到別的食槽飼養。食(sì)：同"飼"，喂。斥棄：排斥。皂(zào)：槽子。

〔四〇〕恒少句：謂常吃不飽。

〔四一〕屏立：被排斥孤立一旁。擯辱：被排斥受侮辱。

〔四二〕掣(chè)頓：牽制困頓。異甚：特別嚴重。

〔四三〕披耳：耷(dā)拉耳朵。

〔四四〕懸涎(xián)：口水。屬：連。

〔四五〕伍：伙伴。

〔四六〕會：逢。今刺史：指崔能。元和九年黔州觀察使崔能坐爲南蠻所攻，陷郡邑，貶永州刺史。御史中丞，官名。《舊唐書‧職官志三》："御史臺，大夫一員，中丞二員。大夫、中丞之職掌持邦國刑憲典章，以肅正朝廷。中丞爲之貳。"涖(lì)：到。吾邦：我們這地方，指永州。

〔四七〕屏棄：放棄不用。駟：古代四馬駕車曰駟。羣駟，所有車馬。舟以："以舟"的倒置，用船。泝：逆流而上。江：指湘江。自黔州至永州皆水道，故屏騎登舟。曰泝江者，乃溯湘江而南也。

〔四八〕無以句：謂沒有馬駕車。

〔四九〕廄人：養馬人。咸：都。秣(mò)：喂。飾：裝飾。

〔五〇〕他馬句：謂其它的馬都產於巴僰一帶，軀體矮小。巴：地名，今四川東部。僰(bó)：古代西南地區少數民族名。庳(bēi)：矮。狹：小。

〔五一〕無可句：謂沒有能配給刺史拉車的。當：適合。

〔五二〕燥土：乾燥之地。廡(wǔ)：堂下周圍的廊房。

〔五三〕薦之二句：謂給它鋪上席子，套上絲繮繩。薦(jiàn)：鋪墊。之：它，指馬。縻(mí)：束縛，此指套上。絲：絲做的繮繩。

〔五四〕剔：梳篦。蚤翦(zǎo jiǎn)：削馬蹄，剪鬃毛。《禮記‧曲禮下》：

“不蚤鬋,不祭食。”疏：蚤謂除陳爪,鬋謂剪鬚。

〔五五〕惡(è)：污垢。洟(yí)：鼻液。

〔五六〕莝(cuò)：鍘碎。雕胡：草名,菰。

〔五七〕秣(mò)：喂牲口。萁(qí)：豆秸,豆莖。

〔五八〕錯貝句：謂雕刻的貝殼鑲滿了馬肚帶。錯：刻飾,雕飾。《史記·趙氏家》：“夫剪髮文身,錯臂左衽,甌越之民也。”索隱：“錯臂亦文身,謂以丹青錯畫其臂。”貝：貝殼。鱗：像魚鱗一樣排列。纕(xiāng)：馬肚帶。

〔五九〕鑿金：雕刻的黃金裝飾品。文：裝飾,動詞。羈：馬籠頭。

〔六〇〕絡：繫。和鈴：繫在馬頭上的一對鈴。

〔六一〕緤：系,動詞,與上句“絡”同義。綏(suí)：上車時拉手所用的繩索。《論語·鄉黨》：“升車,必正立、執綏。”疏：“綏者,挽以上車之索也。”

〔六二〕或：有的人。膏：油脂,此作塗油解。鬣(liè)：馬頸上的毛。

〔六三〕劘(mó)：磨,削。此指刮毛。脽(shuí)：屁股。

〔六四〕御夫：駕車人。飾：裝飾,打扮。持：握,謂手持韁繩。

〔六五〕除道：修路。《國語·周語中》：“九月除道。”注：“除道所以便旅行。”履：踏。

〔六六〕立之句：謂讓馬車停在水邊。涯：水邊。

〔六七〕幢(chuáng)：古代一種旌旗。旟(yú)：繪有鳥隼圖像的旗。《周禮·春官·司常》：“鳥隼爲旟。”幢旟,指儀仗隊的各類旗幟。羅：列。

〔六八〕蓋：車上的傘。杠蓋：傘柄和傘。《宋書·禮志五》：“又漢制,唯買人不得乘車馬,其餘皆乘之矣。除吏赤蓋杠,餘則青蓋杠云。”

〔六九〕千夫：秦漢時武功爵秩名。《史記·平準書》：“諸買武功爵官首者試補吏,先除;千夫如五大夫。”索隱：“千夫,武功十一等,爵第七。五大夫,舊二十等,爵第九也。言千夫爵秩比於五大夫。”此指武士。翼衛：兩側護衛。

〔七〇〕當道句：謂在大路上奔馳。上馳：《漢書·禮樂志》天馬“籋浮雲,晻上馳。”注:“師古曰:晻音烏感反,言晻然而上馳。”

〔七一〕抗首:昂頭。臆:胸。出臆:露出前胸。震奮:同“振奮”。遨嬉:
　　　　遨遊嬉戲。

〔七二〕若有知:似乎有人的知覺。宜:應該。以上二十二句中的絲、洟、
　　　　其、羈、綏、脽、持、洰(音沂)、隨、馳、嬉十一字皆叶韻。以上記叙
　　　　起用躄浮圖、病顙之駒的原因和過程。

〔七三〕是則二句:謂這些就是如此,您要教導我什麽呢? 叟(sǒu):對老
　　　　年男子的敬稱。何以:“以何”的倒置。

〔七四〕進:前。十年:宗元永貞元年十一月道貶永州司馬,明年春至永
　　　　州,是年改元元和,本文作於元和九年,計十年。

〔七五〕軼(yì):超過。

〔七六〕膻(shān):羊臊味。此泛指臭味。香:香氣。

〔七七〕溢:滿而外流。

〔七八〕盈:滿。憲章:典章制度。

〔七九〕包今句:謂通曉古今。包:包羅。統:總。

〔八〇〕進退:行止。齊:正。良:賢。以上六句的香、章、良叶韻。

〔八一〕廢:被貶黜。復:起復,再被任用,指返歸朝廷。

〔八二〕曾:乃。不若:比不上。猶:還。有遭:有遭遇,走運。

〔八三〕朽人:老朽之人,鬷老自謙之詞。不識:不明白。惑:疑問。質:
　　　　請教。

〔八四〕過:錯。

〔八五〕彼:他們。乎:在於。

〔八六〕病乎德:病在德上,指政治上。此句爲反語。

〔八七〕遭:逢,幸運。遭其無:幸運在於缺乏其類的時候。

〔八八〕洎(jì):及。四方:指全國各地。林立:人多如森林之立。猷
　　　　(yóu):計謀。川行:如河水一樣流淌。林立、川行,均比喻人才
　　　　衆多。

〔八九〕羣談:聚在一起高談闊論。角:斗。列坐:一排排坐在一起。
　　　　英:特殊的才能。

〔九〇〕披華：披着文彩。發輝：發出光輝。揮喝：指揮命令。

〔九一〕育德：養成德行。馳聲：追逐聲譽。

〔九二〕丱(guàn)角：束髮成兩角。羈貫：與“羈丱”同，成童。

〔九三〕排廁句：謂像魚一樣一排排連貫而來，極言其多。

〔九四〕一位：一個官位。事：爲也。百事交并：謂有無數鑽營者互相競爭。

〔九五〕倚：立。駢(pián)倚：並排而立。懸足：提起脚跟。

〔九六〕曾不句：謂仍不能通達，快意。曾：仍。逞(chēng)：通、快。以上十四句的行、英、霆、聲、征、并、逞七字皆叶韻。

〔九七〕乏：缺少。

〔九八〕以：因爲。伏：指貶謫。焉：於此。

〔九九〕豈蹩句：謂怎敢希冀有跛和尚和病馬那種幸運呢？

〔一〇〇〕叟之二句：謂老人的話失誤，是明顯的了。不要再加重我的罪過。過：失誤。昭昭：明白，明顯。重(chóng)：加。

〔一〇一〕吁(xū)：嘆息。諭：明白。

〔一〇二〕拱揖：拱手作揖。旋：轉身而去。

〔一〇三〕爲：替。病：苦，此指惋惜。以上寫作者對鼇老的答話。

【評箋】 宋·黄震云：“《答問》及《起廢答》自傷不復用。《起廢》謂蹩浮圖、病顙駒皆廢十年而有遭，子厚之廢亦十年。”(《黄氏日抄》卷六十)

清·林紓云：“《答問》及《起廢答》皆解嘲語。《答問》之文，不及《進學解》之恢張。《起廢答》略趣，然罵世太酷。文語語皆柳州本色，惟狃於數見，故亦平易視之。”(《韓柳文研究法·柳文研究法》)

章士釗云：“柳集中此類騷體文字不一，而韓集中祇有《進學解》一篇，可以爲比。吾觀王文禄《竹下寱言》，有論韓柳者一則如下：‘韓退之學不如柳深，柳子厚氣不如韓達；韓詩優於文，柳文優於詩；韓不能賦，柳辭賦之才也。柳非黨伾文，伾文援柳爲重；韓之求薦，可恥尤甚於柳；世以成敗論人，是以知柳者少也。’右寥寥不足一百字，頗能櫽括韓柳兩公一生。”釦又案：“儲同人者，時俗選家也，一讀斯篇，即謂此固小文，亦入西漢，雖一粗略估量，究不得以僞選手而貶厥值。”（《柳文指要》上·卷十五）

段太尉逸事狀〔一〕

太尉始爲涇州刺史時〔二〕，汾陽王以副元帥居蒲〔三〕，王子晞爲尚書，領行營節度使，寓軍邠州〔四〕，縱士卒無賴〔五〕。邠人偷嗜暴惡者，卒以貨竄名軍伍中〔六〕，則肆志，吏不得問〔七〕。日羣行丐取於市〔八〕，不嗛，輒奮擊折人手足，椎釜鬲甕盎盈道上〔九〕，袒臂徐去〔一〇〕，至撞殺孕婦人〔一一〕。邠寧節度使白孝德以王故，戚不敢言〔一二〕。

太尉自州以狀白府〔一三〕，願計事〔一四〕，至則曰：“天子以生人付公理〔一五〕，公見人被暴害，因恬然〔一六〕，且大亂，若何〔一七〕？”孝德曰：“願奉教〔一八〕。”太尉曰：“某爲涇州甚適，少事〔一九〕，今不忍人無寇暴死，以亂天子邊事〔二〇〕。公誠以都虞候命某者，能爲公已亂，使公之人不得害〔二一〕。”孝德曰：“幸甚！”如太尉請〔二二〕。

既署一月〔二三〕，晞軍士十七人入市取酒，又以刃刺酒翁，壞釀器〔二四〕，酒流溝中。太尉列卒取十七人〔二五〕，皆斷頭注槊上，植市門外〔二六〕。晞一營大譟，盡甲〔二七〕。孝德震恐，召太尉曰：“將奈何？”太尉曰：“無傷也。請辭於軍〔二八〕。”孝德使數十人從太尉，太尉盡辭去，解佩刀，選老躄者一人持馬〔二九〕，至晞門下〔三〇〕。甲者出〔三一〕，太尉笑且入曰：“殺一老卒，何甲也？吾戴吾頭來矣。”甲者愕〔三二〕。因諭〔三三〕曰：“尚書固負若屬耶〔三四〕？副元帥固負若屬耶？奈何欲以亂敗郭氏？爲白尚書〔三五〕，出聽我言。”晞出，見太尉，太尉曰：“副元帥勳塞天地，當務始終〔三六〕。今尚書恣卒爲暴〔三七〕，暴且亂，亂天子邊，欲誰歸罪〔三八〕？罪且及副元帥〔三九〕。今邠人惡子弟以貨竄名軍籍中，殺害人，如是不止，幾日不大亂〔四〇〕？大亂由尚書出，人皆曰，尚書倚副元帥不戢士〔四一〕，然則郭氏功名其與存者幾何〔四二〕？”言未畢，晞再拜〔四三〕曰：“公幸教晞以道〔四四〕，恩甚大，願奉軍以從〔四五〕。”顧叱左右曰：“皆解甲，散還火伍中〔四六〕，敢譁者死〔四七〕！”太尉曰：“吾未晡食〔四八〕，請假設草具〔四九〕。”既食〔五〇〕，曰：“吾疾作〔五一〕，願留宿門下。”命持馬者去，且日來〔五二〕。遂臥軍中〔五三〕。晞不解衣，戒候卒擊柝衛太尉〔五四〕。旦，俱至孝德所，謝不能，請改過〔五五〕。邠州由是無禍〔五六〕。

先是，太尉在涇州，爲營田官〔五七〕，涇大將焦令諶取人田〔五八〕，自占數十頃，給與農〔五九〕，曰：“且熟，歸我半〔六〇〕。”是歲大旱，野無草，農以告諶。諶曰：“我知入數而已〔六一〕，不知旱也。”督責益急。農且飢死，無以償，即告太尉〔六二〕。太尉判狀辭甚巽〔六三〕，使人求諭諶〔六四〕。諶盛怒，召農者曰：“我畏段某耶？何敢言我〔六五〕！”取判鋪背上〔六六〕，以大杖擊二十，垂死，輿來庭中〔六七〕。太尉大泣曰：“乃我困汝〔六八〕。”即自取水洗去血，裂裳衣瘡〔六九〕，手注善藥〔七〇〕，旦夕自哺農者，然後食〔七一〕。取騎馬賣，市穀代償〔七二〕，使勿知〔七三〕。淮西寓軍帥尹少榮〔七四〕，剛直士也，入見諶，大罵曰："汝誠人耶〔七五〕？涇州野如赭〔七六〕，人且飢死，而必得穀〔七七〕，又用大杖擊無罪者。段公，仁信大人也〔七八〕，而汝不知敬。今段公唯一馬，賤賣市穀入汝，汝又取不恥〔七九〕。凡爲人，傲天災、犯大人、擊無罪者，又取仁者穀，使主人出無馬〔八〇〕，汝將何以視天地，尚不愧奴隸耶〔八一〕？"諶雖暴抗〔八二〕，然聞言則大愧流汗，不能食，曰："吾終不可以見段公。"一夕自恨死〔八三〕。

及太尉自涇州以司農徵〔八四〕，戒其族：過岐，朱泚幸致貨幣，慎勿納〔八五〕。及過，泚固致大綾三百匹〔八六〕，太尉壻韋晤堅拒，不得命〔八七〕。至都，太尉怒曰："果不用吾言〔八八〕！"晤謝曰："處賤，無以拒也〔八九〕。"太尉曰："然終不以在吾第〔九〇〕。"以如司農治事堂，棲之梁木上〔九一〕。泚反〔九二〕，太尉終〔九三〕，吏以告泚〔九四〕，泚取視，其故封識具存〔九五〕。

太尉逸事如右〔九六〕。

元和九年月日，永州司馬員外置同正員柳宗元謹上史館〔九七〕。今之稱太尉大節者，出入〔九八〕，以爲武人一時奮不慮死，以取名天下〔九九〕，不知太尉之所立如是〔一〇〇〕。宗元嘗出入岐、周、邠、斄間〔一〇一〕，過真定，北上馬嶺，歷亭鄣堡戍〔一〇二〕，竊好問老校退卒〔一〇三〕，能言其事。太尉爲人姁姁，常低首拱手行步〔一〇四〕，言氣卑弱，未嘗以色待物〔一〇五〕，人視之，儒者也。遇不可，必達其志，決非偶然者〔一〇六〕。會州刺史崔公來，言信行直〔一〇七〕，備得太尉遺事〔一〇八〕，覆校無疑〔一〇九〕。或恐尚逸墜，未集太史氏〔一一〇〕，敢以狀私於執事〔一一一〕。

謹狀〔一一二〕。

〔一〕元和九年（八一四）作於永州。段太尉：段秀實，字成公，唐汧陽（今陝西汧陽縣）人。兩《唐書》皆有傳。太尉，官名，唐最高武官官銜。秀實生前未任太尉。德宗建中四年（七八三），朱泚反，段秀實與之斗爭，被殺害。興元元年（七八四），德宗追贈太尉。本文“太尉”爲追稱。逸事：同“軼事”，指散逸之事。狀：行狀，古代文體。逸事狀，行狀的變體，祇録逸事，其人所共知者，如世系、爵里、享年及世所流傳之事蹟皆不録。徐師曾《文體明辨序説》：“行狀……蓋具死者世系、名字、爵里、行治、壽年之詳，或牒考功太常使議諡，或牒史館請編録，或上作者乞墓誌碑表之類皆用之。而其文多出於門生故吏親舊之手，以謂非此輩不能知也。其逸事狀，則但録其逸者，其所已載不必詳焉。乃狀之變體也。”宗元並非段秀實親故部舊門生，段死時，宗元僅十二歲。宗元此狀全爲彰明正義，以供史官採録，曾將此狀寄給史官韓愈，有《與史官韓愈致段秀實太尉逸事書》）。

〔二〕涇州：今甘肅涇川縣一帶。世綵堂本孫汝聽注：“大曆十二年，邠寧節度使白孝德薦秀實爲涇州刺史。”按：據《唐方鎮年表》卷一：代宗廣德二年（七六四）及永泰元年（七六五）白孝德在邠寧節度使任；大曆元年（七六六）已由馬璘接任；大曆三年，罷邠寧節度使，邠寧割隸朔方節度，大曆十四年始復置邠寧慶節度使；大曆三年至十三年，郭子儀爲朔方軍節度使。又《通鑑》代宗廣德二年十一月：“涇州刺史段秀實自請補都虞候，孝德從之。”則事在廣德二年，孫注誤。

〔三〕邠陽王：即郭子儀，唐名將，平安史之亂，功居第一，肅宗上元三年（七六二），封邠陽王。副元帥，代宗廣德二年（七六四）正月，授郭子儀關內河東副元帥、河中節度等使，駐軍蒲州。蒲，蒲州，唐河中府治所，在今山西永濟縣。

〔四〕王子晞（xī）：“邠陽王之子郭晞”的省稱。郭晞，郭子儀第三子，善戰,隨父平安史,有戰功,官至御史中丞,此時官左散騎常侍。死後贈兵部尚書。本文稱"尚書"乃追稱。領:任。行營:指副元帥郭子儀的行營。寓軍:臨時駐軍。邠(bīn)州:今陝西彬縣。按:代宗廣德二年(七六四)八月,回紇、吐蕃十萬兵馬進犯邠州,時郭子儀由河中府入朝,即遣其子郭晞領兵萬人救邠州。邠寧節度使白孝德與郭晞閉城拒守。回紇、吐蕃同時犯長安,爲郭子儀所退,圍邠之敵亦退,郭晞因駐軍邠州(事詳《通鑑》卷二百二十三)。

〔五〕縱:放任不管束。無賴:蠻橫不法。

〔六〕邠人二句:謂輕薄、貪婪、殘暴、凶惡的當地不法分子,大都行賄加入郭晞軍籍。偷:薄。嗜:貪婪。卒:舊注:"一本作率。"可從。率:大都。貨:財貨。以貨,用錢,指賄賂。竄名:列名。軍伍中:軍隊中。

〔七〕肆志:肆意胡爲。吏:指地方官吏。問:過問,問罪。

〔八〕丐取:求取,指強行勒索。市:市場。下文"市"字同。

〔九〕嗛(qiè):通"慊",滿足,滿意。輒:便。奮擊:用力打。椎(chuí):以物擊。釜(fǔ):鍋。鬲(lì):三足鼎。甕(wèng):腹大口小的陶器,用以盛水或酒,今所謂罈子。盎(àng):瓦盆。盈:滿。

〔一〇〕袒(tǎn):露。袒臂,挽起袖子。徐去:慢慢離去。

〔一一〕撞:衝打。殺:死。

〔一二〕邠寧二句:謂節度使白孝德懼怕郭子儀的權勢,不敢懲處郭晞士卒。邠:邠州。寧:寧州,治所在今甘肅寧縣,南與邠州接壤,西與涇州接壤。中唐邠寧節度使轄三州。《元和郡縣圖志》卷三關內道邠州:"今爲邠寧節度使理所,管州三:邠州,寧州,慶州。"白孝德:人名,李光弼部將,有軍功。據《通鑑》卷二百二十三:代宗廣德元年(七六三)孝德在鄜延節度使任,廣德二年九月已在邠寧節度使任。王:指郭子儀。故:原因。戚:憂愁。言:過問。以上敘郭晞縱任士卒殘害邠州百姓,節度使白孝德懼怕郭子儀而不敢過問。

〔一三〕自州：從涇州。狀：官府向上級陳事的公文。白：禀告。府：白孝德節度官府，此指白孝德。按：涇州屬涇原節度使統轄（見《元和郡縣圖志》卷三），並不屬白孝德統轄。據《通鑑》卷二百二十三：前此一年（廣德元年）十月，吐蕃陷長安，代宗逃至陝州（今河南陝縣），郭子儀光復長安，"邠延節度判官段秀實説節度使白孝德引兵赴難，孝德即日大舉，南趣京畿，與蒲、陝、商、華合勢進擊。"則一年前段秀實本爲白孝德部下，未幾，遷涇州刺史，至是，秀實以舊部屬上狀孝德自薦也。涇州在邠州西北一百八十里。

〔一四〕計事：議事，指商議郭晞卒不法事。

〔一五〕生人：生民，百姓。付：交給。公：對對方的敬稱。理：治，治理。

〔一六〕因：仍然。恬然：安閑貌。

〔一七〕且：將要。若何：怎麽辦。

〔一八〕奉教：意謂請指教。

〔一九〕某：自稱。甚適：很舒適、清閑。少事：公事少。

〔二〇〕人：百姓。寇：敵寇，唐稱異族入侵爲寇，此指吐蕃、回紇。無寇暴死，無吐蕃入寇，百姓却慘死。邊：邊境。安史之亂前，唐西境達鹹海，北境達安加拉河；安史之亂起，吐蕃乘機侵掠唐地，今甘肅以西盡爲所陷，並屢入侵邠、寧、慶、原、涇等州，故邠寧節度使所轄地實爲邊境。邊事，邊防。

〔二一〕都虞候：掌斥候伺姦，軍中執法官。以都虞候命某，命我任都虞候。爲(wèi)：替。已：止，制止。不得害：不遭傷害。

〔二二〕如：從，同意。請：請求。以上叙段秀實自薦爲都虞候。

〔二三〕既署：已經代理。此指以涇州刺史代理都虞候。

〔二四〕釀器：指盛酒器。

〔二五〕列卒取：指帶領士兵捕捉。

〔二六〕注：屬，附着。槊(shuò)：長矛。植：豎立。

〔二七〕大譟(zào)：喧嚷騷動。甲：披鎧甲，披甲即備戰。

〔二八〕無傷：無妨礙，没關係。請：請允許。辭：解釋。軍：指郭晞軍營。

〔二九〕老躄(bì)者：又老又跛的士卒。躄，跛。持馬：牽馬。

〔三〇〕門下：轅門前。

〔三一〕甲者句：謂披甲士兵出轅門。

〔三二〕愕：驚訝。

〔三三〕諭(yù)：開導，説明。

〔三四〕尚書：指郭晞。固：難道。負：辜負。若屬：你們這些人。

〔三五〕爲白：替我稟告。

〔三六〕勳：功勞。塞：充滿。務始終：力求有始有終。

〔三七〕恣卒爲暴：放縱士卒作惡。恣(zì)：放任，放縱。

〔三八〕欲誰歸罪：“欲歸罪誰”的賓語提前句,意謂罪將歸於誰？

〔三九〕罪且句：謂罪將及於郭子儀身上。按：郭子儀令郭晞率兵萬人赴
　　　　邠,助白孝德禦吐蕃,參見注〔四〕。若晞軍逼反邠民,乃郭晞之
　　　　罪,必牽連郭子儀,秀實故云。

〔四〇〕幾日句：謂不亂還能有幾天。

〔四一〕倚：倚仗。戢(jí)：禁止,管束。士：士兵。

〔四二〕其與：《左傳·襄公二十九年》:“是盟也,其與幾何?”楊伯峻注:
　　　　“即‘其幾何歟’之變句。”依此説,本句爲“郭氏功名其存者幾何與
　　　　(歟)?”的變句,意謂郭家功名還能剩多少呢？幾何：多少。

〔四三〕再拜：拜而又拜,表示恭敬的禮節。

〔四四〕以道：用大義。

〔四五〕願奉句：謂願率全軍聽您指教。

〔四六〕火伍：隊列。《新唐書·兵志》:“府兵十人爲火,火有長。”《管
　　　　子·小匡》:“五人爲伍。”

〔四七〕譁：指吵嚷。

〔四八〕晡(bū)食：吃晚飯。晡,申時,相當於下午三時至五時。

〔四九〕請假句：意謂請讓我吃頓便飯。假：借。設：置放。草具：粗糙
　　　　簡單的食具。

〔五〇〕既食：吃過飯。

〔五一〕疾作：病發了。

〔五二〕旦日：明天。

〔五三〕臥：睡。

〔五四〕戒：命令。候卒：負責巡邏警衛的士兵。柝(tuò)：巡夜時敲打的梆子。

〔五五〕謝：謝罪。不能：無能。請：請求准許。

〔五六〕由是：從此。以上叙段秀實懲治不法士卒，並規勸郭晞，邠州從此安寧。

〔五七〕先是：在此之前，指任涇州刺史之前。營田官：白孝德任邠寧節度使，段秀實代理支度、營田副使(見《新唐書·段秀實傳》)。

〔五八〕焦令諶(chén)：人名，馬璘的部將。取：奪占。人田：民田，百姓的土地。

〔五九〕給與農：佃給農民耕種。

〔六〇〕且熟二句：謂將來糧熟，給我一半。

〔六一〕入數：按數交糧。

〔六二〕且飢三句：謂農民快要餓死，没有糧交，就將此事告段秀實。

〔六三〕判狀：判案的判決書。辭：措詞。巽(xùn)：通“遜”，委婉，恭順。

〔六四〕諭：曉釋，代爲求情。

〔六五〕言我：告我。

〔六六〕判：判狀。

〔六七〕垂：接近，快要。輿：抬。庭：段秀實的府庭。

〔六八〕乃我句：是我讓你受苦。困：苦，痛。

〔六九〕裂：撕開。衣(yì)：包紮。瘡：傷。

〔七〇〕手注：親手敷。注：附着，敷。

〔七一〕哺：喂。食：(自己)吃飯。

〔七二〕市：買。代：替(農民)。

〔七三〕使勿知：謂不讓焦令諶知道。

〔七四〕淮西句：淮南道治揚州，淮西指淮南道西部的申州(今河南信陽市)、光州(今河南潢川縣)、黄州(今湖北新洲縣)、安州(今湖北安陸縣)一帶。代宗時吐蕃騷擾西北邊境，常調外鎮兵馬防衛，臨時

駐軍,而稱寓軍。淮西寓軍,指臨時駐軍涇州的淮西部隊。帥:
主帥。尹少榮:人名,未詳其人。

〔七五〕誠:真,真是。

〔七六〕野如赭(zhě):意謂大旱,禾苗不生,唯紅土而已。野,原野。赭,
紅土。

〔七七〕而:汝。

〔七八〕仁信句:謂是仁義真誠、品行高尚的人。大人:德行高尚的人。
《易・乾》:"夫大人者,與天地合其德。"

〔七九〕取不恥:收取而不知恥。

〔八〇〕凡爲六句:例數焦的過錯。

〔八一〕汝將二句:謂你有何資格活在人間,還不如奴隸嗎? 視天地:謂
仰視天,俯視地,活在人間。愧奴隸:意謂不如奴隸。

〔八二〕抗暴:強橫凶暴。

〔八三〕自恨死:代宗大曆八年(七七三)十月,焦令諶任涇原節度使馬璘
的兵馬使(見《通鑑》卷二百二十四)。宗元謂死(於廣德年間),或
據傳聞之誤。以上寫段秀實爲一普通農民解難。

〔八四〕及太句:及,到,等到。代宗大曆十一年(七七六),涇原節度使馬
璘病卒,段秀實以行軍司馬知節度事。次年九月,授涇原節度使,
鎮涇州(事見《通鑑》卷二百二十五)。德宗建中元年(七八〇)二
月,段秀實以直言觸怒吏部侍郎楊炎,時楊炎獨任朝政,徵秀實爲
司農卿(事見《通鑑》卷二百二十六)。

〔八五〕戒其四句:戒其族,告誡家族中人。過岐(qí):路過岐州時。岐
州治所在今陝西鳳翔縣。朱泚(cǐ):人名。朱泚曾任幽州節度
使,盧龍、隴右節度使。《通鑑》卷二百二十五:"大曆十四年六月,
以泚爲鳳翔尹。"致:贈送。勿納:不要接受。按:段秀實對朱泚
有戒心,故不准受禮。

〔八六〕綾:絲織品。

〔八七〕韋晤:人名,段之婿。不得命:謂不得朱泚收回成命。

〔八八〕果:果然,果真。用:聽從。

〔八九〕謝：謝罪。處賤：(我的)官位低。無以拒：意謂無法拒絕。

〔九〇〕以：以(之)，把它。在：放在。吾第：我家。

〔九一〕如：(送)往。司農治事堂：司農卿衙公堂。椓之：把它放在。

〔九二〕泚反：德宗建中四年(七八三)八月，李希烈(反叛的藩鎮軍閥)兵
　　　　圍襄城(今湖北襄樊市)，九月，詔涇原節度使姚令言往救，姚率兵
　　　　五千，至長安，士兵嘩變，德宗逃往咸陽，又逃奉天(今河南縣名)，
　　　　姚遂反，擁立朱泚，時朱泚以太尉閑居長安，泚乃自立爲大秦皇
　　　　帝，後又改國號爲漢。

〔九三〕太尉終：朱泚以段秀實久失兵權，必怨唐，乃召之議事，秀實以笏
　　　　擊朱泚，中額，流血灑地。泚狼狽走脱，秀實被殺(與上句注均見
　　　　《通鑑》卷二百二十八)。

〔九四〕告泚：指告泚秀實將其所贈綾置於司農治事堂樑上事。

〔九五〕故封：舊時的封條。識(zhì)：通“誌”，題字。以上叙段秀實不受
　　　　朱泚厚禮。

〔九六〕如右：如上文。古人作文，由右向左直行書寫。

〔九七〕永州句：永州司馬員外置同正員，宗元當時官職全稱。員外置：
　　　　唐太宗時規定全國官員共七百三十員，此爲定員，定員之外，稱
　　　　“員外置”。同正員，地位待遇與正員同。上：上呈。史館：官修
　　　　史書的機構。

〔九八〕出入：《新唐書·柳宗元傳》作“大抵”，作“大抵”則屬下句。《唐
　　　　文粹》無此二字。

〔九九〕奮不慮死：奮不顧死，指笏擊朱泚而遇害事。取名：博取名譽。

〔一〇〇〕所立：素來的立身之道。

〔一〇一〕嘗：曾經。出入：指往來。岐：見注〔八五〕。周：周朝的都城，
　　　　　原在岐，故稱岐周。鬾(tái)：音義皆同“邰”，在今陝西武功縣
　　　　　境内。

〔一〇二〕真定：疑爲“真寧”之誤，真寧：唐寧州真寧縣，即今甘肅正寧
　　　　　縣。寧州在涇州東一百五十里、慶州南一百三十里、邠州北一
　　　　　百四十里(見《元和郡縣圖志》卷三寧州“八到”注)，屬邠寧節度

使轄區。馬嶺：在今甘肅慶陽縣西北,唐縣名。《元和郡縣圖志》卷三關內道慶州馬領縣：“本漢舊縣……義寧二年,於今縣理北十里百家堡置馬領縣,屬弘化郡,以縣西一里有馬領坂,因名。”“嶺”與“領”通用。馬領縣在真寧縣西北,不足二百里,故曰“過真定(寧),北上馬嶺。”歷：經過。亭：邊防哨所。鄣：同“障”,防禦工事。堡：堡壘。戍：戍所,崗哨所。按：此二句中真寧、馬嶺及上句所列地名均爲肅、代宗朝吐蕃、回紇屢屢騷擾之地,即段秀實曾任職的抗敵前綫。

〔一〇三〕竊(qiè)：自謙之詞,私下。校：軍中低級官吏。退卒：退役士兵。德宗貞元十年(七九四),柳宗元曾往邠州軍中探望叔父,去段秀實之死僅隔十一年。

〔一〇四〕太尉二句：謂段秀實爲人和氣,常低頭走路,抬頭見人即拱手。姁姁(xǔ)：和悦貌。

〔一〇五〕色：怒色,厲色。待物：接人待物。

〔一〇六〕不可：不平之事。達其志：達到糾正不公的目的。決非偶然：指擊朱泚的義舉不是偶然衝動。

〔一〇七〕崔公：崔能。元和九年,崔能任永州刺史(參見《起廢答》注〔四六〕)。言信：説話真實可靠。行直：行爲正直。

〔一〇八〕備：全面而詳盡。

〔一〇九〕覆校：覆核校對。

〔一一〇〕逸墜：遺失,指文中所叙諸事。集：收集採録。太史氏：古史官稱太史。

〔一一一〕狀：指本文。私：以私人身份送達。執事：舊時書信中用於對方的敬稱,此狀實際是送給韓愈的。見注〔一〕。

〔一一二〕以上寫收集遺事過程及撰文目的,並補叙段秀實爲人外柔内剛的性格。

【評箋】　清·沈德潛云：“凡逸事三：一寫其剛正,一寫其慈惠,一寫其清節,段段如生。至於以笏擊賊,此致命大節,人人共喻,不慮史官之

遺也。後劉昫撰《唐書》，仍不採所上之狀，至宋祁始補入之。"(《唐宋八家文鈔》卷九)

清·愛新覺羅弘曆云："世謂柳宗元記段秀實、曾鞏記顏真卿，皆不以一死重其平生，以爲具眼定論。然兩作自是不同，秀實武人，宗元恐後世以其奮笏擊朱泚爲出於一時激烈所爲，没其平日慈惠忠清可以當大事之學識，故特著其逸事，以傳後世。若顏真卿之大節，卓卓震耀耳目，其不斬以一死重者，夫人知之，不待鞏言，非若秀實之傳於今，實宗元表章之之力也。"(《唐宋文醇》評語卷五十六南豐曾鞏文《撫州顏魯公祠堂記》)

清·趙翼云："《段秀實傳》，《新書》增郭晞軍士縱暴，秀實斬十七人，及大將焦令諶責農租，秀實賣馬代償，令諶愧死二事，皆《舊書》所無。按：此出柳宗元所記《段太尉逸事狀》。謂之逸事，必是國史所本無者。宗元蓋嘗見國史本傳，故另作狀以著之。"(《陔餘叢考》卷十二)

清·蔡世遠云："段公忠義明決，叙得懍懍有生氣。文筆酷似子長，歐蘇亦未易得此古峭也。先殺十七人，而後見晞，事似太爽快，近危道，公蓋知晞可與言者，又不如此而先見晞，恐不足以弭之，然公是時義激於中，生死總不計。不然，笏擊逆泚，豈自分不死耶？"(《古文雅正評語》卷九)

以上永州編年文。

鶻　　説〔一〕

有鷙曰鶻者，穴于長安薦福浮圖有年矣〔二〕。浮圖之人室宇于其下者，伺之甚熟〔三〕，爲余説之曰："冬日之夕，是鶻也，必取鳥之盈握者完而致之〔四〕。以燠其爪掌，左右而易之〔五〕。旦則執而上浮圖之跂焉，縱之〔六〕，延其首以望，極其所如往，必背而去焉〔七〕。苟東矣，則是日也不東逐〔八〕,南北西亦然〔九〕。”

嗚呼！孰謂爪吻毛翮之物而不爲仁義器耶〔一〇〕？是固無號位爵禄之欲,里閭親戚朋友之愛也〔一一〕,出乎轂卵〔一二〕,而知攫食決裂之事爾〔一三〕,不爲其他〔一四〕。凡食類之飢,唯旦爲甚〔一五〕,今忍而釋之,以有報也〔一六〕。是不亦卓然有立者乎〔一七〕？用其力而愛其死,以忘其飢,又遠而違之〔一八〕,非仁義之道耶〔一九〕？恒其道,一其志,不欺其心,斯固世之所難得也〔二〇〕。

余又疾夫今之説曰〔二一〕:“以煦煦而嘿,徐徐而俯者,善之徒〔二二〕;以翹翹而厲,炳炳而白者,暴之徒〔二三〕。”今夫梟鵂,晦於晝而神於夜〔二四〕;鼠不穴寝廟,循牆而走〔二五〕,是不近於煦煦者耶〔二六〕？今夫鶻,其立趯然〔二七〕,其動峷然〔二八〕,其視的然〔二九〕,其鳴革然〔三〇〕,是不亦近於翹翹者耶〔三一〕？由是而觀其所爲,則今之説爲未得也〔三二〕。孰若鶻者,吾願從之〔三三〕。毛耶翮耶,胡不我施〔三四〕？寂寥太清,樂以忘飢〔三五〕。

〔一〕此篇以下至《封建論》,爲永州作而無可繫年之文(依施子愉《柳宗元年譜》)。鶻(hú,舊音 gǔ):猛禽,屬鷙鳥類,能俯擊鳩鴿等小鳥而食之。一説鶻即隼。唐皇宫飼養獵鷹獵犬分雕、鶻、鷂、鷹、狗五坊(見韓愈《順宗實録》二)。説:古代文體。明吴訥《文章辨體序説》:“説者,釋也,述也,解釋義理而以己意述之也。……魏晉六朝文載《文選》,而無此體,……至昌黎韓子,憫斯文日弊,作《師説》,抗顔爲學者師。迨柳子厚及宋室諸大老出,因事即事即理而爲之説,以曉當世,以開悟後學。”此體實自韓愈、柳宗元始確立。以説爲題之文大至可分四類:一、就事論事,如韓愈《師説》。二、借題發揮,比附連類,由此出發而意實在彼,如本文。三、爲説理而虛構一神異故事,實屬寓言小品文,如宗元《謫龍説》。四、説理成分極微,以致改變此體性質,如宗元《捕蛇者説》實錄蔣氏三代生活遭遇,僅篇末發議論,實屬傳記文。故以説爲題之文,文體極難統一,應視具體内容而確定其文體性質。

〔二〕有鷙二句:謂有隻叫鵶的鷙鳥在長安薦福寺内塔上穴居多年了。鷙(zhì):猛禽。穴:巢居。浮圖:塔。梵語音譯,也寫作“佛圖”、“浮屠”。《魏書·釋老志》:“凡宫塔制度,猶依天竺舊狀重構之,從一級至三五七九,世人相承謂之浮圖,或云佛圖。”薦(jiàn)福:寺名,又塔名。唐睿宗文明元年在長安城南建大佛寺。武則天天授元年改爲薦福寺。中宗景龍元年起塔,高十五層,塔因寺而得名。寺内原有歐陽詢所書薦福寺碑,後毁。

〔三〕浮圖:一義爲塔,一義爲佛。佛圖之人:寺内僧人。其下:指塔下。伺:觀察。

〔四〕爲余説之:向我講起它。是:這。取:尋找。盈握:滿一把。完:完好無損。完而致之,活捉回來。

〔五〕以燠二句:謂用鳥暖它的爪掌,在兩隻爪掌中來回調換。燠(yù):暖。易:調換。

〔六〕旦:清晨。執:抓住。趾(qǐ):童宗説注:“浮圖之趾,塔之最高處。”縱之:放了它。

〔七〕延其三句:謂鵶伸長脖子觀察鳥的去向,直至看不到爲止,然後必向相反的方向飛。延:伸長。首:頭,此指頸。極:指鵶的視力極限。如:《爾雅·釋詁》:“如,往也。”所如往,去向。背:相背的方向。去:飛去。

〔八〕苟東二句:謂如果鳥向東飛,鵶在這天就不往東飛捉食。苟:如果。逐:追,指追鳥。

〔九〕亦然:也是這樣。以上記僧人所叙鵶捉鳥縱鳥的奇事。

〔一〇〕孰謂句:誰説禽類就不能成爲仁義之物呢? 吻:《説文》:“口邊也。”翮(hé):《説文》:“羽莖也。”指羽毛。口吻毛翮之物,指禽類。

〔一一〕是固二句：謂這些禽類本來就没有官職爵禄的欲望，和鄉鄰親戚的關係。固：本來。號位：官階職位。爵（jué）：爵位。《禮記·王制》：“王者之制禄爵，公、侯、伯、子、男凡五等。”禄：俸禄，官吏的俸給。里：《周禮·地官·遂人》：“五家爲鄰，五鄰爲里。”閭（lú）：古以二十五家爲閭。

〔一二〕出乎句：謂從卵中孵化出來。鷇（gòu）卵：指剛出蛋壳的雛鳥。《國語·魯語》上：“鳥翼鷇卵，蟲舍蚳蝝。”注：“生哺曰鷇，未乳曰卵。”

〔一三〕攫（jué）：抓取。決裂：撕碎。爾：而已，罷了。

〔一四〕不爲句：謂不懂做别的事。言外之意，物類無知，與人不同。此句引出下文議論。

〔一五〕食類：吃食物的鳥獸。旦：清晨。

〔一六〕今忍二句：謂現在這隻鶻忍受着清晨的飢餓而放了鳥，是因爲要報答它用體温暖了自己的爪掌。忍：忍飢。釋：釋放。有報：有所報答的事。

〔一七〕是：這。卓然：特異不凡貌。立：樹立。

〔一八〕用其三句：前兩個“其”字指鳥，後一“其”字指鶻。違：《説文》：“違，離也。”

〔一九〕非……耶：不是……嗎？道：行爲。

〔二〇〕恒其四句：謂鶻保持自己的行爲和心志永久不變，永不自欺，這本來是人世間所難找到的。恒：長久。一：專一。欺：自昧其心曰欺。以上贊揚鶻是仁義之物，其品質爲人世間所少有。

〔二一〕余又句：我又痛恨當今社會上那種説法。疾：憎恨。夫：那（種）。

〔二二〕以煦三句：謂認爲那些和顏悦色、沉默寡言、躬身俯首者是善人。煦煦（xǔ）：和悦貌。嘿（mò）：閉口不講話。同“默”。徐徐：緩慢。俯：屈身，彎腰低頭。徒：類。

〔二三〕以翹三句：謂認爲那些高亢猛烈爽朗率真者是暴徒。翹翹（qiáo）：高貌。厲：猛烈。炳炳：光明。《廣雅·釋訓》：“炳炳，明也。”白：坦白，率真。

〔二四〕梟(xiāo)：也作“鴞”，俗稱猫頭鷹、夜猫子，晝伏夜出。舊説梟食母，稱之爲不孝鳥。《説文》：“梟，不孝鳥也。日至捕梟磔之。”鵂(xiū)：鵂鶹，鴟鴞的一種。梟鵂，泛指猫頭鷹。晦：暗，這裏指看不見。神：有神，指眼明。《莊子·秋水》：“鴟鵂夜撮蚤，察毫末，晝出瞋目而不見丘山。”

〔二五〕穴：穴居。《左傳·襄公二十三年》：“夫鼠晝伏夜動，不穴於寢廟，畏人故也。”寢廟：宗廟是天子、諸侯祭祀祖先的處所。寢在後，廟在前，合稱寢廟。循牆：依牆。走：奔逃。

〔二六〕是不句：謂梟鵂與鼠和人們所説的那種和顔悦色的善人不是很近似的嗎？

〔二七〕立：站立。趯(tì)：跳。《説文》：“趯，踊也。”

〔二八〕砉(huā)：象聲詞，形容迅速動作的聲音。

〔二九〕的(dí)然：明亮貌。《廣韻》：“的，明也，都歷切。”

〔三〇〕革(jí)：急。革然：指聲音急厲。

〔三一〕是不句：謂鶻和人們所説的那種舉止高亢的暴徒不是很近似的嗎？

〔三二〕未得：意謂不正確。

〔三三〕孰若二句：謂有誰的品德像鶻，我願跟隨他。孰：誰。從：跟隨。

〔三四〕毛耶二句：謂爲何不給我插上羽毛，胡：何。施：給予。

〔三五〕寂寥二句：謂使我能翺翔於寂靜的天空，心情愉悦可以忘却飢餓。寂寥：寂静。太清：天空。以上以梟鵂、鼠和鶻爲例批駁當時流行的從表象看人的説法，寄託對世俗自欺其心者的憎惡之情。

【評箋】 明·茅坤云：“柳子疾世之獲其利而復擠之死者，故有是文，亦可以刺世矣。”(《唐宋八大家文鈔·柳柳州文鈔》卷八)

清·柳愚云：“余讀柳子厚《鶻説》：‘冬日之夕，鶻必取鳥之盈握者完而致之，以燠其掌，左右而易之，旦則縱之。’後讀李北海《鶻賦》亦云：‘嚴冬冱寒,烈風迅激,……營全鳩以自暖,罔害命以招益,信終夜而懷仁,仍詰旦而見釋.'則北海已先言之矣."(《復小齋賦話》卷下)

清·林紓云:"《鶻說》主報施言,正意尚不吐露.中間神光湧見處,在'無位號爵禄之欲,里閭親戚朋友之愛',著一'無'字,覺世之言,全不坐實.歸入'出乎鷇卵'句,人不如鳥,在有意無意間點清,工夫又全在上句一個'器'字,言'毛羽之物',原'不爲仁義之器'.然無欲,則爲此不算沽名;無愛財,行此不爲徇私.區區以'用其力之故,遂愛其死,忘其飢',鶻之用道近理,乃出天然之鷇卵物,無其器而有其道,則明明爲人者愧死矣.罵到此處,以賤躐貴,以物凌人,亦可止矣,然未痛快也,率性再舉梟鼠一比.二物陰而嘿,鶻則陽而厲,厲則近盜.然鶻之所爲弗盜,去陰賊者,遠矣.仍是就鶻說鶻,不涉人事.末至毛羽不辭,但思奮乎太清,則憤世極矣.或言人有爲子厚所卵翼,而不知報,故斥爲鶻之不若,似亦有理."(《韓柳文研究法·柳文研究法》)

謫　龍　説〔一〕

扶風馬孺子言〔二〕:年十五六時,在澤州〔三〕,與羣兒戲郊亭上.頃然,有奇女墜地,有光曄然〔四〕,被緅裘白紋之裏〔五〕,首步搖之冠〔六〕.貴游少年駭且悦之〔七〕,稍狎焉〔八〕.奇女頩爾怒曰〔九〕:"不可!吾故居鈞天帝宮〔一〇〕,下上星辰,呼噓陰陽〔一一〕,薄蓬萊,羞崑崙,而不即者〔一二〕.帝以吾心侈大〔一三〕,怒而謫來,七日當復〔一四〕.今吾雖辱塵土中〔一五〕,非若儷也〔一六〕.吾復,且害若〔一七〕."衆恐而退.遂入居佛寺講室焉〔一八〕.及期〔一九〕,進取杯水飲之,噓成雲氣〔二〇〕,五色儵儵也〔二一〕.因取裘反之〔二二〕,化爲白龍,徊翔登天〔二三〕,莫知其所終〔二四〕。亦怪甚矣〔二五〕。

嗚呼！非其類而狎其謫，不可哉！孺子不妄人也〔二六〕，故記其說。

〔一〕謫：貶降。謫龍，被貶謫的龍。

〔二〕扶風：唐扶風縣，屬關內道鳳翔府岐州，治所在今陝西鳳翔縣。馬孺子：章士釗《柳文指要》上《體要之部》卷十六云："扶風馬孺子者何人也？作者既不說明，注家亦均不詳，獨陳少章考之如下：李習之有秘書少監馬公誌云：公諱某，字盧符，九歲貫涉經史，師魯山令元德秀，魯山奇之，號公爲馬孺子，爲之著神驄贊，此孺子殆即是人，惜未詳其名也。但秘書歿於元和之季，年登八十，視柳子幾倍長矣，乃不舉其官，而仍孺子之名不改，豈以魯山之品目爲重，故不妨略其齒爵乎？"言：說。

〔三〕澤州：唐澤州屬河東道，治所在今山西晉城縣。

〔四〕頃然：過一會兒。墜：落。曄(yè)然：光彩奪目貌。

〔五〕被緅句：謂身穿青赤色面、白花紋裏的皮衣。被(pī)：同"披"。緅(zōu)：青赤色絲織品。裏：衣衫裏子。《說文》："裏，衣內也。"

〔六〕首：頭戴着，用如動詞。步搖：古代婦女首飾。《釋名·釋首飾》："步搖，上有垂珠，步則搖動也。"步搖之冠，插有步搖的帽子。

〔七〕貴游少年：貴族子弟。參見《鈷鉧潭西小丘記》注〔三五〕。駭：吃驚。

〔八〕稍：漸漸。狎(xiá)：調戲。

〔九〕瀕(píng)：變臉色。《廣韻》："瀕，斂容也。"《文選》宋玉《神女賦》："瀕薄怒以自持兮，曾不可乎犯干。"注："瀕，怒色青貌。"

〔一〇〕故居：本來住在。鈞天：天中央。《呂氏春秋·有始》："中央曰鈞天。"注："鈞，平也，爲四方主，故曰鈞天。"帝宮：天帝的宮殿。

〔一一〕下上二句：謂往來於星辰之間，呼吸自然之氣。

〔一二〕薄蓬三句：謂輕視蓬萊、崑崙，而不肯就居。薄：輕。蓬萊：古代傳說爲海中仙山。崑崙：傳說中的仙山。羞：羞辱。即：就。

〔一三〕帝：天帝。侈大：大。此作高傲解。

〔一四〕復：返歸。

〔一五〕塵土：塵世，塵凡，即人間。

〔一六〕非若句：謂我不是你們的配偶。若：你們（的）。儷（lì）：配偶。

〔一七〕且：將，要。

〔一八〕佛寺：寺院。講室：講堂，佛家講經説法之堂舍。

〔一九〕及期：到了日期，即上文“七日”。

〔二〇〕嘘成句：謂吐口中之水而成雲氣。

〔二一〕五色：古以青黄赤白黑五色爲基本颜色。翛翛（xiāo）：朱駿聲
　　　　云：脩脩，《詩·鴟鴞》：“予尾翛翛。”傳：“敝也。”形誤作翛。《荀
　　　　子·儒效》：“脩脩兮，其用統類之行也。”《注》：“脩脩，整齊之貌。”
　　　　（見《説文通訓定聲》）

〔二二〕反之：將裘翻過來，白裏朝外。反：翻。

〔二三〕徊翔：盤旋飛翔。

〔二四〕莫知句：謂誰也不知她飛到何處。

〔二五〕怪甚：奇怪得很。

〔二六〕不妄人：不亂説的人。

　　【評箋】　清·林紓云：“重要在‘非其類而狃其謫’句。想公在永州，
必有爲人所侵辱者。文亦淺顯易讀。”（《柳文研究法》）
　　章士釗云：“謫龍説者，乃子厚有所爲而作，非戲謔也，己不虐人而見
虐於人，因爲文以警之也。……吾揣此文，子厚並非爲己而發，倘爲己
也，則‘非其類而狃其謫’一語，直截道出，豈不淺露可笑？又吾揣子厚既
非爲己，亦並不爲其他親友如崔簡一類人，以簡受謫即病歿，未聞以謫身
膺何煎熬也。然則此文影何人乎？吾重思之，簡之兒女，柳氏之出，簡歿
後，家口濮州安存，是簡雖未抵永州刺史任，而其子女流離楚地，諒爲時
並非甚暫。其間大大可能，該子女輩受到當地不良待遇，因之子厚不得
已而乞湖南李中丞委曲安輯之。觀其謝李啓中‘儻非至仁厚德，深加憫
恤，則流散轉徙，期在須臾’云云，大抵隱含故實，辭非泛設。並子厚祭簡

文所謂‘楚之南鬼不可交’,亦暗指遺族之受凌虐,而非本身與鬼有何交涉? 尋子厚向視柳氏族望絶高,則凡柳氏所出,亦自不同例外,‘故居鈞天帝宫’,及‘非其類而狎其謫,不可哉!’等語,律之崔氏諸甥,了無不合。加以由此看來,故事本馬孺子,自鈞天謫降者爲少女,戲郊亭者爲羣兒種種,不僅毫不牽强,而且繩之崔氏子女,情景逼真。"(《柳文指要》上《體要之部》卷十六)

觀八駿圖説〔一〕

古之書有記周穆王馳八駿升崑崙之墟者〔二〕,後之好事者爲之圖,宋、齊以下傳之〔三〕。觀其狀甚怪〔四〕,咸若騫若翔〔五〕,若龍鳳麒麟〔六〕,若螳螂蜋然〔七〕。其書尤不經〔八〕,世多有,然不足采〔九〕。世聞其駿也,因以異形求之〔一〇〕。則其言聖人者,亦類是矣〔一一〕。故傳伏羲曰牛首,女媧曰其形類蛇〔一二〕,孔子如倛頭〔一三〕。若是者甚衆〔一四〕。孟子曰:"何以異於人哉? 堯、舜與人同耳〔一五〕!"

今夫馬者,駕而乘之〔一六〕,或一里而汗,或十里而汗,或千百里而不汗者〔一七〕,視之,毛物尾鬣〔一八〕,四足而蹄〔一九〕,齕草飲水〔二〇〕,一也〔二一〕。推是而至於駿,亦類也〔二二〕。今夫人,有不足爲負販者〔二三〕,有不足爲吏者〔二四〕,有不足爲士大夫者〔二五〕,有足爲者,視之,圓首横目,食穀而飽肉〔二六〕,絺而清,裘而燠〔二七〕,一也。推是而至於聖,亦類也。然則伏羲氏、女媧氏、孔子氏,是亦人而已矣〔二八〕。驊騮、白義、山子之類〔二九〕,若果有之〔三〇〕，是亦馬而已矣。又烏得爲牛，爲蛇，爲供頭，爲龍、鳳、麒麟、螳蜋然也哉〔三一〕？

　　然而世之慕駿者〔三二〕，不求之馬，而必是圖之似〔三三〕，故終不能有得於駿也〔三四〕。慕聖人者，不求之人，而必若牛、若蛇、若供頭之問〔三五〕，故終不能有得於聖人也。誠使天下有是圖者，舉而焚之，則駿馬與聖人出矣〔三六〕。

〔一〕觀：看。八駿：相傳爲周穆王的八匹良馬，其名記載不一。《穆天子傳》作赤驥、盜驪、白義、踰輪、山子、渠黄、華騮、綠耳。《拾遺記》作絕地、翻羽、奔宵、超影、踰輝、超光、騰霧、挾翼。八駿圖，古畫。

〔二〕古之書：古代的書。蓋指《列子》之類。周穆王：名滿，周朝第五代君主。馳：奔跑。此作駕解。升：登。墟：大山。《吕氏春秋·貴直》：“使人之朝爲草而國爲墟。”注：“墟，丘墟也。”《列子·周穆王》載周穆王不恤國事，肆意遠游，駕八駿，馳騁千里，至巨蒐氏之國，宿崑崙山脚、赤水之北。

〔三〕好事者：好奇喜事之人。宋：南朝劉宋。齊：南朝蕭齊。傳之：把八駿圖流傳開來。

〔四〕狀：指八駿的形態、形象。

〔五〕咸：都。騫(qiān)：飛，通“騫”。

〔六〕麒麟(qí lín)：傳説中的獸名。《史記·司馬相如傳》載《上林賦》：“獸則麒麟角䚡。”索隱引張揖云：“雄曰麒，雌曰麟。其狀麇身，牛尾，狼蹄，一角。”

〔七〕螳蜋(táng láng)：昆蟲名。綠色或褐色，有翅兩對，前脚發達，狀如鐮刀。

〔八〕其書：指《列子》一類載八駿的書。不經：荒誕不可信。

〔九〕世多二句：謂此書社會上多有流傳，但不足取。

〔一〇〕世聞二句：謂社會上的人們聽到它們是駿馬，因而從奇形怪狀上來索尋它們。便想象出它們應是怪樣子。求：索取。

〔一一〕則其二句：謂出於同一心理，人們對聖人的描述也與此類似了。

〔一二〕傳：傳説。伏羲(xī)：傳説中的上古帝王，又名庖犧、宓羲、伏戲。女媧(wā)：傳説中的上古女帝，始造萬物。童宗説引《帝王世紀》：“伏羲、女媧，蛇身人首；神農，人身牛首。”

〔一三〕孔子句：謂傳説孔子的頭像方相的頭。倛(qī)頭：亦作顑頭，即方相，是古代驅疫時扮神之人所戴假面具。《荀子·非相篇》：“仲尼之狀，面如蒙倛。”注：“倛，方相也。”《周禮·夏官·方相氏》：“方相氏掌蒙熊皮，黃金四目，玄衣朱裳，執戈揚盾，帥百隷而時難，以索室驅疫。”方相是古代驅疫逐邪之神像。後來民間絷製模型，用以送喪，亦稱方相。

〔一四〕若是句：謂像這樣的傳説很多。

〔一五〕孟子二句：孟子説：“我的相貌怎能與人不同呢？不要説我，就是堯舜那樣的聖人，相貌也與普通人一樣！”句出《孟子·離婁》下。齊宣王以爲，孟子才能出衆，相貌一定特殊，便派人考察，孟子便説了這番話。異：特殊，不同。異於人：與一般人不同。以上叙八駿圖之由來，並由圖中八駿的異形引出傳説中聖人的異形。

〔一六〕駕：駕車。乘：進。

〔一七〕或：有的(馬)。一里：行一里。“十里”、“千百里”義同。汗：出汗。千百里，一本無“百”字，一本作“數十里”。

〔一八〕毛物：謂獸類。尾：長着尾。鬣(liè)：指頸上長着鬣毛。

〔一九〕蹄：長着蹄子。

〔二〇〕齕(hé)：咬，吃。

〔二一〕一也：謂在形體及生活習性方面完全相同。

〔二二〕推是二句：謂由今馬推到八駿也是一樣的。是：這，指今馬。

〔二三〕有不句：謂有能力低下連商販都當不了的人。不足爲：力不足以做。負販：背着貨物貿易的商販。

〔二四〕吏：吏役。

〔二五〕士大夫：泛指官員。

〔二六〕圓首：頭是圓的。橫目：眼睛是橫向的。食穀：喫糧食。飽肉：
　　　　喜歡吃肉。

〔二七〕絺(chī)：細葛布，此作動詞，穿細葛布做的衣服。清(jìng)：涼
　　　　爽，此作動詞，感到涼爽。裘(qiú)：皮衣。燠(yù)：暖和。裘而
　　　　燠，穿上皮衣感到暖和。

〔二八〕是：這些(聖人)。

〔二九〕驊騮(huá liú)、白義(音蟻)、山子：皆八駿之名，見注〔一〕。

〔三〇〕果：果真。

〔三一〕又烏得爲：又怎能像。烏，何。

〔三二〕慕駿者：想得到駿馬的人。慕：羨慕，想念。

〔三三〕不求之馬："不求之於馬"的省略，不到馬中去找。是圖之似："似
　　　　是圖"，賓語提前，意謂找與八駿圖上相似的。

〔三四〕終不能句：意謂最後是不能找到駿馬的。

〔三五〕而必句：謂一定要尋求像牛、像蛇、像俱頭的人。問：求訪，尋求。

〔三六〕誠使：假使。是圖：這圖，指八駿圖。舉：取。出：出現，被發現。

　　【評箋】　清·孫琮云："祇就馬之無異，説出聖人無異。前幅叙出兩
段世人好異，中幅從馬類推八駿，從人類推聖人，俱見得無異。妙在後
幅，説聖人駿馬無異處，寫作兩段，兩段又分作四段，正説反結，反説正
結，令讀者但見其曲折不窮，忘其反正相生之妙。"(《山曉閣選唐大家柳
柳州全集》評語卷四説)

　　清·沈德潛云："祇堯舜與人同意，借駿圖説入聖人，剝去異説，獨標
正論，筆力矯然。"(《唐宋八家文讀本》)

羆　　説〔一〕

鹿畏貙〔二〕，貙畏虎，虎畏羆。羆之狀，被髮人立〔三〕，

絕有力而甚害人焉〔四〕。楚之南有獵者〔五〕，能吹竹爲百獸之音〔六〕。昔云持弓矢罌火而即之山〔七〕。爲鹿鳴以感其類〔八〕，伺其至，發火而射之〔九〕。貙聞其鹿也，趨而至〔一〇〕。其人恐，因爲虎而駭之〔一一〕。貙走而虎至〔一二〕，愈恐，則又爲羆。虎亦亡去〔一三〕。羆聞而求其類，至則人也〔一四〕，捽搏挽裂而食之〔一五〕。

今夫不善內而恃外者〔一六〕，未有不爲羆之食也〔一七〕。

〔一〕羆(pí)：熊的一種，俗稱人熊。《詩經‧大雅‧韓奕》：“獻其貔皮，赤豹黃羆。”疏：“羆，有黃羆，有赤羆，大於熊。”《爾雅‧釋獸》：“羆，如熊，黃白文。”注：“似熊而長頭高腳。猛憨多力，能拔樹木，關西呼曰貑熊。”

〔二〕貙(chū)：獸名，形如狐狸。《爾雅‧釋獸》：“貙似狸。”注：“今貙虎也，大如狗，文如貍。”

〔三〕狀：外形，體態。被(pī)：同“披”。被髮，指頭部的毛向後披散。人立：能像人一樣站立。

〔四〕絕：特別，最。

〔五〕楚：春秋戰國國名，在今湖南湖北一帶。楚之南，指永州一帶。獵者：獵人。

〔六〕竹：竹製管樂。爲(wéi)：做，此作模仿解。下同。百獸之音：各種野獸的叫聲。

〔七〕昔云：舊注：“‘昔云’，一作‘寂寂’。”《文苑英華》作“嘗云”，疑衍“云”字。按：作“寂寂”或“嘗”是。寂寂，悄悄。嘗，曾經。作“昔云”費解。弓矢：弓箭。罌(yīng)火：乃罌內裝火。即：就。之：往。之山：到山裏去。

〔八〕爲鹿句：謂吹竹器學鹿叫以誘鹿。感：感動。《說文》：“感，動人心也。”引申爲感召。其類：它(鹿)的同類。

〔九〕伺：等候。發火：蓋謂揭開罌中之火。

〔一〇〕貙聞二句：謂貙聽見鹿叫，跑來捕食。趨：快走，跑。

〔一一〕因：於是。爲虎：做虎的叫聲。駭之：使貙驚怕，即嚇唬貙。

〔一二〕貙走句：謂貙聽到虎叫而逃走，虎聽見虎叫而趕來尋求同類。
　　　　走：疾趨，逃跑。

〔一三〕亡去：逃去。

〔一四〕至則句：謂羆跑來找它的同類，到後見是人。

〔一五〕捽(zuó)：揪。搏：搏擊。挽裂：撕碎。

〔一六〕善內：使內善，即增強自身的內在本領。恃：依仗。恃外，依靠外
　　　　界力量。

〔一七〕爲：成爲。

【評箋】　清·林紓云："在'不善內而恃外'句，與《謫龍説》同。似信
手拈來，得此句後，始足成全文者。"(《韓柳文研究法·柳文研究法》)

蝜蝂傳〔一〕

　　蝜蝂者，善負小蟲也〔二〕。行遇物，輒持取，卬其首負
之〔三〕。背愈重，雖困劇不止也〔四〕。其背甚澀，物積因不
散〔五〕。卒躓仆不能起〔六〕。人或憐之，爲去其負〔七〕。苟
能行，又持取如故〔八〕。又好上高，極其力不已〔九〕，至墜
地死〔一〇〕。

　　今世之嗜取者〔一一〕，遇貨不避，以厚其室〔一二〕，不知
爲己累也〔一三〕，唯恐其不積〔一四〕。及其怠而躓也〔一五〕，
黜棄之，遷徙之〔一六〕，亦以病矣〔一七〕。苟能起，又不
艾〔一八〕。日思高其位，大其祿〔一九〕，而貪取滋甚〔二〇〕，以
近於危墜〔二一〕，觀前之死亡不知戒〔二二〕。雖其形魁然大

者也,其名人也,而智則小蟲也〔二三〕。亦足哀夫〔二四〕!

〔一〕蝜蝂(fù bǎn):蟲名,黑色,體小。《爾雅·釋蟲》:"傅,負版。"負版本義爲背着國家的版圖。《論語·鄉黨》:"式負版者。"注:"負版者,持邦國之圖籍者也。"按:蓋蟲之習性喜負物,類似負版之狀,故以名,又加"虫"旁,寫作"蝜蝂"。

〔二〕善:喜歡。負:背東西。

〔三〕輒(zhé):總是。卬(áng):高抬,即"昂"。

〔四〕困:疲倦。劇:極。止:停止(指持取負物)。

〔五〕澀(sè):不光滑。散:落下。

〔六〕卒:結果。躓仆(zhì pū):跌倒,此指壓倒。

〔七〕去:去掉。其負:它揹的東西。

〔八〕苟:假如,如果。如故:像從前一樣。

〔九〕好(hào):喜歡。上高:爬高。極:盡。已:停止。

〔一〇〕至:到。以上記蝜蝂善負物喜爬高的生活習性。

〔一一〕今世:當今社會上。嗜取者:指貪得無厭的人。

〔一二〕貨:錢財。不避:不讓。厚其室:富厚他的家產。

〔一三〕爲:成爲。累:累贅,負擔。

〔一四〕積:聚集。

〔一五〕及:等到。怠(dài):通"殆",危也。躓:倒。

〔一六〕黜(chù):罷官,廢免。《説文》:"黜,貶下也。"遷徙(xǐ):貶謫。

〔一七〕亦以句:也是因嗜貨而得罪。

〔一八〕起:起用。艾(yì):止。

〔一九〕高其位:使他的官位增高。大其禄:使他的俸禄加多。

〔二〇〕滋甚:愈加超過。

〔二一〕以:而。近於:接近。危墜:危險墜殞,摔死。

〔二二〕死亡:指犯罪而死的人。戒:警戒。

〔二三〕雖其三句:謂雖然他們的體形魁偉高大,他們的名稱是人,但他們的智力却和小蟲一樣。

〔二四〕哀：可悲。以上寫官場上某些貪鄙之人，其行爲、下場類同
　　蝜蝂。

【評箋】　宋・黃震云："譏貪者。"(《黄氏日抄》卷六十)

三　戒 并序〔一〕

　　吾恒惡世之人，不知推己之本〔二〕，而乘物以逞〔三〕，或依
勢以干非其類，出技以怒强，竊時以肆暴〔四〕，然卒迫于禍〔五〕。
有客談麋、驢、鼠三物，似其事〔六〕，作《三戒》〔七〕。

臨江之麋〔八〕

　　臨江之人，畋得麋麑〔九〕，畜之〔一〇〕。入門，羣犬垂
涎，揚尾皆來〔一一〕。其人怒，怛之〔一二〕。自是日抱就犬，
習示之，使勿動，稍使與之戲〔一三〕。積久，犬皆如人
意〔一四〕。麋麑稍大，忘己之麋也，以爲犬良我友〔一五〕。
抵觸偃仆，益狎〔一六〕。犬畏主人，與之俯仰甚善〔一七〕，然
時啖其舌〔一八〕。三年，麋出門，見外犬在道甚衆，走欲與
爲戲〔一九〕。外犬見而喜且怒，共殺食之〔二〇〕，狼藉道
上〔二一〕。麋至死不悟〔二二〕。

黔之驢〔二三〕

黔無驢，有好事者船載以入〔二四〕。至則無可用，放之

山下〔二五〕。虎見之，尨然大物也，以爲神〔二六〕。蔽林間窺之〔二七〕，稍出近之〔二八〕，慭慭然莫相知〔二九〕。他日，驢一鳴，虎大駭，遠遁〔三〇〕，以爲且噬己也〔三一〕，甚恐。然往來視之，覺無異能者〔三二〕。益習其聲〔三三〕，又近出前後〔三四〕，終不敢搏〔三五〕。稍近，益狎〔三六〕，蕩倚衝冒〔三七〕，驢不勝怒〔三八〕，蹄之。虎因喜〔三九〕，計之曰：“技止此耳〔四〇〕！”因跳踉大㘚〔四一〕，斷其喉，盡其肉，乃去。噫！形之尨也類有德，聲之宏也類有能〔四二〕。向不出其技，虎雖猛，疑畏〔四三〕，卒不敢取。今若是焉〔四四〕，悲夫！

永某氏之鼠〔四五〕

永有某氏者，畏日〔四六〕，拘忌異甚〔四七〕。以爲己生歲直子，鼠，子神也〔四八〕。因愛鼠，不畜貓犬〔四九〕，禁僮勿擊鼠〔五〇〕。倉廩庖廚，悉以恣鼠不問〔五一〕。由是鼠相告，皆來某氏，飽食而無禍。某氏室無完器，椸無完衣〔五二〕，飲食大率鼠之餘也〔五三〕。晝累累與人兼行〔五四〕，夜則竊齧鬭暴〔五五〕，其聲萬狀，不可以寢〔五六〕。終不厭〔五七〕。數歲，某氏徙居他州〔五八〕。後人來居，鼠爲態如故〔五九〕。其人曰：“是陰類惡物也〔六〇〕，盜暴尤甚，且何以至是乎哉〔六一〕！”假五六貓〔六二〕，闔門撤瓦灌穴〔六三〕，購僮羅捕之〔六四〕。殺鼠如丘，棄之隱處，臭數月乃已〔六五〕。嗚呼！彼以其飽食無禍爲可恒也哉〔六六〕！

〔一〕戒：古代文體，載警告言辭以爲法戒。明·徐師曾《文體明辨序說》云：“按字書云：‘戒者，警敕之辭，字本作誡。’《淮南子》載

《堯戒》曰：'戰戰慄慄，日謹一日，人莫躓於山，而躓於垤。'至漢
杜篤遂作《女戒》，而後世因之，惜其文弗傳。其詞或用散文，或
用韻語，故分爲二體云。"宗元又有《敵戒》爲韻文，此文則爲散
體。三戒：三件足以警戒之事。這是三篇警世的小品文。居永
州時作。

〔二〕吾恒句：謂我始終憎惡社會上某些人，不懂得考察自己的實際能
　　　力。恒：常。推：推究，考察。本：根本，指本身的實際能力。

〔三〕而乘句：謂却憑借外界力量而爲所欲爲。乘：借。物：指客觀時
　　　勢。逞：恣意肆志。

〔四〕或依三句：分別指正文中的"臨江之麋"、"黔之驢"和"永某氏之
　　　鼠"。干：干犯，接觸。非其類：不與己同類。出技：顯示技能。
　　　怒强：使强者發怒。竊時：趁機。

〔五〕卒：最終。迫：及，至。迫于禍：遭災禍。

〔六〕似其事：與這些事相類似。

〔七〕以上是序文。

〔八〕臨江：唐縣名，屬江南東道吉州，即今江西清江縣。麋(mí)：鹿的
　　　一種，形稍大於鹿。

〔九〕畋(tián)：打獵。麛麑(ní)：鹿子，幼鹿。

〔一〇〕畜：養，指不殺死而活着帶回。

〔一一〕垂涎、揚尾：描繪犬欲吃麋的情狀。

〔一二〕怛(dá)：驚懼，恐嚇。

〔一三〕自是四句：寫主人馴犬，使犬不咬麋。自是：從此。就：靠近。
　　　　習：常，屢次。示之：指示犬。稍：漸漸。

〔一四〕如人意：順從主人意願。

〔一五〕良我友：真是自己的好友。良：信，真。

〔一六〕抵觸二句：寫麋對犬的嬉戲親密狀態。抵觸：頭與頭相抵。偃
　　　　(yǎn)：仰倒。仆：前覆。益狎(xiá)：越來越親昵。

〔一七〕俯仰：指犬迎合順從麋的動作。

〔一八〕啖(dàn)：咬嚼，借爲舐咂的意思。啖其舌，指犬對麋欲喫而又强

忍的狀態。

〔一九〕走欲句：謂麋跑過去想與羣犬戲耍。

〔二〇〕殺食：咬死並吃。

〔二一〕狼藉：（麋尸骨）散亂貌。

〔二二〕悟：明白。

〔二三〕黔（qián）：唐州名，治所在今四川彭水縣。

〔二四〕黔無二句：謂黔州本不產驢，有個好事的人用船載進一匹。

〔二五〕放之山下：“放之於山下”的省略。

〔二六〕虎見三句：謂虎見驢體形高大，以爲是神物。尨（páng）然：高大
　　　　貌。“尨”通“龐”、“厖”。

〔二七〕蔽：藏。

〔二八〕稍：漸漸。

〔二九〕慭慭句：謂虎小心謹慎，對驢還是一無所知。慭慭（yìn）然：謹慎
　　　　貌。知：了解。

〔三〇〕遁：逃。

〔三一〕且：將，要。噬（shì）：咬。

〔三二〕異能：特殊本領。

〔三三〕益習句：謂越來越習慣驢的叫聲。

〔三四〕近：靠近。出：指活動。

〔三五〕搏：撲鬬，擊。

〔三六〕狎：親近而態度不莊重。

〔三七〕蕩倚句：寫虎對驢的戲弄。蕩倚：推攘偎依。衝冒：衝撞冒犯。

〔三八〕不勝（shēng）怒：怒不可遏。不勝，受不住。

〔三九〕因：因此。

〔四〇〕計：盤算。技：技能，本領。

〔四一〕因跳句：謂於是虎便跳躍吼叫。跳踉（liáng）：跳躍。大㘎
　　　　（hǎn）：大聲怒吼，㘎同“闞”，虎聲。

〔四二〕形之二句：謂驢形體高大，好像有德行；聲音宏大，好像有本領。

〔四三〕向：假始。疑畏：疑其有德有能而畏懼。

〔四四〕若是：落得這般下場。

〔四五〕永：永州。某氏：某人。

〔四六〕畏日：舊時迷信，對日辰有忌畏而不敢有所舉動。

〔四七〕拘忌句：謂拘謹於禁忌特別厲害。

〔四八〕以爲三句：謂認爲自己生於子年，鼠是子神。直：通“值”，正當。
　　　　子：古以十二種動物配合十二地支而組成十二生肖，即子鼠、丑
　　　　牛……。子年即鼠年。

〔四九〕畜：養。犬：《文苑英華》作“又”。按：作“又”則屬下句。

〔五〇〕僮：未成年的僕役。

〔五一〕倉廩二句：謂倉庫和廚房全任老鼠糟蹋而不過問。倉：穀倉。廩
　　　　（lǐn）：米倉。倉廩，泛指倉庫。恣：放縱。

〔五二〕某氏二句：謂家具和衣服全被鼠咬壞。完：完好的。椸（yí）：
　　　　衣架。

〔五三〕大率：大都。餘：剩。

〔五四〕累累：連續不絶。兼：並，同。

〔五五〕竊齧（niè）：盜咬。鬭暴：搏鬭暴亂。

〔五六〕寢：睡覺。

〔五七〕終不句：謂始終不討厭。

〔五八〕他：別的。

〔五九〕爲態如故：活動和從前一樣。

〔六〇〕陰類：穴居而避人之物。

〔六一〕何以至是：爲何猖獗到這種程度。

〔六二〕假：借。

〔六三〕闔：關。撤：搬。瓦：指各類陶製器皿。《説文》：“瓦，土器已燒
　　　　之總名。”穴：鼠洞。

〔六四〕購：以錢僱傭，此指獎勵。羅捕：遍捕。

〔六五〕臭（chòu）：同臭。已：止。

〔六六〕恒：永久。

【評箋】 清·常安云:"麋不知彼,驢不知己,竊時肆暴,斯爲鼠輩也。"(《古文披金》評語卷十四柳文)

清·孫琮云:"讀此文,真如鷄人早唱,晨鐘夜警,喚醒無數夢蘿。妙在寫麋、寫犬、寫驢、寫鼠、寫某氏,皆描情繪影,因物肖形,使讀者說其解頤,忘其猛醒。"(《山曉閣選唐大家柳柳州全集》評語卷四)

清·林紓云:"子厚《三戒》,東坡至爲契賞。然寓言之工,較集中寓言諸作爲冷雋。不作詳盡語,則諷喻亦不至漏洩其意,使讀者無復餘味。"(《韓柳文研究法·柳文研究法》)

憎 王 孫 文〔一〕

猨、王孫居異山,德異性,不能相容〔二〕。猨之德静以恒,類仁讓孝慈〔三〕。居相愛,食相先〔四〕,行有列,飲有序〔五〕。不幸乖離,則其鳴哀〔六〕。有難,則内其柔弱者〔七〕。不踐稼蔬〔八〕。木實未熟,相與視之謹〔九〕;既熟,嘯呼羣萃,然後食,衎衎焉〔一○〕。山之小草木,必環而行遂其植〔一一〕。故猨之居山恒鬱然〔一二〕。王孫之德躁以囂〔一三〕,勃静號呶〔一四〕,唶唶彊彊〔一五〕,雖羣不相善也。食相噬齧〔一六〕,行無列,飲無序。乖離而不思。有難,推其柔弱者以免〔一七〕。好踐稼蔬,所過狼籍披攘〔一八〕。木實未熟,輒齕齩投注〔一九〕。竊取人食,皆知自實其嗛〔二○〕。山之小草木,必凌挫折挽〔二一〕,使之瘁然後已〔二二〕。故王孫之居山恒蒿然〔二三〕。以是猨羣衆則逐王孫,王孫羣衆亦齚猨〔二四〕。猨棄去,終不與抗〔二五〕。然則物之甚可憎,莫王孫若也〔二六〕。余棄山間久,見其趣如是〔二七〕，作《憎王孫》云〔二八〕：

湘水之㴱㴱兮〔二九〕，其上羣山。胡兹鬱而彼瘁兮，善惡異居其間〔三〇〕。惡者王孫兮善者猨，環行遂植兮止暴殘〔三一〕。王孫兮甚可憎！噫，山之靈兮，胡不賊斾〔三二〕？跳踉叫囂兮，衝目宣斷〔三三〕。外以敗物兮，内以爭羣〔三四〕，排闢善類兮，譁駭披紛〔三五〕。盜取民食兮，私己不分〔三六〕。充嗛果腹兮，驕傲驩欣〔三七〕。嘉華美木兮碩而繁，羣披競齧兮枯株根〔三八〕。毀成敗實兮更怒喧，居民怨苦兮號穹旻〔三九〕。王孫兮甚可憎！噫，山之靈兮，胡獨不聞？

猨之仁兮，受逐不校〔四〇〕。退優遊兮，惟德是傚〔四一〕。廉、來同兮聖囚〔四二〕，禹、稷合兮凶誅〔四三〕。羣小遂兮君子違〔四四〕，大人聚兮孽無餘〔四五〕。善與惡不同鄉兮〔四六〕，否泰既兆其盈虛〔四七〕。伊細大之固然兮，乃禍福之攸趨〔四八〕。王孫兮甚可憎！噫，山之靈兮，胡逸而居〔四九〕？

〔一〕王孫：即猢猻，猴的別稱，臉像老頭，軀體像小孩，極醜陋。這是一篇寓言騷體雜文。

〔二〕猨(yuán)王三句：謂猨與王孫性格不同，互不相容。猨：同“猿”，猴類。德：品行。性：性格。

〔三〕猨之二句：謂猨的德行像人的仁讓孝慈。静：安静。以：而。恒：常，持久不變。

〔四〕相先：互相讓先。

〔五〕列：隊列。序：次序。

〔六〕乖離：失散。

〔七〕内(nà)：通“納”，放進其中加以保護。柔弱者：年小體弱的。

〔八〕踐：踐踏。稼：莊稼。蔬：蔬菜。

〔九〕木：樹。實：果實。相與：共同。視：看守，守護。謹：慎。

〔一〇〕既熟：已熟之後。萃(cuì)：聚集。衎衎(kàn)：和樂貌。

〔一一〕必環句：謂必定繞着走，不防礙它生長。遂：使……順利。植：
　　　　生長。

〔一二〕恒：常。鬱然：草木繁盛貌。以上寫猨的優良品德。

〔一三〕躁：暴躁。嚚：喧囂。

〔一四〕勃諍：亂打亂吵。號(háo)：叫。呶(náo)：喧鬧。

〔一五〕唶唶(zè)：大聲呼叫。彊彊(jiāng)：相互追逐。

〔一六〕噬齧(shì niè)：咬。

〔一七〕推其句：謂拋棄年小體弱的而自己逃命。推：推委，拋棄。免：
　　　　脫身，脫險。

〔一八〕狼籍披攘：雜亂不整貌。

〔一九〕齕齩(hé yǎo)投注：亂啃亂扔。

〔二〇〕自實：自己裝滿。嗛(qiǎn)：猴嘴裏兩腮上貯存食物的地方(見
　　　　《爾雅・釋獸》)。

〔二一〕凌挫：摧殘。折挽：亂折亂扯。

〔二二〕瘁(cuì)：病，枯萎。已：停止。

〔二三〕蒿(hāo)然：荒蕪衰敗貌。以上寫王孫的惡劣品格。

〔二四〕以是：因此。猨羣衆：猨羣多。齰(zé)：咬

〔二五〕棄去：放棄離開。抗：爭鬬。

〔二六〕然則二句：謂由此看來，動物中最可恨的，沒有哪種超過王孫了。
　　　　莫王孫若也："莫若王孫"的賓語提前句。

〔二七〕棄：被貶謫。山間：永州多山，故曰山間。趣：趣向，指生活
　　　　習性。

〔二八〕憎王孫：指下面韻文部分。以上是序文。

〔二九〕湘水：水名，流經永州。參見《始得西山宴游記》注〔一七〕。浟浟
　　　　(yóu)：水流貌。

〔三〇〕胡茲二句：上句問，下句答。胡：何，爲什麼。茲：這邊。彼：那
　　　　邊。善：指猨。惡：指王孫。

〔三一〕環行句：主語爲猨。

〔三二〕山之靈：山神。賊：懲罰。斿(zhān)：之，它，指王孫。《左傳‧襄公二十八年》：“天其殃之也，其將聚而殲斿。”注：“斿，之也。”

〔三三〕跳踉(liáng)：跳躍。衝目：怒目，瞪眼。宣：露。斷(yín)：牙根肉。章士釗曰：“衝目宣斷，此四字形容王孫，得未曾有。”(《柳文指要》上‧卷十八)

〔三四〕敗物：破壞林木稼蔬。爭羣：於羣內爭鬬。

〔三五〕排鬬善類：指排斥猨。譁駭：喧嘩騷動。披紛：紛亂貌，指爭鬬混亂。

〔三六〕私己不分：指自己占有而不分給同羣者。

〔三七〕充嗛：即上文“皆實其嗛”。果腹：吃飽肚子。驩：通“歡”。

〔三八〕嘉：美。華：古“花”字。碩且繁：指果實又大又多。披：折斷。枯株根：使樹死根枯。

〔三九〕成：長成的樹。實：成熟的果實。號(háo)：呼叫。穹旻(qióng mín)：上天。

〔四〇〕受逐句：謂被王孫驅逐而不計較。校(jiào)：計較。

〔四一〕退：指從原所居山離開。優游：悠然自樂。惟：只，僅。德：德操。傚：仿傚。

〔四二〕廉來句：謂飛廉、惡來相勾結，文王就被囚禁。廉：飛廉，人名，或作“蜚廉”。惡：惡來，人名，飛廉之子。同：勾結。惡來爲商紂王臣子，善毀讒(見《史記‧殷本紀》)。聖：指周文王。囚：周文王被商紂王囚禁於羑里(今河南牖城)。

〔四三〕禹：夏禹。稷：后稷。堯時，舜舉禹續父鯀之業治水，舜即帝位，封禹爲司空，后稷佐禹而治(見《史記‧夏本紀》)。合：聯合。凶：四凶，四個惡人，即渾敦、窮奇、檮杌(táo wù)、饕餮(tāo tiè)。四人爲堯臣子，被舜流放邊疆，而天下平安(見《左傳‧文公十八年》)。一說，四凶爲共工、讙兜、三苗、鯀。誅：處罰。

〔四四〕羣小：一羣小人。遂：競進。原作逐，據《英華》改。違：離去。

〔四五〕大人：君子。蘖(niè)：樹木砍去後又長出的芽子，以此喻惡人的餘黨。無餘:清除乾净。

〔四六〕同鄉:共處。

〔四七〕否泰句:謂(國家)幸與不幸的命運即在善惡力量的消長變化中表現出來。否(pǐ)泰:本爲《易》兩卦名。古時於命運的好壞、事情的順逆,皆曰否泰。既:已經。兆:徵兆,預兆。盈:滿。虚:缺。

〔四八〕伊細二句:謂小人與君子的關係本來就是這樣,他們的鬥爭結果決定是福是禍。伊:句首語氣詞,無義。細:小,指小人。大:指大人君子。固然:本來如此。攸趨,所向。

〔四九〕胡逸句:謂爲何安然坐視,無動于衷?

【評箋】 宋·莊季裕云:"後漢王延壽作《王孫賦》云:'有王孫之狡獸,形陋觀而醜儀,顏狀類乎老公,軀體似乎小兒。儲糧食於耳頰,稍委輸於胃脾。同甘苦於人類,好鋪糟而啜醨。'柳子厚作《憎王孫》,其名蓋出於此。余謂自王公而後侯,故以王孫寄之耳。"(《鷄肋編》卷中)

宋·朱熹云:"晁氏(補之)曰:《憎王孫文》者,柳宗元之所作也。《離騷》以虬龍鸞鳳託君子,以惡禽臭物指讒佞,而宗元倣之焉。"(《楚辭後語》卷五《憎王孫文第四十四》)

清·林紓云:"《憎王孫文》,幽渺峭厲,能曲狀小物,皆盡其致。"(《韓柳文研究法·柳文研究法》)

牛　賦〔一〕

若知牛乎〔二〕?牛之爲物,魁形巨首〔三〕。垂耳抱角,毛革疏厚〔四〕。牟然而鳴,黄鍾滿脰〔五〕。抵觸隆曦,日耕百畝〔六〕。往來修直,植乃禾黍〔七〕。自種自斂,服箱以走〔八〕。輸入官倉,已不適口〔九〕。富窮飽飢,功用不有〔一〇〕。陷泥蹶塊，常在草野〔一一〕。人不慚愧，利滿天下〔一二〕。皮角見用，肩尻莫保〔一三〕。或穿緘縢，或實俎豆〔一四〕，由是觀之，物無踰者〔一五〕。

不如羸驢，服逐駑馬〔一六〕。曲意隨勢，不擇處所〔一七〕。不耕不駕，藿菽自與〔一八〕。騰踏康莊，出入輕舉〔一九〕。喜則齊鼻，怒則奮蹏〔二〇〕。當道長鳴，聞者驚辟〔二一〕。善識門戶，終身不惕〔二二〕。

牛雖有功，於己何益？命有好醜，非若能力〔二三〕。慎勿怨尤，以受多福〔二四〕。

〔一〕賦：古代文體，由詩發展而來。劉勰《文心雕龍·詮賦篇》云：“賦也者，受命於詩人，拓宇於《楚辭》也。於是荀況《禮》、《智》，宋玉《風》、《釣》，爰錫名號，與詩畫境；六義附庸，蔚成大國。遂客主以首引，極聲貌以窮文，斯蓋別詩之原始，命賦之厥初也。秦世不文，頗有雜賦；漢初詞人，順流而作。”則賦之諷諭之旨脫胎於《詩》，其文體之名成於戰國，其作盛於西漢。其後有古賦、俳賦、律賦、文賦的不同。

〔二〕若：你。

〔三〕牛之爲物：牛這種動物。魁形：體形魁偉。首：頭。

〔四〕垂：直，直豎。抱角：兩角相對彎曲。毛革疏厚：毛疏皮厚。

〔五〕牟：同“哞”。《說文》：“牟，牛鳴。”牟然，牛叫之聲。黃鍾：韓醇注：“《月令》：中央土，律中黃鍾之宮。黃鍾，謂土也。”脰（dòu）：脖子。黃鍾滿脰，謂滿脖子土。

〔六〕抵觸二句：謂冒烈日每天耕百畝。抵觸：頂冒，冒犯。隆曦（xī）：烈日。

〔七〕修：長。植：種植。乃：汝，你。

〔八〕斂（liǎn）：收，收穫。自：謂只用牛，而無它畜相助。服：“負”的假借字。箱：車箱。服箱，拉車。《詩經·小雅·大東》：“睆彼牽

牛,不以服箱。”傳:“服,牝服也;箱,大車之箱也。”清·陳奐傳疏:
“牝即牛,服者,‘負’之假借字,大車重載,牛負之,故謂之牝服。”

〔九〕輸:送,指交納糧食。己:自己,指牛。適:滿足。不適口,吃
　　　不飽。

〔一〇〕富窮二句:謂使窮人得富、飢人得飽而自己却不能享受到勞動果
　　　實。功用:功勞。不有:不自占有。

〔一一〕陷泥:走在泥中。蹶(jué):蹈。塊:土。草野:野外。

〔一二〕人不二句:謂人們盡情地使用牛勞動而不感到慚愧,牛的好處遍
　　　布天下。利:牛的好處。

〔一三〕見用:被利用。尻(kāo):屁股。肩尻,指全身骨肉。莫保:不能
　　　保全,謂被殺。

〔一四〕或穿二句:意謂皮被縫制成用品,肉被盛在俎豆之中。穿:指用
　　　針縫。漢·王充《論衡·狀留》:“針錐所穿,無不暢達。”緘縢(jiān
　　　téng):繩索,指縫牛皮的線繩。實:充實,引申爲盛。俎(zǔ):
　　　祭祀時陳置肉類的禮器,木製,漆飾。豆:禮器。《論語·衛靈
　　　公》:“俎豆之事,則嘗聞之矣。”注:“俎豆,禮器。”

〔一五〕踰者:超過它的。

〔一六〕不如句:謂不如瘦驢劣馬。羸(léi):瘦弱,疲病。駑(nú)馬:劣
　　　馬,行動遲鈍的馬。章士釗云:“謂不若服逐之羸驢與駑馬也,羸
　　　驢駑馬,是平列字,爲調配句法,致成楹形。”(《柳文指要》上)

〔一七〕曲意:枉曲自己的意志。隨勢:見機行事。

〔一八〕藿(huò):豆葉。菽(shū):豆。藿菽,泛指上等飼料。自與:自
　　　能得到。

〔一九〕騰踏:奔跑。康莊:四通八達的大道。《爾雅·釋宮》:“五達謂之
　　　康,六達謂之莊。”輕舉:輕快。

〔二〇〕齊鼻:仰頭,鼻子相對互挨。奮躑(zhí):躍起蹬蹄。

〔二一〕辟:避也。

〔二二〕惕:恐懼。

〔二三〕醜:不好。若:你。力:用力改變。

〔二四〕愼：千萬。尤：怨恨。受：享。多福：洪福。

【評箋】　宋·蘇軾云：“嶺外俗皆恬殺牛，而海南爲甚。客自高化載牛渡海，百尾一舟，遇風不順，渴飢相倚以死者無數。牛登舟，皆哀鳴出涕。既至海南，耕者與屠者常相半。病不飲藥，但殺牛以禱，富者至殺十數牛。死者不復云，幸而不死，即歸德於巫，以巫爲醫，以牛爲藥。間有飲藥者，巫輒云：‘神怒，病不可復治。’親戚皆爲却藥，禁醫不得入門，人牛皆死而後已。地産沈水香，香必以牛易之。黎人得牛皆以祭鬼，無脱者。中國人以沈水香供佛，燎帝求福，此皆燒牛肉也，何福之能得，哀哉！予莫能救，故書柳子厚《牛賦》，以遺瓊州僧道贇，使以曉喻其鄉人之有知者，庶幾其少衰乎！庚辰三月十五日記。”（《東坡後集》卷九《書柳子厚牛賦後一首》）

清·柳愚云：“賦四字爲句，起於子雲《逐貧》，次則中郎《青衣》，子建《蝙蝠》，唐則柳州《牛賦》，元則袁桷《淳賦》是也。”（《復小齋賦話》卷下）

章士釗云：“《牛賦》，人謂子厚謫永州後有所感憤而作，牛蓋自喻，此頗近是。釗意與謂子厚自喻，毋寧謂牛喻叔文之更爲貼切，以‘人不慚愧，利滿天下’，子厚不肯爲己誇張到此；又‘皮角見用，肩尻莫保’，子厚雖見羈囚，究亦不達此一絶境也。子厚爲文，善於持喻，然其妙處，在分寸不溢，一出口即如人意之所欲言，凡吾謂此賦爲叔文寫照以此。”又云：“又子瞻《書牛賦後》，可與司馬君實之《冤牛問》并讀，以柳文説盡王叔文之一面，而司馬文殊足影射王叔文之另一面也。……世論謂亡唐者，爲權閹强藩二毒，終唐之世，計劃二毒并銷，以期中興者，惟王叔文一人，叔文死，而唐之亡可計日而知其所矣，唐之李淳（即憲宗），乃合王叔文與有唐三百年國運，一刀斬斷之大劊子手也。冤哉！”（《柳文指要》上·體要之部卷二）

鞭　賈〔一〕

市之鬻鞭者〔二〕，人問之，其賈宜五十，必曰五萬〔三〕。

復之以五十，則伏而笑〔四〕；以五百，則小怒；五千，則大怒〔五〕；必以五萬而後可〔六〕。有富者子，適市買鞭〔七〕，出五萬，持以夸余〔八〕。視其首，則拳蹙而不遂〔九〕；視其握，則蹇仄而不植〔一〇〕；其行水者，一去一來不相承〔一一〕；其節朽墨而無文〔一二〕；掐之滅爪，而不得其所窮〔一三〕；舉之翻然若揮虛焉〔一四〕。余曰："子何取於是而不愛五萬〔一五〕？"曰："吾愛其黃而澤，且賈者云〔一六〕。"余乃召僮爓湯以濯之〔一七〕。則遫然枯，蒼然白〔一八〕。嚮之黃者，梔也〔一九〕；澤者，蠟也〔二〇〕。富者不悅〔二一〕。然猶持之三年〔二二〕。後出東郊，爭道長樂坂下〔二三〕。馬相踶〔二四〕，因大擊，鞭折而爲五六〔二五〕。馬踶不已〔二六〕，墜於地，傷焉，視其內則空空然〔二七〕，其理若糞壤〔二八〕，無所賴者〔二九〕。

今之梔其貌〔三〇〕，蠟其言〔三一〕，以求賈技於朝〔三二〕，當其分則善〔三三〕。一誤而過其分，則喜；當其分，則反怒〔三四〕，曰："余曷不至於公卿〔三五〕？"然而至焉者亦良多矣〔三六〕。居無事，雖過三年不害〔三七〕。當其有事，驅之於陳力之列以御乎物〔三八〕，以夫空空之內，糞壤之理，而責其大擊之效〔三九〕，惡有不折其用，而獲墜傷之患者乎〔四〇〕？

〔一〕賈(gǔ)：商人。鞭賈，賣鞭商。
〔二〕市：市場。鬻(yù)：賣。
〔三〕其賈二句：謂鞭值五十，他一定要價五萬。賈(jià)：同"價"，價值。《論語·子罕》："求善賈而沽諸。"宜：《唐文粹》、《全唐文》作"直"；清何焯《義門讀書記》："'宜'作'直'"；章士釗《柳文指要》

上《體要之部》卷二十："'宜'乃'直'字形譌。"按：作"直"是。《史記·平準書》："以白鹿皮爲幣，直(值)四十萬。"

〔四〕復之二句：謂還價給五十，他就彎着腰笑。復：回答，謂買者還價。

〔五〕以五百：乃"復之以五百"之省略。"五千"乃"復之以五千"之省略。

〔六〕必以五句：謂一定給五萬纔肯賣。

〔七〕適市：去市場。適，往，到。

〔八〕出五二句：謂用五萬錢買了鞭，拿來向我夸耀。夸余："夸於余"之省略。

〔九〕首：頭，指鞭梢。拳：借爲"卷"，曲也。《莊子·人間世》："仰而視其細枝，則拳曲而不可以爲棟梁。"蹙(cù)：皺縮。《管子·水地》："夫玉温潤以澤，仁也。……堅而不蹙，義也。"注："蹙，屈聚也。"拳蹙，蜷曲皺縮。遂：順，挺直。

〔一〇〕視其二句：謂看那鞭柄，傾斜而不正。握：把柄。蹇(jiǎn)：《説文》："跛也。"引申爲欹斜。仄：傾側。《説文》："側傾也。"植：借爲"直"。

〔一一〕其行二句：當是描寫鞭的外狀。清林紓曰："行水不相承者，儀不足也。"(《韓柳文研究法·柳文研究法》)行水：當是鞭行術語，待考。

〔一二〕節：鞭節。朽墨：腐朽，黑色。"墨"，《唐文粹》作黑。文：紋理。

〔一三〕掐(qiā)之二句：謂用指甲掐，指甲便盡陷入，不知有多深。掐：用指甲按。窮：盡頭。

〔一四〕舉之句：謂揮動鞭子輕飄飄的，如若無物。翲(piāo)：《廣韻》："翲，鳥飛。"翲然，輕貌。揮：舞動。

〔一五〕子何句：謂您看中它什麽而不愛惜五萬錢？取：採取，看中。何取：取何。愛：珍惜。

〔一六〕黃而澤：色黃而有光澤。云：説，指索價。

〔一七〕僮：未成年的僕役。爚(yuè)：煮，燒。湯：《説文》："熱水也。"濯

（zhuó）：洗滌。

〔一八〕則遬二句：謂鞭子立刻呈現乾枯之狀，蒼白之色。遬（sù）：籀文速（見《説文》）。遬然，時間很短，等於説“立刻”。枯：枯槁，乾枯。蒼然：灰白色。

〔一九〕嚮（xiàng）之二句：謂原來的黄色是梔子染的。嚮，從前，通“向”。梔（zhī）：木名，常緑灌木，果實成熟呈黄色，可作黄色染料。

〔二〇〕澤者二句：謂光澤是蠟塗的。

〔二一〕不悦：不高興。

〔二二〕然猶句：謂但還用它幾年。持：拿，指使用。三：泛指多數。

〔二三〕争道：搶路。長樂坂：地名，在長安東門外。

〔二四〕蹄（dì）：踢，踏。《莊子·馬蹄》：“夫馬……喜則交頸相靡，怒則分背相蹄。”

〔二五〕因：於是。大：狠，重。五六：謂五六段。

〔二六〕已：停。

〔二七〕空空然：無物貌。

〔二八〕理：脉理，質地。糞壤：泥土。

〔二九〕賴：依靠，憑藉。無所賴者，極言内部空疏不實。

〔三〇〕梔其貌：指人僞裝外表，掩蓋本質。梔：塗成黄顔色，動詞。

〔三一〕蠟其言：指粉飾言辭。蠟，用蠟塗上光澤。

〔三二〕以求句：謂以此向朝廷求取任用。求：設法得到。賈（gǔ）技：售其才能，即求任用。

〔三三〕當其句：《唐文粹》無此句，疑脱。當（dàng）：適合，合宜。

〔三四〕一誤四句：謂如果給他的官職超過了他的實際才能，他就歡喜；如果相當，却反而發怒。一誤：一旦失誤。過：超過。分（fèn）：應得的名位。

〔三五〕曷（hé）：何。至：達到。公卿：指三公、九卿。周三公爲太師、太傅、太保。西漢以大司馬、大司徒、大司空爲三公。東漢以太尉、司徒、司空爲三公。唐沿用此稱。卿，九卿，唐以太常、光禄勳、衛尉、太僕、大理、大鴻臚、宗正、大司農、少府爲九卿。此處公卿泛指極高的官位。

〔三六〕然而句：謂（無公卿才德）却位至公卿的人也很多了。焉：這裏，指公卿。良多：好多。

〔三七〕居無二句：謂國家平時無大事，這類人做幾年公卿，也無甚妨害。居：平時，平日。《論語·先進》：“居則曰：‘不吾知也。’”三：泛指多數。

〔三八〕驅：驅使，此指命令。陳力：施展才力本領。《論語·季氏》：“孔子曰：‘求，周任有言曰：陳力就列，不能者止。’”列：行列。御：治，用。御乎物，指治理國家大事。上一“之”字，代詞，他們。下一“之”字，助詞，的。

〔三九〕以夫三句：謂要求這些本無才能的人們爲國家做出大貢獻，像以鞭用力打馬一樣。

〔四〇〕惡有二句：謂怎能不出現一籌莫展，而使國家遭難的局面，就像鞭子折斷，富者子躓傷一樣呢？惡(wū)：何，如何。

【評箋】　清·愛新覺羅弘曆云：“‘負且乘，致寇至。’子曰：‘盜之招也。’外梔蠟而中糞壤，以馭奔馬，馭者固墜傷矣。然豈猶有全鞭乎？宗元託喻，非特戒取士者毋皮相，亦戒倖進者以爭道相蹎之會，折爲五六，良可懼以思也。”（《唐文醇》評語卷十二·河東柳宗元文）

清·林紓云：“《鞭賈》一篇，子厚蓋借以諷空空於内者。賈技於朝，求過其分，而實不足賴。然命題既仄，而鞭之内空外澤，又至難寫。子厚偏於仄題中，能曲繪物狀，匪一不肖，不惟筆妙，亦體物工也。……喻當路之任用小人，明明知其梔蠟，然堅一己之私見，屏大衆之公論，用張其氣，無古無今，恒如此也。通篇命意，原斥用人者之不善，然實惡無學而冒虛名者之矯作意。入手，言‘市之鬻鞭者，……而以五萬而後可。’寫抱虛求進處，歷歷如繪。至結穴，‘以空空之内，……惡有不用其折。而獲墜傷之患者乎！’理明詞達，全局都醒矣。”（《韓柳文研究法·柳文研究法》）

對　賀　者〔一〕

　　柳子以罪貶永州，有自京師來者。既見〔二〕，曰：“余聞子坐事斥逐〔三〕，余適將唁子〔四〕。今余視子之貌浩浩然也〔五〕，能是達矣，余無以唁矣〔六〕，敢更以爲賀〔七〕。”

　　柳子曰：“子誠以貌言則可也〔八〕，然吾豈若是而無志者耶〔九〕？姑以戚戚爲無益乎道，故若是而已耳〔一〇〕。吾之罪大，會主上方以寬理人〔一一〕，用和天下〔一二〕，故吾得在此。凡吾之貶斥幸矣〔一三〕，而又戚戚焉何哉？夫爲天子尚書郎〔一四〕，謀畫無所陳〔一五〕，而羣比以爲名〔一六〕，蒙恥遇僇〔一七〕，以待不測之誅〔一八〕。苟人爾，有不汗栗危厲偲偲然者哉〔一九〕！吾嘗靜處以思〔二〇〕，獨行以求〔二一〕，自以上不得自列於聖朝〔二二〕，下無以奉宗祀，近丘墓〔二三〕，徒欲苟生幸存，庶幾似續之不廢〔二四〕。是以儻蕩其心，倡佯其形〔二五〕，茫乎若昇高以望〔二六〕，潰乎若乘海而無所往〔二七〕，故其容貌如是〔二八〕。子誠以浩浩而賀我，其孰承之乎〔二九〕？嘻笑之怒，甚乎裂眥〔三〇〕，長歌之哀，過乎慟哭〔三一〕，庸詎知吾之浩浩非戚戚之尤者乎〔三二〕？子休矣〔三三〕。”

〔一〕對：古代文體，參見《起廢答》注〔一〕。對賀者，回答祝賀人的話。

〔二〕既：已經。既見，見面後。

〔三〕坐事：因事，指參加王叔文新政。

〔四〕唁(yàn)：慰問遭遇喪事的人。《説文》：“唁，弔生也。”段注：“此言弔生者，以弔生爲唁，別於弔死者爲弔也。”

〔 五 〕浩浩然：自得無憂貌。

〔 六 〕是達："達是"的倒裝，達到這種境地。一説：是，此，如此。達，通，通曉事理，猶言達觀。無以：没有什麽用來。

〔 七 〕更：變更，改。

〔 八 〕子誠句：謂如果您是就外表而言，是可以這樣講的。誠：如果。

〔 九 〕若是：像這樣。志：意向。

〔一○〕姑以二句：謂我姑且認爲憂愁對於義理修養並無好處，所以才這樣罷了。姑：姑且，暫且。戚戚：憂懼。已：罷了。耳：語尾助詞，無義。

〔一一〕會：恰逢。主上：皇帝，指憲宗。方：正。寬：寬宏的政策。理：治，因避唐高宗之諱，以"理"爲"治"。人：指臣民。

〔一二〕用：以。和：和順，諧和。

〔一三〕凡吾句：謂總之我能被貶至此是幸運的了。

〔一四〕尚書郎：宗元自禮部員外郎貶出。禮部屬尚書省，故稱尚書郎。

〔一五〕謀畫句：謂没提供過好策略。陳：陳述。

〔一六〕而羣句：謂却結成朋黨而博取名譽。羣比：朋黨，集團。

〔一七〕僇(lù)：辱。參見《始得西山宴游記》注〔二〕。遇僇，遭辱。

〔一八〕以待句：謂等待難以預料的處罰。誅：懲罰。

〔一九〕苟人爾：假如是一個人的話。汗栗：流汗而股慄。"栗"通"慄"。危厲：恐懼。偲偲(sī)然：自責的意思。

〔二○〕静處：獨處。思：想。

〔二一〕求：求索，思考問題。

〔二二〕以：認爲。聖朝：聖明時代。

〔二三〕奉宗祀：祭祀祖宗。丘墓：指祖墳。

〔二四〕苟生：苟且偷生。庶幾：希望之詞。似續：子孫。此處謂生子。《詩經·小雅·斯干》："似續妣祖，築室百堵。"傳："似，嗣也。"不廢：不絶。

〔二五〕儻蕩(tǎng dàng)：放任自由。倡佯(cháng yáng)：同"徜徉"，遊散。形：身體。

〔二六〕茫乎：廣大無邊貌。昇：登。以：而。

〔二七〕潰乎：水亂流無序貌。無所往：無固定去向。

〔二八〕容貌如是：即上文"貌浩浩然"。

〔二九〕子誠二句：謂如果您果真祝賀我無憂自得，誰能接受呢？承：接受。《説文》："承，奉也，受也。"

〔三〇〕嘻笑二句：宋·黃震云："愚謂子厚此言，大痛無聲者也。"（《黃氏日鈔》卷六十）章士釗云："宋子京極賞此，目爲新語，惟細核之，嘻笑之怒，甚乎裂眥，在七情中頗難推得此狀。且對賀者全文中，未涉及怒，狀怒似乎離題太遠，子京遽目爲新語，殊難索解，於是或疑怒字有誤。馮時可《雨航雜録》疏之曰：'柳子厚嘻笑之怒，甚於裂眥，或曰：怒當作讒。今人謗人，或嘻或笑，若有意若無意，乃其恨之深而媚之甚者也。若裂眥之罵，出於直發，此之謂怒，豈甚仇哉？劉禹錫云：駭機一發，浮謗如川，二子皆身處妒媚之間，故其言有味如此。'時可之言，與本文所刻劃者適相吻合，吾敢謂怒作讒是。"（《柳文指要》上·卷十四）眥(zì)：眼眶。

〔三一〕長歌二句：謂哀痛得長聲歌唱比慟哭更要哀痛。慟(tòng)哭：悲痛大哭。

〔三二〕庸詎二句：謂難道我自得無憂的外表不是内心最爲憂愁的反映呢？庸詎(jù)：豈，表示反詰。王引之《經傳釋詞》卷三云："庸，猶何也，安也，詎也。"庸與詎同意，故亦稱庸詎。尤：最。

〔三三〕休：終止，猶言算了吧。

【評箋】 明·茅坤云："解嘲釋譴諸文之遺。"（《唐宋八大家文鈔》卷四評柳文）

清·張伯行云："子厚既遭貶斥，知戚戚之無用，而姑爲浩浩以自排遣耳。故自道其真情而無所飾如此。"（《唐宋八大家文鈔》評語卷四）

清·孫琮云："《對賀者》……古無此體，而倡爲之，獨絶千古。此文其遺意也，堅栗淡峭，筆不能繁，而思獨苦，子瞻云言止而意不盡，可移贈此文。"（《山曉閣選唐大家柳柳州全集》評語卷四）

捕　蛇　者　説〔一〕

　　永州之野産異蛇〔二〕，黑質而白章〔三〕，觸草木盡死〔四〕，以齧人，無禦之者〔五〕。然得而腊之以爲餌〔六〕，可以已大風、攣踠、瘻、癘〔七〕，去死肌，殺三蟲〔八〕。其始〔九〕，太醫以王命聚之〔一〇〕。歲賦其二〔一一〕，募有能捕之者，當其租入〔一二〕，永之人爭奔走焉〔一三〕。

　　有蔣氏者，專其利三世矣〔一四〕。問之，則曰：“吾祖死於是〔一五〕，吾父死於是，今吾嗣爲之十二年，幾死者數矣〔一六〕。”言之，貌若甚慼者〔一七〕。余悲之，且曰：“若毒之乎〔一八〕？余將告於蒞事者〔一九〕，更若役，復若賦，則何如〔二〇〕？”蔣氏大慼〔二一〕，汪然出涕〔二二〕曰：“君將哀而生之乎〔二三〕？則吾斯役之不幸，未若復吾賦不幸之甚也〔二四〕。嚮吾不爲斯役，則久已病矣〔二五〕。自吾氏三世居是鄉〔二六〕，積於今六十歲矣〔二七〕，而鄉鄰之生日蹙〔二八〕。殫其地之出，竭其廬之入〔二九〕，號呼而轉徙〔三〇〕，飢渴而頓踣〔三一〕，觸風雨，犯寒暑〔三二〕，呼噓毒癘〔三三〕，往往而死者相藉也〔三四〕。曩與吾祖居者〔三五〕，今其室十無一焉〔三六〕；與吾父居者，今其室十無二三焉；與吾居十二年者，今其室十無四五焉，非死而徙爾，而吾以捕蛇獨存。悍吏之來吾鄉〔三七〕，叫囂乎東西，隳突乎南北〔三八〕，譁然而駭者，雖雞狗不得寧焉〔三九〕。吾恂恂而起〔四〇〕，視其缶，而吾蛇尚存〔四一〕，則弛然而卧〔四二〕。謹食之，時而獻焉〔四三〕。退而甘食其土之有，以盡吾齒〔四四〕。蓋一歲之犯死者二焉，其餘則熙熙而樂〔四五〕，豈若吾鄉鄰之旦旦有是哉〔四六〕！今雖死乎此〔四七〕，比吾鄉鄰之死則已後矣〔四八〕，又安敢毒耶〔四九〕？”

　　余聞而愈悲。孔子曰：“苛政猛於虎也〔五〇〕。”吾嘗疑乎是〔五一〕，今以蔣氏觀之，猶信〔五二〕。嗚呼！孰知賦斂之毒，有甚是蛇者乎〔五三〕！故爲之説，以俟夫觀人風者得焉〔五四〕。

〔一〕説：古代文體，參見《鶻説》注〔一〕。

〔二〕野：郊外。異：奇異，特別。

〔三〕黑質句：謂黑皮上有白色斑紋。質：物之本體，引申爲質地。《廣雅·釋言》：“質，地也。”質地，底子。黑質，黑色的底子。章：借爲彰。《周禮·考工記》：“赤與白謂之章。”白章，白色斑紋。按：這種蛇因此有白花蛇之名，李時珍始稱之爲蘄(qí)蛇(見《本草綱目》卷四十三)。

〔四〕觸草句：謂蛇毒碰觸在草樹上，草樹就全枯死。木：樹。

〔五〕以齧二句：謂如果咬着人，沒有誰能活命。按：白花蛇劇毒，人被咬，不出五步即死，故又名五步蛇。以：而。齧(niè)：咬噬。禦：抵抗。

〔六〕然得句：謂然而捉到並把它風乾製成藥餌。得：捉到。腊(xī)：《説文》作“昔”：“昔，乾肉也。籀文从肉。”此作動詞，風乾。餌(ěr)：藥餌。

〔七〕已：止，此作治愈解。大風：《素問·長制節論》：“骨節重，鬚眉墮，名曰大風。”大風即麻瘋病。攣(luán)：抽搐。踠(wǎn)：屈曲。攣踠，抽搐，痙攣。瘻(lòu)：頸腫病，即瘰癧，一名鼠瘻，西醫名淋巴腺結核。癘(lì)：惡瘡。

〔八〕去：除掉，治愈。死肌：腐爛的肉。三蟲：道家傳説居人體內侵害人體使人疾病夭死的三尸蟲。漢王充《論衡·商蟲》：“人腹中

有三蟲,三蟲食腸。"葉夢得《避暑録話》下:"道家有言三尸,或謂
之三彭。以爲人身中皆有是三蟲,能記人過失,至庚申日,乘人睡
去而讒之上帝,故學道者至庚申日輒不睡,謂之守庚申,或服藥以
殺三蟲。"

〔九〕其始:最初。

〔一〇〕太醫:皇家醫官。《舊唐書·職官志》:太常寺置太醫署,"令二
　　　　人,從七品下。丞二人,從八品下。太醫令掌醫療之法,丞爲之
　　　　貳。"王命:朝廷的命令。聚:徵集。

〔一一〕歲賦句:謂每年征收兩條。賦:征收。

〔一二〕募(mù):招募。當(dàng):抵。租入:租税。

〔一三〕永之句:謂永州百姓爭先恐後地奔走應募。以上叙永州捕毒蛇
　　　　的由來。

〔一四〕專其句:謂獨占捕蛇的好處已經三代了。專:獨占。三世:三
　　　　代人。

〔一五〕吾祖句:謂我祖父死在捕蛇的事上,即因捕蛇而被蛇咬死。是:
　　　　這,指捕蛇。下句同。

〔一六〕嗣(sì):繼承。爲之:幹這事,即捕蛇的事。幾:幾乎,險些。數
　　　　(shuò):多次。

〔一七〕貌:臉色。甚慼:很悲痛。

〔一八〕若:你。下文"若"字同。毒之:以之爲毒,以這差事爲痛苦。

〔一九〕莅(lì):臨。莅事者,管事的人,指地方官。

〔二〇〕更若三句:謂改換你捕蛇的差役,恢復你的賦税,怎樣?

〔二一〕大慼:極其悲痛。慼,同"慽"。

〔二二〕汪然:眼淚滿眶的樣子。涕:眼淚。《説文》:"涕,泣也。"

〔二三〕君將句:謂您想憐憫我並讓我活下去嗎?生:活。之:我,指代
　　　　蔣氏。生之,使我活。

〔二四〕斯:這。斯役,捕蛇這差事。未若:不像,比不上。甚:嚴重。沈
　　　　德潛曰:"立説本指。"(《唐宋八家文讀本》)

〔二五〕嚮(xiàng):從前。病:困苦,困頓。《廣雅·釋詁》:"病,苦也。"

此指受害遭災。

〔二六〕吾氏：我家。沈德潛云：“申上意暢。”

〔二七〕積：累計。積於今，累積到現在。歲：年。

〔二八〕生：生計。蹙(cù)：窘迫，困苦。日蹙，一天比一天窘迫。

〔二九〕殫其二句：謂地裏的農產品和家中的副業收入全部上繳。殫
　　　　(dān)：盡。出：出產。竭：盡。廬：家。入：收入。

〔三〇〕號(háo)呼：大聲哭喊。轉徙(xǐ)：遷移流亡。

〔三一〕頓踣(bó)：困頓倒仆。《説文》：“踣，僵也。”

〔三二〕觸：接觸，遇。犯：冒。

〔三三〕噓：《説文》：“噓，吹也。”呼噓：指呼吸。癘(lì)：疫病。《周禮·
　　　　天官·疾醫》：“四時皆有癘疾。”注：“癘疾，氣不和之疾。”毒癘，指
　　　　疫病污染的空氣。

〔三四〕往往句：謂常常是死人互相堆壓。往往，常常。藉(jiè)：墊襯。

〔三五〕曩與句：謂從前和我祖父同住本村的。曩(nǎng)：從前。

〔三六〕今其句：謂現在十家中不剩一家了。室：家。

〔三七〕悍吏句：謂凶暴蠻橫的吏卒來我們村催租的時候。

〔三八〕叫囂二句：謂到處叫罵、破壞、騷擾。隳(huī)：《廣韻》：“毀也。”
　　　　突：唐突，衝撞。隳突，毀壞，衝突。東西、南北：二詞爲互文，指
　　　　到處。

〔三九〕譁(huá)然：亂喊亂吵貌。駭：驚。寧：安寧。沈德潛曰：“善於
　　　　形容。”

〔四〇〕恂恂(xún)：小心謹慎貌。《漢書·李廣傳贊》：“李將軍恂恂如鄙
　　　　人。”注：“恂恂，誠謹貌也。音荀。”

〔四一〕缶(fǒu)：瓦罐。尚：還。

〔四二〕弛然：輕鬆安適貌。

〔四三〕謹：小心。食(sì)：喂養。同“飼”。時：到規定時間。獻：進獻，
　　　　交納。

〔四四〕退：回家。甘：甜。其土之有：指自己地裏的出產。齒：年齡。
　　　　盡吾齒，過完我的一生。

〔四五〕二：兩次。承上文“歲賦其二”。熙熙(xī)：快樂無憂貌。

〔四六〕若：像。旦旦：每天。是：這，指重賦帶來的死亡威脅。沈德潛曰：“説捕蛇之樂，愈形出賦斂之苦。”

〔四七〕今雖句：謂現在即使死於捕蛇。乎：於。

〔四八〕後：在後，遲。沈德潛曰：“本此句立説。”

〔四九〕安：怎。以上蔣氏叙述賦斂給村民帶來的巨大災難，和自己以捕蛇幸免。

〔五〇〕苛政句：謂暴政比虎還凶。苛政：苛酷的政令，暴政。《禮記·檀弓》下：“孔子過泰山側，有婦人哭於墓者而哀。夫子式而聽之。使子路問之曰：‘子之哭也，壹似重有憂者？’而曰：‘然。昔者，吾舅死於虎，吾夫又死焉，今吾子又死焉。’夫子曰：‘何爲不去也？’曰：‘無苛政。’夫子曰：‘小子識之，苛政猛於虎也。’”沈德潛曰：“揭明作説本旨。”

〔五一〕嘗：曾經。乎：於。是：這(句話)，指孔子語。

〔五二〕今以二句：謂現在用蔣氏的遭遇考察它，還是可信的。猶：可。《詩經·魏風·陟岵》：“上慎旃哉，猶來無止。”傳：“猶，可也。”猶信，可信。

〔五三〕孰：誰。有甚是蛇，比這蛇還厲害。

〔五四〕故爲二句：謂所以爲此事寫了這篇文章，等待考察民情的官員得到它。爲之説：爲此事寫這篇“説”。俟(sì)：等待。夫：那些。人：民。觀人風者：考察民情的官員。參見《永州鐵爐步志》注〔三〇〕。以上是作者對此事的議論，並點明作意。

【評箋】　清·沈德潛云：“前極言捕蛇之害。後説賦斂之毒，反以捕蛇之樂形出，作文須如此頓跌。悍吏之來吾鄉一段，後東坡亦嘗以虎狼比之，有察吏安民之責者所宜時究心也。”(《唐宋八家文讀本》卷七)

　　清·林雲銘云：“按唐史，元和年間，李吉甫撰國計簿，上之憲宗。除藩鎮諸道外，税户比天寶四分減三；天下兵仰給者，比天寶五分增一，大率二户資一兵。其水旱所傷，非時調發，不在此數。是民間之重斂，難堪可知。而子厚之謫永州，正當其時也。此篇借題發意，總言賦稅之害。民窮而徙，而徙死漸歸於盡。淒咽之音，不忍多讀。其言三世六十歲者，蓋自元和追計六十年以前，乃天寶六七年間。正當盛時，催科無擾。嗣安史亂後，歷肅、代、德、順四宗，皆在六十年之內。其下語俱有斟酌，煞是奇文。"(《古文析義》初編卷五)

　　清·過珙云："此本借捕蛇以論苛政，故前面設爲之辭，與捕蛇者應答，驚奇詭誦，令人心寒膽栗。後却明引'苛政猛於虎'事作證，催科無法，其害往往如此。淒咽之音，不堪卒讀。"(《古文評註》評語卷七)

　　清·孫琮云："中間寫悍吏之催科，賦役之煩擾，十室九空，一字十淚，中谷哀猿，莫盡其慘。然都就蔣氏口中說出，子厚只代述得一遍。以敘事起，入蔣氏語，出一'悲'字，後以'聞而愈悲'，自相叫應。結乃明言著說之旨。一片憫時深思，憂民至意，拂拂從紙上浮出，莫作小文字觀。"(《山曉閣選唐大家柳柳州全集》評語卷四說)

　　清·林紓云："《捕蛇者說》，胎'苛政猛於虎'而來。命意非奇，然蓄勢甚奇。'當其租入'句，是通篇發端所在，見得賦役之酷。雖祖、父皆死，猶冒爲之。然上文止言歲賦其二，未爲苛責之詞，而役此者實日與死近。此處若疾入賦之不善，或太息，或譏毀，文勢便太直率矣。文輕輕將'更役復賦'四字，鞭起蔣氏之言，且不說賦役與捕蛇之害，作兩兩比較，但言民生日蹙，至於死徙垂盡，縮脚用'吾以捕蛇獨存'爲句，屹如山立。然此特言大略，但就民之被害而言，尚未說到官吏所以病民之手段。'悍吏之來吾鄉'六字，寫得聲色俱厲。此處若將蛇之典實，拈采掩映，便立時墜落小樣。妙在'恂恂而起'，'弛然而卧'，竟託毒蛇爲護身之符，應上'當其租入'句。文字從容暇豫中，却形出朝廷之弊政，俗吏之殃民，不待點染而情景如畫。收處平平無奇。"(《韓柳文研究法·柳文研究法》)

送薛存義序〔一〕

　　河東薛存義將行〔二〕，柳子載肉於俎，崇酒於觴〔三〕，追而送之江之滸〔四〕，飲食之〔五〕。且告曰：“凡吏於土者，若知其職乎〔六〕？蓋民之役，非以役民而已也〔七〕。凡民之食於土者，出其十一傭乎吏〔八〕，使司平於我也〔九〕。今我受其直怠其事者，天下皆然〔一〇〕。豈惟怠之，又從而盜之〔一一〕。向使傭一夫於家〔一二〕，受若直，怠若事，又盜若貨器〔一三〕，則必甚怒而黜罰之矣〔一四〕。以今天下多類此，而民莫敢肆其怒與黜罰者何哉〔一五〕？勢不同也〔一六〕。勢不同而理同，如吾民何〔一七〕？有達於理者，得不恐而畏乎〔一八〕！”

存義假令零陵二年矣〔一九〕。蚤作而夜思〔二〇〕，勤力而勞心。訟者平，賦者均〔二一〕，老弱無懷詐暴憎〔二二〕，其爲不虛取直也的矣〔二三〕，其知恐而畏也審矣〔二四〕。

吾賤且辱〔二五〕，不得與考績幽明之説〔二六〕；於其往也，故賞以酒肉而重之以辭〔二七〕。

〔一〕薛存義：其名僅見於本文，事迹未詳。序：古代文體，參見《愚溪詩序》注〔一〕。題一作《送薛存義之任序》。陳景雲《柳集點勘》：“一本題中無‘之任’二字爲是。文中言‘假令零陵二年’，則非初之官也。觀篇末‘不得與考績幽明之説’，蓋惜其去官而送之。”陳説是。

〔二〕河東：隋河東郡，唐先後改爲蒲州、河中府，治所河東縣。薛存義爲河東縣人，或爲河中府（蒲州）其它縣人。

〔三〕載：裝，盛。俎（zǔ）：古代祭祀時盛食物的器皿。《説文》：“俎，禮俎也。”崇酒：斟滿酒。觴（shāng）：酒杯。《玉篇》：“觴，飲器也。”

〔四〕江之滸：江邊，指永州湘江邊。一本江下無之字。

〔五〕飲食之：讓他喝酒吃肉。

〔六〕土：地方。若：你。職：職責。

〔七〕蓋民二句：謂地方官是百姓的僕役，而不是奴役百姓的。蓋：句
　　　　首語氣詞，表判斷。役：《玉篇》：“使役也。”此作被役使者，即僕
　　　　役。民之役，指地方官。役民：役使百姓。沈德潛曰：“奇語至
　　　　言。”（《唐宋八家文讀本》）

〔八〕凡民二句：謂那些靠種土吃飯的百姓，拿出他們收入的十分之一
　　　　雇傭官吏。土：地。十一：十分之一。傭：雇傭。

〔九〕使：讓，要求。司：掌管，主事。平：公平。我：指“民”。

〔一〇〕今我二句：謂如今拿了百姓的工錢而敷衍了事的官吏，社會上到
　　　　處都是。直：同“值”，雇傭價值：指官吏的俸祿。怠：鬆懈，敷
　　　　衍。《說文》：“怠，慢也。”

〔一一〕豈惟：豈止。盜：搶劫。

〔一二〕向使句：謂假使你家中雇一個人。向使：假使。一夫：一個成年
　　　　男子。

〔一三〕若：你的。若直，你的工錢。貨器：財物和器具。

〔一四〕黜（chù）罰：驅逐而處罰。

〔一五〕以：而。類此：與此相似。肆：《博雅》：“伸也。”怒：怒氣。

〔一六〕勢不同：謂地位、權力不同。吏與民的關係，吏在上而民在下，故
　　　　曰“勢不同”。

〔一七〕理：道理。如吾句：怎樣對得起百姓呢？

〔一八〕有達二句：謂對懂道理的人來說，能不惶恐畏懼嗎？達：通。得
　　　　不：即“得無”，能不。以上向薛存義贈言，說明吏與民的關係就
　　　　是僕役與主人的關係。

〔一九〕假令：代理縣令。零陵：唐縣名，爲永州治所，即今湖南零陵縣。

〔二〇〕蚤：通“早”。作：起。思：思考（政務）。沈德潛曰：“二句關合備
　　　　意，語不虛下。”

〔二一〕訟者二句：謂斷案公平，賦稅合理。訟（sòng）：打官司。平：公
　　　　平。均：平，合理。

〔二二〕老弱句：謂老人和孩子都無虛僞欺騙之心，無憎惡嫌恨之色。

〔二三〕其爲句：謂他沒白拿百姓的工錢，這是明白的了。虛取直：白拿

錢。的:《説文》:"明也。"沈德潛曰:"語語雙關。"

〔二四〕審:確實。《玉篇》:"審,信也。"以上贊揚薛存義通達爲官之道,因而頗有政績。

〔二五〕賤:官位低。辱:恥辱,指遭貶謫。

〔二六〕不得句:謂没有資格參加考評官員的工作。與(yù):參與。考績:考核官吏。幽:暗,指政績低劣。明:亮,指政績卓著。《尚書·堯典》:"三載考績。三考,黜陟幽明。"說:評議。

〔二七〕於其二句:謂在他調離時,用酒肉爲他餞行,並贈他這篇序。往:離去。賞:宴。章士釗云:"尋南朝人宴賞二字平列,《江斆傳》稱:'斆爲丹陽丞時,袁粲爲尹,數與宴賞,留連日夜。'此宴即賞也,賞亦即宴,兩字了無區别。夫子厚爲司馬,而存義爲縣令,此之連誼,與袁粲之於江斆適同。"(《柳文指要》上·卷二十三)重:加。以上明餞行和贈文之意。

【評箋】　明·鍾惺云:"此篇文勢圓轉,如珠走盤,略無滯礙。"(《山曉閣選唐大家柳柳州全集》卷二評柳文)

清·沈德潛云:"前規後頌,頌不忘規,牧民者宜銘座右。"(《唐宋八家文讀本》卷八評柳文)

清·過珙云:"受其直怠其事者,天下比比皆是,然猶不足恐而畏也。至盜而貨器者,此輩衣鉢,是時幾遍天下。所謂笑罵由他笑罵,好官還我爲之,豈惟不恐而畏,且洋洋得意矣,何可勝嘆!得柳州一筆喝破,宦路上人,得無面赤!"(《古文評註》評語卷七)

清·孫琮云:"此序大段分兩半篇看:上半篇,是言世俗之吏,不能盡職而達於理者,恐懼而畏;下半篇,是言存義今日正是能盡職而達理恐懼者。末幅,自述作序。大段不過如此。妙在筆筆跳躍,如生龍活虎,不可逼視。"

清·朱宗洛云:"文不論長短,必須有生龍捉不住光景,乃能以我之靈機,鼓動閲者。但從來靈機活潑之文,未有不於用筆間變化入神者。看此文入手處,用'追'字、'將'字、'且'字、'已'字,字字作勢矣。'告曰'

下，緊下一斷，又用‘非以’二字作一激，已將通篇大意，提得了了。以下就不能盡職者言，或用推進法，或用借形法，或用頓跌法，或用推原法，或用繳足法，一意旋轉中，用筆句句變化，故爲短篇極奇橫之文。細玩通篇，總是一擒一縱，故能伸縮如意，其轉換處，亦變化不測。”（《古文一隅》評語卷中）

章士釗云：“子厚《送薛存義序》，乃《封建論》之鐵板注脚也，兩文相輔而行，如鳥雙翼，洞悉其義，可得於子厚所構政治系統之全部面貌，一覽無餘。”（《柳文指要》上·卷二十三序）

答韋珩示韓愈相推以文墨事書〔一〕

足下所封示退之書〔二〕，云，欲推避僕以文墨事，且以勵足下〔三〕。若退之之才，過僕數等〔四〕，尚不宜推避於僕，非其實可知〔五〕，固相假借爲之辭耳〔六〕。退之所敬者，司馬遷、揚雄〔七〕。遷於退之，固相上下〔八〕。若雄者，如《太玄》、《法言》及《四愁賦》〔九〕，退之獨未作耳，決作之，加恢奇〔一〇〕，至他文過揚雄遠甚〔一一〕。雄之遣言措意，頗短局滯澀〔一二〕，不若退之猖狂恣睢，肆意有所作〔一三〕。若然者〔一四〕，使雄來尚不宜推避，而況僕耶〔一五〕？彼好獎人善〔一六〕，以爲不屈己，善不可獎，故慊慊云爾也〔一七〕。足下幸勿信之〔一八〕。

且足下志氣高，好讀南、北史書〔一九〕，通國朝事〔二〇〕，穿穴古今〔二一〕，後來無能和〔二二〕。而僕稚駭〔二三〕，卒無所爲〔二四〕，但趑趄文墨筆硯淺事〔二五〕。今退之不以吾子勵僕，而反以僕勵吾子，愈非所宜〔二六〕。然卒篇欲足下自挫抑〔二七〕，合當世事以固當〔二八〕，雖僕亦知無出此〔二九〕。吾子年甚少，知己者如麻〔三〇〕，不患不顯〔三一〕，患道不立爾〔三二〕。此僕以自勵，亦以佐退之勵足下〔三三〕。不宣〔三四〕。宗元頓首再拜〔三五〕。

〔一〕韋珩：韋正卿之子，韋夏卿之侄。夏卿，兩《唐書》皆有傳。正卿，無傳。《舊唐書·韋夏卿傳》載："大曆中與弟正卿俱應制舉，同時策入高第。"韋珩深得韓愈賞識。貞元十八年，韓愈爲國子四門博士，薦士十人於陸傪，其一爲韋羣玉，韋羣玉即韋珩，其關於韋珩者曰："有韋羣玉者，京兆之從子，其文有可取者，其進而未止者也。其爲人賢而有材，志剛而氣和，樂於薦賢爲善。其在家無子弟之過，居京兆之側，遇事輒争，不從其令而從其義。求子弟之賢而能業其家者，羣玉是也。"（《與祠部陸員外書》）示韓愈……書，把韓愈的信寄給我看。相推：推讓於我。文墨事：寫文章事。韋珩向韓愈請教作文之法，韓愈寫信給韋珩，謂自己文章不如柳宗元，要韋珩向柳宗元請教，並鼓勵韋珩努力寫作。韋珩將韓愈信寄給柳宗元並求教爲文之法，宗元給韋珩寫這封回信。

〔二〕足下句：謂您把韓愈的信寄給我看。足下：敬稱，相當於"您"，戰國時多用於稱君主，漢以後多用於同輩之間。封：封緘，此指寄。退之：韓愈字退之。

〔三〕推避：推重他人，自己退讓。僕：謙稱，我。勵：勉勵。

〔四〕若：語氣詞，無義。過：超過。數等：幾倍。

〔五〕尚不二句：謂還是不應該推重我而自己迴避，可知這並不是實際情況。尚：猶，還。不宜：不應該。非其實：不是實際情況。章士釗云："'若退之之才，過僕數等，尚不宜推避於僕'；此數語反覆讀之，於義難通，若'過'易作'遜'，則文義暢通無阻。……其意若曰：倘若退之之才，遜於僕甚遠，而尚且不應以師名加之於我，使自取戾也。"（《柳文指要》上·卷三十四）

〔六〕固相句：謂本來是爲了獎拔我，才説這些話而已。固：本來。假

借：寬容。《戰國策·燕策三》：“秦舞陽色變振恐，荆軻顧笑舞
陽，前爲謝曰：‘北蠻夷之鄙人，未嘗見天子，故振慴，願大王少假
借之，使得畢使於前。’”此作抬舉、獎拔、獎進解。相假借：獎進
我。爲之辭：作此言。

〔七〕司馬遷：字子長，漢武帝時史學家兼文學家，著有《史記》。揚雄：
字子雲，漢成帝時文學家。

〔八〕於：對於。固：本來。相上下：彼此分不出高下。

〔九〕《太玄》：《太玄經》，模仿《易經》而作的哲學著作。《法言》：模仿
《論語》而作。《四愁賦》：《漢書·藝文志》著録“揚雄賦十二篇”，
未列篇名。今存揚雄文集《揚子雲集》，無《四愁賦》。《漢書·揚
雄傳》下贊云：“其意欲求文章成名於後世，以爲經莫大於《易》，故
作《太玄》；傳莫大於《論語》，作《法言》；史篇莫善於倉頡，作《訓
纂》；箴莫善於《虞箴》，作《州箴》；賦莫深於《離騷》，反而廣之；辭
莫麗於相如，作四賦；皆斟酌其本，相與放依而馳騁云。”則《四愁
賦》當爲“四賦”，“愁”爲衍文。舊注：“一作‘四賦’。”四賦，指《甘
泉賦》、《河東賦》、《羽獵賦》、《長楊賦》。

〔一〇〕退之三句：謂退之只不過未作而已，如果一定要讓韓愈作賦，會
比揚雄賦更加宏偉出奇。獨：只。決（jué）：一定。加：更。恢
奇：壯偉特出。決，一本作“使”。使，假使。意亦通。

〔一一〕至：至於。他文：其它文章。

〔一二〕遣言：使用、駕馭語言。措意：命意。短局：短促。滯澀：不
流暢。

〔一三〕不若二句：極言韓愈作文自由揮灑，酣暢淋漓。不若：比不上。
猖狂：放肆。恣睢（zì suī）：自由無拘束。肆意：隨意，任意。

〔一四〕若然者：如此説來。

〔一五〕使：即使。

〔一六〕人善：別人的好處。

〔一七〕以爲三句：謂認爲不委屈自己，別人的好處就不能得到贊揚，（韓
愈）所以自謙的原因在此而已。慊慊（qiàn）：心内不滿足。《文

選》曹丕《燕歌行》：“慊慊思歸戀故鄉。”張銑注：“慊慊，心不足貌。”云爾：句尾語氣詞，相當於“如此而已”。

〔一八〕幸：希望之辭。以上高度贊揚韓愈文成就，説明韓愈推重自己是爲獎勵自己。

〔一九〕南、北史書：《南史》與《北史》，均爲唐太宗時史官李延壽所撰。《南史》八十卷，記宋至陳歷史；《北史》一百卷，記魏至隋歷史。

〔二〇〕通國句：謂通曉唐朝故事。古人稱自己所在的朝代爲國朝。

〔二一〕穿穴：鑽研，深究。一本作“牢籠”。

〔二二〕後來句：謂年輕人沒有能趕得上的。和：一本作“加”。加，超過。意亦通。

〔二三〕稚騃(zhì āi)：幼稚呆癡。章士釗云：“陳少章指稚字爲滯字之誤，以《與杜温夫書》‘吾性滯騃’爲證，蓋珩年少，作者之年輩長，不得自謙爲稚，此少章讀書細心處。”按：此説甚是。

〔二四〕卒無句：指於政治最終一事無成。卒：終於。

〔二五〕但：只。趑趄(zī jū)：徘徊不進貌。淺事：小事。

〔二六〕愈非句：謂更不合適。

〔二七〕卒篇：篇末，信結尾處。自挫抑：自己控制，削減鋭氣。

〔二八〕合當句：謂符合當今社會實際，的確是恰當的。以：謂。一本“事”下無“以”字。

〔二九〕無出此：猶言不離乎此。柳文中“出”字，往往如此用法，如《報袁君陳書》“其歸在不出孔子”，即其例。

〔三〇〕如麻：極言多。

〔三一〕患：憂慮。顯：顯赫，揚名。

〔三二〕道不立：儒家之道不能建樹。

〔三三〕以佐：用來輔助。

〔三四〕不宣：“不能宣備”之省略，即不一一細説。古代書信結尾用語。

〔三五〕頓首：周朝有九拜之禮。頭叩地而拜爲頓首。《周禮·春官·大祝》：“辨九拜，一曰稽首，二曰頓首。”注：“稽首拜，頭至地也；頓首拜，頭叩地也。”再拜：一拜而二拜。頓首再拜，極尊敬的禮節，用於書信結尾，表示尊敬。以上自謂癡呆無爲，不敢爲師，但贊同韓愈勸韋珩削減鋭氣的意見。

【評箋】 宋·王十朋云：“問：韓愈、柳宗元俱以文鳴於唐世，目曰韓、柳。二人更相推遜，雖議者亦莫得而雌雄之。然其好惡議論之際，顧多不同者。韓排釋氏甚嚴，其《送浮屠序》責子厚不以聖人之道告之；柳謂釋氏之説與《易》、《論語》合，且譏退之知石而不知韞玉。韓謂世無孔子則己不在弟子列，作《師説》以號召後學；柳則以好爲人師爲患，有《師友箴》，有答韋、嚴二書，且有雪日之喻，又有毋以韓責我之説。韓著《獲麟解》以麟爲聖人之祥，《賀白龜表》以龜爲獲蔡之驗；柳則作《正符》詆談符瑞者爲淫巫瞽史。韓碑淮西歸功裴度而不及李愬；柳於裴、李則各有雅章。韓以作史有人禍天刑之可畏；柳則移書以辯之。韓以人禍元氣爲天所罰；柳則著論以非之。其指意不同，多此類者。且退之名在子厚《先友記》中，蓋其父兄行。且年又長柳，宜以兄事之可也。然韓每及柳則字而稱之；柳語及韓則斥而名之爾，抑又何耶？今二文並行於世，學者之所取法，真文章宗匠也。然讀其文，切疑二人陽若更譽而陰相矛盾者，不可以不辯。夫韓、柳邪正，士君子固能言之，至於議論，則未可因人而輕重。願與諸君辯其當否。”（《策問一則》，見《梅溪王先生文集》前集卷十五）

宋·李如箎云：“韓退之、柳子厚，皆唐之文宗。儒者之論，則退之爲首，而子厚次之。二人平時各相推許。退之論子厚之文，則曰：‘雄深雅健，似司馬子長，崔蔡之流，不足多也。’子厚論退之之文，則曰：‘退之所敬者司馬遷、揚雄，遷之文，與退之固相上下，如揚雄《太玄》、《法言》，退之不作。作之，加瑰奇。’詳究其文，二公之論，皆非溢美。但退之之文，其間亦有小疵。至於子厚，則惟所投之，無不如意。”（《東園叢語》卷下）

桐葉封弟辯〔一〕

古之傳者有言，成王以桐葉與小弱弟，戲曰：“以封汝〔二〕。”周公入賀〔三〕。王曰：“戲也。”周公曰：“天子不可戲。”乃封小弱弟於唐〔四〕。

吾意不然〔五〕。王之弟當封耶〔六〕？周公宜以時言於王〔七〕，不待其戲而賀以成之也〔八〕。不當封耶？周公乃成其不中之戲〔九〕。以地以人與小弱者爲之主〔一〇〕，其得爲聖乎〔一一〕？且周公以王之言，不可苟焉而已，必從而成之耶〔一二〕？設有不幸〔一三〕，王以桐葉戲婦寺〔一四〕，亦將舉而從之乎〔一五〕？凡王者之德，在行之何若〔一六〕。設未得其當，雖十易之不爲病〔一七〕；要於其當〔一八〕，不可使易也，而況以其戲乎〔一九〕？若戲而必行之，是周公教王遂過也〔二〇〕。

吾意周公輔成王，宜以道，從容優樂〔二一〕，要歸之大中而已〔二二〕。必不逢其失而爲之辭〔二三〕。又不當束縛之，馳驟之，使若牛馬然〔二四〕，急則敗矣。且家人父子尚不能以此自克〔二五〕，況號爲君臣者耶？是直小丈夫𡙇𡙇者之事〔二六〕，非周公所宜用，故不可信〔二七〕。

或曰：封唐叔，史佚成之〔二八〕。

〔一〕辯：古代文體。明徐師曾《文體明辯序説》云：“按字書云：‘辯，判別也。’其字從言，或從刂，蓋執其言行之是非真僞而以大義斷之也。……漢以前，初無作者，故《文選》莫載，而劉勰不著其説。至唐韓柳乃始作焉。然其原實出於孟莊。蓋非本乎至當不易之理，而以反復曲折之詞發之，未有能工者。……其題或曰‘某辯’，或曰‘辯某’，則隨作者命之，實非有異議也。”今按：以辯爲題之文，即辯駁之文，必有反駁對象，必有反駁與本論兩部分内容。此體始成於韓愈、柳宗元。桐葉：梧桐葉。

〔二〕傳(zhuàn)者：寫史書的人。有言：謂書中有記載。成王：周成

王,武王之子。與:給。小弱弟:幼弟,指武王幼子唐叔虞,邑姜
所生。以封汝:以之封汝,把它封給你。

〔三〕周公:周公旦,文王子,武王弟。武王死,成王立,周公攝政輔
　　　成王。

〔四〕乃封:事見《呂氏春秋·重言篇》:"成王與唐叔虞燕居,援梧葉以
　　　爲珪,而授唐叔虞曰:'余以此封女。'叔虞喜,以告周公。周公以
　　　請曰:'天子其封虞耶?'成王曰:'余一人與虞戲也。'周公對曰:
　　　'臣聞之,天子無戲言。天子言則史書之,工誦之,士稱之。'於是,
　　　遂封叔虞於晉。"漢劉向《説苑·君道篇》所載同。按:唐爲晉前
　　　身,《史記·晉世家》:"唐在河、汾之東,方百里,故曰唐叔虞。唐
　　　叔子燮是爲晉侯。"以上引史之成説,做爲駁論的對象。

〔五〕吾意句:謂我認爲這不是事實。意:認爲。然:是,對。

〔六〕當:應當。

〔七〕宜:應該。以時:及時。

〔八〕成之:使戲言成爲事實。

〔九〕周公句:謂周公就使成王把一句不合適的戲言變成了事實。中
　　　(zhòng):合適,恰當。

〔一〇〕以地句:謂把土地和人民交給小弱弟,當他們的國君。

〔一一〕得爲:能算得上。

〔一二〕且周公二句:謂周公是認爲成王不可以亂説而不兑現,因而就一
　　　　定由此而促使戲言成爲事實嗎? 且:抑,還是。苟:苟且,隨便。
　　　　從:順。

〔一三〕設有句:謂假設發生意外的失誤。

〔一四〕婦寺:婦,婦人。寺,宦官。章士釗云:"婦特陪筆而已,而寺人最
　　　　置重。……查子厚當時所處形勢,其與王叔文爲敵者,以宦人爲
　　　　急先鋒,俱文珍外充監軍,劉光琦内管樞密,一陰握方鎮之柄,一
　　　　陽奪宰相之權,而皆以君令行之,此二事不加釐革,國事將無一可
　　　　爲。"(《柳文指要》上·卷四)

〔一五〕舉:稱,言。從之:照戲言辦。

〔一六〕凡王句：謂君王之德如何，決定於政令施行的結果如何。

〔一七〕設：假設。當(dàng)：得當，適合。下文"要於其當"之"當"同。
　　　　易：改變，更改。下文"不可使易也"之"易"同。病：錯誤。

〔一八〕要(yào)：凡，總。

〔一九〕以：因爲。

〔二〇〕若戲二句：謂如果是戲言却一定要實行，這就是周公教成王堅持
　　　　錯誤了。以上先對成説作三種假設，再推出其荒謬後果，以反駁
　　　　成説。並正面論述王之德以當否爲準，不當之言雖十易之不爲病
　　　　的論點。

〔二一〕道：正道。從容：不慌不忙。優樂：和樂。從容優樂，在寬舒和
　　　　諧的氣氛中漸進。

〔二二〕大中：在這裏是政治概念。宗元屢言"大中"，如："當也者，大中
　　　　之道也。"(《斷刑論下》)意謂得其當就是大中之道。又如："立大
　　　　中、去大惑，舍是而曰聖人之道，吾未之信也。"(《時令論》下)認爲
　　　　大中所在亦即道之所在。又如："聖人之教，立中道而示於後。"
　　　　(《時令論》下)認爲中道就是聖人之教。可見宗元所謂"大中"、
　　　　"中道"即是切合時代形勢的方針政策。沈德潛曰："與(上文)不
　　　　中應。"

〔二三〕必不句：謂一定不會在君王有過失時爲之辯解。逢：逢迎。失：
　　　　失誤。爲之辭：替他説話。

〔二四〕又不三句：謂又不應拘束他或驅趕他，像對待牛馬一樣。束縛：
　　　　綑綁。馳驟：鞭策使快跑。

〔二五〕克：箝制。

〔二六〕是直句：謂這正是庸人的見識。是：這。直：正。小丈夫：平庸
　　　　之人。軼軼(quē)：小智貌。

〔二七〕以上正面論述輔君應以大中之道的論點，用作桐葉封弟事不可信
　　　　的結論，總結全文。

〔二八〕史佚：《左傳·僖公十五年》杜注："史佚，周武王時太史，名佚。"
　　　　按：《史記》載封唐叔虞事出於史佚，而並非周公。《史記·晉世

家》："唐叔虞者，周武王子，而成王弟。……武王崩，成王立，唐有亂，周公誅滅唐。成王與叔虞戲，削桐葉爲珪，以與叔虞曰：'以此封若。'史佚因請擇日立叔虞。成王曰：'吾與之戲爾。'史佚曰：'天子無戲言，言則史書之，禮成之，樂歌之。'於是遂封叔虞於唐。"以上交待封弟事尚有出於史佚一説。

【評箋】 宋·謝枋得云："七節轉換，義理明瑩，意味悠長。字字經思，句句著意，無一句懈怠，亦子厚之文得意者。"(《文章軌範》卷二)

清·林雲銘云："此篇先以當封不當封二意夾擊，見其不因戲行封。次復就戲上設言，戲非其人，何以處之，則戲不可爲真也明矣。然後把'天子不可戲'五字，痛加翻駁。以王者之行，止求至當，不妨更易。而周公當日輔導正理，不但無代君掩飾其過之事，亦無箝制其君若牛馬之法。則以爲天子不可戲，有戲而必爲之詞者，非周公所宜行又明矣。篇中計五駁，文凡七轉。筆筆鋒刃，無堅不破。是辯體中第一篇文字。"(《古文析義》初編卷五)

清·余誠云："此文之層層辯駁，一層緊一層，一層好一層，盡人所知也。然尤須知次段'周公宜以時言於王'是從'賀'字對面看出，三段'以地以人'是從'小弱'着眼，四段'婦寺'又是從'弟'字想出，五段'王者之德'數語又是從'戲'字上想出，'輔成王'段又是緊從'周公'看出。且段段皆着意周公，總妙在能於首段中字字勘出破綻，又能於破綻處發出正理，所以奇警驚人。可見精卓文字，只不過將題目勘得透徹耳，原無他妙巧也。後學悟此，思過半矣。"(《古文釋義》卷八)

章士釗云："子厚所爲《桐葉封弟辯》，一三百字小文耳，乃坊刻本必選之作，庸童小夫，大抵耳熟能詳，特其中所涵政治意義，指摘當時朝議情況者，未必人人能解。文中所表示者爲二大義：一、王設以桐葉戲婦寺當如何？……二、君不當束縛馳驟，使若牛馬，急則必敗。……叔文得君之專，自不待言，而順宗瘖不能言，安知非心有成算？叔文往往遇事，悍然以己意行之，如動議殺劉闢，叔文矢口而出，幾浸忘有上請君命一事，非君臣一心，默喻有素，又安能如此？吾嘗論叔文黨内，有急進緩進二

派，韋執誼是緩進領袖，子厚所見，或亦偶與執誼同符。宋子京譏叔文爲
沾沾小人，與子厚所云'軟軟小丈夫'，用意雖有惡訕與隱慮之不同，而所
指殆歸一嚮。由是以知子厚此文，重在諷示叔文，使力避束縛馳驟，徐即
於從容優樂之道，而不爲宦寺所中傷，成王桐葉云云，亦借題發揮而已。
外間屢以躁進譏子厚，退之亦云子厚不自貴重，若輩豈足以知子厚憂心
如焚，及婉而多諷之微意也哉？"（《柳文指要》上·卷四議辯）

晉文公問守原議〔一〕

　　晉文公既受原於王，難其守，問寺人勃鞮，以界趙
衰〔二〕。余謂守原，政之大者也。所以承天子，樹霸功，致
命諸侯，不宜謀及媟近，以忝王命〔三〕。而晉君擇大任，不
公議於朝，而私議於宮；不博謀於卿相，而獨謀於寺
人〔四〕。雖或衰之賢足以守〔五〕，國之政不爲敗〔六〕，而賊
賢失政之端〔七〕，由是滋矣〔八〕。況當其時不乏言議之臣
乎？狐偃爲謀臣，先軫將中軍〔九〕，晉君疏而不咨〔一〇〕，
外而不求〔一一〕，乃卒定於內豎〔一二〕，其可以爲法乎？
　　且晉君將襲齊桓之業以翼天子〔一三〕，乃大志也。然
而齊桓任管仲以興〔一四〕，進豎刁以敗〔一五〕。則獲原啓
疆〔一六〕，適其始政〔一七〕，所以觀視諸侯也〔一八〕。而乃背
其所以興〔一九〕，迹其所以敗〔二〇〕。然而能霸諸侯者，以
土則大，以力則彊，以義則天子之册也。誠畏之矣，烏能
得其心服哉！其後景監得以相衞鞅〔二一〕，弘、石得以殺望
之〔二二〕，誤之者，晉文公也。
　　嗚呼！得賢臣以守大邑，則問非失舉也〔二三〕，蓋失問

也〔二四〕。然猶羞當時陷後代若此〔二五〕。況於問與舉又兩失者，其何以救之哉！余故著晉君之罪，以附春秋許世子止、趙盾之義〔二六〕。

〔一〕晉文公：春秋五霸之一，名重耳，獻公之子。獻公寵驪姬，殺太子申生，重耳奔翟，在外十九年，假秦穆公之力以歸晉。用狐偃、趙衰、先軫諸賢臣，納周襄王，救宋破楚，遂爲盟主。其子襄公以後，相繼稱霸，百有餘年。原：地名，在今河南省濟源縣西北。守原，爲原邑的行政長官。

〔二〕《左傳·僖公二十五年》：四月，晉文公殺王子帶，納周襄王。晉侯朝王，王予之陽樊、溫、原、攢茅之田。陽樊不服，圍之，出其民。冬，晉侯圍原，原不降，命退兵一舍而原降。晉侯問寺人教鞮，誰宜爲原守？對曰："昔趙衰以壺飧從徑，餒而弗食。"因而以趙衰爲原大夫。寺人：宦官。教鞮(bó dī)：《左傳》作勃鞮。杜注："勃鞮，披也。"按前一年有"寺人披請見"，披即勃鞮。畁(bì)：給與。趙衰(cuī)：字子餘，從晉文公出亡十九年。文公返國，衰與狐偃稱首功。爲原大夫，佐文公定霸。卒謚成子，子孫世爲晉卿。

〔三〕媟(xiè)：狎。媟近，指宦官。忝(tiǎn)：辱。

〔四〕"不公議於朝"以下四句：沈德潛曰："四語正斷晉文之失。"

〔五〕或：如，若。守：爲邑守。

〔六〕敗：破壞。

〔七〕賊：傷害。失：誤。端：始，開頭。

〔八〕滋：滋蔓，滋長，生出。

〔九〕《左傳·僖公二十七年》：冬，楚子及諸侯圍宋，宋如晉告急。於是乎蒐於被廬，作三軍，使郤縠將中軍，狐偃將上軍、先軫佐下軍。未幾，郤縠卒，先軫將中軍。

〔一〇〕疏：遠。咨：詢問。

〔一一〕外：疏斥。求：乞取，求教。

〔一二〕卒：終於。定：決定。內豎：宮內小臣之稱。漢朝以後，凡宦官皆稱内豎。以上言晉文公謀大事於宦官,開了賊賢失政之端。

〔一三〕襲:因襲。翼:輔佐。

〔一四〕任管仲:周莊王十一年,齊桓公立,鮑叔牙曰:君欲伯王,非管夷
　　　　吾不可。公從之。自用管仲而齊國大治,七年而霸諸侯。管仲,
　　　　字夷吾,相齊桓公,九合諸侯,一匡天下。

〔一五〕齊桓公四十一年,管仲病,桓公問豎刁、易牙、開方三人誰可爲相,
　　　　管仲皆言不可。桓公不聽,用三子。三子專權,因内寵,殺羣吏,
　　　　擅廢立,齊國大亂。詳見《史記·齊太公世家》。

〔一六〕獲原啓疆:得到原地,開拓疆土。

〔一七〕始政:爲政的開始。

〔一八〕觀視諸侯:展示諸侯。視,示。

〔一九〕背:違反。

〔二〇〕迹:追蹤。

〔二一〕景監:《史記·商君列傳》:衞鞅,衞之諸庶孽公子。始事魏相公
　　　　叔痤。後去魏之秦,因景監以見秦孝公。一再以帝王爲説,孝公
　　　　不納。終獻強國之説,孝公始善之。謂景監曰:"汝客可以語矣。"
　　　　遂用於秦。景監,是孝公的宦者。

〔二二〕弘石句:《漢書·蕭望之列傳》:蕭望之,東海蘭陵人,字長倩。仕
　　　　至太子太傅。宣帝疾篤,受遺詔輔政,領尚書事。元帝即位,以師
　　　　傅見重,多所匡正。弘恭、石顯,皆宦官,自宣帝時久典樞機。元
　　　　帝即位,委之政事。望之以爲中書政本,用宦者,非國舊制,又違
　　　　古不近刑人之義。建議宜罷中書宦官,由是大與恭、顯忤。爲顯
　　　　等所陷而自殺。以上言晉文公的失誤產生巨大的流弊。

〔二三〕非失舉也:不是舉薦的失誤。謂舉趙衰這個賢臣爲守并不錯。

〔二四〕失問:謂問的對象是錯誤的。即不當問宦官。

〔二五〕羞當時:爲當時之羞。羞:恥辱。陷後代:遺害後代。陷:害。

〔二六〕許世子止:《左傳·昭公十九年》:夏,許悼公瘧。五月戊辰,飲太
　　　　子止之藥,卒。太子奔晉。書曰:"弒其君。"趙盾:《左傳·宣公
　　　　二年》:乙丑,趙穿攻晉靈公於桃園。趙宣子(盾)未出山而復。

大史書曰:"趙盾弒其君。"以示於朝。以上依《春秋》褒貶之義,斷言晉文公負有開後世宦官干政惡例的政治罪責。

【評箋】 清·沈德潛云:"文極謹嚴,森然法戒。前人謂借晉文之失,以諷當時宦者之禍,按時勢誠有之。唐不以此鑑,後甘露、白馬之變所以迭興也。"(《唐宋八家文讀本》)

章士釗云:"子厚《問守原議》,一數百言小文耳,而其附義重大,掊擊宦寺,使人千載下,如見其戟指痛心之狀。謝枋得謂:'字字經思,句句有法,無一字一句懈怠,此柳文得意者。'吾謂與其從文章軌範立論,指稱得意名作,毋寧自立國大猷追討,號爲命世鴻文。"(《柳文指要》上·卷四)

斷 刑 論 下〔一〕

余既爲《斷刑論》〔二〕,或者以《釋刑》復於余〔三〕,其辭云云〔四〕。余不得已而爲之一言焉〔五〕。

夫聖人之爲賞罰者非他,所以懲勸者也〔六〕。賞務速而後有勸〔七〕,罰務速而後有懲〔八〕。必曰賞以春夏而刑以秋冬〔九〕,而謂之至理者,僞也〔一〇〕。使秋冬爲善者,必俟春夏而後賞〔一一〕,則爲善者必怠〔一二〕;春夏爲不善者〔一三〕,必俟秋冬而後罰,則爲不善者必懈〔一四〕。爲善者怠,爲不善者懈,是驅天下之人而入於罪也〔一五〕。驅天下之人入於罪,又緩而慢之,以滋其懈怠〔一六〕,此刑之所以不措也〔一七〕。必使爲善者不越月踰時而得其賞〔一八〕,則人勇而有勸焉〔一九〕;爲不善者不越月踰時而得其罰,則人懼而有懲焉〔二〇〕。爲善者日以有勸,爲不善者日以有懲,是驅天下之人而從善遠罪也〔二一〕。驅天下之人而從善遠罪,是刑之所以措而化之所以成也〔二二〕。

或者務言天而不言人,是惑於道者也〔二三〕。胡不謀之人心,以熟吾道〔二四〕?吾道之盡而人化矣〔二五〕。是知蒼蒼者焉能與吾事,而暇知之哉〔二六〕?果以爲天時之可得順,大和之可得致,則全吾道而得之矣〔二七〕。全吾道而不得者,非所謂天也,非所謂大和也,是亦必無而已矣〔二八〕。又何必枉吾之道,曲順其時〔二九〕,以諂是物哉〔三〇〕?吾固知順時之得天,不如順人順道之得天也〔三一〕。何也〔三二〕?使犯死者自春而窮其辭,欲死不可得〔三三〕。貫三木〔三四〕,加連鎖,而致之獄〔三五〕。更大暑者數月〔三六〕,癢不得搔,痺不得搖〔三七〕,痛不得摩〔三八〕,饑不得時而食〔三九〕,渴不得時而飲,目不得瞑〔四〇〕,支不得舒〔四一〕,怨號之聲〔四二〕,聞於里人〔四三〕,如是而大和之不傷,天時之不逆,是亦必無而已矣〔四四〕。彼其所宜得者,死而已也〔四五〕,又若是焉何哉〔四六〕?

或者乃以爲:“雪霜者,天之經也〔四七〕;雷霆者,天之權也〔四八〕。非常之罪〔四九〕,不時可以殺,人之權也〔五〇〕;當刑者必順時而殺,人之經也〔五一〕。”是又不然〔五二〕。夫雷霆霜雪者,特一氣耳,非有心於物者也〔五三〕;聖人有心於物者也〔五四〕。春夏之有雷霆也,或發而震,破巨石,裂大木,木石豈爲非常之罪也哉〔五五〕?秋冬之有霜雪也,舉草木而殘之〔五六〕,草木豈有非常之罪也哉?彼豈有懲於物也哉?彼無所懲,則效之者惑也〔五七〕。果以爲仁必知經,智必知權,是又未盡於經權之道也〔五八〕。何也?經也者,常也;權也者,達經者也〔五九〕。皆仁智之事也。離之,滋惑矣〔六〇〕。經非權則泥,權非經則悖〔六一〕。是二者,强名也〔六二〕。曰當,斯盡之矣〔六三〕。當也者,大中之道也〔六四〕。離而爲名者,大中之器用也〔六五〕。知經而不知權,不知經者也;知權而不知經,不知權者也。偏知而謂之智,不智者也〔六六〕;偏守而謂之仁〔六七〕,不仁者也。知經者,不以異物害吾道〔六八〕;知權者,不以常人怫吾慮〔六九〕。合之於一而不疑者,信於道而已者也〔七〇〕。

且古之所以言天者,蓋以愚蚩蚩者耳〔七一〕,非爲聰明睿智者設也〔七二〕。或者之未達,不思之甚也〔七三〕。

〔一〕斷刑:判刑。論:古代文體,參見《六逆論》注〔一〕。

〔二〕余既句:宗元曾作《斷刑論上》,亡佚。既:已經。爲:作,寫。

〔三〕或者:有人。下同。《釋刑》:文章篇名,未知何人所作,其文不傳。復:答復,此指反駁。

〔四〕辭:言辭。云云:表示省略引文。

〔五〕余不句:謂我不得不因此再寫幾句。言:説,指此文。以上申明本文爲答復《釋刑》一文而作。

〔六〕夫聖二句:謂聖人施行賞罰的目的不是别的,而是用來懲惡勸善的。非他:没有别的(用意)。所以:用來。懲:懲惡。勸:勉勵善人善事。

〔七〕務:務必。下同。速:快。有勸:纔能産生勉勵的作用。

〔八〕有懲:纔能産生警戒的效果。

〔九〕必曰:一定要説。"賞以春夏,刑以秋冬":是春秋蔡國大夫聲子(公孫歸生)對楚國令尹子木説的,意謂獎賞要在春夏兩季進行,行刑要在秋冬兩季進行(見《左傳·襄公二十六年》)。

〔一〇〕謂之:把它叫做。至理:最正確的道理。僞也:是虛假的,錯誤的。

〔一一〕使:假使。爲善:做好事。俟(sì):等。

〔一二〕怠：懈怠。

〔一三〕爲不善：做壞事。

〔一四〕懈：鬆懈。

〔一五〕驅：驅使。下同。入於罪：犯罪。

〔一六〕緩而慢：遲遲不行刑。滋：滋長，助長。

〔一七〕此刑句：這就是不能廢刑的原因。措：廢置。

〔一八〕越、踰：皆超過之意。不越月踰時，即及時。

〔一九〕人勇：人們勇於爲善。

〔二〇〕人懼：人們有畏懼爲惡。

〔二一〕日以：每天。遠罪：避開犯罪，即不犯法。

〔二二〕是刑句：這就是刑罰能不用，教化能成功的原因。以上論述賞罰
　　　　務速纔能達到懲惡勸善的目的。

〔二三〕或者二句：謂在賞罰問題上，有人專講天意而不講人事，這是不
　　　　懂道的人。惑：糊塗。

〔二四〕胡：何，爲什麽。謀：思考，研究。熟：完善。《孟子・告子上》：
　　　　“夫仁亦在乎熟之而已矣。”注：“熟，成也。”章士釗云：“謀之人心
　　　　以熟吾道一語，是子厚一生經綸最得力處。”（《柳文指要》上・卷
　　　　三）道：宗元以順乎人心者即是道。

〔二五〕盡：完備周到。人化：人民教化好了。章士釗將下句中“是知”屬
　　　　此句，“矣”作“乎”，此句作“吾道之盡，而人化乎是知”，解曰：“盡
　　　　吾道而知人化。”

〔二六〕是知二句：謂由此可知天怎能參預人事並有暇來過問呢？蒼蒼
　　　　者：指天。《莊子・逍遥遊》：“天之蒼蒼，其正色邪？”與（yù）：參
　　　　與，過問。暇：有空。之：指吾事。

〔二七〕果以三句：謂果真認爲天時可得順從，陰陽調和可得做到，那麽，
　　　　全吾道就能實現了。大和：古指陰陽調和的狀態。

〔二八〕全吾四句：謂如果全吾道還不能實現，那就不是什麽天，也不是
　　　　什麽大和，這一切肯定都是不存在的。

〔二九〕枉：屈。曲：委曲，曲從。

〔三〇〕以諂句：謂諂媚天。是：此。是物，指天。

〔三一〕吾固二句：謂我堅定地認爲用順從天時的做法去符合天意，不如用順從民意，順從中道才真正符合天意。

〔三二〕何也：爲何這樣説呢？

〔三三〕使：假使。窮：盡。窮其辭，無話説，無申辯之詞，即供認不諱而定罪。不可得：意謂不行刑處死。

〔三四〕貫三木：謂帶上刑具。貫：穿，此指套上。三木：古代加在犯人頸、手、足上的刑具。《漢書·司馬遷傳》：“魏其，大將也，衣赭，關三木。”注：“三木，在頸及手足。”

〔三五〕致之獄：把他打入監獄。

〔三六〕更（gēng）：經過。

〔三七〕痺（bì）：麻木。搖：動，活動。

〔三八〕摩：撫摩，揉搓。

〔三九〕時：按時，及時。

〔四〇〕瞑：閉目，指睡覺。

〔四一〕支：同“肢”，四肢。舒：舒展。

〔四二〕號（háo）：呼喊。

〔四三〕聞於句：謂被監獄外街巷居民聽見。里：古五家爲鄰，五鄰爲里，此泛指街巷。人：民。

〔四四〕如是三句：謂如此不人道，却説不傷大和，不逆天時，這也肯定是不對的。

〔四五〕彼：他們，指罪犯。宜：應該。

〔四六〕若是：像這樣，指囚禁而不行刑使罪犯受折磨。以上批駁在行刑問題上只言天時而不論人心的錯誤論調。

〔四七〕天之經：天的常規。經，常，常規。

〔四八〕權：權變，權宜措施，與“經”相對言。

〔四九〕非常之罪：謂不同一般的罪，重罪，當指造反。常：普通。

〔五〇〕不時：不按規定的時間，即不必等到秋冬。人之權也：是人事的權宜措施。

〔五一〕當刑二句：謂一般該處死的人一定要順應天時在秋冬行刑，是人事的常規。

〔五二〕是：這。然：正確。

〔五三〕夫雷三句：謂雷霆霜雪僅是一種氣罷了，它作用於自然物不是有意識的。特：僅。有心：有意識，有目的。

〔五四〕聖人句：章士釗云：“‘聖人有心於物者也’，乃上一句之同意補足語，‘聖人’上誤奪‘非若’二字，如下文‘草木豈有非常之罪也哉，彼其有懲於物也哉。’第二句亦同意補足語。子厚行文，氣力充沛，同一意也，往往重言以申明之。”

〔五五〕爲：有，與下文“草木豈有非常之罪也哉”之“有”互用，“爲”亦“有”也。

〔五六〕舉草句：舉：全部，所有的。殘：摧殘，指凍死。

〔五七〕則效句：謂做效天是錯誤的。效：做效。惑：錯亂。

〔五八〕果：果真。仁：仁者。智：智者。盡：徹底，完全。未盡於經權之道，並未徹底懂得常理與權變的關係。

〔五九〕經也四句：謂經是常理，權變是實現常理的。

〔六〇〕離之二句：謂將二者割裂開就更錯誤了。滋：越發，更。

〔六一〕泥(nì)：拘泥僵化，猶今言教條主義。悖(bèi)：亂，違背原則。

〔六二〕是二者二句：謂這兩個概念是人們勉强造出的。

〔六三〕當(dàng)：恰當，適宜。斯盡之矣：就説完了，就是極爲中肯了。

〔六四〕當也二句：謂當就是大中之道。大中之道：恰如其分的道理、原則，是宗元的政治主張，參見《與呂道州論非國語書》注〔四〕。章士釗云：“韓退之每侈言道，子厚則避言道，是亦未必故與退之立異。蓋子厚晚歲，得力於《春秋》者深，每喜以‘中’或‘大中’替代道，而別以‘當’爲‘中’之互訓語，如本文云：‘當也者，大中之道也’，此易言之，應作‘大中也者，當之道也’，是之謂互訓。”

〔六五〕離而二句：謂把大中之道分成“經”和“權”是大中的“體”和“用”。

〔六六〕偏知二句：謂只知其一叫做聰明，是不聰明的。偏知：指只知“權”。

〔六七〕偏守：謂墨守成規，叫做仁愛，是不仁愛的。

〔六八〕知經二句：謂懂得經的人，不以個別特殊的現象傷害原則。

〔六九〕知權二句：謂懂權變的人不會因一般人的見識而動摇自己的
　　　　意志。

〔七〇〕合之二句：謂將原則和權變有機地統一起來而不懷疑的人，才是
　　　　真相信道的人。以上批駁在行刑問題上機械地效法天的自然氣
　　　　象的錯誤論調，並從哲學角度論述經與權即原則性和靈活性的有
　　　　機關係。

〔七一〕且古二句：謂古人講天意是爲了愚弄百姓的。蚩蚩(chī)：無知，
　　　　指百姓。

〔七二〕非爲句：不是爲聰明智慧的人説的。睿(ruì)：通達，看得深遠。
　　　　睿智，明智，指士大夫。

〔七三〕或者二句：謂有些人不清楚這一點，太不動腦筋了。達：明達，透
　　　　徹了解。以上指出所謂天意只是欺騙一般老百姓的邪説。

【評箋】　金·王若虛云："柳子厚《斷刑》、《時令》、《四維》、《貞符》等
論，皆覈實中理，足以破千古之惑，而東坡痛非之，乃知秦、漢諸儒迂誕之
病，雖蘇氏亦不免也。"(《滹南遺老集》卷三十)

　　章士釗云："凡言禮者必及天，言天者必及時，因此惹出子厚一段達
經明權、舍天從人之絶大議論，名曰斷刑，實乃訂禮，名曰訂禮，實乃非
天。説明從古以來之全部禮制，無非枉道詔天者之所妄爲，輕輕下一詔
字，關盡叔孫通以下議禮諸臣之口而奪之氣。子厚集中，此等有關係之
大文字，並不多見，兩宋理學僞儒，慢肆訛諆，反不如‘《時令》與《斷刑》，
熟讀常在口’之奸僞輩，猶得保持平且之氣，窺破真實理道，抑何可
歎！……本文旨在言斷刑，而不啻爲《天説》之鐵板注脚，‘謀之人心以熟
吾道’一語，是子厚一生經綸最得力處。查子厚文中，屢標大中二字以詁
道，夫大中者，本之《春秋》大義，其説得自陸元沖。大中之器用二：曰經
曰權，經權合一，斯信於道。從容而言，又謂之當(去聲)。當也者，大中
之道也，自來文家，惟子厚有此語，以叶乎人心。末稱古言天者，祇以愚

蚩蚩，石破天驚，小儒震懾，凡説理真者膽必大，允推此種。”（《柳文指要》上·卷三論）

封　建　論〔一〕

天地果無初乎？吾不得而知之也〔二〕。生人果有初乎〔三〕？吾不得而知之也。然則孰爲近？曰：有初爲近〔四〕。孰明之？由封建而明之也〔五〕。彼封建者，更古聖王堯、舜、禹、湯、文、武而莫能去之〔六〕。蓋非不欲去之也，勢不可也〔七〕。勢之來，其生人之初乎〔八〕？不初，無以有封建〔九〕。封建，非聖人意也〔一〇〕。

彼其初與萬物皆生〔一一〕，草木榛榛〔一二〕，鹿豕狉狉〔一三〕，人不能搏噬〔一四〕，而且無毛羽，莫克自奉自衛〔一五〕，荀卿有言，“必將假物以爲用”者也〔一六〕。夫假物者必爭，爭而不已〔一七〕，必就其能斷曲直者而聽命焉〔一八〕。其智而明者，所伏必衆〔一九〕；告之以直而不改，必痛之而後畏〔二〇〕；由是君長刑政生焉〔二一〕。故近者聚而爲羣〔二二〕。羣之分，其爭必大，大而後有兵有德〔二三〕。又有大者，衆羣之長又就而聽命焉，以安其屬〔二四〕，於是有諸侯之列〔二五〕。則其爭又有大者焉。德又大者，諸侯之列又就而聽命焉，以安其封〔二六〕，於是有方伯、連帥之類〔二七〕。則其爭又有大者焉。德又大者，方伯、連帥之類，又就而聽命焉，以安其人，然後天下會於一〔二八〕。是故有里胥而後有縣大夫〔二九〕，有縣大夫而後有諸侯，有諸侯而後有方伯、連帥,有方伯、連帥而後有天子。自天子至於里胥,其德在人者〔三〇〕,死必求其嗣而奉之〔三一〕。故封建非聖人意也,勢也〔三二〕。

夫堯、舜、禹、湯之事遠矣,及有周而甚詳〔三三〕。周有天下,裂土田而瓜分之〔三四〕,設五等〔三五〕,邦羣后〔三六〕,布履星羅〔三七〕,四周於天下,輪運而輻集〔三八〕。合爲朝覲會同,離爲守臣扞城〔三九〕。然而降於夷王,害禮傷尊,下堂而迎覲者〔四〇〕。歷於宣王,挾中興復古之德,雄南征北伐之威,卒不能定魯侯之嗣〔四一〕。陵夷迄於幽、厲,王室東徙〔四二〕,而自列爲諸侯矣〔四三〕。厥後,問鼎之輕重者有之〔四四〕,射王中肩者有之〔四五〕,伐凡伯、誅萇弘者有之〔四六〕,天下乖盩〔四七〕,無君君之心〔四八〕。余以爲周之喪久矣,徒建空名於公侯之上耳〔四九〕!得非諸侯之盛强,末大不掉之咎歟〔五〇〕?遂判爲十二〔五一〕,合爲七國〔五二〕,威分於陪臣之邦,國殄於後封之秦〔五三〕。則周之敗端,其在乎此矣〔五四〕。

秦有天下,裂都會而爲之郡邑,廢侯衛而爲之守宰〔五五〕,據天下之雄圖,都六合之上游〔五六〕,攝制四海,運於掌握之內〔五七〕,此其所以爲得也〔五八〕。不數載而天下大壞,其有由矣〔五九〕。亟役萬人,暴其威刑,竭其貨賄〔六〇〕。負鋤梃謫戍之徒〔六一〕,圜視而合從,大呼而成羣〔六二〕。時則有叛人而無叛吏〔六三〕,人怨於下而吏畏於上,天下相合,殺守劫令而並起〔六四〕。咎在人怨,非郡邑之制失也〔六五〕。

漢有天下,矯秦之枉,徇周之制〔六六〕,剖海內而立宗子,封功臣〔六七〕。數年之間,奔命扶傷之不暇〔六八〕。困平城〔六九〕,病流矢〔七〇〕,陵遲不救者三代〔七一〕。後乃謀臣獻畫,而離削自守矣〔七二〕。然而封建之始,郡邑居半〔七三〕,時則有叛國而無叛郡〔七四〕。秦制之得,亦以明矣〔七五〕。繼漢而帝者,雖百代可知也〔七六〕。

　　唐興,制州邑,立守宰,此其所以爲宜也〔七七〕。然猶桀猾時起,虐害方域者,失不在於州而在於兵〔七八〕,時則有叛將而無叛州〔七九〕。州縣之設,固不可革也〔八〇〕。

　　或者曰〔八一〕:"封建者,必私其土,子其人〔八二〕,適其俗,修其理〔八三〕,施化易也〔八四〕。守宰者〔八五〕,苟其心,思遷其秩而已〔八六〕,何能理乎〔八七〕?"余又非之〔八八〕。周之事迹,斷可見矣〔八九〕。列侯驕盈,黷貨事戎〔九〇〕。大凡亂國多,理國寡〔九一〕。侯伯不得變其政,天子不得變其君〔九二〕。私土子人者,百不有一〔九三〕。失在於制,不在於政,周事然也〔九四〕。秦之事迹,亦斷可見矣。有理人之制,而不委郡邑,是矣〔九五〕;有理人之臣,而不使守宰,是矣〔九六〕。郡邑不得正其制,守宰不得行其理〔九七〕,酷刑苦役,而萬人側目〔九八〕。失在於政,不在於制。秦事然也。漢興,天子之政行於郡,不行於國〔九九〕;制其守宰,不制其侯王〔一〇〇〕。侯王雖亂,不可變也〔一〇一〕;國人雖病,不可除也〔一〇二〕。及夫大逆不道,然後掩捕而遷之,勒兵而夷之耳〔一〇三〕。大逆未彰,姦利浚財,怙勢作威,大刻於民者〔一〇四〕,無如之何〔一〇五〕。及夫郡邑,可謂理且安矣〔一〇六〕。何以言之〔一〇七〕?且漢知孟舒於田叔〔一〇八〕,得魏尚於馮唐〔一〇九〕,聞黃霸之明審〔一一〇〕,覩汲黯之簡靖〔一一一〕,拜之可也,復其位可也〔一一二〕,臥而委之以輯一方可也〔一一三〕。有罪得以黜,有能得以賞〔一一四〕。朝拜而不道，夕斥之矣〔一一五〕；夕受而不法，朝斥之矣〔一一六〕。設使漢室盡城邑而侯王之〔一一七〕，縱令其亂人，戚之而已〔一一八〕。孟舒、魏尚之術，莫得而施；黃霸、汲黯之化，莫得而行〔一一九〕。明譴而導之，拜受而退已違矣〔一二〇〕。下令而削之〔一二一〕，締交合從之謀〔一二二〕，周於同列，則相顧裂眦〔一二三〕，勃然而起〔一二四〕。幸而不起，則削其半〔一二五〕。削其半，民猶瘁矣，曷若舉而移之以全其人乎〔一二六〕？漢事然也。今國家盡制郡邑，連置守宰，其不可變也固矣〔一二七〕。善制兵，謹擇守，則理平矣〔一二八〕。

或者又曰：“夏、商、周、漢封建而延，秦郡邑而促〔一二九〕。”尤非所謂知理者也〔一三〇〕。魏之承漢也，封爵猶建〔一三一〕。晉之承魏也，因循不革〔一三二〕。而二姓陵替，不聞延祚〔一三三〕。今矯而變之，垂二百祀，大業彌固〔一三四〕，何繫於諸侯哉〔一三五〕？

或者又以爲：“殷、周，聖王也，而不革其制，固不當復議也〔一三六〕。”是大不然〔一三七〕。夫殷、周之不革者，是不得已也〔一三八〕。蓋以諸侯歸殷者三千焉，資以黜夏，湯不得而廢〔一三九〕；歸周者八百焉，資以勝殷，武王不得而易〔一四〇〕。徇之以爲安，仍之以爲俗〔一四一〕，湯、武之所不得已也。夫不得已，非公之大者也〔一四二〕，私其力於己也，私其衞於子孫也〔一四三〕。秦之所以革之者，其爲制，公之大者也〔一四四〕；其情，私也〔一四五〕，私其一己之威也，私其盡臣畜於我也〔一四六〕。然而公天下之端自秦始〔一四七〕。

夫天下之道，理安，斯得人者也〔一四八〕。使賢者居上，不肖者居下，而後可以理安〔一四九〕。今夫封建者，繼世而理〔一五〇〕。繼世而理者，上果賢乎？下果不肖乎？則生人之理亂未可知也〔一五一〕。將欲利其社稷，以一其人之視聽〔一五二〕，則又有世大夫世食禄邑，以盡其封略〔一五三〕。聖賢生於其時，亦無以立於天下，封建者爲之也，豈聖人之制使至於是乎〔一五四〕？吾固曰："非聖人之意也，勢也〔一五五〕。"

〔一〕封建：封國土，建諸侯，又稱分封制。古代帝王把爵位、土地賜給諸侯，在封定的區域內建立邦國，護衛帝王。與現代漢語中"封建社會"的"封建"是兩個含義不同的概念。《左傳·僖公二十四年》："昔周公弔二叔之不咸，故封建親戚，以蕃屏周。"疏："故封立親戚爲諸侯之君，以爲蕃籬，屏蔽周室。"相傳黃帝建萬國，爲封建之始，至周封建制始備。爵有公侯伯子男五等，地有百里（公、侯）、七十里（伯）、五十里（子、男）之別。秦併六國，統一天下，廢封建制，行郡縣制，劃分天下爲郡縣，直轄於中央。這篇文章反映出作者具有樸素唯物論的哲學觀和進步的政治思想。雖多論古事，而實借以針砭中唐時代藩鎮割據，跋扈害民，貴族集團專政，排斥賢俊的現實，表現出强烈的戰鬥意義。

〔二〕天地二句：謂自然界果真没有原始階段嗎？我無法知道。天地：自然界。果：果真。初：開端，原始階段。沈德潛曰："發端便奇傑。"（《唐宋八家文讀本》）（下同）

〔三〕生人：生民，人類。

〔四〕然則二句：謂既然如此，那末在有原始階段和無原始階段這兩種説法之間，哪一種更近乎實際情況呢？回答説，有原始階段近乎實際。孰：哪個。近：近乎實際。

〔五〕孰明二句：謂用什麽來證明呢？用封建制證明。明：證明。

〔六〕更（gēng）：經歷。《史記·大宛列傳》："因欲通使（大月氏），道必更匈奴中。"莫能去之：没有誰能廢除它。

〔七〕勢：客觀社會形勢。沈德潛曰："勢字爲一篇主腦。"

〔八〕勢之二句：謂這種客觀趨勢的形成，大概就是人類的原始階段吧？來：産生，出現。

〔九〕不初：没有原始階段。無以：無從，不能。

〔一〇〕意：主觀願望。以上提出封建之成由於勢，不是聖人意的總論點。

〔一一〕其初：他(人類)的原始階段。

〔一二〕榛榛(zhēn)：草木蕪雜貌。

〔一三〕豕(shǐ)：猪，此指野猪。狉狉(pī)：野獸羣奔貌。

〔一四〕搏噬(shì)：搏，搏鬬，對打。噬：咬。

〔一五〕莫克：不能。自奉：供養自己。

〔一六〕荀卿：名況，戰國時趙國人，著《荀子》。《荀子·勸學篇》："君子生非異也，善假於物也。"意謂聰明人生理上與一般人無差別，但善於借助外物。宗元引此語意在説明，人與動物生理器官不同，人無動物那樣的堅牙利爪，用以搏殺食物和自衛，因而要借助於外物和工具，用以自給自衞。

〔一七〕已：休止。

〔一八〕就：走向。能斷曲直者：能評判是非的人。聽命：聽從裁決。

〔一九〕智而明者：聰明而斷事公正明白的人。所伏：所降服、所服從的人。

〔二〇〕之：他們，指爭執而求斷者。下句"之"字同。直：真理。痛之：讓他們吃苦頭，即懲罰他們。畏：怕。

〔二一〕由是句：謂君主、官吏、法律和政令便由此産生出來。由是：從此。君：君主。長：官吏。刑政：刑法政令。

〔二二〕近者：居處近、關係密切的人們。羣：部落。

〔二三〕羣之分：分成部落後。其爭必大：指部落間的衝突頻繁且規模大。兵：武力，軍隊。德：道德，教化。

〔二四〕又有大者：指在武力和德行方面有更大權威的酋長。衆羣之長：

各小部落的首領。屬：部屬,所率之衆。安其屬：使部落平安,不
受它部落騷擾。

〔二五〕諸侯之列：各諸侯。列,類。

〔二六〕封：諸侯的封地。此指封域內的人民。

〔二七〕方伯：遠離國都地帶的一州諸侯之長,十國諸侯的首領。《禮
記・王制》："千里之外設方伯。……二百一十國以爲州,州有
伯。"連帥：古十國諸侯之長。《禮記・王制》："十國以爲連,連
有帥。"

〔二八〕會於一：統一於天子一人。

〔二九〕是故：所以。里胥(xū)：古五家爲鄰,五鄰爲里,一里之長曰里
胥。縣大夫：一縣的長官。《周禮・地官・司徒》："縣正,每縣下
大夫一人。"

〔三〇〕其德句：謂他們當中那些對人民有德的人。

〔三一〕求：尋找。其嗣(sì)：他的後代、子嗣。奉：擁戴。

〔三二〕以上叙述原始人爲了生存而自發地組成部落,最終形成下自里胥
上至天子的各級行政機構,從而論證封建制由社會形勢需要而産
生,並非是聖人的主觀意願。按：氏族社會部落酋長由民衆推舉
産生,人民與酋長之間沒有階級壓迫關係;而商、周奴隸社會下自
里胥上至天子都是奴隸主,有世襲特權,與人民是階級壓迫關係。
宗元由於歷史的局限,將兩個社會發展階段混爲一談,但他畢竟
還是用社會發展的觀點解釋國家和君主、官吏産生的原因。

〔三三〕夫堯二句：湯,商王朝的建立者,亦稱商湯、成湯、天乙。有周：周
朝。有,名詞詞頭,有音無義。商以前未發現文字記載,周代社會
狀況有文獻可考,故有此二句。

〔三四〕裂：分割。瓜分：像剖瓜一樣分割。

〔三五〕五等：五等爵位。《禮記・王制》："王者之制祿爵,公、侯、伯、子、
男,凡五等。"

〔三六〕邦羣后：邦,本義爲國。此用作動詞,封國。《釋名》："邦,封也,
封有功于是也。"后：古代天子和諸侯均稱后,此指諸侯。

〔三七〕布履句：謂諸侯遍布天下，有如繁星羅列。布：分布。履：足迹，指諸侯足迹踐履所及。

〔三八〕四周二句：謂諸侯國圍繞周王室，令行於天下，如輪之運轉，諸侯尊奉王室，猶衆輻輳集於轂。周：圍。輻(fú)：車輪的輻條，連接外緣的輪和中央的轂。

〔三九〕朝覲(cháo jìn)會同：諸侯朝見天子，時見曰會，殷見(衆見)曰同，在春曰朝，在秋曰覲。見《周禮・春官・大宗伯》。扞(hàn)城：《左傳・成公十二年》：“此公侯之所以扞城其民也。”疏：“所以蔽扞其民，若如城然。”保衛人民的諸侯，義同守臣。

〔四〇〕降：下，下傳到。夷王：名燮，周朝第九代君主，公元前八九四年，繼其叔孝王辟方爲王。害禮：禮法被破壞。傷尊：天子尊嚴受損害。堂：古正屋曰堂，漢以後稱殿。覲者：來朝拜的諸侯。夷王繼位後下堂而見諸侯。《禮記・郊特牲》：“覲禮，天子不下堂而見諸侯，下堂而見諸侯，天子之失禮也，由夷王以下。”

〔四一〕歷：經。宣王：名静，周朝第十一代君主，公元前八二七年即位，號中興之君。挾(xié)：憑，依仗。中興：由衰落而重新興盛。復古：恢復到成、康盛世。德：功德。雄：逞雄，顯示，用作動詞。威：威力。南征北伐：公元前八二七年，宣王舉兵討伐西北部族西戎和北方部族嚴允(後稱匈奴)，獲勝。次年，起兵南征，平定荆蠻、淮夷、徐戎等部族。卒：終究。定：決定。魯侯：魯武公。嗣：繼承人。按：公元前八一七年，魯武公攜長子括與少子戲朝見宣王，宣王立戲爲武公繼承人。武公死，魯人殺戲，立括爲國君。次年，宣王伐魯，另立戲弟稱爲魯君，諸侯至此對宣王有反感。事詳《國語・周語》。

〔四二〕陵夷：衰微。迄(qì)：到。幽：周幽王，名宮湦(niè)，宣王之子。幽王無道，申侯聯合西方部落犬戎，殺幽王於驪山下。事見《史記・周本紀》。厲：周厲王，名胡，宣王之父。厲王暴虐，國人暴動，厲王逃至彘(今陝西霍縣東北)，死於此。宣王立。事見《史記・周本紀》。徙：遷移。幽王死，太子宜曰立，是爲平王。平王即位,將國都由鎬(今陝西西安市西南)遷往洛邑(今河南洛陽市),周朝從此卑弱,史稱東周,"厲",宋林之奇《觀瀾文乙集》、吕祖謙《古文關鍵》皆作"平"。按:此段文字叙事以年代爲序,作"平"近是。

〔四三〕而自句:謂周王室把自己列於諸侯行列中。按:平王東遷後,已無力控制諸侯,實力與諸侯相仿,故云。

〔四四〕厥後:其後,此後。鼎:指九鼎,相傳爲夏禹所鑄,夏、商、周三代視之爲國寶,是王位的象徵。問鼎之輕重:詢問九鼎的重量。據《左傳·宣公三年》載:楚莊王伐陸渾之戎,得勝後至洛陽,列兵向周示威。周定王派大夫王孫滿於洛郊犒勞楚軍,楚莊王向王孫滿詢問九鼎的重量。這是對周王室的輕蔑,而有取而代之之意,故杜預注曰:"示欲偪(逼)周取天下。"

〔四五〕射王:周桓王十三年(公元前七〇七),率諸侯伐鄭,鄭莊公領兵抵抗,王師大敗,鄭大夫祝聃射桓王中肩。事見《左傳·桓公五年》。

〔四六〕凡伯:周桓王大臣。桓王四年(公元前七一六),周桓王遣凡伯出使魯國,歸返途中,在楚丘(今山東曹縣東南)被戎人活捉。事見《左傳·隱公七年》。萇弘(cháng hóng):周大夫。周敬王二十二年(公元前四九七),晉國大臣趙鞅與范吉射相攻打,萇弘支持范吉射,後范吉射敗,趙鞅向周責問萇弘,周敬王被迫殺萇弘。事見《左傳·哀公三年》。

〔四七〕乖戾(guāi lì):反常。"戾"同"戾"。

〔四八〕無君句:謂天下諸侯都沒有把周天子看作天子。前"君"字用作動詞,後"君"字名詞。

〔四九〕喪:喪失權威。徒:只。建:立。

〔五〇〕得非:難道不是。末:樹梢。掉:摇擺。末大不掉,意謂樹枝粗大,樹幹細小,便不能正常擺動。比喻下强上弱,不服從支配。語出《左傳·昭公十一年》:"末大必折,尾大不掉。"此將兩句合爲一句,以樹幹比周,以樹梢比諸侯。咎:失。

〔五一〕遂：於是。判：分。此指春秋時魯、齊、晉、秦、楚、宋、衞、陳、蔡、曹、鄭、燕等十二個主要諸侯國。見《史記·十二諸侯年表》。

〔五二〕七國：指春秋諸侯兼併，至戰國剩餘七個諸侯國：魏、韓、趙、楚、燕、齊、秦，即所謂"戰國七雄"。

〔五三〕陪臣：古代天子以諸侯爲臣，諸侯以大夫爲臣，大夫對天子是隔一層的臣子，故稱陪臣。陪臣之邦，指韓、趙、魏及田齊諸國。周烈王二十三年(公元前四○三)，晉大夫魏斯、趙籍、韓虔瓜分晉地，自立爲諸侯，周安王十六年(公元前三八六)齊國大夫田和篡奪君位，自立爲齊侯。以上四國之君本是諸侯的大夫，故稱陪臣。殄(tiǎn)：滅亡。後封：後來纔封諸侯，指秦。秦在西周時原是附庸之國，平王東遷，秦襄公帶兵護送有功，始被封爲諸侯，故曰"後封"。公元前二四九年，秦莊襄王命相國呂不韋誅滅東周君，東周亡。

〔五四〕敗端：失敗的原因。乎：同"於"。此：指諸侯强盛。以上回顧西周施行封建制，後諸侯逐漸强大，相互兼併，且與周王室抗衡，東周終爲秦所滅的歷史事實，證明封建制不可行。

〔五五〕秦有三句：謂廢除諸侯國都和諸侯，而設立郡縣和郡守縣宰，即廢除封建制實行郡縣制。公元前二二一年，秦始皇滅六國，統一中國。裂：《廣雅·釋詁》："裂，分也。"都會：指諸侯國的都城。爲之：把它變成。郡邑：郡縣。侯：侯服。衞：衞服。周代將王畿之外的土地依地域遠近劃分爲九服(服，服事天子之義)，侯、衞是其中二服，此泛指諸侯。守：郡之長官。宰：縣之長官，亦稱縣令。《史記·秦始皇本紀》：始皇二十六年(前二二一)"分天下以爲三十六郡"。

〔五六〕據天二句：謂秦在地勢險要的咸陽建都。據：佔據。圖：指地域。雄圖，雄偉險要之地。六合：古以上下四方爲六合，即天地之內，指全國。都：建立國都，動詞。上游：秦建都咸陽(今陝西咸陽市)，地勢高出中原，居高臨下，東向控制天下，有如居河流之上游。

〔五七〕攝制：控制。四海：指全中國。運：運轉。掌握：手掌，名詞。

〔五八〕其所句：謂這是秦朝的正確之處。

〔五九〕不數載：沒過幾年。壞：亂。公元前二二一年，秦統一天下；前二
　　　　〇九年陳勝、吳廣起義，僅隔十二年。有由：另有原因，言外之
　　　　意，與郡縣制無關。

〔六〇〕亟(qì)：屢次。役：役使。暴：顯示。威刑：嚴酷的刑法。竭：
　　　　耗盡。貨賄(huì)：貨財，財富。按：秦始皇及二世爲發民開邊，
　　　　築長城、造驪山墓、建阿房宮等，强令七十餘萬民工服勞役。

〔六一〕負：肩扛。梃(tǐng)：棍棒。謫戍：被罰守邊疆。徒：人們。

〔六二〕圜：同“環”，圜視，互相顧視。合從(zòng)：同“合縱”。戰國時，
　　　　六國南北聯合反抗秦國稱合縱，此謂聯成一體。指陳勝、吳廣起
　　　　義。秦二世元年(前二〇九)，陳勝、吳廣等九百餘名民工，被强征
　　　　守漁陽(今北京密雲縣)，途經大澤鄉，陳、吳殺押送官兵而起義。

〔六三〕時則句：意謂當時造反的是百姓，而不是郡守或縣令。用以與周
　　　　朝諸侯反叛周天子作對比。時：當時。叛人：叛民，指起義農民。
　　　　叛吏：反叛的官吏。

〔六四〕人怨三句：謂百姓怨憤殘暴，而官吏懼怕皇帝，不敢改變政令，全
　　　　國百姓連成一氣，殺郡守、劫縣令，起來造反。

〔六五〕咎在二句：謂秦朝的過錯在於暴政激起了百姓的怨恨，並不是郡
　　　　縣制的過錯。咎：過錯。失：過失。以上論證秦朝廢除封建制施
　　　　行郡縣制的正確，及秦二世而亡的原因在暴政不在郡縣制。

〔六六〕漢有三句：謂漢朝得天下，糾正秦朝的“偏差”，沿襲周朝的封建
　　　　制。矯(jiǎo)：糾正。枉：彎曲。《説文》：“枉，衺曲也。”引申爲
　　　　偏差。徇(xùn)：順從，因襲。

〔六七〕剖海二句：剖海内：分國内土地。宗子：原指嫡長子，此指同宗
　　　　子弟。按：劉邦建漢，封兒子、兄弟、侄子爲王，又封韓信、彭越、
　　　　英布等功臣爲王：“侯者百四十有三人。”見《漢書·高惠高后文功
　　　　臣表序》。又《漢書·諸侯王表序》云：“漢興之初，懲戒亡秦孤立
　　　　之敗，于是剖裂疆土，立二等之爵。功臣侯者，百有餘邑。尊王子

弟,大啓九國。而藩國大者,夸州兼郡,連城數十,宮室百官,同制京師,可謂矯枉過其正矣。”對漢沿襲封建制而部分廢除郡縣制的做法進行批評。宗元語本此。

〔六八〕數年二句:謂諸侯一再反叛,朝廷忙於遣兵平亂,惶惶奔走,不得閒暇。奔命:奔走應急。扶傷:指救死扶傷。

〔六九〕困:被圍困。漢高祖六年(公元前二〇一)韓王信叛漢降匈奴,次年,高祖前往討伐,被匈奴圍困於平城(今山西大同市東)七日,用陳平祕計方脫身。見《漢書・高帝紀下》。

〔七〇〕病:受傷。流矢:飛箭。漢高祖十一年(公元前一九六),淮南王英布反,高祖親往鎮壓,被流矢射中,歸途中因矢傷而發病,次年四月,死去。見《漢書・高帝紀下》。

〔七一〕陵遲句:謂漢高帝死後,國勢衰落,三代不振。陵遲:衰微。救:治,此指挽救,整治。三代:指惠帝劉盈、文帝劉恒、景帝劉啓三代。

〔七二〕謀臣:指賈誼、鼂錯、主父偃等。獻畫:獻策。離:分散。削:減弱,削減。自守:諸侯國僅能自保,無反叛朝廷之力。按:漢文帝時,賈誼建議諸侯子孫可分別繼承其祖宗封地。景帝時,鼂錯建議削減諸侯王的封地。武帝時,主父偃建議令諸侯把土地分給每個子孫,不論長次。這些均爲削弱諸侯實力的措施。

〔七三〕然而二句:謂劉邦最初封建侯國時,未分封而實行郡縣制的地域佔國土一半。

〔七四〕時則句:謂當時反叛的全是諸侯國而不是郡邑。按:“叛國”指高帝時韓信、彭越、英布、盧綰等反叛,景帝時吳、楚七國反叛。

〔七五〕秦制二句:謂秦施行郡縣制的正確性,由此可以得到證明了。得:正確。

〔七六〕可知:可以知道,即可以判斷封建制和郡縣制孰優孰劣。以上通過漢初部分因襲封建制而造成的變亂和抑制侯國的艱難,反證秦施行郡縣制的正確。

〔七七〕制州邑:施行州縣治,唐改郡爲州,改郡守爲州刺史。宜:合適。

〔七八〕猶：還。桀猾：兇惡狡猾的人，指安史亂後擁兵作亂的各地藩鎮。方域：地方州縣。失：過失。兵：部隊。按：唐藩鎮擁有重兵，是作亂之因。

〔七九〕叛將：反叛的藩鎮。

〔八〇〕固：本來。革：改。以上論證唐朝出現某些變亂的原因在于藩鎮擁有重兵，而不在於州縣制。沈德潛曰：“無叛吏，無叛郡，無叛州，總見變封建爲郡縣之爲良法。”

〔八一〕或者：有的人，指晉陸機，他主張封建制，以下是其《五等諸侯論》一文的主要論點。沈德潛引儲云：“前排四代，示利害之門；此設三難，破庸人之論。”

〔八二〕私其土：把封地看作是自己的領土。子：以……爲子。子其人，把封地内的百姓看做是自己的子民。私、子皆意動用法。

〔八三〕適：順應。俗：風俗。修：修明。理：治。修其理，使政治修明。

〔八四〕施化：施行教化。易：容易。

〔八五〕守宰者：做郡守和縣令的人。

〔八六〕苟：苟且。苟其心，有得過且過的思想。遷：升遷。秩：官職的品級，官階。

〔八七〕何能句：謂怎能治理好呢？

〔八八〕非之：認爲這種説法不對。

〔八九〕斷：斷然，非常明顯。

〔九〇〕列侯：諸侯。盈：自滿。黷（dú）貨：貪污財貨。事戎：用兵好戰。

〔九一〕大凡：大致，大體上。亂國：指屢興戰事或受戰争破壞的國家。理國：治理得好的國家。

〔九二〕侯伯二句：謂諸侯之長不能改變諸侯的政令，周天子不能更換諸侯國的國君。侯伯：諸侯之長。《尚書・周官》：“外有州牧侯伯。”疏：“侯伯，五國之長。謂諸侯之長。”君：諸侯國的國君。

〔九三〕百不句：謂一百個中也没有一個。

〔九四〕制：指封建制。政：政令。事：事實。然：如此。

〔九五〕理人之制：能治理好百姓的恰當制度，指郡縣制。不委郡邑：謂不把大權交給郡邑，即不准地方各自爲政。

〔九六〕不使守宰：謂不放任郡守、縣令自搞一套，即不讓地方擅權專斷。

〔九七〕郡邑二句：申述秦朝中央集權制之"得"，也就是第四段"攝制四海，運於掌握之内，此其所以爲得也"的進一步説明。

〔九八〕側目：斜眼看，怒恨貌。

〔九九〕天子二句：謂天子的政令只能推行到郡縣，不能推行到諸侯國。

〔一〇〇〕制其二句：謂天子能控制郡守縣宰，不能控制諸侯王。

〔一〇一〕亂：亂施政令，胡作非爲。可：能。下句"可"字同。變：改，糾正。

〔一〇二〕國人：諸侯國的百姓。病：困苦。除：解除。

〔一〇三〕及：等到。大逆不道：指諸侯國叛亂。掩：乘其不備而襲擊。《史記·彭越列傳》："於是，上使使掩梁王，梁王不覺，捕梁王。"掩捕，襲擊並俘獲。勒兵：統率軍隊。夷：平，平定，消滅。

〔一〇四〕未彰：不明顯，未暴露。姦利：用不正當的手段取利。浚(jùn)：取，搜刮。怙(hù)勢：仗勢。大刻：嚴重傷害。

〔一〇五〕無如句：謂不能把它怎樣。

〔一〇六〕及夫：至于。理且安：治理得好又太平安定。

〔一〇七〕何以句：謂根據什麽這樣説呢？

〔一〇八〕孟舒、田叔：都是漢文帝時的太守。高祖時，孟舒任雲中郡(今山西西北和内蒙古自治區西南一帶)太守，匈奴大舉進犯，盜劫雲中，孟舒坐罪免官。文帝繼位，召漢中郡太守田叔問天下長者，田叔稱孟舒。於是，文帝復孟舒爲雲中太守。事見《史記·田叔列傳》。

〔一〇九〕漢文帝時，魏尚任雲中郡太守，防禦匈奴侵擾有功，因上報殺敵首級比實際多六顆，被削去官爵。後馮唐在文帝面前替魏尚辨明功過，於是，文帝令馮唐持節赦魏尚，復爲雲中太守。事見《史記·馮唐列傳》。

〔一一〇〕黄霸：漢宣帝時官潁川(今河南陽翟，即禹縣一帶)太守，外寬
　　　　内明，精明審愼，政治爲天下第一。升遷爲京兆尹，因事貶潁川
　　　　太守，政治修明如初。前後八年，潁川大治，後官至丞相。事見
　　　　《漢書・循吏傳》。

〔一一一〕覩(dǔ)：看見，引申爲賞識。簡靖：簡易淸静。漢武帝時，汲黯
　　　　任東海郡(今山東、江蘇兩省交界沿海地區)太守，奉黄老學説，
　　　　淸静無爲，不苛求細小，年餘，東海郡大治。因事免官。後武帝
　　　　又召他任淮陽郡(今河南淮陽縣一帶)太守，他因病辭謝，武帝
　　　　説：淮陽官民不和睦，需借重你的威望，有病不要緊，躺在床上
　　　　治理就可以了。簡靖：簡政安民。事見《史記・汲鄭列傳》。
　　　　下文“卧而委之”即指此事。

〔一一二〕拜：任命。

〔一一三〕卧而委之：見注〔一一一〕。輯：和睦，此作安撫解。一方：指
　　　　一郡。

〔一一四〕有罪二句：謂有罪過可以處罰，有功可以奬賞。黜(chù)：貶
　　　　斥，降官或免職。

〔一一五〕朝：早晨。拜：拜官。不道：不行正道，違法亂紀。夕：晚上。
　　　　斥：貶斥，罷免。

〔一一六〕受：通“授”，授官。

〔一一七〕設使：假使。漢室：漢朝。盡：全部拿出。侯王之：使它(城
　　　　邑)變爲諸侯王之地。

〔一一八〕縱令：縱使。亂人：殘害百姓。戚：憂傷，悲哀。戚之，爲此而
　　　　憂愁。

〔一一九〕術：辦法。化：教化。莫得而施：不能施行。

〔一二〇〕明：明白地。譴：責備。導：開導，教育。之：他們，指違法諸
　　　　侯。拜受：跪拜接受。退：退朝回本封地。已：已經。違：
　　　　違反。

〔一二一〕削之：削減他們的封地。

〔一二二〕締交句：謂互相勾結，訂立反抗朝廷的陰謀同盟。締(dì)交：

275

結成盟邦。

〔一二三〕周：合。同列：各諸侯國。裂眦(zì)：瞪裂眼眶，大怒貌。

〔一二四〕勃然：突然。起：起兵反叛。按：漢景帝三年(公元前一五四)
　　　　吳王濞、膠西王卬、楚王戊、趙王遂、濟南王辟光、菑川王賢、膠
　　　　東王雄渠皆舉兵反。事見《漢書·吳王濞傳》、《漢書·鼂
　　　　錯傳》。

〔一二五〕幸而二句：謂即使僥幸不反，朝廷也只能削減他們封地的
　　　　一半。

〔一二六〕削其三句：謂剩下一半，那裏的百姓依舊受苦，何不全部改爲
　　　　郡縣，以保全那裏的百姓呢？猶：還。瘁(cuì)：勞苦，痛苦受
　　　　難。曷(hé)：何。曷若：何如。舉：取。移：改變。全：保全。

〔一二七〕連：普遍。固：明確無疑。

〔一二八〕善制三句：謂善於控制兵權，謹慎選擇太守，那末社會就治理
　　　　得平安無事了。理：治，治理。以上以秦漢史實爲據，批判分
　　　　封制易治，郡縣制不易治的錯誤論點。

〔一二九〕這幾句是曹元首《六代論》的基本觀點，唐蕭瑀、劉秩曾因襲此
　　　　説。延：長久。促：短暫。

〔一三〇〕尤：更。知理：懂治道。

〔一三一〕魏：曹丕於公元二二〇年建魏，二六五年魏亡。共五帝四十六
　　　　年。承漢：繼承漢朝。建：立，施行。

〔一三二〕晉：公元二六五年，司馬炎建晉朝，三一六年，西晉亡。共四帝
　　　　五十二年。革：改。

〔一三三〕二姓：指魏君曹氏和晉君司馬氏。陵替：衰落。不聞：没聽
　　　　説。延：長久。祚(zuò)：帝位，國運。

〔一三四〕矯：糾正。變之：改變它。之：指封建制。垂：將近。祀(sì)：
　　　　年。《尚書·伊訓》："惟元祀，十有二月。"注："祀，年也。夏曰
　　　　歲，商曰祀，周曰年，唐虞曰載。"大業：指唐政權。彌固：很鞏
　　　　固。自公元六一八年李淵建唐，至憲宗元和間宗元作此文，近
　　　　二百年。

〔一三五〕繫：干係。以上以魏晉史實爲據，批駁封建而延，郡縣而促的
　　　　　錯誤論點。

〔一三六〕殷周三句：爲陸機《五等諸侯論》的觀點。制：封建制。固：本
　　　　　來。不當：不應該。復議：再討論封建制是否優越這一問題。

〔一三七〕是大句：謂這種説法極不正確。

〔一三八〕不得已：不能不這樣。

〔一三九〕資：借助，憑借。黜(chù)：廢除。此指消滅。不得而廢：不能
　　　　　廢除他們的地位。《尚書·大傳》：“湯放桀而歸亳，三千諸侯大
　　　　　會，湯取天子之璽，置之於天子之坐，左復而再拜，從諸侯之位，
　　　　　三千諸侯莫敢即位，然後即天子之位。”

〔一四〇〕八百：八百諸侯。易：改變，指改變諸侯的地位。《史記·周本
　　　　　紀》：“武王上祭于畢。東觀兵，至于盟(孟)津……是時諸侯，不
　　　　　期而會盟津者八百諸侯。諸侯皆曰：‘紂可伐矣。’”

〔一四一〕徇：見注〔六六〕。仍：沿襲。

〔一四二〕非公句：謂作爲制度，不是最大的公。

〔一四三〕私：偏私，偏愛。力於己：爲自己(指湯、武)創業盡過力。衞於
　　　　　子孫：保衞自己(湯武)的子孫後代。

〔一四四〕其爲二句：謂它(郡縣)作爲一種制度是最大的公措施。

〔一四五〕其情二句：謂思想動機是自私的。

〔一四六〕己：自己。盡：全部。臣畜：臣服。沈德潛曰：“此最平允，用
　　　　　三句跌出公天下句，覺天驚石破，筆挽千鈞。”

〔一四七〕公天下：以天下爲公。端：起點。以上批駁對商湯、周武沿襲
　　　　　封建的盲目崇拜論調，論證湯武沿用封建是形勢所迫，並非大
　　　　　公，而是爲私。

〔一四八〕道：原則。理安：治理得好。斯：即。得人：得人心，受到百姓
　　　　　擁戴。

〔一四九〕上：上位，高位。不肖：不賢，不好。可以理安：就能治理好。

〔一五〇〕繼世句：謂世襲統治封國。繼世：世襲。

〔一五一〕生人：百姓。理亂：治亂。未可知也：不能知道。

〔一五二〕社稷(jì)：國家的代稱。一：統一。視聽：所見所聞，即思想
　　　　　行動。
〔一五三〕世大夫：諸侯國的大夫是世襲的，故稱世大夫。祿邑：分封給
　　　　　世大夫的封邑。封略：封疆。盡其封略，佔有全部封疆。按：
　　　　　天子將土地分給諸侯，諸侯又把土地分給世大夫，天下已形成
　　　　　若干獨立王國。沈德潛云：“又推論一層。”
〔一五四〕聖賢四句：謂聖賢之人生於那個時代，也無法在天下有所作
　　　　　爲，這是封建制造成的後果，難道是聖人的創制要使社會到這
　　　　　種地步嗎？立：建樹，發揮作用。爲之：造成這種狀況。
〔一五五〕此句以上爲論證封建世襲制扼殺人才，國家治亂無保障，從而
　　　　　反證封建非聖人本意。

【評箋】　宋·蘇軾云：“昔之論封建者，曹元首、陸機、劉頌，及唐太
宗時魏徵、李百藥、顏師古，其後則劉秩、杜佑、柳宗元。宗元之論出，而
諸子之論廢矣。雖聖人復起，不能易也。……故吾以李斯、始皇之言，柳
宗元之論，當爲萬世法也。”（《東坡續集》卷八）

　　明·徐揚貢云：“通篇分明五大段文字，前段發端立案，後段收束歸
源，中三段：一是原封建之始；一是論列周秦漢唐之制，而明秦制郡縣
之獨得；一是破從來泥古之見，謂封建之善者。就三段間，又各有層
次，反覆錯綜，高明廣大，如日月之經天，如江河之緯地。子瞻有云，柳
州之論出，而諸家之論廢，信哉！”（《山曉閣選唐大家柳柳州全集》卷二
評柳文）

　　清·儲欣云：“第一段，原封建由起，在生人之初，非聖人之得已。第
二段，援周秦漢唐已然之利害以明之，以下辨駁他說，說發己意，第一辨，
極言封建有害於民，而郡縣不然，仍引周秦漢事，帶說本朝，與前第二段
相照。第二辨，破庸人之見。至第三辨而論愈奇，文愈肆，己心亦極盡無
餘矣。湯武非公，公天下之端自秦始，乍聽大足駭人，說來卻有至理。賢
不肖云云，蓋理之不可易者，亦一篇精神歸宿處也。後學熟讀深思，最長
識見筆力。”（《唐宋八家文》）

　　清·孫琮云:"通篇只以'封建非聖人意'一句爲斷案。封建既非聖人意,乃古來聖人何以有封建,於是尋出一個'勢'字來。起手輕點勢字,'彼其初'一段,遂極言勢之所必至,而以勢也煞住。以下一段言周封建之失,一段言秦郡縣之得,一段言漢矯秦徇周之失,一段言唐制州立守之得。其於歷代封建得失,大略已盡。但封建世守而易理,守宰遞更而難理,畢竟是一説,故以'或者曰'發難,隨將周秦漢唐或得或失以解之,此解爲特詳。且三代封建而祚延,秦郡邑而祚促,畢竟亦是一説,故以'或者又曰'發難,隨將魏晉及唐,爲修爲短以解之,此解爲特略。至'或者又以爲'一段,則因殷周不革封建一難發出不得已之故,與起處'勢'字照應,便以'吾故曰非聖人之意也,勢也',繳轉作收。前後一氣呵成,總是言三代以上宜封建,三代以下宜郡縣,識透古今,眼空百世。"(《山曉閣選唐大家柳柳州全集》評語卷二論)

　　清·林紓云:"《封建》一論,爲古今至文,直與《過秦》抗席。東坡《志林》,謂'昔之論封建者,曹元首、陸機、劉頌,及唐太宗時李百藥、顏師古,其後劉秩、杜佑、柳宗元。宗元之論出,而諸子之論廢,雖聖人復起,不能易也。'范太史《唐鑑》亦以公之論爲然。然程敦夫、黃唐,均有攻駁之辭,實皆泥古不化,不足深辯。今就文論文,識見之偉特,文陣之前後提緊,彼此照應,不惟識高,文亦高也。"(《韓柳文研究法·柳文研究法》)

　　章士釗云:"子厚之論封建,不僅爲從來無人寫過之大文章,而且説明子厚政治理論系統,及其施行方法之全部面貌。何以言之?子厚再三闡發封建非聖人之意,而爲一種政治必然趨勢,然後論斷秦皇一舉而顛覆之,其制公而情則私。是不啻先樹一義,昭告於天下曰:封建是可能徹底打碎之物,而所謂勢者,亦可能如水之引而從西向東。吾人自文中仔細看來,子厚所暗示之推廣義,則由秦達唐,封建雖經秦皇大舉破壞,而其殘餘形象及其思想,乃如野火後之春草,到處叢生。是必須有秦皇第二出現,制與情全出於公,而以人民之利安爲真實對象,從思想上爲封建餘毒之根本肅清,此吾讀封建論之大概領略也。"(《柳文指要》上·卷三論)

　　以上永州不編年文。

柳州山水近治可游者記〔一〕

古之州治,在潯水南山石間〔二〕。今徒在水北〔三〕,直平四十里〔四〕,南北東西皆水匯〔五〕。

北有雙山〔六〕,夾道嶄然〔七〕,曰背石山。有支川〔八〕,東流入于潯水。潯水因是北而東〔九〕,盡大壁下〔一〇〕。其壁曰龍壁。其下多秀石,可硯〔一一〕。

南絕水〔一二〕,有山無麓,廣百尋〔一三〕,高五丈,下上若一〔一四〕,曰甑山〔一五〕。山之南,皆大山,多奇。又南且西,曰駕鶴山,壯聳環立,古州治負焉〔一六〕。有泉在坎下,恒盈而不流〔一七〕。南有山,正方而崇,類屏者,曰屏山〔一八〕。其西曰四姥山〔一九〕。皆獨立不倚〔二〇〕。北沉潯水瀨下〔二一〕。

又西曰仙弈之山〔二二〕。山之西可上。其上有穴,穴有屏,有室,有宇〔二三〕。其宇下有流石成形〔二四〕,如肺肝,如茄房〔二五〕,或積于下,如人,如禽,如器物,甚衆。東西九十尺,南北少半〔二六〕。東登入小穴,常有四尺〔二七〕,則廓然甚大。無竅〔二八〕,正黑,燭之,高僅見其宇,皆流石怪狀〔二九〕。由屏南室中入小穴,倍常而上〔三〇〕,始黑,已而大明〔三一〕,爲上室。由上室而上,有穴,北出之,乃臨大野〔三二〕,飛鳥皆視其背〔三三〕。其始登者,得石枰于上〔三四〕,黑肌而赤脉〔三五〕,十有八道,可弈,故以云〔三六〕。其山多樫,多櫧〔三七〕,多箭籚之竹〔三八〕,多橐吾〔三九〕。其鳥多秭歸〔四〇〕。

石魚之山，全石，無大草木，山小而高，其形如立魚〔四一〕，尤多秭歸〔四二〕。西有穴，類仙弈。入其穴，東出，其西北靈泉在東趾下〔四三〕，有麓環之。泉大類轂雷鳴〔四四〕，西奔二十尺〔四五〕，有洄〔四六〕，在石澗，因伏無所見〔四七〕，多綠青之魚〔四八〕，多石鯽，多鰷〔四九〕。

雷山，兩崖皆東西〔五〇〕，雷水出焉。蓄崖中曰雷塘，能出雲氣，作雷雨，變見有光〔五一〕。禱用俎魚〔五二〕、豆彘〔五三〕、脩形〔五四〕、稰粽〔五五〕、陰酒〔五六〕，虔則應〔五七〕。在立魚南，其間多美山，無名而深〔五八〕。峨山在野中〔五九〕，無麓，峨水出焉〔六〇〕，東流入于潯水。

〔　一　〕元和十年(八一五)正月，召宗元入京師，同年三月，出爲柳州刺
　　　　史。此文作于柳州。近：靠近。治：州治，州衙門所在地。柳州
　　　　山水近治可游者：柳州城郊可游覽的山水。

〔　二　〕潯(xún)水：亦稱柳江，由柳州城西繞城南、東而過。《元和郡縣
　　　　圖志》卷三十七嶺南道柳州：“貞觀八年改爲柳州，因柳江爲名。”
　　　　《輿地紀勝》卷一百十二柳州：“柳水，一名潯水。”

〔　三　〕徙：遷移。

〔　四　〕直平：平坦。

〔　五　〕水匯(huì)：水迴合。《尚書·禹貢》：“東匯澤爲彭蠡。”

〔　六　〕雙山：兩山對峙。

〔　七　〕嶄：山高峻貌。

〔　八　〕支川：水支流。

〔　九　〕潯水句：謂潯水由此向北偏東流。

〔一〇〕盡：止。

〔一一〕龍壁：《明一統志》卷八十三柳州府：“龍壁山，在府城東北一十五
　　　　里，中有石壁峭立，下臨灘瀨。”秀：美。可硯：可做硯台。

〔一二〕絶：橫渡。

〔一三〕麓：山脚。無麓，山陡峭無緩坡。廣：指山寬。尋：古度量單位，八尺爲尋。

〔一四〕下上句：謂山上下陡直無變化。章士釗云："蓋天下之山，無有無麓者，……夫山與麓，且相距數百里之遥而不爽，何況山與麓之同宅一區者乎？獨五管之山，多自海底翻出，泥沙皆由海水積年淘洗净盡，於是山成直幹，下上若一，此八桂之山狀奇，蔚成柳州句法之奇。"（《柳文指要》上·卷二十九）

〔一五〕甑（zèng）：古代蒸飯用的一種瓦器。

〔一六〕古州句：謂山在州城後，城倚山而建。應首二句。負：背。

〔一七〕坎：地面低陷之處。《易·説卦》："坎，陷也。"恒：經常。盈：滿。

〔一八〕崇：山高。類：象。屏：屏風。屏山，《明一統志》卷八十三："屏山，在府城南二里。"

〔一九〕四姥（mǔ）山：《明一統志》卷八十三柳州府："四姥山，在府城西五里，其山四面對峙，因名。"

〔二〇〕不倚：不靠，不相連。

〔二一〕北沉：濟美堂、蔣之翹本及《全唐文》"沉"作"流"。章士釗云："方望溪云：'北流六字非衍，則上有闕文。'李穆堂云：'北流流字當作枕。'吳摯父云：'《史記》：中國山川東北流，是山可稱流之證。'又云：'北流潯水瀨下六字，承"潯水因是北而東"爲文，此上諸山皆在潯水南，此山在潯水北也。'依吳説，則不必依李説改流作枕，亦不如方説六字上有闕文。"瀨：湍急之水。

〔二二〕仙弈（yì）山：《大清一統志》卷三五七："仙弈山在馬平縣西南，亦名仙人山。"

〔二三〕宇：屋檐，此指石穴上外突部分像屋檐。

〔二四〕流石：鐘乳石，亦名石鐘乳。

〔二五〕茄（jiā）：荷莖。《爾雅·釋草》："荷，芙蓉，其莖茄。"《漢書·揚雄傳》載《反離騷》："衿芰茄之緑衣兮，被夫容之朱裳。"注："茄亦荷字也，見張揖《古今字譜》。"茄房：蓮蓬。

〔二六〕少半：小于一半。

〔二七〕常：古度量單位。《國語·周語》下：“其察色也，不過墨丈尋常之間。”注：“五尺爲墨，倍墨爲丈；八尺爲尋，倍尋爲常。”常即十六尺。有(yòu)：通又。舊時計數於整數和零數之間加“有”字。有四尺，即又四尺。

〔二八〕竅(qiào)：孔，洞，指透日光之孔洞。

〔二九〕燭：用蠟燭照亮。章士釗云：“‘高僅見其宇，皆流石怪狀’，此云甚高而非謂甚低，僅字遵古義，如《答許孟容書》‘僅以百數’例，乃詁多而不詁少。宇：簷也，謂簷上餘地，都及見之，流石怪狀，遍布簷之上下，咸歷歷在目。”

〔三〇〕倍常句：謂三丈二尺的上面。常：古度量單位，十六尺爲常。倍常，十六尺的二倍。

〔三一〕已而二句：謂向上走不久，很亮。已而：不久。大明：很亮。

〔三二〕北出二句：謂由北面出洞穴，俯視大平原。臨：面對。野：原野。

〔三三〕飛鳥句：謂鳥都在視綫以下飛，極言山高。視其背：看到鳥的脊背。

〔三四〕枰(píng)：棋盤。《玉篇》：“枰，博局也。”

〔三五〕黑肌赤脉：黑色盤面紅色綫條。

〔三六〕故以云：所以叫仙弈山。

〔三七〕檉(chēng)：木名，又名觀音柳、西河柳、紅柳、三春柳，落葉小喬木，供觀賞，枝葉可入藥。《漢書·西域傳》：“(鄯善)多葭葦、檉柳、胡桐、白草。”注：“檉柳，河柳也，今謂之赤檉。”櫧(zhū)：常綠喬木，木質堅硬。《山海經·中山經》：“又東二百里曰前山，其木多櫧。”注：“似柞，子可食。冬夏生，作屋柱，難腐。”

〔三八〕篔簹(yún dāng)：竹名，皮薄，節長而竿高。漢楊孚《異物志》：“篔簹生水邊，長數丈，圍一尺五六寸，一節相去六七尺，或相去一丈。”

〔三九〕橐(tuó)吾：草名，常綠多年生，草本。《急就篇》：“半夏、皁莢、艾、橐吾。”顏師古注：“橐吾，似款冬，而腹中有絲，生陸地，華黃色，一名獸須。”又《本草注》：“款冬，一名橐吾。”

〔四〇〕其鳥二句：謂山中多秭歸鳥。秭歸：杜鵑的別名，或作子規。

〔四一〕立魚：站立的魚。章士釗云："鄺露《赤雅》卷中立魚嵒條云：'嵒在柳城西南數里許，山小而銳，似魚怒升之狀，腹間有洞，石分紅白二色，若珊瑚枝架白玉樓。'即指此記中石魚之山。"

〔四二〕"尤"原作"在"，據《全唐文》改。何焯《義門讀書記》亦云："'在'疑作'尤'。"章士釗云："意指多秭歸爲一地名然，此子厚之造句特奇處。下又云'在立魚南'，奇句再用。"

〔四三〕趾：腳。

〔四四〕泉大句：謂泉特別像車轂作雷聲。轂(gǔ)：車輪中間車軸貫入處的圓木，安裝在車輪兩側軸上。

〔四五〕奔：奔流。

〔四六〕洄：回流。

〔四七〕伏：隱藏。

〔四八〕緑青：指魚的顏色。

〔四九〕鰷(tiáo)：白鰷魚，即鱎魚，又名白鰲，長尺餘，形狹長，背淡黑微青，腹白鱗細，好羣游水面，亦名鰲魚。

〔五〇〕雷山二句：雷山，《大清一統志》卷三五七："雷山在馬平縣南十里。"章士釗注："姚姬傳云：'疑西字當作面。'吳摯父云：'姚說是。'"

〔五一〕見：即現。

〔五二〕禱(dǎo)：祈神求福。俎(zǔ)：放置祭品的禮器，木製，似案。

〔五三〕豆：古禮器，木製，形如高脚盤。彘(zhì)：豬。《方言》八："豬，關東西或謂之彘。"豆彘，豆中盛豬肉。以下食物皆豆中所盛。

〔五四〕脩：乾肉。《周禮·天官·膳夫》："凡肉脩之頒賜，皆掌也。"注："脩，脯也。"銒："鉶"的假借字。鉶：茶和羹之器。《儀禮·公食大夫禮》："宰夫設鉶四于豆西東上。"疏："據羹在鉶言之，謂之鉶羹；據器言之，謂之鉶鼎。"

〔五五〕糈(xǔ)：祭神用的精米。屈原《離騷》："巫咸將夕降兮，懷椒糈而要之。"注："糈，精米，所以享神。"粢：當作"秶"，稻。《周禮·天

官·食醫》:"凡會膳食之宜,牛宜稌。"注:"鄭司農(衆)云:'稌,稉
也。'"一説專指糯稻。晉崔豹《古今注》下《草木》:"稻之黏者爲
黍,亦謂稌爲黍。"

〔五六〕陰酒:麴酒。《太平御覽·飲食部一》引《春秋緯》曰:"凡黍爲酒,
陽據陰乃能動,故以麴釀黍爲酒。"注:"麴,陰也。是先漬麴,黍後
入,故曰陽相感皆據陰也。"章士釗云:"陰酒,水酒。"

〔五七〕虔:恭敬、虔誠。

〔五八〕深:幽深。

〔五九〕峨山:當作"鵝山",詳下句。

〔六○〕峨水:即鵝水。《輿地紀勝》:"廣南西路柳州……鵝山在馬平縣
西十里,山顛有石,狀如鵝,故名。鵝水出焉。"

【評箋】　明·茅坤云:"全是叙事,不着一句議論感慨,却澹宕風
雅。"(《唐宋八大家文鈔》卷三評柳文)

清·沈德潛云:"體似太史公《天官書》,句似酈道元《水經注》,零零
雜雜,不立間架,不用聯絡照應,真奇作也。明王守溪《七十二峰記》似得
此意。"(《唐宋八家文讀本》評語)

清·孫琮云:"一篇無起無收,無照無應,逐段記去,彷彿昌黎《畫
記》。中間叙石穴一段,最爲出色。"(《山曉閣選唐大家柳柳州全集》評語
卷三記)

清·陳衍云:"柳子厚《柳州山水近治可游者記》,全學《山海經》,而
偶參以《儀禮》、《考工記》、《水經注》句法。此數書,本作雜著者所避不過
者也。"(《石遺室論文》卷四)

章士釗云:"柳文以游記稱最,而所記統言永柳,顧集中收記共十一
篇,九篇在永,僅兩篇在柳,此並非子厚到柳後游興頓減,或柳可游之地
不如永也。尋子厚以司馬涖永,而司馬閒員,不直接任民事,以故得任性
廣事游覽,至涖柳則不然。刺史親民之官,子厚認地小亦足爲國,而己以
三黜不展,隱隱有終焉之志,因而不避勞怨,盡力民事,以是出游時少,文
字亦相與闃然無聞。存記兩首,大抵登録地理、用備參稽之作,至若永記

之不辭幽奧，無遠弗屆，花鳥細碎，悉與冥合，柳記中固不得如許隻字也。"(《柳文指要》上·卷二十九記)

童區寄傳〔一〕

柳先生曰：越人少恩，生男女必貨視之〔二〕。自毀齒已上〔三〕，父母鬻賣，以覬其利〔四〕。不足，則盜取他室〔五〕，束縛鉗梏之〔六〕。至有鬚鬣者，力不勝，皆屈爲僮〔七〕。當道相賊殺以爲俗〔八〕。幸得壯大，則縛取么弱者〔九〕。漢官因以爲己利〔一〇〕，苟得僮，恣所爲不問〔一一〕。以是越中戶口滋耗〔一二〕。少得自脫〔一三〕，惟童區寄以十一歲勝〔一四〕，斯亦奇矣〔一五〕。桂部從事杜周士爲余言之〔一六〕。

童寄者，柳州蕘牧兒也〔一七〕。行牧且蕘〔一八〕，二豪賊劫持，反接〔一九〕，布囊其口〔二〇〕，去逾四十里之墟所賣之〔二一〕。寄僞兒啼，恐慄爲兒恒狀〔二二〕。賊易之〔二三〕，對飲酒醉。一人去爲市〔二四〕，一人臥，植刃道上〔二五〕。童微伺其睡〔二六〕，以縛背刃，力下上〔二七〕，得絶〔二八〕，因取刃殺之。逃未及遠，市者還〔二九〕，得童大駭〔三〇〕。將殺童，遽曰〔三一〕："爲兩郎僮，孰若爲一郎僮耶〔三二〕？彼不我恩也〔三三〕。郎誠見完與恩，無所不可〔三四〕。"市者良久計曰〔三五〕："與其殺是僮，孰若賣之；與其賣而分，孰若吾得專焉〔三六〕？幸而殺彼，甚善。"即藏其尸，持童抵主人所〔三七〕，愈束縛牢甚〔三八〕。夜半，童自轉，以縛即爐火

燒絕之〔三九〕，雖瘡手勿憚〔四〇〕，復取刃殺市者。因大
號〔四一〕，一墟皆驚〔四二〕。童曰：“我區氏兒也，不當爲僮。
賊二人得我，我幸皆殺之矣，願以聞於官〔四三〕。”

　　墟吏白州，州白大府〔四四〕，大府召視，兒幼愿
耳〔四五〕。刺史顏證奇之〔四六〕，留爲小吏，不肯〔四七〕。與
衣裳，吏護之還鄉〔四八〕。鄉之行劫縛者，側目莫敢過其
門〔四九〕。皆曰：“是兒少秦武陽二歲〔五〇〕，而計殺二
豪〔五一〕，豈可近耶〔五二〕！”

〔一〕此文是在柳州作。童：小孩。區（ōu）寄：姓區名寄。傳：古代文
　　體，參見《梓人傳》注〔一〕。
〔二〕越：同“粵”，唐時五嶺以南，兩廣一帶均可稱越，此指柳州一帶。
　　少恩：缺少恩愛感情。貨：商品。貨視之，像商品一樣看待他們。
〔三〕自毀句：謂七八歲換牙後。毀齒：兒童乳牙脫落，更換新牙，此指
　　換牙時年齡，即七八歲。《説文》：“齔，毀齒也。男八月生齒，八歲
　　而齔；女七月生齒，七歲而齔。”班固《白虎通·嫁娶》：“男八歲毀
　　齒，女七歲毀齒。”已：同“以”。
〔四〕鬻（yù）：賣。覬（jì）：希圖。《廣韻》：“覬覦，希望也。”
〔五〕不足二句：謂如果賣孩子錢不够消費，就竊取別人家的孩子。
　　盜：竊取。原本無“盜”字，據《文苑英華》補。
〔六〕束縛：捆綁。鉗：金屬夾具。《説文》：“鉗，以鐵有所劫束也。”此
　　指用鐵箍夾住。梏（gù）：古刑具名，即手銬。此指用手銬銬手。
〔七〕至有三句：謂甚至長了鬍子的成年人，也因力氣弱小，而被迫當
　　了奴僕。鬣（liè）：鬍鬚。《左傳·昭公七年》：“楚子享公于新臺，
　　使長鬣者相。”注：“鬣，鬚也。”不勝：不足。屈：屈服。僮：封建
　　時代受役使的未成年人，即奴僕。
〔八〕當道句：謂在路上互相劫殺，成了風俗。賊：傷害。
〔九〕幸得二句：謂有幸而長得强壯高大的，就去綁架年小體弱的人。

么(yāo)：小。亦作幺。《説文》：“幺，小也。象子初生之形。”

〔一〇〕漢官：漢族人做地方官的。因：依。以爲：以之爲，把這當做。
己：自己的。

〔一一〕苟得二句：謂只要能綁到僮，就任其所爲而不追究。苟：如果。
恣(zì)：放縱。

〔一二〕以是：因此。户口：人口。古代計家曰户，計人曰口。

〔一三〕少得句：謂很少能逃脱被賣或被綁爲僮的命運。

〔一四〕勝：勝利。

〔一五〕斯：這。

〔一六〕桂部：指桂管觀察使衙門，見《全義縣復北門記》注〔二〇〕。從
事：官名，長官的助手稱從事。杜周士：人名。世綵堂本孫汝聽
注：“周士，貞元十七年第進士，元和中，從事桂管。”爲余言之：向
我講了此事。以上叙柳州一帶買賣、搶劫兒童爲奴僕的野蠻
風俗。

〔一七〕柳：原作“郴”，據《文苑英華》改。陳景雲《柳集點勘》：“區寄事既
聞之桂部從事，而區寄乃郴州蕘牧兒，郴係潭部屬郡，非桂所部。
又《傳》言‘州白大府’，‘刺史顔證奇之’。據《舊史》，顔證以貞元
二十年除桂州刺史、桂管觀察使，則州所白大府，蓋桂管非潭部
也。‘郴’當從《文苑英華》作‘柳’。”按：“陳説是。”蕘(ráo)：柴。
《説文》：“蕘，薪也。”此作打柴解。

〔一八〕行牧句：謂正在邊放牧邊打柴。行：實行，做某事。行牧，進
行放牧。

〔一九〕反接：把雙手捆綁在身後。

〔二〇〕布囊句：謂用布堵塞他的嘴。

〔二一〕去：離開。逾：超過。墟：鄉村集市，亦稱墟市。宋吳處厚《青箱
雜記》卷三：“嶺南謂村市爲虛。柳子厚《童區乙(寄)傳》云：‘之虛
所賣之’……即此也。蓋市之所在，有人則滿，無人則虛；而嶺南
村市，滿時少，虛時多，謂之爲‘虛’，不亦宜乎？”

〔二二〕僞：佯裝。恐慄(lì)：恐懼發抖。兒恒狀：孩子的常態。

〔二三〕易之：以之爲易，即輕視他。

〔二四〕去爲市：去找買主。

〔二五〕植刃道上：把刀插在路上。植：插。刃：刀。

〔二六〕微伺：暗暗等候。

〔二七〕縛：綁雙臂的繩子。背刃：靠在刀刃上。力下上：用力上下磨擦。

〔二八〕絶：斷。沈德潛曰：“二句語簡而明，抵十數言。”(《唐宋八家文讀本》)

〔二九〕逃未二句：謂未逃出多遠，談買賣的强盜回來了。

〔三〇〕得：追獲。駭：驚恐。

〔三一〕遽(jù)曰：急忙説。

〔三二〕爲兩郎句：謂做你們二人的奴僕，何如做你一人的奴僕呢？意謂二人均分，不如你一人獨佔。沈德潛曰：“語妙。”郎：唐時奴僕稱主人爲郎。《舊唐書·宋璟傳》：“鄭善果謂璟曰：‘公奈何謂五郎(張易之)爲卿？’璟曰：‘以官正當爲卿，足下非(張)易之家奴，何郎之有？’”孰若：何如，怎能比得上。

〔三三〕彼不我恩：“彼不恩我”，謂他對我無恩德。

〔三四〕郎誠二句：謂您果真能保全我的性命並以恩德待我，我沒有不依您的事。誠：真。完：保全。見完，保全我的性命。

〔三五〕良久計：考慮很久。

〔三六〕得而專：能獨佔。

〔三七〕持童句：謂押區寄到買主家。持：押。抵：到達。主人所：指買主家。

〔三八〕牢：牢固，結實。

〔三九〕即：靠近。

〔四〇〕瘡手勿憚：手燒傷也不怕痛。瘡(chuāng)：外傷。瘡手，燒傷手。憚：怕。

〔四一〕號：哭。

〔四二〕一墟：全集鎮的人。

〔四三〕願以句：謂希望把此事報官府。以上記區寄計殺二强盜而自脱。

〔四四〕墟吏：管集鎮的官吏。白：禀告。《玉篇》：“白，告語也。”州：指州官。大府：韓愈《送鄭尚書序》：“嶺之南，其州七十，其二十二隸嶺南節度府，其四十餘分四府，府各置帥。然獨嶺南節度使爲大府。”此大府指桂州刺史兼桂管觀察使。參見注〔一六〕及注〔四六〕。

〔四五〕幼愿耳：不過是個幼小而老實的孩子。愿，老實，善良。《説文》：“愿，謹也。”

〔四六〕顏證：人名。《舊唐書·德宗紀》：貞元二十年十二月庚午“以桂管防禦使顏證爲桂州刺史、桂管觀察使”。

〔四七〕不肯：主語爲區寄。

〔四八〕還鄉：世綵堂本作“還鄉”，一本作“還之鄉”。

〔四九〕側目：不敢正視。《戰國策·秦策一》：“妻側目而視。”

〔五〇〕少秦武陽二歲：比秦武陽小兩歲。秦武陽，戰國時燕國兒童。燕太子丹遣荆軻入秦刺秦王，燕有少年勇士秦武陽，年十三，殺人，人不敢忤視，太子丹令爲荆軻副手而往。事見《戰國策·燕策》及《史記·刺客列傳》（《史記》作“秦舞陽”）。

〔五一〕計殺：原本作“討殺”，據《文苑英華》改。

〔五二〕近：迫近，招惹。沈德潛曰：“筆下亦神勇。”以上記區寄回鄉後，强盜們都畏懼他。

【評箋】 清·孫琮云：“事奇，人奇，文奇。叙來簡老明快，在柳州集中，又是一種筆墨，即語史法，得龍門之神。班、范以下，都以文字掩其風骨，推而上之，其《左》《國》之間乎！”（《山曉閣選唐大家柳柳州全集》評語卷四傳）

清·沈德潛云：“此即事傳事，與《梓人》、《宋清》、《郭橐駝》諸傳別有寄託者異也。簡老明快，字字飛鳴，詞令亦復工妙。假令其持地圖藏匕首上殿，必不至變色失步、同秦武陽之怯矣，我愛之畏之。”（《唐宋八家文讀本》卷九）

以上柳州不編年文。

附録

柳宗元簡譜

代宗大曆八年(七七三),生於長安。

父,柳鎮,三十四歲,爲長安主簿。母,盧氏,三十四歲。

王叔文二十一歲。韓愈六歲。白居易、劉禹錫、呂温均二歲。三年前,杜甫卒。

大曆十四年(七七九),七歲。

父柳鎮爲宣城令。

五月,代宗崩。德宗(李适)即位。

元稹生。

德宗建中三年(七八二),十歲。

河北道諸藩鎮叛變。

建中四年(七八三),十一歲。

父柳鎮爲閿鄉令。

長安兵變,德宗奔奉天,朱泚據長安稱秦帝。段秀實爲朱泚所殺。

德宗興元元年(七八四),十二歲。

父柳鎮爲鄂岳沔都團練判官。隨父在夏口。

德宗貞元元年(七八五),十三歲。

南游長沙,隨父至江西。

貞元四年(七八八),十六歲。

父柳鎮入朝爲殿中侍御史。宗元隨父入京。

貞元五年(七八九),十七歲。

求進士,未第。

二月,竇參爲中書侍郎同中書門下平章事。父柳鎮貶爲夔州司馬。

貞元六年(七九〇),十八歲。

作舉進士準備。進《上權德輿補闕温卷決進退啓》。

李賀生。

貞元八年(七九二),二十歲。

竇參貶爲郴州別駕,再貶爲驩州司馬,未至,賜死。父柳鎮還京復爲殿中侍御史。

韓愈登進士第。

貞元九年(七九三),二十一歲。

户部侍郎顧少連權禮部侍郎知貢舉,宗元與劉禹錫等三十二人同登進士第。父柳鎮卒於長安。

梁蕭卒。元稹明經科及第。

貞元十年(七九四),二十二歲。

游邠州,省侍叔父。訪故老卒吏,得段秀實逸事。

貞元十二年(七九六),二十四歲。

應博學宏詞科,未第。娶弘農楊憑女,時楊憑爲禮部郎中。作《故御史周君碣》。

貞元十四年(七九八),二十六歲。

第博學宏詞科,爲集賢院正字。

貞元十五年(七九九),二十七歲。

在集賢院爲正字,踔厲風發,名聲大振。

與韓愈、韓泰、吕温、劉禹錫、獨孤申叔等交友。

貞元十六年(八〇〇),二十八歲。

在集賢院爲正字。

白居易登進士第。

貞元十七年(八〇一),二十九歲。

自集賢院正字調藍田尉。

貞元十八年(八〇二),三十歲。

在藍田尉任。

韓愈任四門博士。

貞元十九年(八〇三),三十一歲。

自藍田尉入爲監察御史裏行。

韓愈自四門博士轉監察御史。冬,貶爲山陽令。杜牧生。

貞元二十年(八〇四),三十二歲。

爲監察御史裏行。

呂溫出使吐蕃。

貞元二十一年(八月改永貞元年)(八〇五),三十三歲。

自監察御史裏行爲尚書禮部員外郎。

正月,德宗崩,順宗立。任用王叔文、王伾等革新政治,參與新政的主要人物有韋執誼、陸質、呂溫、李景儉、韓曄、韓泰、陳諫、劉禹錫、柳宗元、凌準、程異、房啓等。新政僅行五六個月,遭到宦官俱文珍等舊勢力攻擊。七月,皇太子李純勾當軍國政事。八月,順宗內禪,憲宗(李純)即位,新政失敗,貶王叔文爲渝州司户,王伾爲開州司馬。九月,貶宗元爲邵州刺史,韓泰爲撫州刺史,韓曄爲池州刺史、柳宗元爲連州刺史。未至,十一月,再貶宗元爲永州司馬,韋執誼、韓泰、陳諫、劉禹錫、韓曄、凌準、程異同貶爲遠州司馬,史稱"八司馬"。宗元母盧氏、從弟宗直、表弟盧遵皆從宗元赴永。十一月,至永,居龍興寺。

韓愈自山陽令徙江陵法曹參軍。陸質卒。

憲宗元和元年(八〇六),三十四歲。

在永州司馬任。母盧氏卒,年六十八。

正月,改元(爲元和)大赦,八月有詔,"八司馬"不在大赦之列。

元稹、白居易同登才識兼茂明于體用科,白除盩厔尉、集賢院校理,元除右拾遺。韓愈自江陵召還,拜國子博士。

王叔文賜死。凌準病逝於連州。

元和二年(八〇七),三十五歲。

在永州司馬任。是年前後作《永州龍興寺息壤記》。

今年或去年,韋執誼病逝於崖州。

元和三年(八〇八),三十六歲。

在永州司馬任。

吳武陵以事貶永州,宗元與之相交甚厚。呂溫自京貶道州刺史。韓愈以國子博士分司東都。白居易拜左拾遺、翰林學士。

元和四年(八〇九),三十七歲。

在永州司馬任。作《非國語》六十七篇,並與呂溫、吳武陵通信往還討論,有《與呂道州溫論非國語書》、《答吳武陵論非國語書》。游永州西山,作《始得西山宴游記》、《鈷鉧潭記》、《鈷鉧潭西小丘記》、《至小丘西小石潭記》。

去年及今年患脾病、心臟病。作《辨伏神文》。表弟盧遵游桂州。宗元作文相送。

韓愈任都官員外郎,守東都省。

元和五年(八一〇),三十八歲。

在永州司馬任。築室愚溪,自龍興寺移居於此。作《愚溪詩序》及詩《冉溪》等。

呂溫調衡州刺史。韓愈授河南縣令。白居易由左拾遺改京兆府戶曹參軍。

元和六年(八一一),三十九歲。

在永州司馬任。

呂温卒於衡州。作《祭呂衡州文》、《唐故衡州刺史東平呂君誄》、詩《同劉二十八哭呂衡州》等。

韓愈入爲尚書職方員外郎。白居易母陳氏卒,丁憂居下邽渭村。

元和七年(八一二),四十歲。

在永州司馬任。作《袁家渴記》、《石渠記》、《石澗記》、《小石城山記》。

妹壻崔策子符游永州,子厚有《送崔子符罷舉詩序》及詩《與崔策登西山》。

韓愈復爲國子博士。

元和八年(八一三),四十一歲。

在永州司馬任。作《永州鐵爐步志》、《答韋中立論師道書》及詩《入黃溪聞猿》等。

韓愈改比部郎中,六月爲史館修撰。李商隱生。

元和九年(八一四),四十二歲。

在永州司馬任。作《段太尉逸事狀》、《與史官韓愈致段秀實太尉逸事書》。

十月,韓愈爲考功郎中。白居易服滿,授太子左贊善大夫。

元和十年(八一五),四十三歲。

正月,憲宗有詔召赴長安。與劉禹錫同赴京。沿途有《汨羅遇風》、《善謔驛和劉夢得酹淳于先生》、《詔追赴都二月至灞亭上》等詩。

二月,至京。有《奉酬楊侍郎丈因送八叔拾遺戲贈詔追南來諸賓》二首等詩。

三月,出爲柳州刺史。"八司馬"中,韋執誼、凌準先死,程異已遷官。餘五人同召至長安,同出爲遠州刺史。韓泰爲漳州,韓曄爲汀州,陳諫爲封州,劉禹錫爲播州。宗元以播州荒遠,禹錫母老,力請以柳州易播州,裴度爲禹錫請移近處,因改授連州。宗元與禹錫同南行赴任,於衡陽分路。

六月,宗元至柳州。沿途及至柳詩有《再上湘江》、《長沙驛前南樓感舊》、《衡陽與夢得分路贈別》、《重別夢得》、《三贈劉員外》、《嶺南江行》、《登柳州城樓寄漳汀封連四州》、《古東門行》等。

七月,從弟宗直死於柳州。

是年,吳元濟、李師道叛亂。六月,王承宗、李師道遣刺客刺死宰相武元衡,刺傷御史中丞裴度。白居易上書急請捕賊,被貶江州司馬。

元和十一年(八一六),四十四歲。

在柳州刺史任。

長子周六生。從弟宗一離柳州,宗元作《別舍弟宗一》詩。

韓愈遷中書舍人。李賀卒,年二十七。

元和十二年(八一七),四十五歲。

在柳州刺史任,因俗施教,解放奴隸,修孔廟。

岳父楊憑卒。

蔡州平。韓愈爲裴度行軍司馬,以軍功遷刑部侍郎。程異由鹽鐵轉運副使遷轉運使。

元和十三年(八一八),四十六歲。

在柳州刺史任。作《平淮夷雅》,上表獻給憲宗。

權德輿卒,年六十。程異入相。

元和十四年(八一九),四十七歲。

在柳州刺史任。十一月八日,病逝於任所。病重期間曾遺書劉禹錫、韓愈托孤,並將遺稿寄與劉禹錫,托爲編集。

七月,憲宗受尊號,大赦天下,裴度請召宗元,詔書未達,宗元病逝。

程異卒於三月。正月,韓愈以諫迎佛骨,貶潮州刺史,十月,改袁州刺史。白居易自江州司馬遷忠州刺史。

柳子厚墓誌銘

韓　愈

子厚,諱宗元。七世祖慶爲拓拔魏侍中,封濟陰公。曾伯祖奭,爲唐宰相,與褚遂良、韓瑗俱得罪武后,死高宗朝。皇考諱鎮,以事母棄太常博士,求爲縣令江南;其後以不能媚權貴失御史,權貴人死,乃復拜侍御史;號爲剛直,所與游皆當世名人。

子厚少精敏,無不通達。逮其父時,雖少年,已自成人,能取進士第,嶄然見頭角,衆謂柳氏有子矣。其後以博學宏詞授集賢殿正字。儁傑廉悍,議論證據今古,出入經史百子,踔厲風發,率常屈其座人。名聲大振，一時皆慕與之交；諸公要人争欲令出我門下，交口薦譽之。

貞元十九年，由藍田尉拜監察御史，順宗即位，拜禮部員外郎。遇用事者得罪，例出爲刺史；未至，又例貶永州司馬。居閑，益自刻苦，務記覽，爲詞章，汎濫停蓄，爲深博無涯涘。而自肆於山水間。元和中，嘗例召至京師；又偕出爲刺史，而子厚得柳州。既至，歎曰："是豈不足爲政耶！"因其土俗，爲設教禁，州人順賴。其俗以男女質錢，約：不時贖，子本相侔，則没爲奴婢。子厚與設方計，悉令贖歸；其尤貧力不能者，令書其傭，足相當，則使歸其質。觀察使下其法於他州，比一歲，免而歸者且千人。衡湘以南爲進士者，皆以子厚爲師，其經承子厚口講指畫爲文詞者，悉有法度可觀。

其召至京師而復爲刺史也，中山劉夢得禹錫亦在遣中，當詣播州。子厚泣曰："播州非人所居，而夢得親在堂，吾不忍夢得之窮，無辭以白其大人；且萬無母子俱往理。"請於朝，將拜疏，願以柳易播，雖重得罪死不恨。遇有以夢得事白上者，夢得於是改刺連州。嗚呼！士窮乃見節義！今夫平居里巷相慕悦，酒食游戲相徵逐，詡詡强笑語以相取下，握手出肺肝相示，指天日涕泣，誓生死不相背負，真若可信；一旦臨小利害，僅如毛髮比，反眼若不相識，落陷阱，不一引手救，反擠之，又下石焉者，皆是也。此宜禽獸夷狄所不忍爲，而其人自視以爲得計；聞子厚之風，亦可以少愧矣！

子厚前時少年，勇於爲人，不自貴重顧藉，謂功業可立就，故坐廢退；既退，又無相知有氣力得位者推挽，故卒死於窮裔，材不爲世用，道不行於時也。使子厚在臺省時，自持其身已能如司馬刺史時，亦自不斥；斥時，有人力能舉之，且必復用不窮。然子厚斥不久，窮不極，雖有出於人，其文學辭章，必不能自力以致必傳於後如今，無疑也。雖使子厚得所願，爲將相於一時，以彼易此，孰得孰失,必有能辨之者。

子厚以元和十四年十一月八日卒,年四十七;以十五年七月十日歸葬萬年先人墓側。子厚有子男二人:長曰周六,始四歲;季曰周七,子厚卒乃生。女子二人,皆幼。其得歸葬也,費皆出觀察使河東裴君行立。行立有節槩,重然諾,與子厚結交,子厚亦爲之盡,竟賴其力。葬子厚於萬年之墓者,舅弟盧遵。遵,涿人,性謹慎,學問不厭;自子厚之斥,遵從而家焉,逮其死不去;既往葬子厚,又將經紀其家,庶幾有始終者,銘曰:

是惟子厚之室,既固既安,以利其嗣人。

唐尚書禮部員外郎柳宗元文集序

劉禹錫

八音與政通,而文章與時高下。三代之文,至戰國而病,涉秦漢復起。漢之文,至列國而病,唐興復起。夫政厖而土裂,三光五嶽之氣分,太音不完,故必混一而後大振。

初貞元中,上方嚮文章,昭回之光,下飾萬物。天下文士,爭執所長,與時而奮,粲焉如繁星麗天,而芒寒色正,人望而敬者,五行而已,河東柳子厚,斯人望而敬者歟。

子厚始以童子有奇名於貞元初,至九年,爲名進士,十有九年爲材御史,二十有一年,以文章稱首,入尚書爲禮部員外郎。是歲,以疎儁少檢獲訕,出牧邵州,又謫佐永州,居十年,詔書徵不用,遂爲柳州刺史,五歲,不得召。病且革,留書抵其友中山劉禹錫曰:"我不幸卒以謫死,以遺草累故人。"禹錫執書以泣,遂編次爲四十五通行於世。

　　子厚之喪，昌黎韓退之誌其墓，且以書來弔曰："哀哉！若人之不淑。吾嘗評其文，雄深雅健似司馬子長，崔蔡不足多也。"安定皇甫湜於文章少所推讓，亦以退之言爲然。凡子厚名氏與仕與年，暨行己之大方，有退之之誌若祭文在，今附於第一通之末云。

《中國古典文學名家選集》已出書目

王維孟浩然選集　　／王達津選注

高適岑參選集　　　／高文、王劉純選注

李白選集　　　　　／郁賢皓選注

杜甫選集　　　　　／鄧魁英、聶石樵選注

韓愈選集　　　　　／孫昌武選注

柳宗元選集　　　　／高文、屈光選注

白居易選集　　　　／王汝弼選注

杜牧選集　　　　　／朱碧蓮選注

李商隱選集　　　　／周振甫選注

歐陽修選集　　　　／陳新、杜維沫選注

蘇軾選集　　　　　／王水照選注

黃庭堅選集　　　　／黃寶華選注

楊萬里選集　　　　／周汝昌選注

陸游選集　　　　　／朱東潤選注

辛棄疾選集　　　　／吳則虞選注

陳維崧選集　　　　／周韶九選注

朱彝尊選集　　　　／葉元章、鍾夏選注

查慎行選集　　　　／聶世美選注

黃仲則選集　　　　／張草紉選注